루월재운 이야기 1

루월재운 이야기 1

ⓒ조선희 2015

초판1쇄 인쇄   2015년 7월 31일
초판1쇄 발행   2015년 8월 3일

지은이   조선희

펴낸이   박대일
편집   이문영 · 임유리 · 신지연 · 박현주
마케팅   송재진
표지디자인   박현주

펴낸곳   파란미디어
출판등록   2004년 9월 14일 제313−2004−00214호

주소   121−897 서울시 마포구 성지1길 32−36(합정동)
전화   02.3141.5589(영업부) 070.4616.2012(편집부)
팩스   02.3141.5590
전자우편   paranbook@gmail.com
카페   http://cafe.naver.com/paranmedia
트위터   @paranmedia

ISBN   978−89−6371−219−2(04810)
    978−89−6371−218−5(전2권)

루월재운 이야기

1

**조
선
희**
역
사
판
타
지

제1장 저抵 사냥꾼

진성여왕 재위 칠 년 동짓달.

치악산 일대에서 사로잡은 초적의 무리를 끌고 김중연은 왕경王京의 내도를 통과通過해 원성의 초입인 고문皐門 앞에 이르렀다. 그는 지난 몇 해 동안 무거운 갑주에 몸을 맡긴 채 한데를 떠돌았으나 한순간도 왕경의 평온한 일상을 그리워한 적이 없었다.

반란자들이 열을 지어 얼어붙은 땅에 무릎을 꿇었다. 왕경은 삭풍을 동반한 눈발이 거셌다. 오들오들 떨고 있는 쪽은 곧 참형을 당할 죄수들이 아니라, 이 구경이 끝난 후에도 삶이 지속될 나머지 사람들이었다.

고문의 누각 위에 서서 이를 지켜보던 만曼(진성여왕)도 몸을 잔뜩 움츠리고 있었다. 바람과 추위 때문이 아니었다. 지병이 도졌다. 머리와 어깨를 짓누르는 바윗덩이, 보위에 오르던 그날부터 어찌하여도 떼어 낼 수가 없어 여태 지고 살아온 바윗덩이, 어쩌면 그것은 바윗덩이가 아니라 천 년 묵은 월성이 그녀에게 씌운 보이지 않는 형구일지도 몰랐다.

그보다 더 만을 참혹하게 만든 것이 지금 눈앞에 있었다. 한때 그녀의 백성이었던 자들이 적의에 가득 찬 시선으로 무기를 들고 돌아섰다. 다행히 오늘은 흩날리는 눈과 바람 덕에 그들의 상처 입은 험한 얼굴을 바로 보지 않아도 되었다.

온 세상이 뿌옇고 뿌옇다. 하여 만은 지금 벌어지고 있는 광경이 현실인지 꿈인지조차 분간이 가지 않을 지경이었다.

배신자들!

그들이 그녀를 미워하는 만큼 그녀도 그들이 원망스럽고 괘씸했다. 그들을 굳이 왕경까지 끌고 와 모두가 보는 앞에서 처형시킬 것을 명한 것은 그 때문이었다. 그녀는 그들을 모두의 본보기로 삼을 것이다. 그들보다 더 진저리 나는 것은 사사건건 그녀의 발목을 잡는 왕경의 돼지들이었으므로.

지난날 신국의 자랑이었던 화랑들은 이제 청산 계곡에서 심신을 닦고 무예 수련을 하는 대신 놀러 다니기 바빴다. 도당은 왕경 밖의 사정이 불안하다는 것을 알지만 좁은 월성 내에서 자리다툼을 하느라 먼 곳으로 눈을 돌리지 못하고 있었다.

'귀족들과 왕경의 사람들 모두가 똑똑히 보아야 할 것이다. 짐에게 등 돌린 자들의 최후가 어찌 되는지.'

더불어 만은 무엇보다도 자신에게 중연이 있음을 보여 주고자 했다. 사 년 전, 사벌주에서 원종과 애노의 반란이 일어났다. 만은 반란을 진압하고자 하였으나 귀족들이 사병을 내놓지 않아 곤혹스러운 처지에 놓였다.

오라비였던 선왕 정강왕 시절 일어났던 반란은 숙부였던 각간 김위홍의 전권 아래 즉시 토벌되었다. 김위홍이 죽은 후 그녀는 정치적 기반을 잃었다. 귀족들은 만을 폐하라 칭하나 만은 그 부름에서 오히려 조롱당하고 있음을 느끼곤 했다.

'특히 네놈이 그렇지.'

만은 바로 측근에 서 있는 모량부*의 수장 해간** 박후명을 보았다. 박후명의 날 선 시선은 곧 목이 잘릴 초적의 무리가 아니라 고문 아래쪽 다른 곳에 박혀 있었다.

의방부좌 김재운.

만은 오래전부터 박후명이 김재운에게 눈독 들이고 있음을 알고 있었다. 마음 속으로 박후명을 비웃었다.

'너의 욕심이 끝도 없구나. 하나 그 아이만큼은 죽어도 가실 수 없을 것이다.'

국학 출신의 김재운은 이제 열일곱 살이었으나 선왕들로부터 그 뛰어난 재주를 인정받아 일찌감치 출사하였다. 그는 오라비들이 그녀에게 물려준 보물과도 같은 자였다. 어린 김재운은 그녀의 오라비들인 선왕들과 약속했다. 만을 지키고 보필하

---

* 신라 지배 세력인 왕경 육부 중 하나.

** 신라 17관등 중 네 번째 관등.

며 끝까지 함께하겠노라고. 그러므로 박후명이 어떤 집요한 술수로 김재운을 꼬드긴다고 해도 그는 절대 만을 배신하지 않을 것이다. 아니, 배신할 수 없었다.

재운은 자신을 두고 서로 견제하고 있는 왕과 모량부 수장의 시선이 지금 동시에 그의 머리 위에 떨어진 것을 아는지 모르는지 그저 중연만을 바라보고 있었다. 재운의 곁에서 주인의 눈치를 살피던 계유가 물었다.

"저자입니까?"

"오냐."

"변하였습니까?"

"변하지 않았다."

"다시 보니 좋습니까?"

계유의 묻는 어조가 점점 뿌루퉁해졌다.

"좋구나."

"주인님이 좋다니 저도 좋아해야겠지요? 그런데 저는 저자가 싫습니다."

계유가 노골적으로 불만을 표하며 인상을 쓰자 재운이 말했다.

"나는 저자가 마음에 든다."

"하지만 저자는 주인님이 마음에 들지 않을 수도 있어요."

"설마 그럴 리가 있겠느냐?"

재운이 의아해하며 계유를 돌아보자 그는 서둘러 대답했다.

"사람의 마음은 알 수 없는 것입니다."

"그런가?"

재운의 깊고 서늘한 시선이 다시 중연에게로 향했다.

"하면 한번 시험해 보아야겠구나."

이런, 계유는 자기 입을 쥐어박으며 물었다.

"꼭 그래야 합니까?"

"궁금하니 어쩌겠느냐?"

"주인님의 사심이 느껴집니다."

"사심이 없다고는 말하지 못하겠다. 한데 나는 차라리 네 말대로 저자가 나를 싫어하면 좋겠구나."

"글쎄요, 그건 좀 어렵겠습니다."

"좀 전에는 지자가 나를 마음에 들어 하지 않을 수도 있다고 장담하더니 왜 갑자기 말을 바꾸느냐?"

재운은 계유를 다시 돌아보지 않았다. 그의 시선은 여전히 중연에게 단단히 붙어 있었다. 계유는 정색을 하고 대답했다.

"그랬으면 하는 저의 작은 소망이었습니다. 그러니 부디 저자에게 어떤 시험도 걸지 마십시오. 저는 여태까지 왕경에서 주인님을 싫다 하는 사람을 본 적이 없습니다. 사람들은 모두 주인님을 탐내지요. 심지어는 주인님께 적대적인 사람들조차도 어떻게든 기회가 되면 제 편으로 끌어들이고자 안달이지 않습니까?"

"내 재주가 뛰어난 탓이다."

"어련하시겠습니까. 그 교만도 동경의 대상이니 참 재미있는 노릇이지요."

"내가 저자를 가까이하는 것이 그리 싫으냐?"

"예."

"하면 좀 더 두고 보자. 아직은 급할 것이 없으니."

"두고 보자니요? 그럼 저자가 앞으로는 왕경에 머물 거란 뜻입니까?"

"폐하께서 간절히 원하신다."

"핑계 대지 마십시오. 지난 수년간 폐하가 저자를 왕경으로 불러들이고자 얼마나 애를 썼습니까? 폐하의 간절함도 저자의 마음을 바꾸지 못했습니다. 만약 이번에 저자가 왕경에 남는다면 그건 순전히 주인님의 술수가 작용한 것이겠지요."

"술수가 아니라 때가 된 것이다."

"그놈의 때, 조금 더 뒤로 미루면 됩니다."

"명命이 내가 아니라 폐하께 달렸으니 나라고 별수 있겠느냐."

재운은 중연의 환두도環頭刀*가 뽑히는 것을 보았다. 중연의 환두도가 우두머리의 목을 한칼에 베었다. 사자死者의 감지 못한 두 눈은 자신의 목을 벤 중연이 아니라 누각 위의 군주를 원망하듯 노려보고 있었다.

중연은 몸을 기울여 천천히 그의 눈을 감겨 주었다. 중연의 손이 닿자 얼어붙은 죽은 뺨이 움찔 놀랐다. 그의 수하들이 남은 자들의 목을 차례로 베었다. 차가운 몸들이 뜨거운 피를 토해 내며 풀썩풀썩 쓰러졌다.

---

* 자루 끝 부분에 둥근 고리가 있는 칼. 고리 안과 칼자루에 새긴 조각 장식으로 신분을 나타내며 이 부분은 금으로 되어 있다.

중연은 갑자기 울고 싶은 기분이 들었다. 그래 봐야 어차피 눈물은 나오지 않을 터이니 애써 참을 필요는 없었다. 그가 원했던 일은 아니었다. 그러나 저기 누각 위에 서 있는 여자가 이렇게 하기를 바라니 어쩔 수 없지 않은가.

만의 재위 삼 년에 시작된 농민반란 세력은 전국으로 번졌다. 그중에서도 북원*에 기반을 둔 양길의 무리가 가장 강성했다. 궁예가 양길에게 투항한 뒤 그 세력은 어진**까지 밀고 들어왔다. 중연이 벤 것은 굶주림에 화가 나서 도적이 된 누군가의 아버지이자 아들 들이었다.

'미안하구먼. 그렇다 하여 도적이 되어 사람을 해치는 것이 정당해지는 것은 아니라네.'

병사들이 시신을 끌어낸 자리에 붉은 꼬리들이 무수히 생겼다.

만이 가장 먼저 돌아섰다. 이어 군중이 흩어졌다. 중연은 흰 눈이 붉은 선혈을 모두 덮을 때까지 한참이나 홀로 그 자리를 지키고 서 있었다.

이윽고 중연이 내키지 않는 걸음으로 고문을 향해 들어가자 내내 그를 지켜보고 있던 젊은 여인은 그제야 말에서 내렸다. 그녀는 박후명의 딸 효원이었다.

이쯤이었던가? 효원은 좀 전에 중연이 섰던 자리에 이르러 걸음을 멈췄다. 죽은 이들의 피도, 중연의 발자국도 모두 지워

---

* 강원도 원주.
** 경북 울진.

졌다. 그녀가 밟고 있는 땅은 아무 일도 없었던 듯 이전의 흔적을 덮고 새로이 내린 백색의 장이었다.

효원은 그렇게 비장한 얼굴을 한 사내는 처음 보았다. 그는 마땅히 자신의 공적 앞에서 당당하고 자랑스러워야 했다. 한데 마치 울 것 같은 슬픈 눈을 하고 있었다. 대체 이 자리에 서서 무엇을 보고 느꼈기에 그런 표정을 하고 있었던 것일까.

중연에 대한 소문은 일찍이 들어 알고 있었다. 효원은 만이 왜 중연을 월성에 잡아 두려고 안달인지 알 것도 같았다. 만의 주변에는 김재운을 비롯해 용모가 아름다운 사내들이 몇 있었지만 그들은 꽃이었다. 왕경의 도련님들은 바람과 서리를 맞으며 한뎃잠을 자고 더위와 목마름에 시달리며 어쩌면 목숨을 잃을지도 모르는 전투를 기피했다. 한데 중연은 달랐다. 중연에 대한 호기심과 열망이 불쑥 솟은 효원의 시선이 절로 고문 쪽으로 향했다.

고문 안으로 들어선 중연은 잠시 멈춰 서서 무평문의 누각 지붕을 바라보았다. 오래전 그의 아버지가 시선을 두었던 무평문 앞에 다시 서자 중연은 새삼 기이한 기분에 사로잡혔다.

예전의 월성은 대궁을 일렀다. 그 모양이 반달을 닮았다 하여 반월성이라 불리기도 했다. 지금의 월성은 대궁을 포함하여 북궁과 동궁, 남궁과 관아 구역까지 모두 아울러 확장되었기에 그 모양이 거의 둥근 달에 가까워졌다. 하여 만월성이라 불렸다.

고문皐門을 통과해 외조外朝를 지나면 고문庫門인 무평문이

14

다. 무평문은 월성의 정문으로 북문이다. 무평문을 지나면 치문稚門인 중문이 있고 조집원이다. 응문應門인 남문을 지나면 정전인 조원전*이고 그다음 노문路門을 지나면 내조內朝이다.

무평문의 누각 지붕은 어린 시절부터 끊임없이 중연의 시선을 붙잡고 늘어졌다. 왕을 알현한 후 무평문을 나가 전장으로 출정했던 중연의 아버지는 결국 시신으로 돌아왔다. 언젠가 중연도 자신의, 혹은 누군가의 죽음을 앞두고 이 문을 나서게 될 것이다.

월성은 군대를 동원할 능력이 없었다. 귀족들이 사병을 내놓지 않아 만은 자신이 가진 얼마 되지 않는 병력을 사벌주로 내려보냈으나 진압에 실패했다. 사벌주의 반란을 계기로 온 나라가 어지러이 들끓었다. 이에 중연은 반란을 진압하고자 만에게 자청하여 왕경을 떠났다. 그는 지난 몇 년간 왕경 밖으로만 돌았다. 만은 몇 번이고 중연을 왕경으로 불러들이고자 했으나 그는 거절했다.

하지만 이제 중연은 이곳으로 돌아와야겠다는 생각이 들었다. 무평문 누각 지붕 위에서 한때 중연을 홀렸던 무엇인가가 그를 다시 부르고 있었다. 게다가 아버지가 무평문 누각 지붕 위에 남겨 둔 수수께끼도 아직 풀지 못하였다.

그는 더는 이 땅의 사람들을 죽이는 일에 매달리고 싶지 않았다. 그들이 왜 죽어야 하는지도 이제 모르겠다. 그들을 죽인

---

* 신정 하례, 정기 조회, 외국 사신의 접견과 같은 국가 차원의 의례를 행했던 장소.

다 하여 왕경이 달라졌던가? 왕경은 여전히 돼지들로 들끓었다. 그는 왕경에 저항하는 세력을 누르면 누를수록 그 저변에 도사린 거스를 수 없는 시간의 흐름을 느꼈다. 그는 막다른 곳에 몰린 기분이었고 그 막다른 곳이 바로 그가 있어야 할 곳이었다. 그가 끝까지 지켜 내야 하는 곳, 혹은 마지막을 함께해야 하는 곳은 바로 여기 이 왕경이었다.

무평문 누각 지붕 위로 펼쳐진 거대한 하늘에서는 끝도 없이 눈이 쏟아지고 있었다. 중연은 문득 한기를 느꼈다. 춥다. 어딘가 따뜻한 곳으로 가야겠다. 오랜만에 돌아온 왕경에서의 첫날 밤인데 기왕이면 근사한 곳에서 보내야지. 예쁜 여인들이 북적거리고, 불빛도 밝고, 밤새 술도 마실 수 있는 곳.

조원전에서 만이 조신들과 중연을 기다리고 있음에도 그는 기어이 평강방 안가교로 걸음을 돌렸다. 어디선가 무거운 침향의 향내가 그의 주변으로 불어 들었다.

그는 잠깐 고개를 돌려 향의 근원을 찾았지만 설경으로 뒤덮인 월성은 상복 입은 무덤처럼 희고 흰 자태 뒤로 모든 것을 감춘 채 아무것도 내보이지 않았다.

삼 년 후, 진성여왕 재위 십 년 구월 스무아흐렛날.

적두는 숨을 고르며 사방을 둘러보았다. 늙은것이 빠르기도 하다. 아직 물 냄새가 희미하게 남아 있었다. 적두는 날랜 시선으로 어둠을 훑었다. 희푸른 빛의 여운이 남쪽을 향해 긴 꼬리를 남기며 다급히 스며드는 것이 눈에 뜨였다.

'왕경인가? 기어이 왕경으로 다시 돌아가는군.'

적두는 쓴웃음을 지으며 말 머리를 돌렸다. 그 역시 왕경을 떠난 지 칠 년 만에 돌아가는 것이었다. 빛은 북천*을 건너 월성을 돌아 곧장 황룡사로 향하더니 이내 사라져 버렸다.

적두는 말을 멈췄다. 황룡사는 휘황한 등불에 휩싸여 있었다. 법회 중인 모양이다. 황룡사의 등불이 아무리 밝다 해도 늙은것이 지닌 빛은 감출 수 없다. 그런데 눈 깜짝할 사이에 빛이 사라졌다.

'어디로 숨은 것이지?'

비릿한 물 냄새가 적두의 코끝에서 피어올랐다. 희미한 빛의 여운이 온몸으로 느껴졌다. 늙은것은 틀림없이 이 근처에 있었다. 그것도 아주 가까이에. 적두는 황룡사를 바라본 채 감각을 바짝 세웠다.

황룡사 담장 밖 오른쪽 방향에서 차갑고 축축한 바람이 불어 나왔다. 적두의 등골이 서늘해졌다. 이 바람은 보통 바람이 아니다. 늙은 신물이 발산하는 기운이었다. 늙은것이 거기 어딘가에 찰싹 달라붙어 꼼짝도 하지 않고 있었다.

적두의 정수리에 있는 일곱 개의 붉은 점들이 뜨끔해졌다.

---

* 왕경 북쪽에 있는 강.

그의 입귀가 올라갔다. 그러면 그렇지. 제대로 쫓아왔다는 증거였다. 언제나 그가 열중해 왔던 그것도 멀지 않은 곳에 있었다. 늙은 신물을 쫓다 보면 언젠가는 그것과 맞닥뜨릴 줄 알았다.

'늙은 신물이 내게 쫓기는 신세가 됐으니 결국 그것에게 몸을 의탁하지 않고는 대안이 없을 터이지.'

적두는 문수사에 적籍을 두기는 했으나 일 년의 태반을 사찰 밖으로 떠돌았다. 가끔은 해를 넘긴 적도 있었다. 하지만 이번만큼 오래 비운 적은 없었다. 칠 년 전 박후명이 그에게 도저히 뿌리칠 수 없는 부탁을 했기 때문이었다.

칠 년 전, 박후명은 문수사로 막 돌아온 적두를 모량부로 불러들여 다짜고짜 황룡사 오른쪽에 본래 있었던 신물이 무엇이냐고 물었다. 황룡사의 일이라면 황룡사의 승려를 불러다 물어보면 될 것이나 박후명이 굳이 적두가 돌아오기를 기다려 부른 것에는 이유가 있었다.

적두가 대답했다.

"지금으로써는 황룡사 경내의 종루를 꼽을 수 있겠고, 황룡사 경외에는 특별한 것이 없습니다."

박후명은 고개를 저었다.

"아니, 그런 것이 아니오. 최근 대궁에서 본래 황룡사 오른쪽에 있던 신물을 다시 제자리로 돌려보낸다는 말이 있어 묻는 것이오. 하니 지금은 황룡사에 없는 신물인 것이오."

적두가 곰곰 생각해 보더니 조심스럽게 말을 꺼냈다.

"하오면 수주水珠뿐이온데……."

"수주?"

삼백여 년 전 진흥왕 시절, 황룡사 터는 왕궁을 세우려던 자리였다. 그런데 기초공사 중에 황룡이 나타나 하늘로 솟아오르는 것을 보고 왕궁 대신 사찰을 세운 것이다. 본시 황룡사 터는 웅덩이가 많은 습지로 수주를 물고 있는 땅이라 하여 고대부터 천문을 보던 자리였다. 그런데 땅을 메우는 과정에서 터를 파헤치고 물을 말리자 견디지 못한 황룡이 수주를 문 채 달아난 것이다.

"황룡이 물고 달아난 수주라니? 황룡이란 것도 그렇고 믿기 어렵소."

"황룡이 어떤 대상을 뜻하지는 중요하지 않습니다. 황룡이 진짜 용이든 황룡의 이름을 빌린 사람이든, 중요한 것은 신물의 존재지요."

"하면 그 수주가 지금 어디 있단 말이오?"

"모릅니다. 소승이 분명하게 말씀드릴 수 있는 것은 왕경 내에는 없다는 것입니다."

"아니오, 보군공 김호전이 죽기 직전 대궁에 들어 폐하와 독대하였소."

"보군공이라면 이미 도당에서 물러난 자가 아닙니까?"

보군공 김호전은 대당大幢*의 장군으로 헌강왕이 붕어한 후, 만의 청에도 불구하고 기어이 관직을 내놓고 한기부**의 사저로 돌아갔다.

"그러니 더더욱 수상쩍은 것이 아니겠소. 하여 환수*** 용이 이를 은밀히 엿듣고 내게 전한 말에 의하면 당시 보군공이 폐하께 신물을 보러 왔다 말하였소. 이는 지금 황룡사에 없는 그 신물이 월성에 있다는 뜻이오."

"신물을 보러 왔다? 하여 폐하께서 뭐라 답하셨답니까?"

적두가 고개를 갸웃거리며 물었다.

"보군공을 보면 반가워할 거라고 말씀하시었소. 그러나 보군공은 원망하면 원망하였지 반가워할 리가 없다고 했소. 이어 폐하께서 보군공에게 물었소. 이제 그 신물을 어디에 둬야 하느냐고. 그러자 보군공은 황룡사 오른쪽 본래 있던 자리로 돌려보내는 것이 마땅하다고 답했소."

적두는 박후명의 이야기를 신중하게 생각해 본 후, 입을 열었다.

"그 말씀 중에는 신물이 지금 월성에 있다는 근거가 어디에도 없습니다. 독대가 끝난 후 보군공의 행적은 알아보셨습니

---

* 각 지방의 주州에 설치하였던 여섯 군영軍營 중 하나.

** 모량부와 마찬가지로 신라 지배 세력인 왕경 육부 중 하나.

*** 통일신라와 고려 시대의 환관(내시)은 왕을 측근에서 모시는 비서직으로 일반적인 문관이었다. 후대에 환관(내시)이라 불렸던 거세를 한 이들은 통일신라 시대에는 환수라 불렸으며 천민이었다.

까? 그가 간 곳이 바로 신물이 있는 장소입니다."

"그는 아무 곳으로도 가지 않았소. 월성에 잠시 머물다가 한 기부로 돌아가는 길에 내 집에 들렀고 내가 보는 앞에서 그만 죽을 때가 되었다며 스스로 목숨을 끊었소. 그게 다요. 그가 간 곳이라곤 월성과 내 집뿐이었소. 내 집에 신물이 없으니 틀림없이 월성이오."

"혹은 밀담이 새어 나간 것을 눈치챘을 수도 있지요. 해서 미행을 우려하여 아예 신물을 보러 가지 않았을 수도 있습니다."

박후명은 일리가 있다는 듯 고개를 끄덕였다.

"허긴 보군공이 꽤 신중한 늙은이긴 하오. 하면 선사는 대궁이 왕경 밖 어딘가에 숨겨 두었던 신물을 들여와 황룡사 오른쪽 본래 있던 자리에 두겠다는 것으로 보는 것이오?"

"왕경 안에는 수주가 없으니 아마도 그리되는 것이겠지요."

그러나 박후명은 여전히 의심스러운 듯 미간을 모았다.

"소승의 눈을 믿지 못하십니까? 하오면 십일 년 전 소승이 어찌 해간 어른의 집을 찾게 되었는지 생각해 보십시오."

그때 적두는 얼굴색이 붉고 정수리에 다섯 개의 팥알 같은 붉은 점이 박힌 서른을 갓 넘긴 젊은 승려였다. 그는 오랫동안 무예를 단련한 사람처럼 단단하고 우람한 체구를 갖고 있었다. 머리는 파릇하니 깎았으나 눈썹은 숯처럼 검었고 눈동자는 짐승의 것처럼 노르스름하고 부리부리하였다.

그 승려는 박후명의 집 주변에 엿보는 신물이 있으니 집 안에 젊은 아가씨가 계시면 아무도 모르는 곳으로 보내라 일렀을 뿐 그 이상 자세한 말은 해 주지 않고 가 버렸다. 박후명이 뒤늦게 그 승려를 수소문해 문수사로 사람을 보냈으나 이미 어디론가 떠나고 없었다.

"선사의 말씀 때문에 나는 내 누이동생을 잃었소."

"소승의 잘못이 아닙니다. 소승은 분명 아가씨를 아무도 모르는 곳으로 보내라 말씀드렸습니다. 하온데 나중에 들어 보니 입궁을 시키셨더군요."

박후명은 눈살을 찌푸렸다.

"신물이 내 누이동생을 엿본다 하니 누이동생을 통해 신물을 받으려 했지. 나는 그 신물이 대궁에서 주는 것이라 여겼소."

박후명은 지금도 생생하게 기억한다. 십일 년 전인 헌강왕 재위 사 년, 포석금의 연회가 있던 그날 밤, 침수에 든 헌강왕은 사흘간 잠에서 깨어나지 못했다. 월성이 발칵 뒤집혔다.

사흘째 되던 날 새벽, 헌강왕의 곁을 지키던 의원과 궁인 들이 모두 지쳐 졸고 있을 때 오직 환수 용만이 깨어서 헌강왕의 기묘한 잠꼬대를 들었다. 처음에 환수 용은 헌강왕이 무슨 말을 하는지 알아듣지 못했다. 그는 왕의 잠꼬대를 듣기 위해 자신의 귀를 왕의 입에 바짝 가져다 댔다.

'죽을 것을 알면서 짐의 여인으로 들여야 하다니, 이것이 어찌 사람이 할 짓인가. 하나 호국의 신물을 얻지 못하면 동도의 해가 진다니 이를 어쩔꼬.'

헌강왕의 관자놀이를 타고 떨어진 눈물이 끝없이 베개를 적셨다. 환수 용은 몹시 당황하여 조심스레 헌강왕을 깨웠지만 헌강왕의 잠꼬대는 계속 이어졌다.

'짐에게 속하나 짐의 것은 아니다. 호국의 신물을 얻기 위해 가장 많은 눈물을 흘린 자가 신물의 주인이다. 그것이 대체 누구란 말인가? 어찌하여 신국의 운명이 짐이 아니라 알지 못하는 그 손에 달렸단 말인가?'

이튿날 헌강왕이 편전인 내황전에서 가장 먼저 한 말은 후비를 들이겠다는 것이었다. 환수 용으로부터 왕의 기이한 잠꼬대에 대해 미리 언질을 받았던 박후명은 왕이 커다란 신몽을 꾸었다고 여겼다.

헌강왕은 온갖 초자연적 고사를 지닌 경문왕의 아들이자 그 자신이 호국 신을 보는 눈을 갖고 있었다. 그런 왕이 꾼 꿈이니 어찌 숙고해 보지 않을 수 있겠는가.

여인을 들여 호국의 신물을 얻는다? 그 신물은 왕에게 속하나 왕의 것은 아니다? 박후명은 신물이 곧 후사라고 확신했다. 여인을 들여 얻을 수 있는 것이라면 달리 생각할 수 있는 것이 없었다.

그 후사가 만약 어린 나이에 보위에 오르게 되면 결국 왕을 움직이는 자의 손에 신국의 운명이 쥐어지게 되니 신물을 가진 자의 손에 신국의 운명이 쥐어져 있다는 왕의 신몽과 꼭 들어맞지 않는가.

왕의 신몽에 따라 누이동생이 후사를 낳고 죽으면 상대등 김위홍이 조카인 헌강왕을 보위에 올리고 왕의 숙부로서 권력을 쥔 것처럼 그 역시 도당의 최고 권력자가 될 것이다.

호국의 신물이라 했으니 조카는 필시 이 나라를 다시 일으켜 세울 비범한 왕이 될 것이다. 그 왕을 가진 자가 바로 자신이 되는 것이다.

박후명은 열세 살 차이가 나는 누이동생 박여를 헌강왕의 후비로 들여보냈다. 왕의 잠꼬대가 사실이라면 여는 죽게 된다. 하지만 박후명은 상관하지 않았다. 그가 하겠다고 마음먹었다면 누구도 그 결심을 흔들거나 바꿀 수 없었다.

신물을 얻기 위해 가장 많은 눈물을 흘린 자가 신물의 주인이라 했기에 박후명은 생각했다. 왕의 후사를 낳고 여가 죽는다면 가장 많은 눈물을 흘릴 자는 어머니였다. 그러므로 자신이 어머니보다 더 많은 눈물을 흘리면 되는 것이다.

박후명은 눈물을 쥐어짤 수 있는 매운 향과 약초를 잔뜩 구해 오라 일렀다. 그러나 그는 결국 올 기회를 갖지 못했다. 후사가 태어나기는커녕 여는 대궁에서 아예 흔적도 없이 사라졌다. 그는 무엇이 잘못되었는지 알 수가 없었다.

여는 혼인 첫날밤, 하늘이 만월의 금빛으로 가득 찬 가운데 달빛 한 줌 새어 들지 못하는 창 없는 방의 어둠 속에서 온데간데없이 사라졌다.

박후명은 분노하여 환수 용을 죽이고자 하였다. 여도 잃고 신물도 얻지 못하였으니 이만저만 화가 난 것이 아니었다. 그는 버러지만도 못한 환수에게 속았다고 여겼다. 그러나 환수 용은 고개를 저었다.

'소인은 들은 대로 전하였습니다. 이를 해석하신 것은 해간 어른이십니다. 제가 틀린 것이 아니라 해간 어른의 생각이 틀린 것이지요.'

'무어라? 천한 것이 감히 나를 가르치려 들어?'

'아니옵니다. 소인은 본시 무식한 종자라 그저 해간 어른이 시키신 대로 했을 뿐이라 말씀드리는 것이옵니다.'

환수 용은 쩔쩔매며 말했다. 어쨌거나 환수의 말이 틀리지 않았다. 박후명은 환수 용의 두툼한 눈두덩 밑에 감춰진 탐욕의 눈동자를 한 번만 더 참아 보기로 했다. 아직 환수 용은 쓸모가 있었다.

어쩌면 신몽이 아니라 왕의 단순한 잠꼬대를 그가 오해한 것일지도 몰랐다. 환수는 그저 들은 대로 전했을 뿐이고. 호국신을 보는 왕이라 해도 역시 사람이 아닌가.

이후로 박후명은 보군공이 수년 만에 대궁에 들어 와병 중인 만을 독대하고 은밀히 신물의 이야기를 다시 꺼낼 내까시 신물에 대한 일은 잊고 있었다.

적두가 말했다.

"신물에는 여러 가지가 있습니다. 여 아가씨께 다가오려 했던 신물은 해간 어른께서 구하시는 수주가 아닙니다. 소승은 그때 대궁의 일을 잘 알지 못하였기에 굳이 설명을 드리지 않았던 것입니다."

"대체 그때 여에게 오려 했던 신물은 무엇이었소? 무엇이었기에 여를 피신시키라 말씀하신 것이오?"

"그것은 설명하기가 매우 어렵습니다."

"어찌하여?"

"십일 년 전, 해간 어른 댁을 엿본 것은 불과 씨, 물과 바람 그리고 어둠이었습니다. 그것은 딱히 소승의 눈에도 보이는 것이 아닙니다. 하오나 소승은 그것의 존재를 알지요."

"그것이 무엇이오?"

"나무붙이입니다. 소승은 문수사에 적을 두고 있지만 본디 저柢 사냥꾼입니다. 소승이 문수사를 자주 떠나 있는 것은 그 때문이지요."

"저柢라면 나무붙이들이 변한 목랑木郎을 가리키는 말이 아니오?"

"예. 혹은 돗가비*라고도 하지요. 저柢는 사람의 일에 개입하거나 여인들을 탐내지요. 소승은 당시 여 아가씨를 저柢에게 빼앗기게 될 것을 막으려 했습니다. 하온데 나중에 들으니 입궁하신 여 아가씨께 좋지 않은 일이 생겼다 하더군요. 모두 소승의 불찰입니다. 그때 좀 더 자세히 말씀을 드리고 여 아가씨를 숨길 만한 은신처를 마련해 드렸어야 했는데."

왕경에서 손꼽히는 미인이었던 박여가 헌강왕의 후비로 입궁한 후 혼인 첫날밤 사라지자 항간에 수많은 소문이 돌았다.

---

* 도깨비를 말한다. 서라벌에는 원래 수목의 신 혹은 나무붙이인 목랑, 즉 두두리를 모시는 신앙이 있었다.

다른 사내와 달아났다는 소문부터 아들이 없는 왕후가 독살하고 시신을 없애 버렸다는 소문까지 별의별 괴담이 있었으나 헌강왕은 모두 일축했다. 헌강왕은 후비의 행방을 찾으라고 명했지만 그 일은 여전히 해결되지 않은 채 미궁 속에 빠져 있었다.

"당시 월성에서 무슨 일이 있었는지는 모르겠으나 여 아가씨의 운명은 안에 있으나 밖에 있으나 정해진 것을 피할 수 없었던 듯합니다."

"됐소, 지나간 일이오."

박후명은 손을 내저었다. 누이동생의 죽음은 이미 각오한 일이었다. 그때로 돌아간다 해도 적두의 조언에 따라 여를 숨기는 일은 없었을 것이다. 그는 신물을 손에 넣기 위해서라면 여가 아니라 무엇이라도 내놓을 수 있었다.

"그보다 선사가 저 舍 사냥꾼이라니 좀 놀랍소. 그런 것이 있다니?"

"문수사 내에서 은밀히 전해지는 일종의 보직이지요."

"은밀히? 하면 문수사의 다른 승려들은 모르는 것이로군."

"예, 이것은 한 사람의 스승에게서 한 사람의 제자로만 이어집니다."

"한데 지금 그 비밀을 내게 발설했군."

"해간 어른의 신뢰를 구하고자 함이지요. 하오니 수주를 보는 소승의 눈도 믿어 보시지요. 수주에는 감출 수 없는 독특한 빛이 있습니다. 소승은 수주가 가진 빛을 볼 수 있지요. 제가 알기로 그 수주는 삼백년 전에 사라진 이후, 왕경에 다시 들어

온 적이 없었습니다. 대체 헌강왕께서는 그 수주를 어디서 어떻게 얻으셨다는 겁니까?"

"나야말로 알고 싶소. 나도 헌강왕을 모시던 환수의 입을 통해 들은 것이 전부일 뿐, 그 이상은 모르오."

박후명은 이마를 찌푸렸다. 환수는 알아낸 것을 족족 그에게 고하지는 않았다. 그는 환수의 저울질이 못마땅했지만 그 입을 통해야만 대궁의 일을 알 수 있기에 계속 두고 볼 수밖에 없었다.

박후명이 신물의 존재 유무에 대해 의혹을 품고 마음을 접은 차에 헌강왕이 붕어하였다. 이후로 신물에 대한 어떤 이야기도 가져오지 않던 환수 용은 만이 즉위하고 보군공이 다시 대궁에 들자 그제야 박후명을 찾아와 느물거리며 입을 열었다.

'지난날, 소인이 그만 깜빡 묻어 버린 일이 이제야 생각났지 뭡니까.'

이제야 생각난 것이 아니라 쟁여 두었다가 자신의 쓸모를 알려야 할 때마다 하나씩 뽑아 쓸 작정이었겠지. 천하고 괘씸한 놈!

'말해 보아라.'

'실은 헌강왕께서 사흘간 잠에 빠지시기 직전 보군공과 함께 은밀히 월성을 비우신 일이 있었습니다.'

'은밀히 월성을 비워? 그런 중대한 사실을 지난 십여 년간 내게 말하지 않다니, 네가 감히 나를 기만하였구나.'

'어쩔 수 없었습니다. 헌강왕께서는 그 사실을 절대 비밀에 부치셨습니다. 사실이 알려지면 제 혀를 뽑겠다고 하셨지요. 저도 지킬 것은 지켜야 했습니다. 하오나 이제 해간 어른께 처음 고하는 것이니 부디 용서해 주십시오.'

박후명은 그날 밤 헌강왕과 보군공의 외출에 관해 환수를 제외하고는 자신이 유일하게 알고 있다는 사실에 일단 노여움을 치우고 물었다.

'그래, 그 둘이 대체 어디를 갔었단 말이냐?'

'그건 모릅니다. 헌강왕께서 따르지 못하게 하셨습니다. 소인의 생각엔 보군공이 그날 밤 헌강왕께 신물을 얻게 해 드린 것이 아닌가 여겨집니다. 보군공은 호국의 신물에 관해 알고 있었던 것이 분명합니다. 헌강왕께서는 보군공과 은밀히 어딘가 다녀오신 후 기이한 잠꼬대를 내놓으셨습니다. 우연의 일치라고 하기에는 다소 여의치 않지요.'

보군공이 헌강왕에게 신물을 얻게 해 주었다? 환수의 말에 일리가 있었다. 보군공의 이립而立* 이전의 행적이 서의 일더져 있지 않은 것을 생각해 보면 그 늙은이는 확실히 어딘가 수상쩍은 구석이 있었다. 호국 신을 보는 왕은 과거의 한때가 불명한 무장을 끔찍하게 신임했다. 필시 그 늙은 무장에게 뭔가 기이한 재주가 있으니 잘 어울렸던 것이겠지.

'이 일은 네가 생각하는 것보다 훨씬 더 위험한 것임을 명심

---

* 남자 나이 서른 살.

해야 할 것이다. 만약 이 일에 관한 소문이 다른 자의 입을 통해 내 귀에 들린다면 너는 죽는다.'

박후명은 환수 용에게 은자를 집어 주며 단단히 못을 박았다.

'여부가 있겠습니까? 그 정도는 소인도 압니다.'

환수 용은 은자로 불룩해진 소매를 추스르며 고개를 조아렸다.

'앞으로 신물에 관한 이야기는 내게만 가져오너라. 무슨 말인지 알아듣겠지?'

환수 용은 특정한 사람의 끄나풀이 아니라 재물을 건네면 모든 사람에게 정보를 팔았다. 즉 환수 용을 통해 자신이 알아낸 것만큼 다른 이들도 환수 용을 통해 자신의 정보를 얻어 간다는 위험이 있는 것이다. 이를 모르고 있는 것은 정작 환수 용을 부렸거나 부리고 있는 당사자들뿐이었다.

그러나 헌강왕의 유지를 지켜 그가 붕어할 때까지 입을 다문 것으로 보아 호국의 신물 이야기만큼은 환수의 경박한 세치 혀를 통해 새어 나가지 않을 것을 박후명은 확신했다. 그래도 다시 한 번 다짐을 받아야 했다. 환수 용은 얼른 대답하지 않고 잠깐 뜸을 들인 후 조심스럽게 입을 열었다.

'해간 어른의 말씀대로 할 것입니다. 대신 청이 있습니다. 훗날 신물을 손에 넣으시거든 소인의 공을 인정하여 소인의 뼈에 작은 품계를 내려 주실 수 있겠습니까?'

박후명은 속으로 코웃음을 쳤다. 그 천한 뼈로 감히 나와 머리를 마주하고 도당의 상에 앉을 꿈을 꾸다니. 네놈이 그동안 왕경의 귀족들을 두고 누가 그 뼈 값을 가장 잘 쳐줄지 저울질했던 모양이로구나.

'오냐, 네 입이 얼마나 무거운지 먼저 두고 보자.'

환수 용은 김씨들 중에서는 자신의 뼈 값을 매겨 줄 사람을 찾지 못했다. 하여 박씨들 쪽으로 기울었는데, 지금 대궁의 실세인 대아찬 박예겸은 환수 용을 필요로 하지 않았다. 환수 용의 입과 발을 가장 많이 불렀던 것은 박후명이었다. 박후명은 대궁의 일에 관심이 많았고 야망이 있었으며 박예겸을 시샘했다. 환수는 박후명에게 자신의 공을 보탰을 때 가장 많은 보상을 받을 수 있으리라 여겼다.

박후명이 적두에게 물었다.

"그 수주란 대체 어떤 물건이오?"

"수주는 별을 보고 미래를 예견하는 땅의 물에서 만들어집니다. 때문에 강, 즉 가람의 수주라고 부르지요. 가람의 수주가 있는 자리에서 읽어 낸 미래는 인간의 힘으로 바꿀 수 있다고 신해집니다. 그것이 본래 황룡사 오른쪽에 있었다고 들었습니다."

"하면 그 수주는 호국의 신물이 될 수 있는 물건이오?"

"예. 황룡사는 신라의 호국 사찰입니다. 하오니 그 땅에서 나온 수주는 마땅히 국운을 지닌 신물이 되지요. 따라서 수주는 본디 왕에게 속한 물건입니다. 그러나 왕은 가질 수 없습니다. 가질 수 있는 것이었다면 진흥왕께서 진작 손에 넣으셨겠지요."

"국운을 지닌 물건인데 어찌 왕이 가질 수 없단 말이오?"

"왜냐하면 수주는 영원하지만 왕국은 영원하지 않기 때문입니다. 영원하지 않은 왕국의 주인들은 영원한 왕국을 위해 언제나 수주를 원하지만 그것은 욕심일 뿐이지요."

그제야 박후명의 머리가 환해졌다. 신물이 그 수주라는 것에 더는 의심의 여지가 없었다.

"선사가 그 신물을 찾아낼 수 있겠소?"

"노력해 보지요."

적두가 망설이지 않고 승낙하자 본래 의심이 많은 박후명은 오히려 의아해졌다. 혹 신물을 두고 다른 목적이 있는 것은 아닐까? 박후명의 속내를 읽은 듯 적두가 말했다.

"소승은 저杵 사냥꾼입니다. 가람의 수주를 쫓는 것은 저杵를 쫓는 것과 같지요."

"그게 무슨 말이오?"

"가람의 수주가 가진 빛을 숨길 수 있는 것은 오직 저杵뿐입니다. 그것도 아주 오래 묵은 큰 저杵만이 가능하지요. 소승이 가람의 수주를 쫓게 되면 수주는 저杵를 찾아 숨으려고 할 겁니다. 걱정 마십시오. 대궁이 수주를 옮기기 전에 소승이 먼저 찾아낼 것입니다. 해간 어른 덕에 소승도 오랜만에 사냥다운 사냥을 해 보게 되었습니다."

적두는 지난 칠 년간 신물의 흔적을 쫓아 방방곡곡을 헤매

다녔고 쫓기던 신물은 결국 왕경으로 되돌아왔다. 적두는 신물의 흔적이 끊긴 황룡사우방* 구역을 샅샅이 뒤져 나가기 시작했다. 헤아려 보니 황룡사우방 구역 내에 들어서 있는 가옥은 모두 열여덟 채였다.

황룡사우방 구역의 왼쪽 도로는 경문왕 시절 황룡사 확장 공사로 폐쇄되어 담장이 황룡사와 붙어 있었고, 오른쪽 도로는 방의 구역 내로 들어가는 골목 없이 가옥들의 대문만 밖으로 나 있었다. 방의 안쪽에 자리한 가옥들은 남쪽 도로와 북쪽 도로로 하나씩 열려 있는 골목을 통하여 모두 찾아 들어갈 수 있었다.

그런데 딱 한 집, 방의 한가운데 자리한 그 집만은 어찌하여도 가까이 갈 수가 없었다. 적두는 방의 담장 위로 올라가 우방 내의 전경을 살펴보았다.

가옥을 둘러싸고 담장을 따라 백목련과 자목련이 빼곡하게 뒤덮인 탓에 안이 잘 들여다보이지 않는 그 집은 황룡사우방 내의 가옥들 중 가장 넓은 면적을 차지하고 있었다. 적두는 그 집의 대문이 방의 북쪽 골목으로 통해 있는 것을 분명히 확인했다. 그러나 막상 북쪽 골목을 찾으면 막힌 담장뿐, 골목 입구는 어디에도 보이지 않았다.

---

* 신문왕 때 왕경 내에 방方을 구획하고 도로를 정비하였다. 신라 하대 왕경에는 6부 55리 1,360여 방이 들어서 있었다. 방마다 크기가 조금씩 다른데 대략 가로와 세로의 거리가 백 미터에서 이백 미터 사이였으며, 방의 이름은 주요 건물을 기준으로 동서남북 상하좌우의 방향을 붙여 정했다.

적두는 골목의 입구를 찾는 것을 포기했다. 대신 그 집을 둘러싼 다른 집들의 지붕과 담을 넘어 곧장 진입을 시도했다. 그러나 몇 집을 거쳐도 그 집의 주변만 돌고 있을 뿐 안으로 들어갈 도리가 없었다.

한층 더 짙어진 물 냄새가 목련 나무들로 가려진 그곳에서 풍겨 나오고 있었다. 진작 졌어야 할 목련꽃들이 아직도 흐드러지게 피어 있는 것을 보며 적두는 저ㅐ의 존재를 확신했다.

'눈앞에 두고도 손을 쓸 수가 없다니.'

적두는 일단 발길을 돌렸다. 멀리 선도산 쪽에서 하얀 연기가 피어오르며 붉은 기운이 치솟았다. 가뭄 끝에 불이 난 모양이로군. 적두는 신경 쓰지 않고 곧장 모량부로 향했다.

불길 속에서 유황 냄새가 났다. 뜨거운 열기가 끓어오르는 분화구에서 내뱉는 화난 숨 같았다. 선도산 산성에서 원인 모를 불이 났다. 왕경의 서쪽을 지키는 관문이 반란군이 아닌 불길에 뚫렸다. 죽은 줄 알았던 산이 살아나 몸부림치는 것을 보고 사람들이 수군거렸다.

선도산 자락에 누워 있는 죽은 왕들이 노하였다. 그렇지 않다면 돌로 쌓은 산성에 어찌 불이 붙었을 것이며 왜 이리 꺼지지 않는단 말인가?

설상가상으로 바람조차 멎어 주질 않았다. 비라도 내리면 좋겠지만 왕경은 지난해에 이어 올해도 가뭄이었다. 산허리를 빙 둘러 쌓은 산성에서 시작된 불길은 이미 바짝 마를 대로 마른 산천을 뒤덮으며 거침없이 번졌다. 건조한 산에 붙은 불이 어찌나 거센지 속수무책이었다. 이대로 계속 서풍이 몰아치면 월성까지 불길이 달려갈 것이다.

산 아래에는 월성을 드나드는 금교가 서천을 가로질러 놓여 있었다. 불길은 곧장 금교를 향했다. 금교를 건너면 흥륜사였다. 흥륜사가 스스로를 태워 불길이 월성으로 침범하는 것을 막아 줄 것인가, 아니면 흥륜사가 불길을 보태어 월성으로 옮겨붙을 것인가. 누구도 예측할 수 없었다.

사방에서 불길을 자빠뜨릴 골을 황망하게 파고 있었지만 부질없었다. 불길은 마치 주문에 걸린 듯 빠르고 크게 번져 갔다. 춤추는 용처럼 날뛰는 불길에 병사들은 몇 삽을 뜨기도 전에 몸을 피하기 바빴다.

불을 끄자고 덤비고는 있었으나 사람도 물도 부족했다. 모량부와 양부에서 군사들을 보냈다. 한쪽에서는 급하게 기우세 의식에 들어갔다. 모두가 우왕좌왕하는 중에 딱 한 사람만이 한가하게 불구경을 하느라 여념이 없었다. 월성에서 기우제를 위해 파견한 전사서사* 김재운이었다.

"그렇게 감탄만 하고 있을 때가 아닙니다, 주인님!"

주인이 선도산으로 나갔다는 말을 듣고 허겁지겁 따라온 계

---

* 전사서典祀署는 예부禮部 산하의 기관으로 제사를 관장하는 관청. 전사서사는 전사서의 말단 관리.

유가 말했다.

"안다. 하지만 피할 사람은 모두 피하지 않았느냐?"

"불길을 끊어야지요. 예사로운 불이 아니니 이대로 놔두면 월성까지 잿더미가 될 거예요."

"어차피 다 타 버려야 끝날 불길이다."

"예? 그럼 정말 저 불길이 월성을 태워 버릴 때까지 그냥 두실 작정이세요?"

"내가 설마 그러겠느냐?"

그때 문득 어디선가 거문고 소리가 들려왔다. 이 난리에 뜬금없는 거문고 가락이라니. 올려다보니 불길에 휩싸인 성벽 위에서 누군가 거문고를 타고 있었다. 불길은 여전히 멈출 줄 모르고 치솟아 올랐다.

거문고 가락이 사람들의 부산한 손을 멈추게 만들었다. 스산한 음률들이 차가운 비처럼 불길 위로 떨어졌다. 도무지 비를 내릴 것 같지 않은 하늘이건만 여전히 불가능을 향해 희망을 갖는 것이 사람이다. 그러나 거문고 가락은 이제 그런 기대마저 버리게 만들었다.

오래된 고목이 거문고 가락에 감복했는지 불길에 몸을 내맡기며 춤을 추었다. 춤이 끝나자 고목은 천둥 같은 소리를 내며 쓰러졌다. 커다란 뜨거움이 불쑥 떨어지자 다들 소스라치며 물러서는데 재운은 오히려 앞으로 나아갔다.

그는 불길에 뒤척이는 고목의 곁을 지나 곧장 성문 쪽으로 걸어갔다. 계유가 허겁지겁 주인의 뒤를 쫓았다. 재운이 성문 안으로 들어가려 하자 계유가 주인의 옷자락을 잡으며 말렸다.

"가지 마세요. 저 위에 있는 자는 이미 이 세상에 미련을 버린 자예요."

"안다. 그래도 이야기는 해 봐야 하지 않겠느냐?"

"그러면 몸에 물이라도 적시고……."

"되었다."

재운은 손을 내저으며 그대로 불길을 뚫고 화마의 너머로 들어갔다. 불꽃에 휩싸인 재운의 모습이 금방이라도 또 다른 불꽃으로 화하여 스러질 듯 아슬아슬 위험해 보였다.

재운이 성벽 계단을 반쯤 올라갔을 때 갑자기 거문고 소리가 멈췄다. 주홍빛 불꽃 속에서 크고 검은 그림자가 어른거리며 재운을 내려다보았다. 재운도 그 시선에 고개를 들었다. 재운의 두 뺨이 젖어 있는 것을 보고 그림자가 물었다.

"울고 있느냐?"

"네. 기문고 가락이 참으로 아름답습니다."

"나의 소리가 사람의 마음을 움직였느냐?"

"그렇습니다."

"네가 사람이냐?"

"그렇기도 하고 아니기도 합니다."

그림자는 한참 동안 재운을 물끄러미 바라보더니 고개를 끄덕였다.

"과연 사람이기도 하고 아니기도 하구나."

"하오니 저를 감동시킨 것은 사람과 사람이 아닌 것을 모두 감동시킨 것과 같습니다."

"그러한가? 정녕 그러한가?"

"서천을 건널 작정이십니까?"

"그러하다."

"월성을 태우고자 하십니까?"

"그러고자 했다. 한데 지금은 네가 있어 안 되겠구나."

"그렇습니다. 제가 왕경에 있는 한 그러실 수 없습니다. 하오나 가지고 오신 소리는 남았으니 그것으로 위안을 삼으십시오."

"돌아서면 내가 들려준 소리는 모두 잊을 것이다."

"제가 기억합니다. 사람의 귀가 기억하지 못해도 하늘의 해와 달이, 산천의 초목과 짐승 들이 기억합니다. 바위에 새겨졌고 숲에 스며들었습니다. 하오나 세상에 영원한 것은 없습니다. 때가 되면 사라지고 때가 되면 다시 돌아오지요. 언젠가는."

"언젠가는?"

"예, 언젠가는."

"그러하구나, 언젠가는."

빗방울이 툭 떨어졌다. 이어 거센 빗줄기가 쏟아졌다. 순식간에 불길이 잦아들었다.

기우제는 아직 단도 꾸미지 못했는데 전사서의 김재운이 거문고를 타는 불길 속으로 들어가 몇 마디 말을 나누니 불길이 알아서 물러갔다는 소문이 왕경과 월성으로 퍼졌다.

"대단하네, 불을 설득하다니. 어찌 불과 말이 통했단 말인가?"

"말이 통했겠나? 진심이 통했겠지. 그래도 용하고 한편으로는 수상쩍네."

또 어떤 이는 이렇게 말했다.

"수상쩍기는 딱 그 시점에 맞춰 내린 비일세. 그 비가 대체 누구의 부탁으로 내린 것인가 말일세. 그 불길 속에서 울리던 거문고 소리는 또 무엇이고?"

시절이 하 수상하니 모두가 불안에 떨었다. 고작 이십여 년 전만 해도 그토록 태평성세를 누렸건만. 며칠 동안 왕경의 해는 구름을 벗어나지 못했다.

박후명은 주위를 물리고 적두와 거하게 차린 상 앞에 마주 앉았다.

"오랜만에 뵙소."

"예, 그간 별고 없으신 줄 압니다. 예부령의 자리에 드셨다지요."

"그리되었소."

"썩 만족하시는 자리는 아닌가 봅니다."

"딱히 그렇진 않소. 지금은 이 자리가 필요할 뿐이지."

승복을 입었으나 저㑅 사냥꾼인 적두는 술과 고기를 마다하지 않았다. 적두가 상대하는 저㑅들은 스스로의 입에서 나온 말과 사람의 피를 두려워하는 만큼 술과 고기를 즐겼으므로 적두의 봇짐에는 저들의 미끼인 술과 고기가 늘 가득 차 있었고 그 자신도 즐겼다.

박후명의 나이는 이제 쉰을 바라보았다. 눈가에는 주름이 생겼고 뺨에는 얕은 골이 패었다. 꾹 다문 일자 입매에 담겨 있던 냉랭한 의지 역시 보란 듯 주름으로 안착했다. 그럼에도 그는 여전히 자신의 나이보다 열 살은 젊어 보였고 날 선 눈매와 무정한 눈빛도 변하지 않았다. 그는 왕경 제일의 미인으로 꼽혔던 누이동생 박여처럼 얼굴이 희고 갸름하며 용모가 단정했다.

그러나 따뜻한 시선을 가졌던 누이동생과 달리 그의 눈빛은 지나치게 영민하고 매서워 입은 웃고 있어도 눈은 절대 웃는 법이 없었다. 사람들은 그를 매우 복잡하고 종잡을 수 없는 인물로 여겼는데, 왜냐하면 그의 입에서 나온 말과 머리에서 나온 행동이 완전히 달랐기 때문이다.

"신물을 찾기 전까지는 왕경으로 돌아오지 않을 거라 말씀하신 줄 아오. 찾은 것이오?"

박후명은 다소 흥분한 기색이었다.

"어디 있는지는 알아냈지요. 하오나 아직 손에 넣지 못했습니다."

"어디 있소?"

박후명이 몸을 조금 앞으로 기울이며 낮은 목소리로 물었다.

"신물은 왕경으로 돌아왔습니다. 황룡사우방에 있는 어느 가옥으로 숨어들었지요. 하온데 도무지 그 집으로 들어갈 수가 없었습니다."

"잠깐."

박후명은 손을 내저으며 눈살을 찌푸렸다.

"황룡사우방이라 했소? 혹 이 계절에 맞지 아니하게 목련꽃이 핀 집이오?"

"그 집에 대해 아십니까?"

"알지. 전사서사 김재운의 집이오."

박후명은 불쾌한 숨을 내뱉듯 대답했다.

"김재운이라면 보군공이 생전에 아끼던 아이가 아닙니까? 춤을 잘 추어 헌강왕께서 몹시 총애하셨다지요. 지금의 폐하께서도 전적으로 의지하시는 아이라고 들었습니다."

"이젠 아이가 아니오. 선사가 왕경을 떠나 있는 동안 훌쩍 커 버렸소. 곧 아시게 될 터이지만 그 용모와 재주가 뛰어나 왕경 내에서는 이미 소문이 자자하오. 나도 진작부터 그 재주가 탐이 나서 내 사람으로 만들고자 공을 들였지만 도무지 손에 잡히질 않아 애를 먹고 있소. 보통내기가 아니오."

김재운이라, 적두는 그 이름을 머릿속으로 굴려 보며 에싱했다는 듯 말했다.

"당연히 보통내기가 아니겠지요. 하오니 예부령뿐 아니라 그 누구의 손에도 절대 잡히지 않을 것입니다."

박후명의 가느다란 눈매가 크게 벌어졌다.

"그게 무슨 뜻이오? 선사는 방금까지도 왕경을 오래 떠나 있었기에 김재운에 대해 제대로 알지 못했소. 한데 어찌 갑자기 그리 잘 아는 것처럼 말하는 것이오?"

"황룡사우방입니다."

"그것이 무슨? 잠깐······ 하면?"

"예, 보군공이 죽기 전에 신물을 황룡사의 오른쪽 원래 있던 자리에 돌려놓는 것이 마땅하다고 하였지요. 하온데 신물은 그간 소승에게 쫓기면서도 절대 황룡사 오른쪽 자리로는 돌아가지 않았습니다. 소승은 늘 그 점이 이상했지요. 신물이 왜 대궁이 명한 그 자리를 피하고 있을까? 이제 그 이유를 알 것 같습니다. 늙은 신물이 대궁에 폐를 끼치지 않고자 여태 고의로 왕경에 들지 않은 것입니다."

"신물이 원래 자리에 드는데 어째서 대궁이 곤란해지는 거요? 혹 우리에게 신물의 위치가 들통 난 때문이오?"

"물론 그런 것도 있겠으나 그보다 더 중요한 것이 있습니다. 신물이 그 자리에 들면 대궁이 감추고 있던 또 하나의 비밀이 드러나게 됩니다."

"그게 뭐요?"

"대궁이 저杵를 부리고 있다는 것이지요."

"하면?"

"예, 수주를 쫓는 것은 저杵를 쫓는 것과 같다고 이미 말씀드렸습니다."

적두는 봇짐 곁에 놓아둔 자신의 지팡이로 시선을 돌리며 말했다. 복숭아나무로 만들어진 그 지팡이는 저杵를 잡는 법구였다.

"자신을 보호하려는 수주가 최종적으로 찾는 자리는 저杵입니다. 오직 저杵만이 수주의 빛을 감출 수 있기 때문이지요.”

“하면 김재운이 저杵라는 말이오?”

“보군공은 알고 있었던 겁니다. 하여 진작 황룡사우방에 김재운을 둔 것이지요.”

“수주가 김재운의 정체를 보호하려고 왕경에 들지 못했다? 하면 여태 버티던 수주가 왜 이제 와서?”

“더는 자신을 지키기가 힘겨워진 것이겠지요.”

“믿기 어렵소. 김재운이 저杵라니?”

“하오나 그래야만 지금의 상황을 설명할 수 있습니다. 그자가 저杵라면 소승이 그자의 집으로 들어가는 길을 찾지 못하는 것이 당연합니다. 다른 사람들도 소승과 다를 바 없을 터이지요. 그렇지 않습니까?”

“그렇소. 선사의 말씀대로 아무도 김재운의 집을 찾아 들어가지 못하오. 하나 그게 저杵와 무슨 상관이 있는 것이오?”

“저杵의 금줄입니다.”

“금줄?”

박후명의 눈이 묘하게 빛났다.

“그 금줄이 걸려 있으면 목적지를 찾지 못하고 같은 자리를 뱅뱅 돌게 되지요. 김재운이 정말 저杵라면 예부령께서는 그자를 가질 수 없습니다. 저杵를 부릴 수 있는 것은 저杵의 진짜 이름을 아는 자뿐입니다.”

“하면 대궁과 보군공은 긴재운의 진짜 이름을 안다는 것이오?”

"아마도 그렇지 않겠습니까? 어쨌든 보군공이 수주를 지키기 위해 저杵를 우리 세상에 끌어들여 거래를 한 듯싶습니다."

"잠깐, 하면 여인을 들여 호국의 신물을 얻는다는 지난날 헌강왕의 그 잠꼬대는?"

"그 여인이 여 아가씨인 줄 압니다."

"그랬지. 여가 헌강왕의 후사를 볼 줄 알았소. 하여 내가 욕심을 좀 부려 보았지."

"여 아가씨를 탐한 것은 저杵입니다. 소승의 생각으로는 보군공이 왕경에 들인 신물을 지켜 주는 대가로 저杵에게 여 아가씨를 준 것이 아닌가 여겨집니다."

"선사의 말씀대로라면 김재운이 여를 데려갔다는 것인데 뭔가 이상하지 않소? 그때 김재운은 아직 태어나지도 않았소. 게다가 나는 김재운이 어릴 때부터 사람처럼 성장하는 것을 보아 왔단 말이오."

"그런 것은 아무것도 아닙니다. 저杵는 본시 눈속임에 능하지요."

박후명은 뭐가 뭔지 납득이 가지 않아 잠시 어리둥절해졌다. 적두가 말했다.

"저杵의 모습에 혹해서는 안 된다는 말씀입니다. 예부령께서는 저杵에 관해 너무 깊이 알고자 하지 마십시오. 어차피 속세의 일과는 상관없는 존재들입니다. 원하시는 것은 신물이 아닙니까? 국운을 지닌 신물 말입니다."

물론 그렇긴 했다. 그러나 박후명은 김재운이 저杵이든 아니든 절대 양보할 수 없었다. 아니, 저<ruby>杵<rt>저</rt></ruby>라면 더더구나 욕심을 내어야지.

"대궁이 가진 그 신물이 이제 다시 어느 분의 손에 들어가든 소승은 신경 쓰지 않습니다."

"하면 내가 그것을 갖도록 끝까지 도와주시겠다는 뜻이오?"

"물론입니다. 다만 조건이 있습니다."

"조건이라면?"

"소승은 저 사냥꾼입니다. 저杵를 제거하는 것이 소승의 일이지요."

적두는 누런 이를 드러내며 웃었다. 그는 속으로 생각했다. 어차피 월성의 귀족들은 거기서 거기다. 어떤 돼지의 손에 신물이 들어가든 달라질 것은 없었다.

"하니 저杵를 달라?"

"예. 대신 예부령께서는 신물을 얻습니다."

박후명은 얼른 대답하지 않았다.

"혹 저杵를 탐내십니까?"

"저杵에 대해 알기 전부터 나는 김재운을 내 사람으로 갖고 싶었소."

"하오나 이제 저杵임을 아셨습니다. 소승이 걱정하는 것은 다만 저杵의 개입입니다. 사람의 세상은 사람의 손으로 성사되어야 하는 법이지요. 하여 소승은 저杵가 사람의 세상에 끼어드는 것을 경계합니다."

"하나 저杵가 사람에게 이득이 될 수도 있지 않소? 저杵를 잘 부릴 수만 있다면."

"어찌 부려도 순리에 어긋나는 일이 생깁니다. 이는 곧 갈등과 분란의 씨가 되지요. 특히 나랏일에서는 더더욱 그러합니다. 선덕왕께서 후사 없이 붕어하시자 귀족들은 김주원을 왕으로 세우려 했지요. 하지만 큰비가 와서 북천의 물이 불어 그는 월성으로 들어올 수가 없었습니다. 하여 이를 하늘의 뜻이라 여기고 상대등 김경신이 왕이 되니 곧 원성왕이십니다. 저杵의 개입으로 왕이 바뀌었지요."

"그것이 참말이오?"

"예, 제 스승들이 남기신 기록에 의하면 틀림없이 그렇습니다. 그 결과 어찌 되었습니까? 김주원의 세력이 워낙 컸기에 이를 두려워한 원성왕은 김주원을 명주 도독으로 임명했지요. 그러나 그의 아들인 김헌창이 자신의 자리를 찾겠다고 결국 반란을 일으켰습니다. 이후 지난 백삼십여 년간 몇 명의 왕이 바뀌었는지 생각해 보십시오. 신라를 지금의 혼란으로 몰고 들어간 저변에 저杵의 개입이 있었습니다. 하늘이 뜻이 아닙니다. 저杵는 비를 부릅니다. 북천의 물이 불고 다리가 잠긴 것은 저杵의 짓입니다. 지금의 폐하에 이르기까지 모두 원성왕의 자손들임을 숙고하신다면 대궁이 저杵를 부리는 것은 조금도 이상하지 않지요."

박후명의 심경이 복잡해졌다. 저杵의 개입으로 왕들이 바뀌었다? 그에게는 오직 그 말만이 의미심장하게 다가왔다. 한데 김재운이 그 저杵란 말이지.

그러고 보니 헌강왕 시절 재운은 분명 희한한 방식으로 왕실의 후계자 문제에 개입하였다. 헌강왕이 죽기 일 년 전, 순행을 나갔을 때 박후명도 수행하였다. 헌강왕은 순행 중에 한 여인을 보았는데 내내 그녀를 잊지 못하였다. 헌강왕은 은밀히 그 여인을 찾고자 하였으나 찾을 길이 없었다. 헌강왕이 그 여인 때문에 애를 태우자 당시 여덟 살이었던 재운이 헌강왕 앞으로 나아가 당돌하게 물었다.

'그것이 갖고 싶으십니까?'

어린 재운에게 늘 너그러웠던 헌강왕이 되레 물었다.

'그것이 무엇인지 알고 묻는 것이냐?'

'예.'

'오냐, 갖고 싶다. 어찌하면 되겠느냐?'

그러자 재운은 품에서 감색으로 물들인 종이를 꺼내 헌강왕에게 내밀었다

'이것이 무엇이냐?'

'제가 쓴 시문입니다. 이것이 폐하께서 길을 잃지 않으시도록 도와 드립니다. 또한 폐하께서 원하시는 것을 얻게 해 드릴 것입니다.'

재운은 글재주가 뛰어난 아이였다. 그래서 박후명은 그 시문을 그저 왕의 총애를 받는 어린아이가 왕을 기쁘게 해 주려고 올린 작은 성의로만 여겼을 뿐 대수롭지 않게 여겼다. 하지만 재운의 시문을 들고 나간 왕이 그날 밤 김씨 부인을 찾아내

고 야합으로 아들 요까지 얻자 재운을 달리 보지 않을 수 없게 되었다.

그때까지 헌강왕에게는 딸만 둘이 있었을 뿐 아들이 없었다. 헌강왕이 갖고 싶다고 한 것이 김씨 부인인지 아들인지 정확히 알 수는 없으나 결국 그 둘을 모두 갖게 되었으니 틀림없이 재운이 말한 대로 이루어진 것이다. 더구나 요는 보위를 물려받을 가장 유력한 후계자들이었던 헌강왕의 사위들을 물리치고 결국 태자에 책봉되었다.

적두가 말했다.

"물론 아직은 아무것도 확실하지 않습니다. 김재운이 저杵일지도 모른다는 것은 어디까지나 소승의 추측일 뿐입니다. 늙은 신물이 섣불리 움직이지 않고 숨어 있는 것을 보면 김재운이 저杵가 아닐 가능성도 있습니다."

"확실히 그건 좀 더 알아보아야 할 듯싶소. 김재운의 집을 드나들 수 있는 사람이 아주 없는 것은 아니니 말이오."

"그게 누굽니까?"

"시위부* 대감** 일길찬*** 김중연이오."

"김중연이라면 한주 반란 당시 전사한 잡판 김어신 어른의

---

* 왕의 직속군인 중앙군은 시위부와 구서당이 있다. 시위부는 왕의 시위와 궁내 경비를 맡는 무관청이다. 구서당은 왕경의 수호를 맡는다.

** 시위부는 삼도三徒로 구성되어 있으며 위계는 장군, 대감, 대두, 항, 졸의 순서이다.

*** 신라 17관등 중 일곱 번째 관등

48

아드님이 아닙니까?"

"그렇소. 헌덕왕의 아드님이신 김장렴의 자손이 되시오."

"열아홉 살에 반란이 일어난 사벌주로 내려가 그때부터 경외로만 돌며 진압에 애썼다지요."

"그렇소. 폐하께서 여러 해 동안 그를 왕경으로 불러들이고자 하셨지만 말을 듣지 않았지. 한데 삼 년 전 무슨 심경의 변화를 일으켰는지 왕경으로 돌아왔소."

"달리 계획을 품고 돌아온 건 아닙니까?"

"군족群族* 세력과 결탁이라도 하고 말이오? 아니, 그건 아닐 것이오. 그는 야심이라곤 없는 자요. 왕족이고 시위부의 무관이지만 권력에는 무심한 편이라오."

"그도 수주에 대해 알고 있습니까?"

"아마 모를 거요. 혹 들었다 해도 별 관심도 없을 거고."

"신물에는 관심이 없다 해도 저杵에는 관심을 보일 수 있지요. 아직 아무것도 모르기 때문에 그리 보이는 것일 뿐, 사람의 마음이란 알 수 없는 것입니다. 어쨌든 늙은 신물이 김재운을 찾아갔으니 그자에게서 저杵의 냄새를 맡은 것만은 분명합니다. 김재운이 저杵가 아니라 해도 그자에게 저杵와 연결된 무엇이 있기 때문이지요. 소승이 일단 그자를 한번 보아야겠습니다."

"쉽지 않을 거요."

---

* 왕경인이면서 지방에 자신의 군사 세력을 쌓아 군웅이 된 자들

"압니다."

"어찌 안단 말이오?"

"저杵라면 그 또한 가능하지요."

"난 늘 이상했소. 그를 따로 부르지 않으면 왕성 내에서 절
대 마주치는 일이 없었거든. 보기 싫은 상대를 피해 몸을 감추
는 재주라도 있나 보다 생각했는데, 참으로 그런 재주가 있단
말이오?"

"예. 예전에 듣기로 그자가 춤만 잘 추는 것이 아니라 시문
을 쓰는 재주도 탁월하다더군요. 그 또한 저杵의 재주입니다.
일단 김재운의 시문을 한 부 손에 넣어야겠습니다."

"그것으로 그자가 저杵라는 것을 알아낼 수 있소?"

"저杵라는 것을 알아내는 데에는 몇 가지 직접적인 다른 방
법도 있습니다. 하오나 단순히 정체를 확인하는 것보다는 약
점이 될 만한 것을 쥐어야 김재운을 좀 더 손쉽게 다룰 수 있을
것입니다."

"약점이라면?"

"말이나 글자로 사람의 마음을 홀리는 것이 바로 저杵가 가
진 가장 큰 재주이지요. 그러나 저杵가 내놓은 말이나 글은 때
론 저杵 자신을 얽어매는 함정이 되기도 합니다. 즉 저杵가 사
람에게 내놓은 약속을 사람이 반대로 저杵에게 뒤집어씌울 수
있다는 뜻이지요."

"만약 재운의 시문이 저杵가 가진 언령이 아니라 진정한 글
재주라면?"

"정치적으로 이용할 수 있겠지요. 다만 저杵일 경우라면 시문에 담긴 문구가 어떤 식으로든 아직 이행된 적이 없어야 합니다. 한번 사용된 글은 이미 글이 소망하는 바가 드러났기 때문에 더 이상 다른 목적을 담을 수 없습니다."

"하면 김재운에게 새 시문을 쓰도록 해야 한다는 것이 아니오? 그건 불가능하오. 언령이건 글재주건 김재운은 자신의 시문이 가지고 있는 힘을 알고 있소. 때문에 자신의 글을 함부로 흘리지 않소. 구하기가 쉽지 않단 말이오. 김재운이 저杵라면 그의 진짜 이름부터 알아내는 것이 낫지 않겠소? 그 이름만 알아내면 그를 가질 수도 부릴 수도 있다 하니……."

"그 역시 쉬운 일이 아닙니다. 그자의 관직이 전사서사라 했지요. 예부령의 자리가 필요할 뿐이라는 말씀의 저의를 이제 알겠군요. 전사서사는 예부 산하의 관원이니 예부령께서는 그자의 글을 구하실 수 있을 것입니다. 하면 소승은 그자의 진짜 이름을 알아보지요."

"잠깐, 선사의 제안이 내 귀에는 어째 불공평하게 들리오. 선사께서 그 이름을 알아낸 후 내게 가르쳐 주지 않는다면 김재운은 선사의 것이 되오."

박후명이 탐탁지 않은 어조로 말하자 적두는 불편한 마음을 감추고 완곡하게 말했다.

"예부령의 입장을 충분히 이해합니다. 하오나 소승에게도 돌아오는 것이 있어야 공평하지 않겠습니까? 김재운이 저杵가 아니면 소승은 그자에게 관심 없습니다. 만약 김재운이 저杵라면 예부령께서는 처음 얻고자 하신 신물만 가지십시오. 김재운은 소승이 갖겠습니다."

박후명은 적두의 눈빛에서 강렬한 욕망을 읽었다. 저 사냥꾼이 저杵의 냄새를 맡았으니 죽어도 놓지 않을 것이다. 어찌한다? 박후명은 침착하게 생각을 정리한 후 말했다.

"무슨 뜻인지 알겠소. 처음부터 선사는 저 사냥꾼답게 저杵를 쫓았던 게로군. 하나 김재운이 저杵가 아닐 수도 있으니 일단 김재운의 정체부터 밝힙시다."

제2장 루월재운鏤月裁雲

월성을 나온 중연은 곧장 황룡사우방으로 말을 몰았다. 늦가을 바람에 쓸리던 낙엽들이 말발굽에 채며 포말처럼 흩어졌다. 지는 햇빛에 반짝이는 낙엽들은 마치 곱게 저며 놓은 황금조각처럼 보였다.

중연은 말에서 내려 재운의 집 대문 안으로 들어섰다. 산토끼 두 마리가 후다닥 수풀 속으로 몸을 숨겼다. 재운의 집에서 더불어 사는 토끼들이다. 먹이를 챙겨 주니 이 집을 나가지 않는 것이다.

안마당에는 활짝 핀 목련 나무들이 그득했다. 때문에 재운의 집이 있는 황룡사우방 구역은 목련방으로 불렸다. 방의 밖에서 보면 재운의 집이 자리한 안쪽에 백목련과 자목련이 담장 위로 흐드러지게 솟아오른 것이 돋보였다.

대개의 목련들은 삼사월이면 꽃이 피고 지는데 재운의 집 목련들은 희한하게도 첫눈이 올 때까지 늘 만개해 있었다. 이 불가사의한 현상에 대해 이런저런 말들이 많았으나 이웃들은 계절을 초월해 목련을 보는 것에 굳이 불만을 갖지 않았다.

그러나 재운의 집은 보이는 것처럼 그리 찾기 쉬운 집이 아니었다. 재운의 집 대문이 언제나 열려 있는 것은 문단속을 할 필요가 없기 때문이었다. 여태 중연을 제외하고는 누구도 재운의 집을 제대로 찾아 들어간 사람이 없었다. 하여 재운의 집으로 들어가는 골목길은 늘 호기심의 대상이었다.

중연은 몇 번 재운의 집을 찾는 관원들을 안내해 준 적이 있었는데 그 한심한 머저리들은 중연이 암만 거북이걸음으로 걸어도 한순간에 그를 잃어버리곤 했다.

왕경에 유입되는 인구가 늘어남에 따라 잘 구획되어 있던 도로는 침침한 건물들로 점차 좁아지거나 폐쇄되고 방의 구조도 겹을 이루기 시작했다. 그렇다고 해도 방의 이름과 어느 방향의 몇 번째 골목, 몇 번째 집인지만 알면 정확하게 집을 찾을 수 있었다.

게다가 대개의 방에는 평균 삼십여 채의 가옥이 들어서 있는 데 비해 목련방은 가옥의 수도 절반이고 방의 안쪽으로 들어가는 골목도 두 개뿐인 데다 길도 그리 복잡하지 않았다. 그런데 유독 재운의 집만큼은 어김없이 도중에 갈림길을 잘못 찾거나 함께 가던 이를 놓치곤 했다.

얼마 전 중연은 예부령 박후명의 부탁으로 예부의 관원 하나를 재운의 집으로 안내했는데, 그 관원 역시 북쪽 골목길 안으로 들어서자마자 바로 앞서가던 중연을 놓쳤다. 결국 예부 관원은 혼자 돌아갔고 중연은 이튿날 그 관원을 데리고 다시 목련방에 발을 들였다. 그러나 재운의 집 대문을 들어선 것은 또다시 중연뿐이었다. 생각다 못해 두 사람은 서로 허리에 끈을 묶어 연결했지만 중연이 재운의 집 대문 앞에 이르렀을 때는 이미 끈의 매듭은 풀려 있었고 사람은 간곳없었다.

모두가 목련방의 북쪽 골목과 재운의 집 그리고 재운까지 수상쩍다 여겼으나 오직 중연만은 길을 찾지 못하는 사람들을 탓했다.

'원, 사람들이 어찌 그리 명확하지 못한가.'

중연은 사람들이 재운에 대해 뭐라고 말하든 신경 쓰지 않았다. 왜냐하면 다른 사람들은 재운에 대해 잘 모르기에 소문을 믿었지만 중연은 재운에 대해 잘 알기에 소문을 믿지 않았기 때문이다.

그가 보기에 재운을 둘러싼 소문들은 하나같이 허황하기 짝이 없었다. 예를 들면 재운이 얼마 전에 있었던 서악 선도산 산성의 불길을 설득하고 비를 내리게 했다든가, 한문이고 향찰이고 간에 재운이 쓴 시가와 산문에는 묘한 효력이 있어 쓰인 대로 이루어진다든가 하는 따위였다. 중연은 코웃음을 쳤다.

'사량부 출신의 아찬 최치원도 당에 있을 때 격문으로 황소의 난을 진압했다지 않던가. 그와 다를 것이 무엇인가. 그만큼 재운이 문장을 잘 쓴다는 것이지. 한데도 사람들은 이상한 말

을 잘도 만들어 내는구면.'

중연은 그런 쓸데없는 말을 하는 사람들이 싫었다. 그래서 중연은 쓸데없는 말을 하지 않는 재운이 좋았다. 재운을 늘 곁에서 보는 중연의 눈에는 그 모든 소문들을 두고 괴이쩍다 여기는 것이 그저 재운의 재주를 시기하는 한심한 작태로 보일 따름이었다.

'만약 이 목련방에서 명백하게 무엇인가 설명하기 어려운 것이 있다면, 그것은 재운이 아니라 재운이 사는 집이나 땅이 부리는 조화인 것이다. 목련꽃이 내내 지지 않는 것만 봐도 그렇지 않은가. 그것이 어찌 재운의 탓인가. 목련 나무가 뿌리를 내린 그 땅의 조화인 것이지. 하나 그런 게 있을 게 무어냐? 날씨가 맞으면 꽃이야 어느 때고 저 피고 싶을 때 피는 것이지.'

중연의 집은 월성 남쪽 영묘사북리에 있었다. 영묘사의 절터는 원래 큰 못이었는데 목랑의 무리가 메웠다고 전해졌다. 서라벌인들은 목랑을 믿었다. 비형의 무리들이 목랑이었고 길달이 목랑이었다. 아니, 목랑이었다고 한다. 하지만 영묘사의 승려들은 물론이고 영묘사 역시 어떤 조화도 부리지 못했다.

이 집의 유일한 하인인 계유는 코빼기도 내보이지 않았지만 중연은 상관하지 않았다. 그는 자기 집처럼 스스럼없이 들어가 말을 마구간에 두고 곧장 안채로 향했다.

보통 여염집의 안채라면 옷 짓는 여인, 수놓는 여인 들이 호호거리면서 이곳저곳에서 수다를 떨어야 했다. 심부름꾼이 오가고 감모나 찬모가 큰 소리로 호통치고 치장 담당 하녀나 청소하는 여인 들로 북적거려야 했다. 거기에 갖가지 꽃잎 색으로 물들인 옷자락들이 사락거리고 분 냄새가 떠돌고…….

그러나 재운이 거하는 안채는 벽들을 모두 틔우고 서가를 세워 장서들로 채운 서재였다. 그곳은 재운의 단정한 발걸음 소리와 책장 넘기는 소리, 침향과 차향, 묵향과 지향, 비와 흙의 냄새가 묘하게 뒤섞인 잿빛 그늘 같은 곳이었다.

재운은 집에 돌아오면 대부분의 시간을 서재에서 보냈다. 가끔은 날밤을 새우기도 했고, 곧잘 서가와 서가 사이의 좁은 통로에서 서책을 쥔 채 졸기도 했다.

서재의 열린 문 안쪽으로 재운의 뒷모습이 보였다. 재운은 남산을 향한 창 앞에 놓인 책상에서 소매를 걷어 올린 채 뭔가를 쓰는 데 열중해 있었다. 중연은 문설주에 기대선 채 그의 일이 끝나기를 기다렸다.

창으로 바람이 들자 주렴이 소리를 내고 벽사碧紗가 흔들렸다. 한참을 기다렸으나 재운이 돌아보지 않고 자기 일에만 열중하자 중연은 조금 지루해졌다. 이럴 줄 알았으면 처음부터 온 것으로 할 걸 그랬구먼. 중연이 인기척을 내려는 순간 재운이 돌아보지 않은 채 말했다.

"다 끝나 갑니다."

"뭔가? 하면 내가 온 것을 진작 알고 있었던 것인가?"

중연은 여태 재운의 일을 방해하지 않으려 배려했던 마음을 내던지고 곧장 걸어 들어가 책상 오른편에 있는 의자에 앉으며 원망의 기색을 내비쳤다.

"이제 보니 나를 놀려 주려고 일부러 모른 척했구먼."

재운은 붓을 놓고 소매를 내리며 말했다.

"아닙니다. 할 일이 많아서 깜빡했습니다."

"내 말이 그 말이 아닌가. 알아차렸을 때 돌아봐 줬으면 되었을 것을……."

"그렇군요."

재운이 빙긋 웃었다. 그가 이렇게 미소와 함께 수긍해 버리면 중연은 따지려다가도 할 말을 잃어버렸다. 중연은 괜한 헛기침만 몇 번 하다가 물었다.

"전사서에 일이 많아 보이던데 어찌 자네는 집에 있는가?"

"대감의 임무는 폐하와 월성을 숙위하는 것인 줄 알았는데 제 일거수일투족도 감시하시나 봅니다. 제가 이 시각에 집에 있는 것을 어찌 아셨습니까?"

'그러고 보니 나는 왜 허구한 날 재운의 주변을 이리 얼쩡거리고 있는지 모르겠구먼. 딱히 볼일도 없으면서.'

재운의 말이 옳았기에 중연은 다소 찔리는 구석이 있었으나 모른 척 대답했다.

"그저 우연히 알게 되었을 뿐이네."

"아무렴 어떻습니까."

"이렇게 멋대로 행동하다가 상관의 미움을 사면 어찌하려고?"

"또 걱정을 사서 하십니다."

"걱정이 되는 것을 어찌하겠나? 소심하다 여겨도 할 수 없네.”

멋쩍어진 중연이 턱을 만지작거리며 말했다.

“할 일이 좀 있어서 먼저 퇴궐했습니다.”

“그 할 일이 무엇인데?”

중연은 자리에서 일어나 재운의 곁으로 다가섰다. 책상 한쪽에 황색, 홍색, 적색, 녹색, 감색의 농담이 살아 있는 종이들이 가지런히 놓여 있는 것이 보였다. 그것은 재운이 사적으로 글을 쓸 때 사용하는 종이들로 계유가 매번 물을 들이는 수고를 하여 가져다 두었다. 방금 재운이 붓을 놓고 난 자리에 있는 종이는 백지로 한문과 향찰로 쓰인 글자들이 아직 채 마르지 않았다.

“별것 아닙니다. 이런저런 쓸 거리들이지요.”

재운의 필체는 날렵하고 선이 고왔다. 섬세하고 유려했다. 그러나 ㄱ 안에는 거대하고 역동적인 힘이 숨어 있었다. 가만히 들여다보고 있노라면 가슴속으로 휘몰아쳐 드는 폭풍 같은 위세에 절로 압도당한다. 그러곤 이내 깊고 고요한 어둠 속으로 끌려든다.

중연이 언제나 불만인 것은 재운의 속을 좀처럼 알 수 없다는 것이었다. 물론 성격이나 재주, 행동이나 습관은 잘 알았다. 그만큼 자주 목련방을 드나들기 때문이었다. 그러나 보이는 것이 전부는 아니지 않은가.

재운의 뒤에는 뭔가 보이지 않는 것이 있었다. 폭풍 한가운데 가라앉아 있는 고적하고 무거운 어떤 것. 동시에 옆에 있어도 없는 듯, 옆에 없어도 있는 듯 바람 같은 구석이 있어 중연을 불안하게 만들었다. 중연은 가끔 의구심이 들곤 했다. 무엇이 나를 이곳으로 자꾸 끌어들이는 것인가? 중연은 매일 재운의 얼굴을 보지 않으면 견딜 수가 없었다. 스스로도 뭐에 홀린 듯 여겨졌다.

"한데 어쩐 일이십니까."

재운이 물었다. 귀찮은 기색도 반가운 기색도 아니었다. 중연은 괜스레 서운해졌다. 암만 봐도 재운에게는 자신이 그에게 가지고 있는 감정의 만분지일도 없어 보였다.

"표정을 분명히 하게. 좋은 쪽인지 싫은 쪽인지 말일세."

"예의가 아니지요."

"예의가 아니라니? 하면 내가 오는 것이 싫다는 쪽인가?"

"아닙니다. 조금 귀찮을 뿐입니다."

"이보게, 나마!*"

중연이 파락 하자 재운이 말했다.

"제게 표정을 분명히 하라는 것은 마음을 솔직히 드러내라는 뜻이 아니었습니까?"

"그야 그렇긴 하네만, 그래도 그리 있는 대로 말해 버리면 내가 서운하지 않은가. 하니 너무 그러지 말게. 오늘은 참말 중요한 용건이 있어서 온 것이니."

"대감께서는 매일 저에게 중요한 용건이 있지요."

---

* 신라 17관등 중 열한 번째 관등.

"내가 매일 자네 집에 오는가?"

"예, 숙직이 있는 날을 제외하고는 날마다 오십니다."

"음, 그랬던가? 한데 참 이상하네. 그리 붙어 지내는데 나는 왜 아직도 자네 앞에만 서면 작아지는 기분이 드는지 모르겠네. 자네가 사실을 말해 줘도 나는 늘 자네에게 놀림받는 것 같단 말일세."

"대개 그런 벗은 불편해서 멀리하는 법이지요. 한데도 대감께서 자꾸 저를 찾아오시는 이유를 모르겠습니다."

"나도 모르겠네. 내가 심심한가 보네."

"심심하신 대감과 놀기엔 제가 좀 바쁩니다."

"참 매정하이. 내가 그리 말하면 붕우지간에 마음도 좀 어루만져 주고 하는 것이 우정 아닌가?"

"우정을 다정하게 나누시겠다는 것이지요? 여인들처럼 말입니다."

"매정함보다는 다정함이 낫지 않은가?"

"다정을 잘못 쓰면 상처를 남깁니다."

"자네처럼 매정해도 상처가 되네."

"제게 상처받으셨군요."

"이보게, 그만 놀리게. 참말 용건이 있어 왔단 말일세. 자꾸 내게 이런 수모를 주면 다시는 자네 집을 찾지 않을 것이네."

중연은 괜히 한번 으름장을 놓아 보지만 재운은 눈썹 하나 까딱하지 않았다.

"제 집에 대감을 들이고 싶지 않다면 제가 먼저 그리할 것입

니다. 아시다시피 저를 찾고 싶어도 제가 마다하면 아무도 제
집을 찾지 못하지요."

재운의 말을 들은 중연이 소리 내어 웃으며 한껏 턱을 치켜
들고 말했다.

"그 말인즉슨 자네가 오직 나에게만 이 집의 대문을 열어 준
다는 뜻이로구먼."

"예. 하오니 제가 대감께 그리 매정한 편은 아니지요."

중연은 고개를 저으며 말했다.

"아니, 그 말은 못 믿겠네. 그건 그들이 바보라서 그런 게지.
난 월성에서부터 눈 감고도 자네 집을 찾아올 수 있네. 자네가
날 부르는 것이 아니라 내가 늘 자네를 찾는 것이란 말일세. 한
데 만날 이런 대접을 받으니 억울하구먼. 자네 하인은 내가 와
도 내다보지도 않네. 말고삐도 받아 주지 않는단 말일세."

창밖에서 한바탕 바람이 지나가자 목련 꽃잎과 낙엽이 눈처
럼 휘날리며 내려앉았다. 바깥 풍경의 아름다움 때문인지 중연
의 투덜거림 때문인지 재운의 입가에 은근한 미소가 어렸다.

"비웃지 말게. 그건 그렇고 어째 서책이 점점 늘고 있는 것
같네. 암만 봐도 서책이 너무 많아. 이러다 서책에 압사당하겠
구먼."

그때 계유가 찻상을 들고 서재로 들어섰다. 중연은 기다렸
다는 듯 이번엔 계유를 향해 불평을 늘어놓았다.

"계유야, 너는 내가 온 줄 알았으면서 어찌?"

"알았기에 이리 금세 따뜻한 차를 내온 것이 아닙니까?"

계유가 천연덕스럽게 대꾸하며 중연의 앞에 찻상을 놓았다.

"이것이 어찌 금세이더냐? 내가 네 주인을 기다린 시각이 한 참이나 되었거늘……."

"하지만 제 주인과 말씀을 나누시기 시작한 것은 좀 전부터 입니다."

"하면 네 주인이 상대해 주기 전까지 나는 이 집에 없었던 것이냐?"

"그런가 봅니다. 아무래도 제가 주인의 기척에만 반응하는 이목구비인지라……."

"점점!"

중연은 어이가 없다는 듯 계유를 보았다. 계유가 눈썹을 들 썩이더니 차분하게 말했다.

"솔직히 대감께 제가 무슨 필요가 있습니까? 제가 없어도 대 감께서는 알아서 다 잘하십니다. 대문도 열려 있겠다, 마구간 가는 길도 아시겠다, 제 주인의 서재도 혼자 잘 찾아오시겠다, 뭐가 걱정입니까? 저보다 이 집을 더 잘 아시는데 말입니다. 그럼 놀다 가십시오. 제가 좀 바빠서."

"이놈이……."

중연이 뭐라 말을 꺼내기도 전에 계유는 저 할 말만 뱉어 놓고 달아나듯 냉큼 자리를 떴다. 중연은 도리가 없다는 듯 혀를 차며 고개를 저었다.

재운이 손수 차를 우리고 따르는 동안 중연은 재운의 희고 섬세한 손가락만 물끄러미 쳐다보고 있었다. 재운이 먼저 입을 뗐다.

"중요한 용건이 있다 하지 않으셨습니까? 하실 말씀이 뭡니까?"

재운의 청안靑眼이 자신을 주시하자 중연은 잠깐 머뭇거리더니 대뜸 물었다.

"자네 말일세, 아무렇지도 않은가?"

"무엇이 말입니까?"

"의방부*에서 전사서로 내려간 것 말일세."

"괜찮습니다. 한데 그걸 왜 이제 물으십니까? 이미 한참이나 지난 일입니다."

"그러게 말일세, 내가 너무 늦게 묻긴 했구먼."

"그것이 오늘의 중요한 용건입니까?"

"아니네. 그냥 갑자기 궁금해서 말일세."

"제가 워낙 박학한 인재이다 보니 예부령께서 두루두루 써 보시려는 게지요."

"그게 아니지 않은가? 예부령이 작정하고 자넬 애먹이려는 걸세. 자넨 문적文籍** 출신이니 탐탁지 않으면 지방관으로 내보내면 그만이네. 물론 임지에 도착하기도 전에 그곳 토호 세력에게 피살될 확률이 높긴 하네만."

"저는 월성을 떠날 수 없는 몸입니다."

"내 말이 그 말일세. 어차피 대궁의 그 여자가 자넬 놓아주

---

* 의방부는 율령격식을 제정하고 집행하는 기관이다.

** 국학 졸업자.

지 않을 터이니. 예부령도 그걸 알고 자네에게 이런 수모를 주는 게 아닌가. 자넬 길들일 요량으로 말일세."

"그만큼 저의 재주가 탐나신다는 뜻이지요."

"자넬 쥐고 부리려는 예부령의 심보를 알면서 이리 당하고 있는 겐가?"

"하면 어찌할까요?"

"자네……."

"예, 말씀하십시오."

중연은 한참 동안 침묵을 지켰다. 재운이 빙긋 웃으며 물었다.

"오늘의 용건은 그게 아니지요?"

재운의 청풍이 서린 시원스러운 검은 눈동자가 또다시 자신을 바라보자 중연은 마지못해 말을 꺼냈다.

"자네도 안가교에 드나드는 줄 몰랐네."

"아닙니다."

"숨길 것 없네. 안가교에서 자네를 모르는 가기들이 없더구먼."

"그렇습니까? 그런 사정을 다 아실 정도로 대감께서는 그곳을 자주 드나드시나 봅니다."

"여기 보다는 덜하네."

중연은 쥐고 있던 찻잔을 내려다보며 말했다. 푸른 온기가 손끝에 스며드는 것이 느껴졌다.

"처음엔 왕경의 소문을 주워듣고 자넬 한번 보고 싶은 마음에 그러는 것인 줄 알았네. 한데 자네를 만난 적이 있다 하더군."

"누가 말입니까?"

"궁금한가?"

"예."

"하면 나하고 오늘 밤에 안가교로 가 보세."

"가고 싶지 않습니다."

"왜? 궁금하다면서?"

"오늘은 바쁩니다. 다음에 하지요."

"이보게, 자네 잊은 것 같은데……."

중연은 재운의 얼굴을 뚫어져라 응시했다. 재운은 정말 잊은 듯 무심한 표정이었다.

"뭘 말입니까?"

"나한테 갚아야 할 빚이 있지 않은가. 그때 무평문 앞에서 말일세."

"그걸 지금 받으시려고요? 꼭 그래야 합니까? 저의 재주가 출중하니 더 요긴할 때 갚으라 하시지요."

"지금이 바로 그때일세. 나한텐 지금 이것이 아주 신경 쓰이는 일이란 말일세."

"알겠습니다. 하오면 그리하지요."

재운이 자리에서 일어섰다. 그가 움직이자 묘한 냄새가 중연의 코끝에 닿았다. 서재 구석에 놓여 있는 청동 향로에서 독특한 향내를 피우며 침향 조각이 타고 있었다. 그 향내가 재운에게 배어 있는 것이다. 중연은 내켜 하지 않는 재운을 일으켜 세운 것이 조금 미안했지만 그냥 무시하기로 했다.

작년 음력 오월 하순 즈음이던가. 중연은 무평문 앞에서 처음 재운을 보았다. 그날 중연은 숙위를 끝내고 눅눅한 밤이슬을 맞으며 대궁을 나서던 길이었다. 중연은 마른바람을 쫓아 넘실대는 나무들이 마치 주둥이를 뻐끔거리는 붕어 같다고 생각하며 비웃어 주고 있던 참이었다. 무평문을 막 나섰을 때 중연은 무평문의 누각을 바라보고 서 있던 한 사내와 마주쳤다.

"누군가?"

상대방이 어스름 속에서 고개를 숙이며 말했다.

"일길찬 나리!"

"니를 아는가?"

"몇 번 먼발치에서 보았습니다. 저는 전사서사 김재운이라고 합니다."

중연은 고개를 들고 자신을 바라보는 재운의 얼굴을 보고 잠깐 아찔한 기분이 들었다. 시문을 잘 쓰고 춤을 잘 춘다는 그 재주도 재주이거니와 사람이라 하기에는 그 용모가 지나치게 빼어나 불가사의한 기분마저 들었다. 왕경의 사람들이 그를 루월재운이라 부르는 이유를 알 것 같았다.

루월재운鏤月裁雲.

달을 새기고 구름을 마른다는 뜻으로 교묘한 아름다움을 형용하는 말이다. 때문에 왕경의 모든 여인들은 재운의 이름만 듣고도 그를 사모한다는 말까지 있을 정도였다. 워낙 유명한 인물이라 중연도 익히 들어 알고 있었지만 실제로 만난 것은 그때가 처음이었다.

재운은 보군공 김호전의 추천으로 어린 나이에 궁에 들어와 헌강왕 시절부터 지금의 여왕까지 삼 대에 걸쳐 그 총애를 한 몸에 받았다. 재운의 출신은 불분명했다. 스스로도 자신의 출신에 관해서는 입을 열지 않았다.

들리는 바에 의하면 그의 성인 '김'은 헌강왕이 직접 내린 성이라고 했다. 혹은 보군공 김호전의 성을 따른 것이라고도 했다. 국학에 입학할 수 있었던 것으로 보아 은밀한 사정이 있을 뿐 신분이 낮은 출신은 아닐 것이다. 왜냐하면 국학은 육두품과 진골 출신의 자제들만 입학할 수 있기 때문이다.

항간에는 재운이 헌강왕과 정강왕 그리고 지금 여왕의 배다른 형제로 경문왕의 숨겨진 서자라는 말도 돌았다. 그러나 이는 이치에 맞지 않았다. 재운은 헌강왕 재위 사 년에 태어났다. 그때 경문왕은 이미 죽은 후였다. 때문에 사람들은 죽은 진지왕이 비형을 얻은 예를 들기도 했다. 그러나 이는 그저 재운의 비범한 재주 때문에 만들어진 소문일 것이다.

경문왕은 생전에 온갖 초자연적인 고사를 남겼다. 그의 장자였던 헌강왕은 호국 신을 보는 남다른 눈을 갖고 있었다. 남산의 산신인 상염자가 헌강왕의 눈에만 보였다는 이야기가 그러했다. 사람들은 경문왕의 핏줄인 정강왕과 지금의 여왕 역시 그 비슷한 재주들을 지니고 있을 것으로 믿었다.

그러나 그 재주란 것이 대체 무어란 말인가? 그렇다고 하기엔 지금 대궁을 차지하고 있는 그 여자의 무능이 지나치지 않은가. 하긴 남다른 재주가 있다고 해서 훌륭한 위정자가 되는 것은 아니지.

헌강왕이 죽고 그 아우들이 줄줄이 제위를 계승한 것에는 분명 이유가 있었을 것이다. 경문왕이 붕어했을 때 헌강왕은 열다섯 살이었다. 그럼에도 경문왕의 아우였던 각간 김위홍은 왕위를 탐내지 않았다. 그는 경문왕의 자식들이 차례로 형제 상속을 하도록 도왔으며 죽기 직전까지 만을 보필했다.

그러므로 거기에는 반드시 경문왕의 혈통인 동시에 헌강왕의 핏줄이 제위를 이어야만 하는 어떤 이유가 있는 것이다. 하여 만은 헌강왕의 딸들과 혼인한 두 조카사위들 중 하나를 후계자로 삼지 않고 헌강왕이 야합으로 얻은 서자 요를 찾아내어 태자로 삼았다.

경문왕도 화랑 시절 헌안왕의 사위가 되어 왕위에 올랐다. 경문왕처럼 헌강왕의 두 사위도 모두 왕위 계승 서열을 가지고 있는 진골 출신의 왕족들이었다. 그런데도 만은 요가 헌강왕의 골상과 꼭 닮았다는 이유를 들어 후계자로 삼았다.

어쨌거나 재운의 관등은 여전히 나마에 머물러 있었다. 국학을 졸업하고 관원으로 임용될 무렵의 관등이 대개 나마 혹은 대나마이고 이는 오두품이 오를 수 있는 최고의 관등이었다. 재운은 그때 이후 전혀 관등이 오르지 않았으니 그의 골품은 오두품일 수도 있었다.

진실은 아무도 알지 못했다. 왕들은 재운의 출신과 골품을 모두 숨겼다. 눈치 빠른 이들은 그 때문에 재운에게 함부로 하지 못했다. 어쩌면 이는 암투와 시샘에 능한 월성의 돼지들로부터 재운을 보호하기 위해 왕들이 만들어 둔 장치일 수도 있었다.

아찬 최치원이 일찍이 재운을 알아보고 귀하게 쓰일 것이라 말했다. 또한 그 문장의 힘이 놀랍다고 감탄했다. 이에 예부령 박후명이 재운의 재주를 탐내 자기 사람으로 만들려 했다.

그런데 재운이 호락호락 고개를 숙이지 않자 노한 박후명은 위화부에 힘을 가해 의방부에 있던 재운을 전사서로 좌천시켰다. 그러나 전사서는 오히려 예부 산하의 기관이었으므로 박후명은 재운을 내친 것이 아니라 아예 자기 발치에 가져다 둔 것이었다.

"이 시각에 여기서 뭘 하는 겐가? 곧 통금 시각일세."

재운은 무평문 쪽으로 시선을 돌리며 말했다.

"무평문 누각을 보고 있었습니다. 제가 지금 대감의 도움이 필요합니다."

"내 도움?"

어디선가 중연의 기억에 있는 향내가 불어 들었다. 무거운 침향의 아득한 향내. 저자인가? 저자에게서 나는 향내인가? 하면 눈 내리던 그날, 내가 배고픈 머리를 베어야 했던 그 자리에 저자도 있었던 게로구먼. 그날 그 향내는 중연이 서 있던 무평문 주변을 내내 떠돌았다. 저자도 나처럼 무평문에 사연을 두고 있는 것일까.

"제가 뭘 좀 잃어버렸습니다. 그것이 바로 저 무평문 누각 지붕 위에 있지요."

"날 보고 가져다 달란 말인가?"

"도와주십시오. 대감께서는 이 시간에 북문 누각 출입이 가능하시지 않습니까? 또한 나중에 이 일로 직도전*이 따로 책임을 묻지도 않을 것이고요."

중연은 잠시 망설였다. 마른바람 속에 서서 중연을 바라보고 있는 재운은 마치 서리와 눈의 신으로 불리는 청요淸要처럼 느껴졌다. 전혀 허튼 구석이 없는 재운의 검은 눈동자는 노자가 타고 다닌다는 청우靑牛의 눈이 아닐까 싶을 정도로 맑고 또랑또랑해 거짓이라곤 없어 보였다.

"자네에게 그리 중요한 것인가?"

"그렇습니다."

"잃어버린 물건이 무엇인가?"

"올라가 보시면 압니다. 거기에는 그것뿐이니까요."

"무엇이기에 말을 하지 못하는가?"

"제가 직접 말씀을 드리면 하찮게 들리실 것입니다. 하오니 묻지 말고 보이는 것을 가져오시면 됩니다."

"알겠네."

중연은 재운의 수수께끼 같은 요구도 흥미로웠고, 별것도

---

* 성문 숙직군을 통솔하는 관청

아닌데 못 해 줄 건 또 뭔가 싶은 마음도 있어 무평문 누각 지붕 위로 올라갔다. 특별한 것은 눈에 뜨이지 않았다. 다만 용두의 입속에 뭔가 푸릇한 것이 펄럭거리며 나부끼는 것이 눈에 들어왔을 뿐. 가만 살펴보니 푸른 천 조각이었다.

'저것인가? 참으로 하찮은 것이 아닌가. 아니지, 애인이 정표로 준 손수건일지도 모르지.'

손을 뻗어 보았으나 닿지 않았다. 자세가 불안했다. 중연은 다시 균형을 잡고 환두도의 끝을 용두의 입속으로 밀어 넣었다.

'용의 입에 칼을 물리다니 잘하는 짓인지 모르겠군.'

천 조각이 칼끝에 걸렸다. 중연은 조심스레 당겼다. 그러자 천 조각이 슬슬 풀리며 따라 나왔다. 그런데 막상 손에 쥐고 보니 손수건이 아니라 그저 찢어진 옷자락에 불과했다.

'이것이 아닌 모양이로구먼.'

중연은 그 천 조각을 버리기 마땅치 않아 품속에 밀어 넣고 다른 특별한 것이 있는가 싶어 둘러보다가 낯익은 것을 발견했다. 비바람에 닳은 화靴* 한 짝!

'저것이 여태 여기 있다니, 그러고 보니 내가 무평문에 불경을 저지른 것이 이번이 처음은 아니로구먼.'

대궁을 차지한 그 여자가 즉위하던 해, 한주의 이찬 김요가 반란을 일으켰다. 반란을 진압하러 나간 부친 김어신이 전사했을 때 중연은 열여섯 살이었다. 병으로 어머니를 잃은 데 이어

---

* 목이 긴 가죽신

아버지마저 죽자 중연은 누구에게 슬픔을 기대야 할지 알 수가 없었다. 그것은 온전히 혼자 감당하고 묻어야 할 고통이었다. 그는 한 집안의 주인이 되었고 돌봐야 할 가복들이 있었으며 아버지의 뒤를 이어 자신의 자리를 지켜야 했다.

중연은 아버지의 부고를 받았을 때도, 장사를 지낼 때에도 울지 않았다. 울 수가 없었다. 아무리 애를 써도 눈물이 나오지 않았던 것이다. 중연은 아버지를 원망했다. 왕경을 떠나 전장으로 향하던 날, 아버지가 너무 많은 눈물을 흘렸기 때문에 덩달아 자신의 눈물도 말라 버린 것이라고 여겼다. 아버지를 모셨던 늙은 가복 근구가 위로하며 말했다.

'아버님께서 도련님의 눈물을 일찍 거두어 가신 것은 더는 살면서 눈물 흘릴 일이 없기를 바라는 마음이 아니었겠습니까?'

중연은 고개를 저었다.

'바보 같은 소리 말거라. 눈물이 없다면 그것은 사람의 삶이 아니다.'

김어신은 한주의 반란을 두고 출병하는 길에 무평문 앞에서 부인의 임종을 전해 들었다. 돌아올 때까지 살아 있겠노라 약속했던 부인은 그가 왕경을 떠나기도 전에 세상을 떴다.

그러나 김어신은 집으로 돌아갈 수 있는 처지가 아니었다. 돌아간다 하여 부인이 살아나 그를 맞아 줄 수 있는 것도 아니었다. 울 시간이 없었다. 김어신은 비장한 마음으로 눈물을 삼켰다. 그때 김어신의 눈에 이상한 광경이 보였다.

한 젊은 사내가 까맣게 썩은 여인의 시신을 안고 무평문 누각 지붕 위에서 춤을 추고 있었다. 그런데 아무도 그것을 제지하지 않았다. 이상하다 여겨 다시 보니 사내의 모습은 어느새 사라지고 보이지 않았다. 잘못 본 것인가 싶어 고개를 돌리려는 찰나 용마루 뒤에서 다시 그들의 모습이 보였다. 울고 있는 젊은 사내의 창백한 얼굴이 참으로 처연하고 아름답기 짝이 없었다.

그 광경을 보고 있자니 김어신은 저도 모르게 눈물이 흘렀다. 그가 말을 멈추고 무평문 누각 지붕 위를 바라본 채 넋을 놓고 있자 근구가 이상하게 여겨 물었다.

'어찌 그러십니까?'

'네 눈에는 저것이 보이지 않느냐?'

근구는 주인이 가리키는 무평문 누각 지붕 위를 바라보았다. 그의 눈에는 아무것도 보이지 않았다.

'무엇이 말입니까?'

근구는 주인의 눈에서 하염없이 흐르는 눈물에 당황했다.

'저자가 추는 춤이 참으로 슬프구나. 저자의 품에 죽은 여인이 안겨 있다. 아마도 저자의 정인인 모양이다. 하니 저자의 춤이 바로 내 처지를 보여주는 것이 아니냐?'

김어신은 죽은 부인을 생각했다. 그때 그는 살아서는 두 번다시 무평문을 지나지 못할 것을 예감했다. 때문에 자신에게만 저 광경이 보이는 것이라 여겼다.

근구로부터 그 이야기를 전해 들은 중연은 아버지가 본 그 광경을 자신도 볼 수 있을까 하여 무평문을 지날 때면 어김없이 누각 지붕 위를 바라보게 되었다. 아버지의 눈물을 모두 가져간 그 춤을 보게 되면 나도 아버지처럼 눈물을 흘리게 되지 않을까. 중연은 그렇게 잃어버린 눈물을 되찾고자 했다.

'너의 존재가 무엇인지는 모르겠으나 내 아버지를 울게 한 그 춤을 내게도 추어 다오. 내 눈물을 돌려 달란 말이다.'

그러나 그런 일은 벌어지지 않았다. 중연은 화가 났다. 그는 신고 있던 화를 벗어 하늘을 향해 던졌다. 하늘을 걷어찰 수가 없으니 대신 화를 던진 것이다. 그것이 무평문 누각 지붕 위에 떨어질 줄은 미처 생각지 못했다.

중연이 벗어 던진 화는 마치 누각 지붕 위에서 누군가 낚싯줄로 채어 당긴 듯 쑥 끌려 올라갔다. 그럴 만한 거리가 아니었다. 물론 힘을 쓰긴 했다. 지니고 있던 아버지의 호드기*를 떨어뜨린 것도 몰랐으니.

화가 누각 지붕 위에 덜컥 얹히자 중연은 잠깐 망연자실했다. 이를 어쩌나 싶어 가만히 서서 바라보는데 마치 누각 지붕 위에서 누군가 말을 거는 것처럼 느껴졌다.

이봐, 남은 화도 마저 벗어 줘!

어찌나 기분이 이상하던지 중연은 한쪽 발에만 화를 신은 채 서둘러 그 자리를 떠났다. 집으로 돌아온 중연은 옷을 갈아입다가 호드기를 잃어버린 것을 깨닫고 부랴부랴 되돌아갔다.

---

* 버드나무 가지 껍질로 만든 피리. 길고 굵으면 저음이, 짧고 가늘면 고음이 난다. 군대에서 신호용으로 사용했다.

그 밤에 다시 무평문으로 돌아가는 것이 내키지 않았으나 아버지의 유품을 잃어버릴 수는 없었다.

자금당*의 장군이었던 김어신은 군에서 쓰는 호드기를 여러 개 가지고 있었다. 그는 각 호드기에 번호를 매겼는데 그중 네 번째 호드기는 중연을 부르는 데만 사용했다. 워낙 활달한 아들이라 집 안에서뿐 아니라 사냥에 데리고 나갔을 때도 그는 그 호드기 소리로 아들을 부르곤 했다. 출병하기 전 김어신은 중연에게 네 번째 호드기를 쥐여 주며 말했다.

'이 호드기 소리가 너를 불렀던 아비의 목소리라 여기거라.'

중연은 네 번째 호드기를 결국 찾지 못했다. 그리고 호드기를 잃어버린 것이 안타까워 화에 대해서는 까맣게 잊고 살았다. 나중에 그는 아버지의 유품 속에서 네 번째 호드기를 제외한 나머지 호드기들이 들어 있는 주머니를 발견하고 그나마 조금 위안을 얻었지만, 그래도 자신을 부르던 네 번째 호드기를 다시 찾고 싶었다.

'차라리 그 호드기를 찾았으면 좋았을 것을. 하긴 그것은 아래에서 잃어버렸으니 이 누각 지붕 위에 있을 리가 없지.'

중연은 이제 낡고 작아져 버린 화 한 짝을 겸연쩍게 집어 들고 누각 지붕 위에서 내려왔다.

"아무것도 없더군. 자네가 잘못 안 듯싶네."

"아닙니다. 이미 가지고 오셨습니다."

---

* 중앙군인 구서당의 하나.

재운은 중연의 옷깃 사이로 삐죽 튀어나온 푸른 천 조각을 가리키며 말했다. 중연이 그것을 쑥 뽑아 내보이며 말했다.

"이것 말인가? 지금 장난하는 겐가?"

그러자 재운이 자신의 옷자락을 들어 보이며 말했다.

"보십시오. 어제저녁에 복숭아나무 가지에 걸려 찢어졌지요."

확실히 중연이 쥔 푸른 천 조각은 재운이 입고 있는 청의와 같은 옷감인 데다 조각도 얼추 들어맞을 듯했다.

"저는 잃어버린 제 옷 조각을 되찾아 줄 사람을 기다리고 있었습니다."

"한데 우연히 내가 당첨된 것이로군."

"이 세상에 우연은 없습니다. 정교하게 맞물린 인연인 것이지요."

"그게 무슨 뜻인가? 하면 자네가 부러 나를 기다렸다는 뜻인가?"

중연은 의아스러운 표정으로 벽옥같이 차가운 재운의 얼굴을 보았다.

"세상 이치가 그러하단 뜻입니다."

"하면 이것이 저기까지 날아간 겐가?"

"실은 뱀이 물고 오르더이다."

"농담하지 말게."

재운이 빙긋 웃으며 대답했다.

"농담으로 들리시는 모양이군요."

재운의 미소를 보자 단단히 뭉쳐 있던 중연의 마음 한구석이 스르륵 풀어졌다. 중연은 저도 모르게 눈을 끔벅이며 재운을 뚫어져라 쳐다보았다. 그리 쳐다보면 방금 자신을 엄습한 이 묘한 기분의 정체를 알아낼 수 있기라도 할 것처럼.

"이 찢어진 조각을 가져간다 한들 수선하기 어려울 걸세."

"괜찮습니다. 이리 주십시오."

중연은 엉겁결에 천 조각을 건넸다.

"고맙습니다. 하면 그만 가 보겠습니다."

천 조각을 받아 든 재운이 공손하게 인사를 한 후 돌아섰다.

'듣던 대로 독특한 자로군. 하긴 저만하니 왕들뿐 아니라 까다로운 예부령의 눈에까지 들었겠지.'

중연은 재운의 뒷모습을 바라보다가 문득 멍해졌다. 좀 전까지 찢어졌다며 내보였던 재운의 옷자락이 멀쩡하지 않은가.

"이보게, 잠깐!"

저만치 걸어가던 재운이 돌아보았다.

"왜 그러십니까?"

"자네 옷자락이?"

재운이 자신의 옷자락을 내려다보며 말했다.

"조각이 자기 자리를 찾은 것입니다."

"지금 날 데리고 눈속임을 하는 겐가?"

"아닙니다."

"이것이 장난이 아니면 대체 뭐란 말인가?"

"저는 그리 한가한 사람이 아닙니다."

"나도 바쁜 사람일세."

"저 때문에 헛수고하신 것은 아닐 텐데요. 전혀 수확이 없으셨습니까?"

재운의 청안이 중연의 오른손을 주시했다. 그 오른손에는 방금 누각 지붕 위에서 집어 온 낡고 작은 화 한 짝이 들려 있었다.

"이런 고물이 수확일 리가?"

"하오나 대감의 것이 아닙니까?"

"자네가 그걸 어떻게?"

"보았습니다."

"내가 이 화를 던지는 것을 말인가?"

"그렇습니다."

"하면 우리가 오늘 여기서 처음 만난 것이 아니란 말인가?"

"그렇습니다."

"허허 나는 자넬 본 기억이 없네. 이거 미안하구먼."

미안할 것까진 없었다. 살면서 스쳐 지나간 사람의 얼굴을 어찌 모두 기억하랴. 하지만 저자라면 꼭 기억해 뒀어야 했다. 어찌 저런 얼굴을 놓쳤을까? 중연은 묘한 가책을 느꼈다.

"괜찮습니다."

"대신 오늘 만남은 잊지 않겠네."

내가 왜 이런 쓸데없는 다짐을 하는 게야? 그러나 중연은 이내 그 다짐이 다음을 기약하려는 자신의 진심임을 깨닫고 당황했다.

"저도 오늘 대감께 진 빚은 꼭 갚겠습니다."

"빚이랄 것까지야⋯⋯."

"하오니 꼭 필요할 때 요구하십시오."

"아닐세, 자네야말로 부탁할 일이 생기면 내게 말하게."

"그러지요."

재운은 정중하게 허리를 굽혀 인사한 후, 다시 몸을 돌려 고 문을 향해 걸어갔다. 그러곤 어둠 속으로 사라졌다. 중연은 한 참이나 재운이 사라진 방향을 바라보다가 무평문 쪽으로 시선 을 돌렸다.

"암만 생각해도 이상하구먼. 뱀이 물고 올라갔다 했던가. 그 러고 보니 용두의 아가리에 저자의 찢어진 옷자락이 물려 있긴 했지. 용이나 뱀이나 비슷한 모양새이니 저자의 말이 꼭 틀린 것은 아니로구먼. 하면 역시 농담이 아닌 겐가?"

그렇게 만난 것이 인연의 시작이었다.

두 번째는 그해 구나 의례*에서 보았다. 구나 의례는 음력 섣달그믐 밤인 제석除夕에 궁중에서 묵은해의 귀鬼와 사신邪神 을 쫓아내는 제액 의식이다.

동례전同禮殿**으로 호각군***과 붉은 옷을 입은 집사자執事者 무 리를 이끌고 방상시가 등장한다. 스물네 명의 공인工人 가운데

---

* 나례儺禮라고도 하며 방상시가 중심이 되어 궁중 내의 역귀를 쫓는 의식으로 민 간까지 행해졌기에 대나大儺라고도 부른다.

** 조원전과 별도의 전각으로 사신을 접견하거나 연회를 베푸는 곳.

*** 호각군은 스무 명을 한 개 대隊로 하는데 기旗를 잡는 사람 네 명, 통소를 부는 사람 네 명, 북을 가진 사람 열두 명으로 구성하였다.

하나인 방상시는 네 개의 황금 눈을 번뜩이며 등에는 곰 가죽을 둘렀고 검은 옷에 붉은 치마를 입었다. 그의 오른손에는 창, 왼손에는 방패가 들려 있다.

그날 중연은 방상시의 황금빛 눈에 홀렸다. 방상시의 가면 위에 붙은 네 개의 가짜 눈이 그에게 따라오라 유혹했다. 중연은 자기도 모르게 자신의 자리를 이탈해 다른 사람들과 함께 호각군의 행렬 뒤를 따라나섰다.

호각군의 북소리가 두둥, 두둥 울렸다. 요란한 음악 소리가 덩굴이 쑥쑥 자라나듯 사방을 에워쌌다. 구나 의식을 시작한 방상시의 무리는 먼저 동궁으로 향했다. 방상시가 걸을 때마다 어쩐지 성궐 전체가 흔들리는 것 같아 중연은 현기증이 났다. 방상시의 무리가 동궁의 임해문과 인화문을 지나 다시 대궁으로 돌아와 구나를 펼쳤다. 마지막으로 방상시는 조원전 마당 안으로 들어서더니 무릎을 꿇었다.

사람들이 웅성거렸다. 방상시는 이제 귀신을 몰고 북문 밖으로 나가야 했다. 그런데 조원전 앞에 멈춰서 꼼짝을 하지 않고 있었다. 중연의 귀에 방상시의 가면 뒤에서 흘러나오는 나직한 흐느낌이 들렸다. 그러나 음악과 소란스러움 때문인지 다른 사람들의 귀에는 들리지 않는 듯했다.

대체 방상시가 조원전 앞에서 왜 울고 있는 게지? 중연은 의아했다. 혹 소문의 그 여인이 사실인 것일까? 하면 방상시가 지금 그 여인을 보고 있는 것일지도 모르겠다. 중연은 조원전 안을 찬찬히 살펴보았지만 소문에 등장하는 여인의 모습은 찾을 수 없었다.

대궁 내에는 십수 년 전부터 묘한 소문이 돌고 있었다. 얼굴이 보이지 않는 묘령의 여인이 밤이면 조원전 보좌에 앉아 까맣게 변해 버린 마른 손가락으로 사람을 손짓해 부른다는 것이었다.

왕의 보좌에 여귀女鬼가 앉다니, 불길한 징조였다. 매해 제석에 행하는 나례 의식도 그 여인만큼은 내보내지 못하는지 여태 목격이 되고 있었다. 그 여인이 누구의 원귀인지는 아직 알아내지 못했다.

저 방상시가 혹 그 여인의 사정을 듣고 하도 딱해 눈물을 흘리는 것이 아닐까? 아니면 제발 더는 몹쓸 꼴을 내보이지 말고 이제 그만 조용히 월성에서 나가 달라고 눈물로 호소하고 있는 것인지도 모르지.

잠시 후에 방상시가 자리에서 일어나 행렬을 이끌고 북문으로 향했다. 이제 귀신들을 월성 밖으로 쫓아낼 차례였다. 문밖에는 병사들이 기다리고 있었다. 성내에서 나온 횃불을 받아 든 병사들이 성벽 밖으로 횃불을 던졌다. 이제 모든 귀신들이 월성 근처에는 얼씬도 하지 못할 것이다. 이어 오기五伎*가 벌어졌다.

한편에서는 주어진 임무를 끝낸 방상시가 돌아서며 가면을

---

* 신라의 향악잡희鄕樂雜戲에 속하며 금환(공 던지기, 비수 던지기 등), 월전(서역 탈춤), 대면(구나무의 탈춤), 속독(소그드제국에서 전래한 귀면형의 탈을 쓴 건무), 산예(사자춤) 를 말한다.

벗었다. 스무 살가량의 젊은 사내가 얼굴을 드러냈다. 중연은 그가 일전에 무평문 앞에서 만났던 전사서사 김재운인 것을 알아보고 놀랐다.

희고 반듯한 이마, 상기된 복숭앗빛 뺨과 붉은 입술. 불어든 바람이 재운의 온몸을 훑고 지나갔다. 이마와 머리카락이 온통 땀으로 젖어 있는 청년의 훤칠하고 아름다운 용모에 사람들은 감탄했다.

그러나 중연은 재운의 얼굴에 숨겨진 눈물 때문에 마음이 흔들렸다. 중연은 그에 대해 알고 싶어졌다. 동시에 그의 눈물을 위로해 주고 싶은 마음이 들어 견딜 수가 없었다. 중연은 재운에게서 시선을 돌리지 못한 채 생각했다.

암만해도 내가 뭐에 홀린 것 같구면. 그를 바라보고 있노라니 중연의 눈앞이 자꾸 흐려졌다. 어쩐지 눈물이 나올 듯했다. 아버지가 돌아가신 이후 아무리 애를 써도 흘릴 수 없었던 눈물이 어째서 지금 차오르는가? 눈물샘이 묵직해졌다. 그러나 끝내 눈물은 나오지 않았다. 중연은 기분 탓이겠거니 여겼다.

그때 재운이 중연을 보았다. 눈이 마주쳤다. 재운은 고개를 숙여 인사를 했다. 그러곤 중연에게서 등을 돌린 후 사람들 속으로 사라졌다.

세 번째 만남은 다시 무평문 앞이었다. 엄밀히 말하면 중연이 재운의 뒷모습을 한눈에 알아보고 쫓아간 것이었다.

"이보게!"

재운이 돌아보자 중연은 침을 꿀꺽 삼켰다. 찰나였지만 그

어둡고 차가운 눈이 사람 같지 않게 여겨져 중연은 저도 모르게 긴장하였다. 그 눈은 어둠 속에 숨은 어둠까지도 구분할 수 있는 묘한 통찰력을 지닌 듯했다.

"예, 또 뵙습니다."

재운이 고개를 숙여 인사를 하였다.

"퇴궐하는가?"

"그렇습니다."

중연은 재운이 자신에게도 안부든 뭐든 물어 주기를 바랐으나 재운은 무심하게도 '용건이 없으시면 그만 가 보겠습니다.' 하고 말한 뒤 그대로 돌아섰다. 중연은 조급해졌다. 구나 의례 이후, 내내 재운을 다시 보고 싶었다. 해서 몇 번 전사서를 기웃거리기도 했으나 매번 재운이 자리에 없어서 볼 수가 없었다. 때문에 중연은 진작부터 벼르고 있던 참이었다.

그도 자신이 왜 이리 재운에게 집착하는지 알 수가 없었다. 그러나 이제 이렇게 세 번이나 우연히 만났으니 인연이다. 그런데 이 인연을 이어 갈 무엇인가가 없다. 중연은 이 자리에서 스스로 그것을 만들기로 작정했다. 마음이 끌리니 내가 먼저 인연의 한쪽 끈을 던져 놓는다. 만약 상대가 이를 잡아 주면 그것이 곧 인연의 시작이 아닌가.

"아닐세. 자네에게 용건이 있네."

"다음에 듣지요. 제가 지금 좀 바쁩니다."

재운은 잠깐 돌아보는 시늉만 한 채 그대로 걸어갔다.

"아니, 이보게. 암만 바빠도 그렇지 그리 무례하게 나오면 내가 무안하지 않은가?"

아랫사람인 재운이 전혀 미안해하는 기색도 없이 단번에 자신을 거절하자 중연은 다소 황당했으나 일단 쫓아가 재운의 앞을 가로막아 섰다.

사실 무례함으로 따지자면 중연은 그리 남 말 할 입장이 아니었다. 중연이 왕경으로 돌아온 첫날, 조원전에서 그를 기다리던 만과 조신들을 버리고 안가교에서 밤새 술을 마신 이야기는 아직도 왕경인들의 입에 오르내렸다. 그의 무례함에 조신들이 벌 떼처럼 일어났으나 만은 중연을 용서하였다. 그렇게 해서라도 중연을 왕경에 붙잡아 두고 싶었던 것이다.

재운이 걸음을 멈췄다. 중연은 막상 그를 불러 세우고 보니 참말 바쁜데 자신이 귀찮게 잡고 있는 것일지도 모른다는 생각이 들었다.

"미안하네 자네가 바쁜 사람이라는 것은 들어 알고 있네. 그래도 잠깐만 시간을 내 주게. 중요한 용건이네. 내게는 말일세."

"그렇습니까?"

재운은 중연의 말을 기다렸다. 중연은 머뭇거리며 입을 열었다.

"그러니까, 우린 참 여러모로 비슷한 구석이 있는 것 같으이."

"어디가 말입니까?"

재운이 자분하게 물었다.

"음, 그러니까 이름 석 자의 초성이 일치하네."

"그렇다 해도 다른 글자입니다."

"적어도 성은 같지 않은가?"

"착각이십니다."

"뭐?"

"소문 듣지 못하셨습니까? 저의 성은 헌강왕께서 내리신 성입니다. 하오나 대감께서는 진골 출신의 왕족으로 정족*의 성이지요. 또 대감께서는 무관이시고 저는 문관입니다."

"하지만 자넨 춤을 잘 춘다 하니 역시 무관이라 할 수 있지 않은가."

"검의 무武와 춤의 무舞는 다른 글자입니다."

"써 놓고 보면 그러하나 어쨌든 우리 입에서는 같은 소리를 내는 글자가 아닌가?"

"하시고 싶은 말씀이 뭡니까?"

재운이 빤히 쳐다보자 겸연쩍어진 중연이 무평문 누각의 용마루로 시선을 돌리며 말했다.

"우리가 오늘로 벌써 세 번 만났네. 내가 자네의 찢어진 옷자락을 저 용의 입에서 꺼내 주기도 하였지."

"그 빚은 대감께서 필요로 하실 때 갚아 드릴 것입니다."

"이보게, 나는 지금 자네와 벗으로 지내고 싶단 말을 하고 있는 것이네."

"하오면 그렇다고 처음부터 말씀하시지 왜 비슷하지도 않은 것을 찾아 붙이십니까? 저는 대감과 비슷하지 않습니다. 비슷

---

* 왕이 될 수 있는 박, 석, 김의 세 성을 가리킨다. 신라 초기에는 이 세 성이 돌아가며 왕을 하였다.

하고 싶지도 않고요."

"음, 그랬구먼."

중연은 애꿎은 환두도의 자루만 만지작거리며 중얼거리듯
말했다.

"한데 내가 그리 별로인가? 나도 눈이 있으니 자네가 빼어난
것은 알겠네만, 자네가 그리 말할 정도로 내가 못난 축인 줄은
몰랐구먼. 나는 여태 내가 잘난 줄 알고 살았네. 다들 내게 뭐
든 잘한다고만 하기에 그런 줄로만 알았지 뭔가."

금세 의기소침해진 중연을 바라보는 재운의 입가에 보일 듯
말 듯 미소가 어렸다.

중연의 말과 달리 사실 그는 재운 못지않게 훤칠하고 잘생
겼다. 기마에 능하고 활을 잘 쏘았으며 검과 도를 다루는 솜씨
가 뛰어났다. 그는 일찍이 토호와 초적의 무리들을 제압하느라
왕겨 밖에서 여러 해를 보냈다. 경 내외를 불문하고 그는 중앙
군인 삼도 시위부뿐 아니라 구서당을 통틀어서도 가장 뛰어난
무관이었다. 사실을 말하자면 이미 인재가 빠져나간 중앙군에
더는 그와 겨룰 만한 자가 없는 것도 이유였다.

재운이 고개를 저으며 말했다.

"그런 뜻이 아닙니다. 단지 저는 제가 좋단 뜻입니다."

"나도 자네가 좋네. 해서 자네하고 벗으로 지내고 싶단 말
일세."

"왜 저입니까? 저는 대감보다 나이도 여섯 살이나 아래입니
다."

"나도 모르겠네. 솔직하게 말하면 자네가 어떤 사람인지 궁금하네. 하니 자네와 벗으로 지내도록 허락해 주게."

중연이 간절히 청하니 재운으로서는 도리가 없었다.

"좋으실 대로 하십시오."

평강방 안가교에 들어서자 가기들이 재운을 힐끔거리며 쑥덕였다. 휘장 안에서, 주렴 뒤에서, 기둥을 돌아 화훼와 괴석 곁을 지나 연못 건너편에서부터 분 냄새와 호기심 어린 시선들이 대담하게 다가왔다가 부끄러운 듯 물러났다. 중연은 새삼 재운의 인기를 실감하고 놀랐다.

용모도 용모이거니와 아찬 최치원이 월성을 떠난 지금 왕경에서 가장 뛰어난 문장을 쓴다고 알려져 있는 재운이었다. 더욱이 재운의 문장은 쓰인 대로 이루어진다는 소문까지 있어 가기들 사이에서는 그의 시문을 얻는 것이 큰 소원이라고 했다.

그러나 중연이 보기에 그 소문은 좀 과장되었다. 지금은 예부령의 눈 밖에 나서 전사서의 말단 관리로 내려갔으나 재운은 본디 의방부에서 율律, 령令, 격格, 식式* 문을 작성하는 일을 도왔던 의방부좌였다. 사실 그 직책은 재운의 나이와 관등에 비

---

* 율: 법률.
　령: 법령이나 명령.
　격: 격문, 격서, 각처로 보내는 공문.
　식: 일정, 전례, 표준, 기준.

해 과하였으나 누구도 그의 재능에 토를 달지 못했다.

의방부는 법률을 제정하고 집행하는 기관이다. 따라서 의방부에서 나오는 문장들은 마땅히 사람이 따르도록 정해져 있는 것이다. 그러니 거기 쓰인 대로 이루어지는 것은 당연지사. 그런데도 재운의 문장만이 늘 그런 해괴한 소문을 만들었다. 중연은 이 역시 재운을 향한 주변의 시샘 때문이라고 여겼다.

나라를 개혁하고자 열정 어린 시도를 거듭했던 아찬 최치원은 결국 관직을 버리고 가야산으로 들어갔다. 후세에 그는 신발만 남기고 신선이 되었다는 소문을 뿌리겠지. 보군공 김호전도 스스로 목을 베고 자진했다. 재주 있는 자들은 월성에서 버티기 어려웠다. 욕심 많은 자들이 너무 많기 때문이다.

대궁의 그 여자는 힘이 없었다. 그 여자는 월성 내의 들끓는 돼지들을 다스리는 것이 버거워 허구한 날 불면증에 병치레였다. 불심이 깊은 그 여자는 자주 법회를 열고 이런저런 골치 아픈 일들을 부처에게 빌어 대지만 어느 것 하나 속 시원하게 해결하지 못했다.

그 여자는 고승들을 월성으로 불러 국사로 삼고자 했지만 늙은이들은 하나같이 그 여자의 청을 거절했다. 그러니 그 여자 혼자 대궁에 앉아서 무엇을 어찌할 수 있단 말인가? 도당은 이미 박예겸을 위시해 박후명과 같은 박씨 일족의 손바닥이었다.

중연은 객실로 들어가 재운과 마주 앉은 후 아채를 불렀다. 조금 후에 아채가 붉은 치맛자락을 끌며 들어섰다. 추켜올린 가채에 매달린 비단 끈과 구슬 장식이 등불 아래 흔들렸다. 정갈하게 단장한 아채를 본 중연의 눈빛이 흔들렸다.

"네가 부탁한 대로 나마를 모셔 왔다."

"고맙습니다, 대감!"

아채는 두 사람 사이에 다소곳이 앉아 재운을 향해 입을 열었다.

"아채라 합니다. 저를 기억하시는지요?"

재운은 아채를 잠깐 주시하더니 고개를 저으며 말했다.

"미안하구나."

아채의 얼굴에 서운한 기색이 스쳤다.

"저는 나마 나리를 뵌 적이 있습니다."

"나를 말인가?"

아채는 고개를 끄덕이더니 두 사람에게 술을 따른 후, 낭랑한 어조로 읊기 시작했다.

"대낮인데도 산속은 밤같이 어둡고 동풍이 불어오고 우신이 비를 뿌리네. 그대를 붙들고 돌아가지 말라 하고 싶으나 나이가 많으니 누가 나를 꽃으로 만들 것인가."

《초사楚詞》의 〈구가九歌〉* 중 젊은 연인을 기다리는 산귀山鬼의 한 구절이었다. 그제야 재운이 기억난 듯 말했다.

"아, 북천의 그 처자로군. 내, 너의 얼굴은 기억하지 못하나 그 문구는 기억한다."

---

* 〈구가〉는 굴원이 민간에서 귀신에게 제사 지낼 때 불리던 악곡을 가지고 쓴 작품으로 고악곡명이다. 구九는 실제 악곡의 숫자가 아니며 모두 열한 편으로 구성되어 있다.

"자네도 참 대단하이. 어찌 아채 같은 미인을 보았는데 기억을 못 하는가?"

중연이 혀를 찼다. 얼굴이 붉어진 아채가 말했다.

"제가 나마 나리의 눈에 차지 않았던 모양이지요. 나마 나리께서 워낙 출중하시니⋯⋯."

아닌 게 아니라 마주한 재운의 얼굴을 보고 있노라니 문득 중연은 그런 생각이 들었다. 동경에 비친 자기 얼굴을 두고 재운의 눈에 과연 어느 미인이 들어올까. 안가교 최고의 미인인 아채조차도 재운 옆에 앉아 있으니 어쩐지 빛이 바래는 듯했다. 재운이 멍하니 자신을 바라보는 중연을 향해 말했다.

"제 용모가 아무리 출중해도 스스로 감탄하지는 않습니다."

중연은 재운이 자신의 속을 들여다본 듯 말하자 깜짝 놀랐으나 모른 척 말했다.

"하나 다른 이들은 감탄이 나온다네. 한데 북천이라니?"

아채가 대답했다.

"작년 수릿날이었지요. 북천에서 제가 이 구절을 읊자, 나마 나리께서 지나가시며 그 뒤의 구절을 이어 읊으셨습니다. 그 후로 저는 한 번도 나마 나리를 잊어 본 적이 없습니다."

"첫눈에 마음을 빼앗긴 게로구먼."

중연은 서운함을 감추며 말했다.

"예, 그리되었습니다. 대감께서 나마 나리와 친분이 있으시다는 말은 진작 들었지요. 하여 몇 번 망설이다 용기를 내었습니다. 지금이 아니면 기회가 없을지도 모른다는 생각이 들어⋯⋯."

아채는 말을 흐렸다.

"무슨 기회?"

중연이 묻자 아채는 더욱 붉어진 얼굴로 대답했다.

"제가 오늘 밤, 나마 나리를 모시고 싶습니다."

중연의 얼굴이 묘해졌다. 아채가 중연의 표정을 읽고 얼른 사죄했다.

"죄송합니다. 하오나 나마 나리를 만나게 해 주겠다고 먼저 말씀을 꺼내신 것은 대감이셨습니다."

아채는 미인들이 대개 지니고 있는 새치름한 표정으로 재운을 쳐다보곤 고개를 살짝 숙였다. 상황을 눈치챈 중연은 애써 담담한 얼굴로 돌아갔다.

"그랬지. 한데 나는 네가 나마의 글이 어떻고 저떻고 말하기에 그저 시문이나 얻고자 하는 줄로만 알았다. 듣자니 왕경의 여인들은 모두 나마의 시문을 갖는 것이 소원이라 하더구나. 해서……."

중연은 입을 다물었다. 해서 뭐라 더 말할 수 있나. 가기에게도 마음이 있다. 그러니 이제 아채는 중연이 꺾을 수 없는 꽃이 되어 버린 것이다. 재운을 데려오지 않았다면 모르겠으나 이제 와서 재운과 아채 사이에 끼어드는 모양새는 그리 보기 좋지 않다. 더욱이 아채의 말대로 재운을 데려오마, 약조한 것은 바로 자신이 아니었던가.

하지만 그것은 어디까지나 아채의 마음을 얻기 위해서였지 재운과 인연을 만들어 주려던 것은 아니었다. 별수 없구면.

그래도 아직 의문은 남아 있었다.

"하면 내게 했던 그 약조는 무엇인가?"

중연은 약조의 내용을 굳이 입에 담지 않았지만 총명한 아채는 금세 알아듣고 답했다.

"나마 나리를 한번 뵈올 수 있게 해 주신다면 잘 모시겠다고 약조하였지요."

아채는 지는 햇빛에 붉게 물든 구름 같은 뺨을 한 채 다시 재운을 슬며시 쳐다보았다. 중연은 그제야 확실히 깨달았다. 재운을 데려오면 재운을 잘 모시겠다는 뜻이지 자기를 잘 모시겠다는 뜻이 아니었던 것이다.

말이란 그런 것이다. 호감이 있는 사람이 심중의 말을 하면 그 말의 대상은 은연중에 자신이라고 생각하게 되는 것이다. 그래서 오해한 것이다. 내가 착각하여 일이 이리되었으니 더 따져 무엇하겠나. 중연은 점잖게 마음을 접었다.

상황을 파악한 재운이 재미나다는 듯 빙긋 웃으며 말했다.

"이번에도 또 제가 대감께 빚을 졌습니다."

중연이 씁쓸한 기분을 감추며 말했다.

"그렇군. 하니 자넨 여전히 내게 갚을 빚이 하나 남아 있는 것이네. 하면 좋은 시간 보내게. 먼저 일어남세."

중연은 자리에서 일어났다. 말쑥한 얼굴로 이런 곳은 일절 발걸음도 안 하는 것처럼 굴더니 엉뚱한 곳에서 선점을 해 버리는구먼. 아니지, 아채를 재운에게 가져다 바친 것은 나인데 이제 와서 내가 누굴 탓하겠는가.

"살펴 가십시오, 대감! 이 은혜는 평생 잊지 않겠습니다."

중연의 뒤통수에 대고 아채가 배웅 끝에 인사를 하며 문을 닫았다. 이제 그 문은 문이 아니라 벽이었다. 하지만 중연은 이내 털어 냈다. 그가 가장 좋아하는 벗과 아끼는 여인이 아닌가. 그 둘이 연을 맺는 것이니 그리 나쁘지 않다 여겼다. 하여 중연은 호탕하게 마음을 털어 내고자 했다.

'진리를 아는 자는 말하지 아니하고, 말하는 자는 진리를 모른다고 하였다. 입이 무거운 것은 남아의 덕이다. 무쇠솥 뚜껑으로 두부를 누르듯, 꾹꾹! 그리 덮어야지. 여인을 향해 품은 사내의 정리란 아름다운 것이나 지나고 보면 그 또한 한 계절의 꽃과 같은 것, 그 계절이 다시 오면 꽃도 다시 피는 법이니…….'

그러나 그의 작심과는 달리 마음이 계속 들끓었다. 작고 탁한 거품들이 배 속 깊은 곳에서부터 부글부글 올라와 가슴을 뒤덮었다. 걷어 내고 싶은데 어찌해야 할지 알 수가 없었다.

'이 솟아오르는 더러운 거품들 때문에 나도 내 마음속을 들여다볼 수가 없지 않은가. 게 아무도 없느냐? 누가 와서 이 비린 비늘 같은 거품들을 걷어 내거라.'

불이 훤히 밝혀진 안가교의 정경은 선궁이 잠시 자리를 옮겨 현세에 하강한 듯 아름다웠다. 가기들의 웃음과 노랫소리, 거문고와 비파 소리가 밤을 어지럽혔다.

'간신히 마음 붙일 여인을 찾았다고 생각했는데.'

중연이 안가교의 대문을 막 나서려는데 누군가 그의 소매를 덥석 잡았다. 돌아보니 가기 화초였다.

"벌써 가십니까?"

"오냐."

"나마 나리께서 오셨다지요?"

"그래."

"아채 언니가 대감 덕에 드디어 소원을 풀었네요."

"알고 있었느냐?"

"예, 아채 언니는 예전부터 나마 나리께 마음이 있었지요."

화초는 이제 열일곱 살이었다. 중연은 아직 어린 티가 남은 화초의 부드러운 뺨을 두드리며 말했다.

"들어가거라. 날이 쌀쌀하다."

그러나 화초는 당차게 고개를 들고 말했다.

"대감, 제가 아직 나이는 어리나 재주는 아채 언니 못지않습니다."

"그러하냐?"

중연은 웃고 말았다. 화초의 재주는 아채를 따라가려면 아직 한참 멀었다. 한데도 허세를 부리는 것이 꽤나 귀여워 절로 웃음이 난 것이다.

"미안하구나. 내가 진작 알아보지 못해서. 한데 오늘은 내가 일이 있어 너의 재주를 볼 수가 없으니 다음에 보자꾸나."

화초는 어쩔 수 없이 중연의 소맷자락을 놓긴 했으나 여전히 아쉬운 듯 청했다.

"혹 마음이 울적하시면 오늘 제게 풀고 가십시오. 그것으로 일말의 정이라도 생겨난다면 꼭 다시 저를 찾아 주시고요."

"오늘이 아니어도 내 반드시 너의 재주를 보러 올 것이다. 약속하마."

"고맙습니다. 하오면 조심해서 가십시오."

중연은 안가교의 종복이 내온 자신의 말에 올라탔다. 화초는 여전히 붉은 등불 아래에 서서 중연을 바라보고 있었다. 화초의 어린 교태가 귀엽지 않은 것은 아니었으나 화초에 대한 중연의 마음은 나이 차가 많이 나는 막내 누이동생을 대하는 것과 같았다.

중연은 안가교를 빠져나와 자신의 집이 있는 월성 남쪽으로 말 머리를 돌렸다. 말도 기운이 빠진 듯 터벅터벅 걸었다. 중연은 재촉하지 않았다.

"여인이 나를 좋아하는지, 다른 사내를 마음에 두어 나를 다리 삼고자 하는지 어찌 그리 알아채지 못했을꼬. 나도 참……."

"둔하십니다."

중연은 '나도 참 둔하지.'라고 말하려던 참에 그 말을 다른 이로부터 듣자 깜짝 놀라 둘러보았다. 언제 왔는지 재운이 자신의 말을 따라 곁에서 걷고 있었다.

"자네? 대체 언제 나타난 겐가?"

"너무 천천히 가시더군요. 이러다 날 새겠습니다."

"나는 자네 걸음 소리도, 기척도 듣지 못했네."

"생각에 너무 골몰하셔서 그런 게지요. 그러다 말에서 떨어지시겠습니다."

"무슨 객쩍은 소릴 하는가? 나는 월기越騎*라네. 그보다 아채는 어쩌고?"

"걱정 마십시오. 그녀는 이제 제 사람입니다."

"벌써?"

"벌써라니요?"

"아니, 내 말은…… 그러니까……."

"무엇이 궁금하신 겁니까?"

"아닐세. 북천에서 아채가 자넬 보자마자 그냥 넘어간 것이 신기하여……."

중연은 저도 모르게 입이 비죽 나왔다. 재운이 그 모습을 보고 빙긋 웃으며 말했다.

"그저 저를 보기만 했는데 그리되었겠습니까? 주고받은 시구가 있었습니다."

"이보게, 나는 지난 반년간 아채와 자네들이 주고받은 시구보다 더 많은 말을 주고받았네."

"마음이 통하면 많은 말이 필요 없지요."

으음, 그 말인즉 아채는 내게 마음이 전혀 없었다는 뜻이로구먼. 중연의 눈썹이 올라갔다.

"왜 그러십니까?"

"속이 좀 쓰려서 그러네."

"하오면 오늘 밤은 제 집에서 저와 술을 나누시기 어렵겠군

---

* 말을 타며 활을 쏘는 사람.

요.”

“아닐세. 아무래도 오늘 밤 자네가 내는 술에 이것을 털어놓지 않으면 내가 귀신이 될 것 같네.”

“실연의 상처가 크신 모양입니다.”

“뭐라 했나?”

“아닙니다.”

재운은 조용히 웃으며 고개를 돌렸다. 은하수가 밤하늘을 가로질렀다. 별빛이 가득한 하늘을 바라보고 있자니 홍예虹霓가 뒤엉킨 안가교의 아찔하고 향긋한 세계에서 무색무취의 은 세계로 잠시 떨어져 나온 듯했다. 재운이 말했다.

“대감, 아무도 듣는 이 없습니다. 하오니 지금 털어놓는 것이 어떻겠습니까?”

“뭘 말인가?”

“오늘 밤 제가 내는 술에 뭔가 털어놓겠다고 하지 않으셨습니까?”

“아, 그건 말일세…….”

중연은 잠깐 머뭇거리더니 말했다.

“생각해 보니 말이란 것이 털어놓으면 오히려 마음이 허전하고 꺼림칙해지더구면. 하니 그만두겠네.”

“그것은 말을 하면서 뭔가 빠져나가기 때문입니다.”

“하니 차라리 말하지 않는 것이 나을 듯하네.”

“무엇이 빠져나갔느냐에 따라 다르니 안심하고 털어놓으시지요.”

그러나 중연은 입을 다물었다. 말을 하여 지금 내 마음을 가린 이 볼썽사나운 거품이 사라지면 좋겠지만…… 아냐, 아냐! 중연은 고개를 저었다. 재운이 놀리듯 물었다.

"하고픈 말을 가슴에 품고 귀신이 되시렵니까?"

"건 싫으이. 하나 뭘 어떻게 털어놓아야 할지 모르겠네."

거품을 어찌 말로 꺼낼 수 있단 말인가? 그러나 중연은 자기도 모르게 입 밖으로 내어 말했다.

"그게, 거품이 있네."

"거품이라고 하셨습니까?"

"아, 아닐세. 그러니까 내가 오늘 고대하던 미인을 만난 것이 아니라 근심을 만났던 듯싶단 말일세."

"〈이소離騷〉*입니까?"

"그러하네."

"읊어 주시겠습니까?"

중연이 고개를 끄덕이며 입을 열었다.

"옥띠풀과 작은 댓가지를 구하여 영분에게 점을 쳐 달라고 하였지. 점을 치고 하는 말이 '두 미인이 필히 잘 어울리려니, 누구든 신실함을 부러워하리라. 구주의 넓음을 생각하면 어찌이 여인만이 있을 것인가?' 또 말하기를 '권하노니 멀리 가서 의심하지 말지니 누구라서 미인을 찾는데 그대를 몰라라 하리

---

* 〈이소〉는 《초사》에 실린 굴원의 대표적인 서사시다. 제목의 뜻에는 두 가지 설이 있는데 '이離는 별別, 소騷는 수愁, 즉 이별과 시름'이라는 왕일의 설과 '근심을 만나다'라는 반고의 설이 있다.

오?'……."

중연이 시구를 읊다 말고 슬며시 보니 재운이 눈을 감은 채 걷고 있었다.

"이보게, 듣고 있는 겐가?"

재운이 눈을 뜨고 돌아보며 물었다.

"예. 해서 점사가 뭐라 해석해 주었습니까?"

"점사가 말하기를…… 아니, 잠깐만!"

중연은 눈이 휘둥그레져 물었다.

"자네가 오늘 아침 내가 겪은 일을 어찌 알고 있는 겐가?"

사실 중연은 오늘 아침 집을 나서는 길에 대로에서 심심풀이로 점을 봤다. 그런데 점사가 쾌는 풀어 주지 않고 〈이소〉의 아홉 번째 단락을 읊어 주지 뭔가. 해서 중연이 '무슨 뜻인가? 나보고 지금 왕경을 떠나란 소린가?' 하고 물었다. 그러자 점사가 '글쎄요, 해석하기 나름이지요.'라고 지당한 대답을 하는 바람에 내심 부아가 나 자리를 박차고 일어났다. 그래도 복채는 쥐여 주었다.

재운은 아무것도 몰랐다는 얼굴로 물었다.

"아침에 점을 보셨습니까? 저는 다만 〈이소〉의 아홉 번째 단락이 원래 복점을 쳐 주는 내용*이라고 들었기에 그리 여쭸습니다만."

무안해진 중연이 손을 내저으며 솔직히 털어놓았다.

---

* 전문을 주제에 따라 열한 단락으로 구분하는데, 아홉 번째 단락은 복점을 쳐 보지만 고국을 떠나라는 권유를 받는다는 내용이다.

"내가 지레 찔렸구먼. 집을 너무 일찍 나서는 바람에 시간이 좀 남아돌아 잠시 한눈을 팔았네. 아무튼 그 점사는 아무 해석도 해 주지 않았네."

"대감께서는 어찌 생각하십니까?"

"두 미인이 모두 잘 어울린다 해 놓고 어디 간들 다른 미인을 못 찾겠느냐고 했네. 결국 두 미인 중 아무도 얻지 못한다는 뜻이지."

"화초가 아직 어리긴 하나 몇 해만 지나면 미인이 될 겁니다. 대감께서 마음만 먹으면 화초는 얻으실 수 있을 것입니다. 그 아이, 안가교에 들어설 때부터 대감만을 바라보고 있더군요."

"화초가 좋은 아이라는 것을 아네. 하나 내가 아채에게 품었던 것과 같은 마음이 그 아이에게 생길 것 같진 않네. 하니 두 미인 중 아무도 얻지 못하는 것이 맞네."

"세상이 넓은데 어찌 그 미인들만 있겠습니까? 시구가 그리 빌하니 빌어 보십시오. 다른 미인도 있습니다. 대감께서 아직 보지 못하셨을 뿐이지요."

"어쨌거나 내키지 않네."

"미인이 아니라 근심을 만날까 두려워졌기 때문이지요. 근심일지언정 아직 다른 미인이 남았으니 기다려 보십시오."

"싫네."

중연이 거절하자 재운은 굴원의 〈구가〉 '대사명'*을 읊어 주

---

* 〈구가〉 중 다섯 번째. '대사명'은 별의 이름으로 길흉과 생사를 주관하는 운명의 신이다.

었다.

"아, 생각할수록 근심이 차는구나. 어찌하여 근심이 차는 것인가? 지금처럼 마음이 상하지 않기를 바라노라. 진실로 인명은 정하여진 수가 있으니, 뉘라서 만나고 헤어지는 일을 마음대로 바꿀 수 있으리까."

중연은 고개를 끄덕였다. 그렇지, 대사명이 아닌 인간이 어찌 인연을 마음대로 할 수 있겠는가. 싫다 한들 그 또한 마음대로 되는 것이 아닌 것을. 그러나 정리情理는 사람의 마음에서 나오는 것, 정리가 풀리지 않고 오래 묵으면 근심이 된다.

"자네 말이 맞네. 내가 오늘 근심을 만났네."

"대감과 저는 지금 그 근심을 주고받는 중입니다. 이렇게 오가는 동안 근심이 닳아 없어지도록 말입니다."

"나쁘지 않구먼. 한데 자네 같은 이도 근심이 있는가?"

"세상에 근심이 없는 사람은 없습니다. 하면 역시 〈이소〉로 할까요?"

"근심을 주고받는 중이니 그게 좋겠네."

중연은 내심 재운이 어느 구절을 골라 말할지 기대가 되었다.

재운은 낭랑한 목소리로 읊기 시작했다.

"만월이 눈물로 나의 이름을 내주니 그 이름이 누월재운淚月裁雲이라, 나는 이미 이러한 타고난 아름다운 바탕을 지닌 데다 또 뛰어난 문장을 더불어 갖추었네. 그리하여 달이 그 이름을 근심하네."

중연은 큰 소리로 웃고 말았다. 재운이 이소 첫 단락의 구절에 자기 이름을 넣어 멋대로 바꾼 것이다.

루월재운鏤月裁雲이 아니라 누월재운淚月裁雲이라. 왕경의 사람들은 재운을 두고 교묘한 아름다움이라 칭했지만 재운은 자신을 눈물 흘리는 달의 근심 대상으로 보았다.

"고로 자네가 너무 잘나서 달조차 자넬 걱정한다는 것이로구면."

"해서 저는 저를 근심하는 달이 근심스럽지요."

재운이 근심하는 달이 하늘에 떠 있는 저 달인지 땅에 누운 월성인지는 알 수 없었지만 어느새 중연의 마음은 풀어졌다. 그는 자신의 마음을 가둔 거품이 깨끗이 걷힌 것을 깨달았다. 틀림없이 재운과 말을 나누는 도중 무엇인가 빠져나갔다. 하지만 그것은 이미 다른 기분 좋은 것으로 채워졌다.

늘어지는 수양버들을 밟으며 재운이 물었다.

"기분이 어떠십니까?"

"안결 나아졌네. 한데 이상하이. 어째서 자네의 잘난 척을 들었는데 내 기분이 나아진 것인가?"

"〈칠발七發〉*을 흉내 냈더니 효과를 본 듯합니다."

중연이 당황하여 말했다.

"이런, 어떻게 알았나? 내 속이 뒤틀려 병이 든 것이 그리 잘

---

* 〈칠발〉은 서한西漢 경제景帝(기원전 157~기원전 142 재위) 때의 문인 '매승'의 작품으로 문답체로 이루어져 있다. 내용은 초나라 태자가 병이 나자 오나라 문객이 찾아와 기묘한 말로 병을 고친다는 것이다. 모두 일곱 단락으로 나누어져 있는 이 이야기는 마지막 부문만 빼면 모두 왕궁의 사건들과 기이한 사물들에 관한 것이다.

보이던가? 미안하네. 자넬 질투해서."

"저를 질투하셨습니까?"

재운은 이번에도 몰랐다는 표정이었다. 부끄럽게도 나는 어찌하여 매번 이리 앞서 나가서 속을 드러내는가? 머쓱해진 중연이 말했다.

"꼭 그렇다고 말할 수는 없네만, 뭐, 질투라면 질투라고 할수도 있기에……. 가만? 하면 뭣 때문에 〈칠발〉을?"

"저도 풀 것이 좀 있었을 뿐입니다."

"그게 다인가?"

"또 뭐가 있겠습니까? 저는 대감을 질투하지 않습니다."

"나 같은 사람에게 질투할 것이 무에 있겠나?"

"아닙니다. 대감께서는 스스로 생각하시는 것보다 훨씬 더잘나신 분입니다."

"갑자기 무슨 속셈으로 나를 띄우는가?"

"사실을 말씀드리는 것입니다. 저는 아무하고나 벗이 되지않습니다. 사람을 고르는 눈이 꽤 까다롭지요. 제 눈에 드셨으니 대감께서 어찌 잘난 사람이 아니겠습니까?"

"어째 나를 빌려 또 자네 잘난 척하는 소리로 들리는구먼."

"그게 그것입니다. 저는 대감이 좋습니다. 좋은 사람에게는질투하지 않습니다."

재운은 그렇게 말하곤 사박사박 앞서 걸어 나갔다.

"이보게, 나도 자네가 좋으이. 한데 나는 나쁜 놈인가 보네. 자네가 좋아도 질투가 나더란 말일세. 이보게, 나마! 거기 서게. 이제 겨우 이야기 하나만 털지 않았나?"

"두 개입니다. 대감의 근심과 저의 근심을 각자 하나씩 털었지요."

"그럼 아직 다섯 개가 남았구먼. 공평하게 번갈아 털어 보세."

"홀수라서 공평하게는 어렵겠습니다."

"하면 자네가 셋을 털게. 어차피 상대의 근심을 들으며 내 근심을 터는 것이니 누가 더 많이 차지하든 상관없네."

"그렇게 밤새 저와 노닥거릴 요량이시면 여기서 헤어지는 것이 좋겠습니다."

"싫으이. 남은 다섯 개는 마저 하고 끝내세. 이보게, 나마! 같이 감세. 어째 말을 탄 나보다 자네 걸음이 더 빠른가? 이보게, 기다리게!"

중연은 말을 몰아 벌써 저만치 멀어진 재운을 부지런히 따라갔다.

효원은 눈썹을 찌푸렸다. 후원의 작은 연못이 검게 썩어 가는 낙엽으로 뒤덮였다. 효원의 표정을 살핀 여복이 얼른 주변을 둘러보곤 나무 작대기를 주워 들며 말했다.

"죄송해요, 아가씨! 통 신경을 쓰지 못했네요. 곧 치워 드릴게요."

"되었다. 그냥 둬라."

낙엽을 걷어낸다 하여도 곧 살얼음이 덮이겠지. 하다못해 이처럼 작은 물도 계절을 타는데 목련방의 목련들은 어찌 그리 오래도록 꽃을 피우는 것일까. 김중연 대감께서는 퇴궐을 하면 늘 그곳으로 가신다지. 아마도 좋아하는 벗과 함께 오래도록 볼 수 있는 목련이 있어 절로 걸음이 향하는 것이리라.

"냄새가 고약해질 거예요."

"날씨가 추워지니 괜찮을 거야."

담장 밖 바깥채가 부산스러워졌다.

"누가 왔느냐?"

나무 작대기로 연못 수면을 덮은 낙엽을 이리저리 가장자리로 밀어내던 여복이 재빨리 정원석 위에 올라서서 뒤꿈치를 들고 담장 밖을 건너다보며 대답했다.

"적두 선사께서 오셨나 봅니다."

"선사께서 요사이 자주 아버님을 찾으시는구나."

"아뇨, 선사께서는 바쁘신데 주인 나리께서 자꾸 문수사로 사람을 보내 청하신답니다."

"무슨 일로?"

"거기까지는 저도 모르지요."

여복은 소매까지 걷고 다시 하던 일에 몰두했다.

효원은 적두 선사가 이번에는 왕경에 오래 머문다고 여겼다. 문수사는 모량부가 뒤를 봐주는 사찰이 아니니 아마 아버지와의 개인적인 관계일 것이다.

그녀는 칠 년 전 처음 그를 보았다. 적두는 그 노르스름한 눈동자 색 때문에 한번 보면 잊기 어려운 사람이었다. 그때 그 승려가 자신을 보던 눈빛은 동정이었다. 지금도 그녀를 보는 그의 눈빛은 달라지지 않았다. 효원은 그 눈빛이 싫었다. 적두가 싫은 것이 아니라 스스로 비참한 기분이 들기 때문이었다. 그녀는 그가 왜 자신을 그런 식으로 바라보는지 어렴풋이 눈치채고 있었다.

적두가 방 안으로 들어서자 박후명은 찌푸린 이마를 펴고 그를 맞았다.

"소승을 찾으셨다지요?"

"수주를 찾는 일이 어찌 되어 가는지 궁금해서 불렀소. 선사께서 먼저 나를 찾는 일이 드무니 매번 내 쪽에서 이리 청할 수밖에 없지 않소."

석누는 박후명의 차게 가라앉은 시선을 당당히 대면했다.

"진전이 있다면 소승이 먼저 찾아뵈었을 것입니다."

"아직이오?"

"수주는 목련방에서 꼼짝도 하지 않고 있습니다. 목련방에 들어갈 수 없는 소승으로서는 도리가 없는 일이지요."

"대체 언제까지 기다려야 하는 것이오?"

"저도 모릅니다."

"참으로 답답하오. 하면 김재운은 보았소?"

"아직 보지 못했습니다."

"어찌 그렇단 말이오?"

"그의 입, 퇴궐 시각에 월성의 초입을 지켰으나 영 모습을 볼 수가 없더군요. 그 점이 무엇보다 수상쩍기는 합니다. 저杵란 것이 원래 모습을 감추는 데 용한 것들이라서 말입니다."

"하나 선사는 저 사냥꾼이지 않소?"

"저 사냥꾼이라 해도 역시 사람의 눈인지라 저杵를 보는 특별한 능력은 없습니다."

"하면 김재운을 보아도 저杵라는 것을 바로 알 수는 없지 않소?"

"몸에 새겨 둔 감각이 눈보다 먼저 반응합니다. 소승에게는 이것이 저杵를 보는 눈입니다."

적두는 고개를 숙였다. 박후명은 적두의 정수리에서 일곱 개의 붉은 점을 보았다. 저 사냥꾼들이 정수리에 고의로 팥알 크기의 혈종을 만드는 것은 눈으로 볼 수 없는 경우가 허다한 저杵에 대해 다른 방식으로 직접적인 감각을 키우기 위해서였다. 적두가 고개를 들고 말했다.

"하오니 조금만 기다려 주십시오. 지금 김중연의 뒤를 감시하는 중이니 곧 만나 볼 기회가 생기겠지요. 대개는 김중연이 목련방으로 찾아가니 제가 따라 들어갈 도리가 없지만, 그 두 사람의 친분이 워낙에 돈독하니 밖에서도 만나지 않겠습니까."

"차라리 내가 자리를 만들어 보면 어떠하겠소? 하면 선사께서 이렇듯 그를 만나고자 애를 쓸 필요가 없지 않소?"

박후명은 적두가 굳이 재운을 따로 만나고자 하는 것이 영

마뜩지 않았다. 만약 적두가 자신 몰래 재운에게 다른 술수를 쓰고자 하는 것이라면? 박후명은 부리는 수하건 승려건 본래 사람을 믿지 않았다. 그는 매사에 세심한 만큼 의심도 많았다.

"아닙니다. 그리하였다가 행여 김재운이 뭔가 눈치를 챈다면 곤란해집니다."

"나는 지금이라도 그에게 내 누이의 일을 묻고 싶소. 신물을 지켜 주는 대가로 내 누이를 얻어 어찌하였는지 말이오."

"그것은 그가 저粹인 것이 명백히 밝혀진 후에 물어야 할 줄 압니다. 하오니 서두르지 마십시오. 그보다 그의 시문을 구하는 일은 어찌 되었습니까?"

박후명은 고개를 저었다.

"그쪽도 쉽지 않소. 의명 부인*을 통해 청을 넣었는데도 요지부동이오."

"의명 부인의 부탁인데도 말입니까?"

"그렇소."

"예부에서 수거한 김재운의 문장들은 어떻습니까?"

"하나같이 미완성의 초고들뿐이오. 날 골탕 먹이려고 고의로 그런 것들만 남긴 게지. 하니 암만해도 다른 방법을 찾아봐야 할 것 같소."

"어찌 되었건 그의 시문을 구하시게 되면 반드시 소승과 상의하셔야 합니다."

---

* 헌강왕의 왕후.

"여부가 있겠소. 선사께서도 김재운의 진짜 이름을 알아내면 꼭 내게 알려 주어야 할 것이오."

적두는 얼른 대답하지 않았다.

"왜 대답이 없소?"

박후명이 다그치자 적두는 마지못해 입을 열었다.

"원하신다면 그리할 수도 있겠지만, 그가 저抔라면 어차피 소승의 손으로 제거될 물건입니다. 하오니 그를 마음에 두지 마십시오."

"하나 선사와 내가 도모한다면 그를 요긴하게 쓸 수 있지 않겠소? 제거하기엔 아까운 인물이오."

"소승의 결심은 바뀌지 않을 것입니다. 신물은 예부령께서, 저抔는 소승이 갖습니다. 그리 약조하신 것을 잊지 마십시오."

적두의 다짐에 박후명의 목구멍에서는 대답 대신 못마땅하게 목을 고르는 소리만이 흘러나왔다. 적두는 상관하지 않았다. 박후명은 그가 자신의 눈치를 보지 않는 것이 불쾌하였으나 도리가 없었다. 저抔를 잡기 위해서는 저 사냥꾼이 필요했다.

저抔를 두고 박후명과 불편한 대화가 이어지는 것을 피하기 위해 적두가 서둘러 자리에서 일어났다.

"하오면 소승은 그만 물러가겠습니다."

"아, 잠깐. 선사께 달리 상의할 것이 있소."

적두는 내키지 않는 듯 잠깐 머뭇거렸다. 박후명이 적두의 속내를 눈치채고 먼저 말을 꺼냈다.

"여식의 혼사가 늦어지고 있어 걱정이오."

저杵에 대한 이야기가 아니라는 것을 알자 적두는 그제야 다시 자리를 잡고 앉았다.

"작정하신 계획이 있었던 것으로 압니다만."

"그랬지."

효원은 올해 열아홉 살이었다. 그녀의 혼사가 늦어진 것은, 아니, 그녀의 혼사가 기약이 없어진 것은 적두의 말대로 박후명이 작정했던 계획이 수포로 돌아갔기 때문이다.

그는 효원을 요 태자와 혼인시키려 했다. 그러나 올해 열네 살인 요 태자는 대아찬 박예겸의 딸과 혼인했다. 민가에서 요를 찾아 만에게 데려온 것은 박예겸이었다. 요는 작년에 태자로 책봉되어 동궁이 되었다.

'대아찬보다 내가 먼저 찾아냈어야 했는데, 그랬다면 태자의 장인 자리는 절대 그에게 빼앗기지 않았을 것이야.'

만이 후사를 세우지 않은 채 요를 찾은 것은 처음부터 그를 태자로 세울 것을 염두에 두고 있었다는 의미였다. 해서 박후명이 생각했던 효원의 혼처는 태자비였다.

그는 박예겸이 태자비 자리는 자신의 딸에게 주기를 바랐다. 어차피 같은 박씨 문중이니 양보해 줄 수도 있지 않은가. 그러나 박예겸은 아들 박경휘를 헌강왕의 딸과 혼인시킨 것도 모자라 이번에는 딸을 요 태자와 혼인시켰다. 후일을 도모함에 이보다 철저할 수는 없었다. 박경휘든 요 태자든 보위에 오르면 대아찬은 왕의 아비이거나 국구로서 각간 김위홍 못지않은 막강한 전권을 가지게 될 것이다.

박예겸이 그에게 말했다.

'모량부는 해간께서 맡으시지요.'

'하면 대아찬께서는 왕경을 맡으시려고요?'

박후명의 물음에 박예겸이 웃었다.

'훗날 제 아이들을 위해서라도 그래야겠지요.'

이제 박후명에게는 기회가 없었다. 그는 누이동생을 왕의 후비로 들였지만 후사를 얻지 못했다. 다시 딸을 태자비로 들이려 했지만 실패했다. 언젠가 박예겸은 왕보다 더한 권세를 누리며 국정을 좌지우지하는 날을 맞게 될 것이다.

하지만 수주만 손에 넣으면 국운을 쥔 손이 바뀌게 된다. 거기에 저秭까지 얻게 되면 어찌 될까. 저秭의 재주가 왕도 바꿨다 하지 않던가. 박후명은 그 손이 자신의 손이기를 갈망했다.

적두가 말했다.

"같은 박씨 정족인데 누구의 딸이건 무슨 상관이겠습니까?"

"한데 대아찬은 그리 생각하지 않았으니 내게 물을 먹인 것이 아니겠소?"

"다른 혼처는 알아보셨습니까?"

박후명은 탐탁지 않은 얼굴로 눈살을 찌푸렸다.

"마음에 드는 자리가 없으시군요. 꼭 그 자리여야 하겠습니까?"

"그 자리밖에는 없소. 내 누이동생은 헌강왕의 후비였소. 하니 내 딸도 마땅히 왕실로 혼인을 가야 하지 않겠소."

"하오면 그 자리가 비기를 기다리십니까?"

"뭐라?"

예상치 못한 적두의 물음에 박후명의 눈매가 가늘어졌다.

"그리되겠소?"

적두는 박후명이 자신에게 질문을 하는 것이 아니라 그리해 달라고 청하는 것임을 알아챘다.

"안 될 거야 없지요. 그 자리가 비면 역시 박씨 일족에서 여인을 들이고자 할 터이니 다음은 효원 아가씨 차례가 되지 않겠습니까?"

"그렇긴 하지."

"소승에게 그리 나쁘지 않은 생각이 있습니다. 소승이 사람을 하나 추천할 터이니 동궁에 들여 주십시오."

제3장 오기일鳥忌日의 미인

진성여왕 재위 십일 년 정월 초닷새.

바람이 한바탕 창을 치며 지나갔다. 중연은 주인 없는 서재
에 홀로 앉아 계유가 내온 차를 마셨다. 벌써 몇 잔째인지 모르
겠다. 스무 잔은 진즉 넘겼지 싶었다. 시간이 더디 갔다. 누군
가의 기척에 중연은 혹 재운이 돌아왔나 싶어 귀를 쫑긋 세워
보지만 계유였다. 계유가 또 찻물을 데워 왔다.
답답해진 중연은 창을 열었다. 손질하지 않은 후원엔 잡초
만 무성했다. 안마당에서 후원까지 온 집 안을 둘러 가며 보기
좋게 피어 있던 목련들은 지난 동짓달 첫눈이 내리면서 모두
져 버렸다. 목련이 오래 피어 있어 목련방이라 불리나 꽃이 겨
울을 날 수는 없었다.

낡고 외풍이 심해 가뜩이나 추운 집인데 그저 무료하다는 이유로 찬 바람을 청하였더니 방 안이 온통 얼음 굴이 되어 버렸다. 중연은 다시 창을 닫았다. 이 썰렁하고 휑뎅그렁한 집에 남자 둘만 살다니, 거기에 드나드는 나까지 보태 봐야 남자 셋, 쓸쓸하구나!

그러나 이대로 안가교로 가고 싶진 않았다. 기왕에 기다렸으니 오늘도 재운을 보고 가야지. 중연은 하루라도 재운의 얼굴을 보지 않으면 그 얼굴의 생김이 잘 기억나지 않았다. 기억나지 않는 것을 자꾸 기억해 내려니 답답하기 그지없었다. 그냥 잊고 다음 날 다시 보러 오면 될 것을 중연은 기다리지 못하고 늦은 시각에라도 기어이 재운을 찾곤 했다. 재운의 얼굴을 다시 보아야만 그 얼굴이 기억나고 그 얼굴이 기억나야 마음이 편해지기 때문이었다. 희한한 일이었다.

"이제 차는 그만 내오너라."

"돌아가시려고요?"

"여태 기다렸는데 돌아가라고? 내가 귀찮으냐?"

"예, 조금 귀찮습니다."

"누가 그 주인의 종복이 아니랄까 봐 돌려 말하는 법이 없구나."

계유가 대놓고 꼬박꼬박 말대답을 하자 가뜩이나 심심하던 차에 중연은 옳다구나 싶어 계유의 말꼬리를 잡았다. 이놈하고 티격태격 말을 나누다 보면 시간이 금방 갈 터이지. 계유가 못마땅한 표정으로 말했다.

"저는 종복이 아닙니다."

"나마가 네 주인이 아니란 말이냐?"

"주인이십니다."

"한데 왜 종복이 아니라 하느냐?"

"마음으로 따르는 것이지 문서로 매인 것이 아니란 말씀입니다."

"나도 마음으로 나마가 좋다. 그러니 네가 나를 싫어할 이유가 없지 않느냐?"

"싫은 것이 아니라 좋아하지 않는 것입니다."

"좋아하지 않으면 싫은 것이지."

"싫지 않으면 좋아하는 것입니까?"

계유의 반문에 중연은 잠깐 생각해 보았다. 그건 아닌 듯했다.

"오냐, 내가 졌다."

"기분 상하셨습니까?"

"되었다. 너와 네 주인이 나를 만만하게 대하는 것이 어디 오늘 하루뿐이더냐."

"오해이십니다. 대감께서는 그리 만만하신 분이 아닙니다. 저나 제 주인께서는 그저 대감을 잘 알기에 편히 대하는 것이지요."

"나마는 나의 벗이니 나에 대해 어느 정도 안다고 할 수 있지만, 너와는 따로 우의를 나눈 적이 없다. 한데 네가 어찌 나를 안다고 할 수 있느냐? 옆에서 본 것만으로는 안다고 할 수 없다. 그것은 아는 척이다."

"아는 척이 아니고 압니다."

계유는 중연과 대화하기 귀찮아하면서도 그 사실만은 못을 박듯 단호히 주장했다. 중연도 질세라 이에 맞서 강하게 반박했다.

"아는 척이다. 네가 나에 대해 아는 것은 이런 것이다. 예를 들면 나는 너를 잘 모르나 네가 넷째 아들이라는 것은 알 수 있는 식이지."

이는 남자의 이름에서 자字를 정할 때 첫째는 백, 둘째는 중, 셋째는 숙, 넷째는 계로 시작하는 형식에 미루어 중연이 맞혀본 것이었다. 계유는 그 점에 있어서는 순순히 수긍했다.

"제가 넷째 아들인 것은 맞습니다. 또한 그것은 대감뿐 아니라 누구라도 알 수 있는 것이지요. 하지만 제가 대감에 대해 아는 것은 그런 것보다 더 깊은 곳에 있습니다."

"그래? 아무래도 나마가 너에게 나에 대한 이야기를 너무 많이 했구나."

"아닙니다. 제 주인께서는 평소 대감에 관한 말씀은 거의 입에 담지 않으십니다."

"전혀?"

"예, 전혀요."

중연은 재운의 입이 무거운 것을 좋아해야 할지, 아니면 그 무심함에 서운해야 할지 알 수가 없어졌다.

"하면 네가 어찌 그리 나를 잘 알게 되었느냐?"

"그건 말씀드리고 싶지 않습니다."

"왕경에 떠도는 나에 관한 소문을 주워들었더냐?"

"소문은 소문일 뿐이지요. 신경 쓰이신다면 앞으로는 모른 척해 드리겠습니다."

"놈이, 말본새도 꼭 제 주인을 닮아서는."

"당연한 말씀이십니다. 제가 아무려면 제 주인을 닮지 대감을 닮겠습니까?"

계유가 냉랭하게 대꾸했다. 중연은 계유가 자신을 별로 좋아하지 않을뿐더러 원망하는 구석까지 느껴졌다. 대체 내가 뭘 어쨌다고?

"네가 이리 나를 구박하고 홀대하니 너 때문에라도 내가 조만간 이 목련방에 발길을 끊고 만다."

중연의 투정에 계유는 덤덤히 대꾸했다.

"그러시든가요. 하지만 그 반대가 될 수도 있습니다."

"뭐어? 잠깐, 그건 안 되는데."

계유가 피식 웃자 중연은 놀림당한 것을 깨달았다. 늘 이리 당하면서 나는 뭐가 아쉬워 매번 이놈과 말을 주고받는 것인지. 중연은 점잖게 말했다.

"다시는 네놈과 말을 섞지 않을 것이다."

"삐치셨군요."

"오냐, 그러하다. 하니 더는 나를 기웃거리지 말고 그만 물러가거라. 내 알아서 나마를 기다릴 터이니."

계유가 물러가고 또 한 시진이 지났다. 바람이 수도 없이 지나가고 달은 한 뼘쯤 옮겨 앉았다. 통금 시각이 가까워 오고 있었다. 다시 복도에서 인기척이 들렸다. 계유가 또 여기를 슬쩍 들여다볼 요량인가 보다 여긴 중연은 기다림이 지루해 시든 오이 모양 꼬부라진 허리를 바짝 세우고 자세를 바로 했다. 자신을 만만히 보는 아랫사람에게 흐트러진 모습을 보일 수는 없었다. 그때 문이 활짝 열리며 재운이 들어섰다.

"자넨가?"

반가운 마음에 중연이 벌떡 자리에서 일어나며 원망을 쏟아냈다.

"대체 어딜 다녀오는 겐가? 내가 자넬 얼마나 기다렸는지 아는가? 자네가 없다고 계유가 나를 또 쫓아내려 했단 말일세."

"한데도 여태 버티셨습니까?"

재운은 미안해하기는커녕 오히려 타박이었다. 이젠 만성이 된 중연은 그런 재운의 반응이 별로 서운하지도 않았다.

"자네마저 그리 말하다니, 이거 또 나만 자넬 봐서 반가운 모양이로구먼. 됐네. 오늘은 정말 중요한 용건이 있어 왔네."

"언제는 중요한 용건이 아닌 적이 있었습니까?"

재운은 좌정했다. 계유가 밖에서 돌아온 주인을 위해 뜨거운 차를 득달같이 대령했다.

"비꼬지 말게. 어쨌거나 나에겐 자네와 관련된 건 전부 중요한 용건일세. 자네, 의명 부인께서 부탁하신 시가를 거절했다면서?"

"그것이 이 늦은 시각까지 저를 기다리신 오늘의 중요한 용건입니까?"

"내가 어지간하면 이러지 않네."

"내키지 않으니 어쩝니까?"

"이해하네. 의명 부인 뒤에 전 시중인 대아찬 박예겸과 예부령 박후명을 위시해 모량부 일족이 버티고 있어서 그런 게지. 하나 시가 한 부를 써 드리는 것 정도는 무방하지 않은가? 암만 자네가 예부령을 따르고 싶지 않다 해도 의명 부인의 부탁까지 거절하는 것은 좀 지나친 것이 아닌가 싶네."

"신라의 시가는 본디 일종의 주술가입니다."

중연도 알고 있었다. 때문에 언령을 빌려 대궁의 그 여자에게 제위의 정당성이 있음을 천명하고자 《삼대목》이란 책까지 편찬하지 않았던가.

"특히 저의 시가는 대감께서도 아시다시피 유난히 말이 많습니다. 하오니 제가 의명 부인께 시가를 올리면 어찌 되겠습니까? 제가 무엇을 써 올리든 저들이 원하는 내용으로 둔갑할 것입니다. 어쩌면 요 태자를 모함하고 박경휘를 찬양하는 것으로 해석이 될 수도 있겠지요."

만의 후계자 자리를 놓고 헌강왕과 의명 부인의 큰사위인 효종랑은 화랑 세력의 지지를, 둘째 사위인 박경휘는 모량부 박씨 일족의 지지를 받아 경쟁했지만 만은 그 두 사람 대신 헌강왕의 서자였던 요를 태자로 세웠다. 이는 자신의 아들인 박경휘를 지지했던 대아찬 박예겸이 막판에 태도를 바꿔 만과 요의 편에 섰던 덕이었다. 이제 경쟁자였던 효종랑은 죽었지만 박경휘에게는 아직 기회가 있었다.

중연도 재운이 말이 옳다는 것을 알고 있었다. 그들이 재운의 시가를 가져다가 저희 좋을 대로 해석하면 곤란해진다. 그것이 빌미가 되어 재운이 위험에 빠질 수도 있었다. 특히 박후명이 그 시가를 재운의 약점으로 쥐고 자신의 편으로 끌어들이고자 할 것이다. 의명 부인에게는 그런 의도가 없었다 해도 박씨 일족들이 그렇게 사용하면 그만인 것이다.

"그럼에도 제가 의명 부인께 시가를 올려야 할까요?"

"하나 대아찬은 요 태자의 장인이기도 하네. 요 태자와 박경휘, 둘 중 누가 보위에 오르든 상관없을 것이네."

"김씨에서 박씨로 왕의 성이 바뀌는 것입니다."

중연은 눈살을 찌푸렸다.

"올리지 않으면 이 또한 불경죄를 덮어쓰게 될 걸세. 저들이 빼도 박도 못하는 상황에 자넬 몰아넣은 것이지. 둘 중 하나를 골라야 한다면 올리는 쪽이 낫지 않겠는가? 대궁의 그 여자보다는 예부령이 더 어려운 상대이네."

"그 여자가 아니라 폐하입니다."

"뭐라 부르든 내 마음일세."

"대감께서는 폐하를 모시는 시위부입니다. 시위부는 왕의 직속군이지요. 하오니 온 세상 사람들이 폐하를 적대시해도 시위부만큼은 폐하의 편에 서야 합니다."

"그러고 있네. 다만 개인적으로 그 여자가 마음에 들지 않을 뿐이지. 그러는 자네는 시위부도 아니면서 대체 왜 그 여자인가?"

"선왕들께서 제게 부탁하셨습니다."

"거 참으로 충직한 신하로구면."

중연이 코웃음을 쳤다.

"약속을 했기 때문이지요."

재운은 단호하고 차가운 어조로 대답했다.

"하니 충심은 아니다?"

"월성과 왕경에 대한 제 마음은 대감과 그리 다르지 않습니다."

"나는 왕들과 어떤 약속도 한 적 없네."

"대신 자신과 약속하셨겠지요. 끝까지 남아 왕경을 지키겠다고."

중연은 고개를 저었다.

"한때는 그랬지. 지금은 모르겠네."

중연은 왕경으로 돌아온 이후 전보다 한층 더 무력감을 느끼고 있었다.

"폐하께서 보위에 오르셔 이리된 것이 아닙니다. 폐하로서도 부득이한 것이었습니다. 폐하가 노력하셨던 것을 대감께서도 아시지 않습니까?"

만은 노력했다. 즉위 초에 세금을 감면했고 불법의 힘을 빌려 나라를 안정시키고자 고승들을 불렀으며 최치원의 개혁안도 받아들였다. 그러나 세금 감면은 오히려 반란을 야기했고 고승들은 여왕의 부름을 무시했으며 최치원의 개혁안은 왕경의 돼지들이 막았다.

"그 여자는 군주일세. 신료들에 맞서 의지를 펼쳐야 하는 것이 군주란 말일세."

"그 여자라 폄하지만 실은 대감께서도 폐하의 처지를 십분 이해하시잖습니까? 대감께 폐하에 대한 측은지심이 있는 것을 압니다. 해서 폐하를 그 여자라 부르고 때론 폐하의 명에 고의로 맞서기도 하지만 여전히 폐하의 곁을 지키고 있는 것이지요. 모두가 돌아섰기에 폐하께서 힘드시다는 것을 대감께서는 아시니까요."

중연은 대답하지 않았다. 재운의 말이 옳지도 틀리지도 않았다. 대궁의 그 여자는 힘겹게 그 자리를 지키고 있었다. 잘하려고 했지만 아무도 도와주지 않았다. 애쓰는 그 여자가 안쓰러울 때도 있었다. 그렇다고 왕실에 대한 충성심이 이제 와 새록새록 생겨나지는 않았다.

신라는 뿌리째 흔들리고 있었다. 이를 다시 굳건히 세우기 위해서는 모두가 힘을 합쳐야 했다. 누군가 혼자서 해낼 수 있는 것이었다면 최치원이 그렇게 왕경을 떠나진 않았을 것이다.

재운의 말대로 중연은 버림받은 왕경을 버릴 수가 없었다. 왕경은 그의 집이었고 그의 아버지가 지키려 했던 땅이며 그가 가장 좋아하는 벗이 있는 곳이었다. 재운은 대궁의 그 여자를 평가하지 않았다. 그저 지키고 있을 뿐이었다.

죽이고 싶은 대상이 있는 것보다는 지키고 싶은 대상이 있는 쪽이 좋은 것이다. 재운은 대궁의 그 여자를 지키고 자신은 벗을 지킨다. 하면 결국 그 여자도 지키는 셈이 되니 시위부의 책임은 다한 것이 아닌가.

"엄밀히 따지면 왕실은 곧 대감의 집안이기도 합니다. 자신과 피를 나눈 사람들을 소중히 여기십시오. 대감의 성은 하늘이 준 것이나 저의 성은 사람이 준 것입니다. 천 년을 지고 온 나라입니다. 사람에게 천 년의 무게는 결코 가볍지 않습니다. 하오니 그 무게를 지고 계신 폐하의 어깨가 얼마나 무거울지 생각해 보십시오. 천 년은 이 왕국의 시작과 끝입니다. 폐하께서는 지금 그 시간의 끝을 힘겹게 끌고 가시는 중입니다."

중연의 이마가 어두워졌다.

"자네 지금, 신국의 멸망을 예언하는가?"

"폐하의 잘못만은 아니란 뜻입니다. 세상 어떤 것도 영원하지 않습니다. 천 년은 사람이 세는 영화의 한 시절이고 만년은 우주가 부리는 한 계절이지요. 그 단위는 달입니다. 달은 차면 기우는 법이지요."

"반월성이 만월성이라 불릴 만큼 커졌으니 이제 기울 차례란 뜻이로군. 하지만 차고 기우는 것을 반복하는 것이 시간이라네."

"달이 차고 기우는 것을 열두 번 반복하면 일 년이 되지요. 달도 나이를 먹습니다."

"달도 늙는다? 참으로 세상에 영원한 것은 없다는 것인가?"

"그런 것이 있습니까?"

"선현의 말이나 글이 있지 않은가? 사람이 남긴 기록이나 구

124

전 들 말일세."

"말은 옮기면서 달라집니다. 글이 전해지면서 가필이 없다고 누가 장담할 수 있겠습니까? 하물며 백 년을 채 살지 못하는 사람조차도 세월이 지나면 애초에 그 글을 썼을 때의 마음이 변하기도 하고 보는 눈이 달라지기도 하지 않습니까?"

"이는 시간은 변하지 않지만 사람은 변하기 때문일세. 시간은 본래 노쇠하지 않네. 시간은 영원하지. 오직 사람만이 그 시간을 가져다가 사람의 시간으로 사용할 뿐이네. 사람은 변하고 시간도 그에 따라 변하지. 하면 사람이 아닌 존재들에게는 시간의 흐름이 우리와 다르게 보이겠구먼. 그렇지 않은가?"

"글쎄요……."

막힘없던 재운이 갑자기 대답을 머뭇거리자 중연이 수상쩍다는 얼굴로 말했다.

"뭔가? 자네, 좀 의뭉스러운 냄새가 나네."

"그럴 겁니다."

재운은 침향이 타고 있는 청동 향로 쪽으로 시선을 돌렸다.

"그런 냄새가 아니라 눈으로 느껴지는 냄새일세."

"대단하십니다. 눈으로 냄새를 맡는 재주가 있으신 줄 오늘 알았습니다."

"아니, 그게 아니라……."

손을 내젓던 중연이 곧 마음을 바꿔 인정했다.

"그래, 뭐 자네 재주에 비하면 별것 아니네. 어쨌든 자네가 워낙 대궁의 그 여자에게 진심인 듯하여 묻는 것인데, 그러니까 혹 그 여자가 자네를……."

중연은 말이 나온 김에 내쳐 물으려 했으나 결국 말을 잇지 못하였다.

"예, 말씀하십시오."

재운의 시선이 중연의 눈동자에 콕 박혔다. 중연이 어물거리며 말했다.

"그 여자가 그러니까…… 흠, 젊은 화랑들을…… 아무튼 소문이 그러하단 말일세. 내 듣기로 가끔 그 여자가 밤에 자네를 은밀히 찾는다던데?"

이쯤 되면 눈치를 챌 법도 한데 재운은 모른 척 태연하게 중연을 바라보며 다음 말을 물었다.

"그래서요?"

중연은 결국 어찌할 바를 모르다가 말을 돌렸다.

"아닐세. 무슨 소린지 나도 모르겠네."

그러나 재운의 입귀에 미소가 걸리자 중연은 어쩔 수 없는 심정으로 기어이 하고 싶은 말을 내뱉었다.

"자네가 대궁의 그 여자와 함께 밤을 보낸다는 소문이 있네."

"소문입니까?"

재운이 다시 물었다. 중연이 확증 없는 소문만으로는 절대 사람을 의심하지 않는다는 것을 알고 있었기 때문이었다. 중연은 잠깐 망설이다가 대답했다.

"아닐세. 내 수하가 숙위 중에 자네가 내전에 드는 것을 보았다고 알려 주었네. 아주 야심한 시각에 말일세."

"맞습니다. 가끔 폐하와 밤을 보내곤 합니다."

재운이 별로 어려워하지 않고 대답하자 오히려 중연의 얼굴이 붉어졌다.

"실망이구먼. 하면 자네도 결국 그 여자의 많은 애인들 중 하나였단 말인가?"

"아닙니다. 저는 폐하께 다른 용도로 필요합니다."

"다른 용도라니? 말 돌리지 말게. 결국 그게 그 말이 아닌가?"

"지금 제게 화를 내시는 겁니까?"

"미안하네, 잠깐 언성이 높아졌네. 난 그저 자네가 걱정이 되어……."

"걱정하실 것 없습니다."

"그리 장담하지 말게. 예부령을 얕보지 말란 말일세. 보군공이 그자의 집에서 죽었네. 스스로 목을 베고 자진했다지만 대체 왜 하필 그자의 집에서 그런 일을 벌여야 했는지 여전히 의문일세. 더 걱정되는 것은 자네가 아무리 그 여자의 비호를 받고 있다 해도 그 여자는 힘이 없네. 월성의 돼지들 때문에 뭐 하나 제 마음대로 할 수 없는 데다 그 체구에 늘 골골거리기까지 하니, 자네가 원치 않는 음모나 함정에 말려들어도 끝까지 지켜 줄 수 없을 거란 말일세."

"새겨듣겠습니다."

재운이 순순히 대답하자 중연은 그제야 좀 안심이 되었다.

"하면 이제 어쩔 텐가? 보아하니 의명 부인의 청은 끝까지 거절할 모양새인데?"

"제가 알아서 하겠습니다."

"알겠네. 자넬 믿네. 부디 몸조심하게. 한데 날도 추운데 이리 늦게까지 어딜 다녀오는 겐가?"

"이런저런 심부름이지요."

그렇게 말한 후, 재운은 더는 설명하지 않고 입을 다물었다. 재운이 속한 관부의 일이라면 함부로 떠들지 않는 것이 옳았지만 그래도 중연은 재운의 일이라면 뭐든 궁금했다. 술이라도 한잔하다 보면 몇 마디는 해 주지 않을까?

"하면 용건도 끝났으니 그만 가 보시지요. 밤이 늦었습니다."

"참말 그냥 가란 말인가? 여태 기다린 성의를 봐서 술이라도 한잔 내주게."

"제가 오늘 좀 바쁩니다."

자신의 속을 헤아려 주지 않고 그저 돌아가라 말하는 재운에게 중연은 못내 서운했으나 도리가 없었다.

"늘 그 핑계를 대는구먼. 자네마저 나를 이리 쫓아내니 내가 어찌 버티겠는가? 알겠네. 그만 일어나겠네."

중연이 자리에서 일어서자 재운도 배웅하기 위해 따라 일어섰다.

"안가교로 가십니까?"

"신경 쓰지 말게. 아채는 건드리지 않을 터이니."

"날이 춥습니다. 오늘은 그만 댁으로 돌아가시지요."

"추워서 내 집으로 가지 않는 것이네. 자네 집도 춥지만 여기서야 자네와 함께 술이라도 나눌 수 있으니 그럭저럭 괜찮지. 하나 내 집으로 가면 나 혼자가 아닌가. 혼자서 술 마시는 건 재미없네. 책을 읽어도 들어 줄 사람 없고 밥도 혼자 먹어야 하고 잠자리에 누우면 온갖 무서운 소리들만 들린다네."

"하오나 대감을 기다리는 사람들이 있습니다. 그들이 걱정합니다."

"가복들이 나를 기다리긴 하지. 늙은 근구는 늘 잔소리를 해대고."

"그들을 가족이라 여기십시오."

"그리 생각하고 있네. 하나 가복들은 나를 어려워한다네. 내가 집을 너무 오래 비운 탓이지."

"그들은 그때나 지금이나 늘 대감이 돌아오시기를 기다립니다."

"알고 있네."

며칠 상간으로 부모를 잃은 후 집은 중연에게 세상에서 가장 슬픈 장소가 되었다. 그의 부모는 좋은 상전들이었다. 가복들은 그의 부모가 살아 있던 시절의 추억을 입에 올리며 그 앞에서 가끔 눈물을 훔쳤다. 눈물을 흘리지 못하는 중연은 다른 사람의 눈물을 볼 때마다 상실감을 느꼈고 달아나고 싶은 충동에 시달렸다.

오직 재운의 눈물만이 중연의 마음을 흔들어 다가서게 만들었다. 재운의 눈물은 중연에게 망각을 불러일으켰다. 중연은 재운의 눈물을 보는 순간 자신에게는 눈물이 없다는 사실을 잊었고 그저 재운의 눈물을 위로하고 싶은 마음뿐이었다.

"하오면 집으로 가시는 것이지요?"

"알겠네. 자네가 그리 말하니 오늘은 집으로 가겠네."

중연이 마당으로 나서니 계유가 벌써 말고삐를 잡고 기다리고 있었다.

"네가 어지간히 날 쫓아내고 싶었던 모양이로구나."

"그럴 리가요. 알아서 미리미리 준비해 드리는 것입니다."

"너무 빈틈이 없어 정떨어진다."

"어차피 붙어 있던 정도 없었습니다."

계유가 한발 물러서며 말했다.

"네 말이 맞다. 네놈하고는 절대 정이 들려야 들 수가 없으니."

중연은 말에 올라탔다.

"그러게요."

계유가 넉살 좋게 받아쳤다.

"시끄럽다. 네 주인이나 잘 모셔라."

골목을 나와 대로에 나서니 등롱이 하나둘 내걸려 길을 밝히고 있었다. 등수燈樹 손질이 끝난 나무들을 바라보며 중연은 문득 깨달았다.

"그러고 보니 오기일이 다 되어 가는군."

"예, 왕경의 밤도 점점 밝아지고 있지요. 살펴 가십시오."

계유는 정중하게 인사를 한 후 뒤도 돌아보지 않고 골목 안으로 사라졌다.

"아니, 저놈이 내가 아직 출발도 하지 않았는데 먼저 등을 보여? 어쩌겠나, 내가 참아야지.”

중연이 말을 몰자 누군가에게 끄트머리를 한입 베어 물린 듯 이지러진 둥근 달이 중연의 머리 위에서 가만히 따라가기 시작했다.

환수 용은 냉큼 고개를 숙였다. 자신도 모르게 박후명의 얼굴을 똑바로 쳐다보았다가 그의 메마른 눈빛에 겁을 집어먹은 것이다. 박후명은 뻔뻔하고 천한 환수의 얼굴을 볼 때마다 그 모가지 뼈를 분질러 놓고 싶은 충동을 느꼈다. 그러나 환수 용은 아직 그에게 쓸모가 많은 자였다. 더구나 환수 용에게는 남다른 재주가 하나 있었다. 환수 용은 시선을 땅에 둔 채 조심스레 물었다.

“하명하실 일이란 것은 무엇인지요?”

대궁을 휘감은 바람이 찼다. 만의 건강이 좋지 않으나 매해 치러 왔던 일을 거르지는 않을 것이다. 박후명이 물었다.

“올해도 오기일에 폐하께서는 남산으로 행차하신다더냐?”

“예, 그러하옵니다.”

“요 태자 부부는?”

“대동하신다고 하옵니다.”

“그놈의 달은 남산에서 보면 월성에서 보는 것과 뭐가 다르다더냐?”

"조금 다르게 보이기는 합지요."

환수 용이 대답했다. 박후명은 풍류를 모르는 사람이었다. 그의 시선은 언제나 자연보다는 사람을 향해 있었다. 자연에 대한 경탄에 인색하듯 사람을 보는 시선에도 감정적인 것은 배제되어 있었다.

"하찮고 하찮은 눈이로다."

박후명은 멸시에 찬 혼잣말에 이어 환수 용에게 명했다.

"잘 들어라. 너는 무슨 핑계를 대서라도 그날 폐하의 남산 수행에서 빠져야 한다. 요 태자 부부가 동궁을 비우기를 기다렸다가 그곳을 뒤져 김재운의 시가를 훔치는 것이다."

"그게 무슨 말씀이시온지?"

"《삼대목》 편찬 당시 김재운이 썼다는 그 시가 말이다."

박후명의 기억에 《삼대목》 편찬 당시 수집한 시가에 재운의 것이 한 편 있었다. 그러나 편집 과정에서 재운의 시가는 제외되어 실리지 않았다. 편찬 세력들이 재운의 시문이 가진 소문을 꺼린 데다 그 내용을 이해하지 못했기 때문이다. 시가의 내용에 관해서라면 재운을 불러다 물어보면 될 것이었으나 만도 편찬자들도 그리하지 않고 빼 버렸다.

만약 그 시가가 《삼대목》에 실렸다면 편집자들이 검열을 하여 그 내용의 의미를 정하였을 터이니 용도를 다한 것이다. 그러나 실리지 않았기 때문에 시가는 아직 사용된 적이 없는 셈이었다. 그 덕에 쓰인 대로 이루어진다는 신묘한 효력이 시가에 아직 남아 있게 된 것이다.

만은 당시 《삼대목》 편찬의 책임자였던 각간 김위홍으로부터 그 시가를 받아 요 태자에게 주었다. 요 태자는 그 시가를 동궁 깊숙한 곳에 숨겨 두었다.

이는 재운이 저_杵라는 것을 대궁이 알고 있기에 그 시가가 다른 자의 손에 넘어가지 않도록 은밀히 감춘 것이 아니겠는가. 어쩌면 훗날 대궁이 필요해서 보관하고 있는 것일지도 모르지. 그 시가의 내용이 무엇인지는 모르나 어떻게든 손에 넣어 재운을 잡는 문구로 해석을 돌리면 되는 것이다.

재운은 의명 부인의 청을 거절했다. 그는 의명 부인을 찾아가 정중하게 말했다.

'시가를 써 드리는 것은 어려운 일이 아닙니다. 하오나 이는 부인의 뜻이 아닌 줄로 압니다. 그럼에도 청하시면 선왕의 은혜를 입은 신의 처지로서는 거절할 수가 없습니다. 다만 그 시가가 혹여 다른 이의 손에 들어가게 되면 나중에 부인이 곤란해실 것입니다.'

의명 부인은 진작부터 재운의 비범함을 알고 있었다. 더욱이 그가 직접 거론하지는 않았으나 자신의 청 뒤에 박후명의 요구가 있었음을 암시하자 이내 두려운 마음이 들어 청을 거두었다.

박후명은 의명 부인이 자신보다 자신의 아랫사람인 재운을 더 어려워한다는 사실에 불쾌했지만 도리가 없었다. 박후명은 재운이 그의 손에서 빠져나갈 때마다 갖고자 하는 집착이 점점 더 강해졌다. 만약 동궁에 있는 시가마저 얻지 못하면 남은 방법은 하나뿐이었다. 그가 직접 재운을 압박하여 강제로라도 받아 내는 것.

물론 태자비 박씨를 꼬드겨 볼 수도 있을 것이다. 그러나 이는 위험한 일이었다. 태자비 박씨가 그의 부친인 대아찬에게 발설한다면 그 시가는 결국 대아찬의 손에 들어가게 될 것이다. 그렇다고 태자비 박씨에게 이를 비밀로 부치라고 말할 수도 없는 노릇이었다. 박씨가 제 부친에게 등을 돌리고 자신과 그런 밀약을 할 리도 없거니와 만에 하나 대아찬의 귀에 그 사실이 들어가게 되면 그의 처지가 매우 곤란해질 것이다. 생각할수록 박후명은 분했다. 이러니 진작 그 자리에 효원을 앉혔어야 했는데.

두어 달 전에 적두의 부탁으로 동궁에 들여보낸 어린 사미니沙彌尼* 승군을 이용할 수도 있었다. 그러나 동궁에서 물건이 없어지면 가장 먼저 의심을 받을 자는 최근에 입궁한 승군이 될 것이라며 적두가 반대했다. 승군이 쫓겨나면 효원의 태자비 자리는 요원해진다. 하니 지금 그 일을 해 줄 사람은 환수뿐이었다.

환수 용은 고개를 갸웃거리며 말했다.

"하오나 소인은 대궁에서 폐하를 모시는 환수입니다. 폐하를 모셔야 하는 시각에 동궁을 출입하는 것이 수상쩍게 보일 것입니다. 또한 궁인들의 눈에 뜨이지 않고 동궁의 물건을 훔

---

* 열여덟 살 이하의 어린 여승.

쳐 내는 것도 쉬운 일은 아니고요."

"쉬운 일이면 너에게 시키지 않았다. 훔쳐 듣고 훔치는 것이 바로 너의 재주가 아니냐? 너의 뼈에 품계를 달고 싶다면 하루빨리 내가 신물을 손에 넣어야 하지 않겠느냐?"

"하오나 신물이 나마의 시가와 무슨 상관이 있는 것이온지?"

"거기까지는 네가 알 것 없다. 너는 그저 내가 시키는 대로만 하면 되는 것이다."

"신물을 얻는 데 혹 나마의 재주가 필요하신 겁니까?"

눈치 빠른 환수의 물음에 박후명은 순순히 고개를 끄덕였다.

"오냐. 하니 네가 좀 도와야겠다. 골품은 은자처럼 쉽게 내줄 수 있는 것이 아니다. 공을 세워야지."

골품이라는 말에 환수 용은 두말없이 대답했다.

"알겠습니다. 한번 해 봅지요. 하오면 소인 물러갑니다."

박후명은 환수가 주변의 시선을 의식하여 몸을 사리며 물러가는 뒷모습을 보며 생각했다.

'여기까지다. 더는 네놈을 봐주지 않을 것이다.'

환수는 국운에 관여할 수 없는 천한 자이다. 하여 환수를 수족으로 부렸던 왕들도 이런 일에는 환수를 끌어들이지 않았다. 환수는 대궁이 저杵를 부리는 것도, 그 저杵가 김재운이라는 것도 끝까지 몰라야 할 것이다. 부림을 받는 자들은 아는 것이 많을수록 딴생각을 품는다. 하니 제 주제를 모르고 그 이상 알고자 든다면 그때는 치워 버려야지.

정월 오기일, 대보름이었다. 해가 지니 왕경의 밤거리가 별빛으로 가득했다. 하늘에는 만월이 차고 횃불과 각양각색의 연이 날아다녔다. 남자들은 축국을 하고 들에는 달집이 탔다. 왕경의 야간 통행금지가 해제되고 사람들이 들뜨니 숙위를 맡은 중앙군은 더욱 긴장해야 했다.

중연은 순시 중에 환수 용과 함께 노문을 지나는 재운을 언뜻 보았다. 환수 용은 그 여자의 심복이었다.

'이 시각에 그 여자가 재운을 부른 것인가? 하면 또? 아니지, 아니지. 내가 신경 쓸 일은 아니지. 재운이 누구와 하룻밤을 보내든 무슨 상관인가. 대궁의 그 여자라고 사내를 부르지 말란 법은 없지.'

그런데 중연이 가만 생각해 보니 오늘 밤은 그 여자가 재운을 불렀을 리가 없었다. 그 여자는 오기일을 맞아 달구경을 하러 이미 한참 전에 태자 부부와 신료들을 대동하고 월성을 나갔다.

"하면 환수는 재운을 왜 내전으로 데려가는 것이지?"

뺨에는 분칠을 하고 눈가에는 흑칠을 한 환수 용이 음모가 가득한 시선으로 주변을 경계하며 재운을 흘끔거렸다. 환수 용이 천한 신분임에도 제법 위세를 부리는 것은 처세술에 능하기 때문이었다. 환수 용은 월성의 돼지들이 요긴하게 부리는 입과 발이었다.

그러나 정작 그 여자는 환수 용의 됨됨이를 잘 모르는 듯했다. 미남을 총애하는 그 여자가 볼품없는 환수 용을 믿고 부리는 것은 오직 오라비들인 선왕들로부터 물려받았기 때문이었다. 재운도 그 오라비들이 물려준 것에 속했다.

그 여자는 재운을 부를 때 언제나 환수 용을 전사서로 보내 전갈을 남겼다. 그 여자가 환수 용을 발로 삼으니 목련방을 드나들 법도 했지만 환수 용 역시 재운의 집을 찾지 못하는 머저리들 중의 하나였다.

환수 용이 재운을 보는 눈초리가 아무래도 수상쩍었다. 대궁에는 지금 그 여자가 없는데 저자는 왜 재운을 데리고 내전으로 가고 있는 것일까? 대체 무슨 속셈이지? 아니다. 걱정할 게 무엇인가. 재운이 알아서 잘 처신하겠지. 환수 용이 재운을 해할 까닭이 없으니.

그나저나 월성에서 내려다보니 경내가 온통 시끌벅적하여 소란스럽기 짝이 없었다. 하긴 축제가 아닌가. 통행금지도 없고 밤은 낮처럼 휘영청 찬란하니……. 중연의 머릿속에서 다시금 의혹이 일었다.

아니다. 환수 용은 월성의 돼지들에게 대궁의 심중과 언행을 파는 자다. 그 돼지들 중에는 예부령도 있으니 그저 두고 볼 일만은 아닌 듯싶었다.

중연은 자리를 이탈해 둘의 뒤를 밟기 시작했다. 한수 용과 재운이 연조燕朝의 담장을 따라 빠르게 걷다가 소문小門을 통해 월성을 빠져나가자 중연은 잠깐 고민했다.

월성의 다섯 겹 문이 열리고 그 여자와 돼지들이 궁을 나갔다. 중연은 그 여자를 따라 남산으로 나서는 대신 월성에 남았다. 오늘 그의 임무는 월성을 지키는 것이었다. 그러니 멋대로 자리를 비워서는 안 되었다. 하지만 어찌하랴. 그의 두 발이 제멋대로 저 둘을 따라가는데 말릴 도리가 없지 않은가.

환수 용과 재운은 북악北岳 쪽으로 향하고 있었다. 등수에 걸린 등불이 빛나고 궁거의 주렴도 걷히는 밤이었다. 사람들의 노랫소리가 물결처럼 담장을 넘나들고 구경 나온 여인들의 향내가 바람을 타고 사방으로 번졌다. 너무도 많은 사람들에게 치인 중연은 그만 한순간에 재운과 환수를 잃어버렸다.

그는 잠시 어리둥절해 길 한복판에 멈춰 섰다. 한 여인이 그의 옆을 지나가며 비녀를 떨어뜨렸다. 평소 같았으면 중연은 냉큼 그 비녀를 주워 들고 비녀의 임자를 쫓아갔을 것이다. 그러나 중연은 비녀가 떨어진지도 몰랐다. 돌아서는 그의 화에 비녀가 밟혔는데도 알아채지 못했다.

'어디로? 어디로 간 게야?'

중연은 재운과 환수의 흔적을 찾아 북쪽으로 계속 달렸다. 등불이 땅을 비추는 거리에 커다란 그림자가 어른거렸다. 중연은 문득 사람들 무리 속에서 자신을 좇는 시선을 느꼈다. 그는 고개를 돌렸다. 한 여인과 눈이 마주쳤다.

중연의 시선이 그 여인에게 붙잡혔다. 그는 자신의 전부가 그 여인에게로 빨려드는 것처럼 혼미해졌다. 커다란 망치가 심장을 내리찍었다. 몸은 공기 중으로 녹아드는 것 같았고 정신은 구름을 두른 듯 아득해졌다. 세상에서 처음 보는 얼굴이었다. 그 아름다움이 도무지 사람 같지 않아 눈을 뗄 수가 없었다.

그러나 여인은 중연의 시선에서 위험을 느꼈는지 순식간에 사람들 속으로 몸을 감추며 달아나기 시작했다. 여인이 돌아서는 순간 중연은 여인의 얼굴이 기억나지 않았다. 기억이 나지 않자 중연은 괴로워졌다. 그러니 어떻게든 여인의 얼굴을 다시 보아야만 했다.

이제 중연은 재운과 환수에 대해서는 잊었다. 그는 오직 여인의 뒤만을 쫓았다. 쫓다 보니 마음이 점점 더 애달아졌다. 왜 그런지 자꾸만 앞에 가는 저 여인이 그리워져 죽을 지경이 되어 가고 있었다.

'내가 왜 이러는가? 대체 내가 왜 이러냐 말이다. 암만해도 오늘 밤 내가 만월에 취한 모양이다. 보시게, 제발 멈추시게! 그대의 얼굴을 한 번만 보여 주시게. 하면 더는 그대를 쫓지 않겠네.'

교교한 달빛을 받으며 중연은 여인의 뒤를 따라 대로를 지나 구불구불한 골목들을 통과했다. 그러다 어느 방의 모퉁이를 돌자 갑자기 큰 공터가 나오며 사방이 밝아졌다.

줄다리기*가 벌어지고 있었다. 그녀는 여인들의 줄 끝에 가서 붙었다. 어쩔 수 없이 중연은 반대편 사내들 줄에 끼어들었

---

* 신라시대 오기일 풍습에 줄다리기가 있다. 남자는 남자끼리, 여자는 여자끼리 편을 가르는데 여자가 이겨야 풍년이 든다 하여 남자들이 져 주는 것이 관습이다.

다. 이차저차 하더니 사내들이 에쿠, 하며 져 주었다. 남녀의 줄이 무너지자 중연은 다시 그녀를 향해 달려갔다. 거리가 좁혀지고 그녀가 손에 잡힐 듯 가까워졌다. 그런데 한순간에 그녀가 눈앞에서 사라졌다. 중연의 주변은 방금 함께 줄을 잡았던 사내와 여인 들뿐이었다.

중연은 밤새 그녀를 찾아 거리를 헤매 다녔다. 새벽녘이 되자 비가 부슬부슬 내리기 시작했다. 달밤의 놀이를 시샘하는 찬 바람이 옷깃에 스며들었다. 어우러졌던 등 그림자가 작아지며 빛들이 저물었다.

정신을 차려보니 중연은 인파가 빠져나가 버린 횅한 거리에 홀로 서 있었다. 몸이 오슬오슬 떨렸다. 그때서야 그는 재운과 환수 용의 일이 생각났다. 어쩌다 보니 그들을 홀랑 잊어버리고 엉뚱한 여인을 쫓느라 날이 새어 버린 것이다.

중연은 재운에게 아채를 소개시켜 주었던 그날 밤이 떠올랐다. 함께 돌아오면서 재운은 중연이 그날 아침 받은 〈이소〉 아홉 번째 단락의 점괘에 대해 이렇게 말하였다. 근심일지언정 아직 다른 미인이 남았으니 기다려 보십시오. 재운의 말이 적중했다.

'그 여인, 참으로 아름다웠다. 다시 만날 수 없다면 두고두고 아쉬워 근심이 될 만큼. 재운이 참으로 용하구먼. 이렇게 된 이상 몸도 녹일 겸 목련방으로 가야겠다. 가서 재운에게 별일 없는지 확인도 하고, 간밤에 환수 용과 어딜 갔었는지도 물어보고.'

재운의 집 대문이 잠겨 있었다. 여태 이런 적이 없었기에 중연은 바짝 긴장했다. 지난밤 재운에게 정말 무슨 일이 생긴 것일까? 마음이 조급해진 중연이 요란하게 대문을 두드렸다. 계유가 달려 나왔다.

"이리 이른 시각에 웬일이십니까? 보아하니 밤새 왕경을 돌아다니며 지치도록 노셨나 봅니다."

"놀기는, 월성의 숙위를 섰다. 그보다 나마는 돌아왔느냐?"

"출타하신 적도 없는걸요."

"거짓말하지 마라."

"참말입니다. 저처럼 집에서 꼼짝 않고 계셨습니다. 왕경의 밤이 시끄러우니 대문을 꼭 닫아걸어 놓으라 하셨지요."

"그럴 리가?"

"밤새 일만 하셨다니까요."

"일이라니?"

"무슨 일인지는 저야 잘 모르지요. 따라오십시오."

계유가 오늘따라 중연을 안내하려 했다.

"새삼 왜 그러느냐? 내 알아서 갈 것이다."

중연은 안채를 향해 성큼성큼 앞서 걸었다.

"아닙니다. 기왕에 제가 대문을 열었으니 앞장서겠습니다."

계유가 자꾸 중연을 앞서가려 하는 것이 뭔가 감추고 싶은 것이 있는 눈치였다. 게다가 안채의 복도로 들어서자마자 계유는 손님이 드셨다고 소리까지 치려 하지 않는가. 생전 하지 않던 짓이었다. 재운에게 자신의 등장을 알리려는 수작임을 눈치챈 중연이 번개처럼 손을 뻗어 계유의 입을 막았다.

하지만 그 순간 중연의 목구멍에서 마른기침이 쏟아져 나왔다. 밤새 찬 바람을 맞으며 쏘다닌 탓이었다.

'거참 때도 잘 맞추지. 한데 재운이 나 몰래 무슨 짓을 하고 있기에……'

기침 소리를 들은 재운이 먼저 서재 안에서 문을 벌컥 열고 얼굴을 내밀었다. 이 또한 중연을 의아하게 만들었다.

'평소에는 내가 드는지 마는지 무심하던 사람들이 오늘따라 왜 이리 먼저 행동을 하는 게야?'

재운이 물었다.

"꼭두새벽부터 무슨 일이십니까?"

"자네야말로 일찍 일어났구먼. 아니, 밤을 새운 겐가?"

"예. 할 일이 좀 많았습니다."

옷매무새는 흐트러져 있었으나 별로 피곤한 얼굴은 아니었다. 중연은 다짜고짜 물었다.

"자네 어젯밤 월성에 들지 않았나?"

"아닙니다, 집에 있었습니다. 처리할 일들이 좀 있어서요."

재운이 거짓말을 한다. 묘한 배신감이 중연을 흔들었다. 내가 분명 지난밤에 환수 용과 함께 있는 자넬 보았는데 어찌 속이는 것인가? 혹 무슨 말 못 할 사정이라도 있는 것일까?

"무슨 일이기에 대문까지 닫아걸고 밤을 새웠는가? 왕경의 사람들이 모두 쏟아져 나와 거하게 노는 판에 자네 혼자 무슨 할 일이 그리 많다고?"

"왜 이리 부아가 나셨는지 모르겠군요. 일단 앉으십시오."

재운이 권하자 중연은 마지못해 재운의 책상 오른편에 있는 의자에 앉았다. 평소 그가 주로 앉는 자리였다.

"제가 재주가 많아서 그럽니다."

"해서 사방에서 자넬 부려 먹는다? 거절하면 되지. 의명 부인의 청도 거절하고 예부령과도 맞서는 자네가 아닌가."

담담히 듣고 있던 재운이 물었다.

"대체 무엇이 그리 궁금하신 겁니까?"

"모르겠네. 나도 내가 무엇을 궁금해하는 것인지 궁금하네. 무엇이든 좋으니 자네가 말해 보게."

"그게 무엇이든 대감께서는 모르시는 편이 낫습니다."

"그러니까 뭔가 있긴 있는 것이로구먼, 대체 그게 뭔가? 어서 말해 주게. 지금 내 머릿속이 복잡하네. 궁금해서 미치기 일보 직전이란 말일세."

"아시면 그보다 더 복잡해집니다."

"알아도 복잡해지고 몰라도 복잡해진다면 알아서 복잡해지는 쪽으로 하겠네. 하니 말해 주게."

"무엇이 궁금한지 대감께서도 잘 모르신다면서요? 하온데 제가 그것을 어찌 알겠습니까?"

"자넨 매번 그런 식이네. 난 항상 자네에게 뭘 물으러 오지만 자네의 대답을 제대로 받아 간 적이 없었네. 늘 궁금한 것만

늘어났지. 자넨 내게 대답 대신 늘 의문만 던져 주네. 지금도 그렇고."

"전 최선을 다해 답해 드렸습니다."

"그 답이 언제나 궁금증을 더 부추겼지. 해서 여기 올 때마다 한 가지 의문은 열 가지 의문으로 불어나 돌아가게 된다네."

"하오나 하룻밤 주무시면 다시 한 가지로 줄어드는데 뭐가 걱정이십니까?"

"하면 나는 남은 그 한 가지를 들고 또 자넬 찾아오지. 그리고 그 의문은 또다시 열 가지로 불어나네. 그러니까 내 안에는 언제나 남은 아홉 가지의 의문들이 매번 차곡차곡 쌓여 간단 말일세. 이미 복잡할 대로 복잡하니 뭐든 말해 주게."

"무엇을 말씀드리면 되겠습니까?"

"끝까지 모른 척하겠다는 것인가?"

"궁금한 것이 무엇인지 말씀해 달란 뜻입니다."

중연은 재운이 먼저 말해 주길 바랐지만 재운은 그럴 생각이 없어 보였다. 어쩌면 정말 모르고 있는 것 같기도 했다. 재운은 중연의 질문을 기다리고 있었다.

"할 수 없구먼. 자네가 이리 나오니 내가 먼저 털어놓는 수밖에. 어젯밤 자네가 환수 용과 만나 월성을 빠져나가는 것을 보았네."

"착각하신 게죠. 분명 저였습니까?"

"자네가 맞네."

"같은 복장의 다른 사내였을 수도 있지요. 저는 어제 월성에 들지 않았습니다."

"계유도 그렇게 말했네만, 내 눈이 보았네."

"제 말이 믿기지 않으신다면 환수 용에게 확인해 보십시오."

"둘이 입을 맞췄다면 환수 용도 자네와 같은 대답을 하겠지. 물어보나 마나일세."

"하오면 저를 믿으십시오."

재운의 청안이 중연을 가만히 바라보았다. 갑자기 중연은 뭐가 뭔지 알 수가 없어졌다.

"참말 아니란 말인가?"

"예."

"하면 내 눈이 이상해진 겐가?"

"그럴지도 모르지요."

"하나 난 분명……."

"분명 어젯밤 환수 용과 함께 있던 자가 지금 대감께서 보시고 계신 제 얼굴이었습니까?"

재운의 물음에 중연은 어젯밤에 본 재운의 얼굴을 떠올려 보려 했지만 도무지 기억이 나질 않았다. 환수와 함께 있는 자를 보며 중연은 분명 재운이라 여겼으나 지금 재운의 얼굴을 보며 다시 생각해 보니 온통 모호하기만 했다.

"생각이 나질 않네. 암만해도 내가 무슨 병에 걸린 모양이네. 그 여인의 얼굴도 기억나지 않는 것을 보면 말일세."

"그 여인이라니요?"

"내가 실은 어젯밤 자네와 환수의 뒤를 따라가다가 미행을

느꼈네. 하여 돌아보았는데 우연히 어떤 여인과 시선이 마주쳤
지 뭔가. 그리 아름다운 여인은 처음 보았네. 나도 모르게 홀려
서는 그만……."

중연은 알쏭달쏭한 얼굴이 되어서는 잠깐 머뭇거리다가 말
을 이었다.

"여하간 그 이후로 머리가 텅 비어서는 밤새 그 여인의 뒤만
쫓아다녔는데 결국 놓치고 말았네. 한데 그 여인의 얼굴도 어
젯밤 내가 본 자네의 얼굴처럼 전혀 기억이 나질 않는단 말일
세. 우습게 들리겠지만 그 여인의 얼굴이 아직도 몹시 그립네."

"얼굴도 기억나지 않는 여인의 얼굴이 그립습니까?"

"그러게 말일세. 희한한 것은 그뿐이 아닐세. 암만 쫓아가
도 도무지 그 여인과 거리를 좁힐 수가 없었네. 어찌나 발이
빠른지."

"또한 가까이 간 듯하면 어느새 멀어져 있고, 손을 뻗으면
닿을 듯하나 다시 저만치 가 있었지요?"

"맞네, 꼭 그러했네."

중연은 호기심이 잔뜩 든 눈을 끔벅이며 맞장구쳤다.

"아무래도……."

중연은 재운의 입에서 무슨 말이 나올지 기대에 차서 쳐다
보았다.

"아무래도 뭔가?"

"그림자를 본 모양입니다."

"이보게, 나마! 놀리지 말게."

"아니면 귀신이었을까요?"

"쓸데없는 소리!"

중연은 맥 빠진 표정으로 고개를 저었다.

"됐네. 그런 헛된 소리를 늘어놓을 것이면 더는 말하지 말게. 내 직접 그녀를 찾아 자네에게 보여 줄 것이네. 하면 자네도 내 말을 믿을 터이지."

"좋을 대로 하십시오. 찾다가 미궁에 빠졌다며 제게 도와 달라고만 하지 않으시면 됩니다."

"귀찮게 하지 않을 것이네."

"그리 말씀하시곤 언제나 귀찮게 하러 오시지요."

"이보게, 내가 자네를 참말 그리 귀찮게 하였는가?"

"농담입니다. 몸이나 녹이고 가십시오."

재운이 방을 나서려 하자 중연이 물었다.

"어딜 가려고?"

"예부령께서 부르셨으니 가 뵈어야지요."

"언제 불렀는가? 자네 집에 사람을 놓을 수 없을 터인데?"

"해서 전사서에 늘 전갈을 미리 남겨 두십니다."

"집을 찾지 못하면 편할 줄 알았더니 그런 식으로도 사람을 잡는구먼. 내가 예부령의 사람들을 몇 번 자네 집으로 안내하려다 실패했던 적이 있네. 그 사람들 눈이 지렁이 눈인지 매번 나를 놓치려란 말일세. 모자라는 인사들 같으니라고. 한데 이찌 매번 그리되는지 나도 가끔 궁금하긴 했었네."

"실은 제가 금줄을 쳐 두었습니다."

"그런 줄은 못 보았는데?"

언제나 재운의 말을 곧이곧대로 듣는 중연이 고개를 갸웃거렸다.

"당연히 그러시겠지요. 대감께서는 개의치 않으시니까요."

"내가 주의력이 부족하다는 뜻인가?"

"대감께서는 제 집 대문을 넘을 때 거리낄 것이 없으시다는 뜻입니다."

"무슨 소린지 도통 모르겠구먼."

재운은 대답 대신 웃었다.

"됐네. 설명하기 싫으면 말게. 한데 아침도 안 먹고?"

"시간이 없어서요. 계유에게 말해 둘 테니 대감께서는 여기서 아침을 드시고 가십시오."

중연이 자리에서 일어나며 말했다.

"아닐세. 나도 지금 월성으로 들어가 봐야 하네. 하니 함께 가세."

"하오면 먼저 나가 계십시오. 저는 옷을 좀 갈아입고 오겠습니다."

재운이 다른 방으로 건너가자 중연은 서재를 나왔다. 그는 마당으로 내려서며 계유를 불러 말을 내오라 일렀다. 그러자 계유가 말했다.

"주인님은 입궐하실 때 말을 타시지 않습니다. 알다시피 걷는 것을 좋아하시고, 또 걸음이 워낙 빠르기도 하시니까요. 그보다 대감의 말은 어디에 있습니까?"

"궁에 있다."

"말을 두고 퇴궐하셨단 말입니까?"

"그리되었다."

"혹 지난밤 숙위 중에 무단이탈하신 겁니까? 그럼 지금 입궐하시면 문책이 있겠습니다."

"시끄럽다."

계유가 입술을 비죽거리는 모양새가 영 자신을 놀리는 것처럼 보여 중연은 버럭 소리쳤다. 밤새 하도 정신이 없었던지라 중연은 좀 전까지 그 사실을 잊고 있었다. 재운이 입궐한다는 말에 그제야 자신의 처지가 생각난 것이다.

'그나저나 큰일이구먼. 뭐라 설명을 해야 하누?'

조금 후에 재운이 안채를 나왔다. 재운은 청의에 검은 가죽 신을 신었다. 청사 같은 머리털을 밀어 넣고 관모를 쓴 후 턱 밑으로 끄윽 묶었다, 늘 보던 수려한 모습이었다. 그런데 오늘은 어쩐지 그 아름다움이 다소 여성적으로 느껴졌다.

평소보다 갸름한 턱 선, 희고 부드러운 목덜미, 그늘을 드리운 속눈썹 아래 잠긴 검고 서늘한 눈동자는 변함없이 맑고 차가웠지만 오늘따라 도도한 비밀이라도 감추고 있는 듯 흔들렸다.

중연은 뭔가 이상하게 느껴져 눈을 끔벅였다. 그러자 재운의 윤곽이 흐릿해지더니 급기야는 키도 체구도 작아진 듯 여겨졌다. 문득 어젯밤 그가 정신없이 쫓던 그 여인의 얼굴이 떠올랐다. 중연의 가슴이 두근거렸다.

그러나 재운이 중연을 향해 한 걸음 다가서자 그 묘한 느낌은 순식간에 사라져 버렸다. 갑자기 중연은 눈에 먼지라도 들어간 듯 이물감을 느꼈다. 지난밤 한숨도 자지 못한 눈이 아침 햇빛에 성급하게 물들어 잠시 착각을 일으킨 것일까?

"왜 그러십니까?"

"아무것도 아닐세."

다시 보니 재운은 자신과 눈을 마주하고 어깨를 나란히 둔 평소의 벗으로 돌아와 있었다. 희한하구면. 왜 하필 재운에게서 그 여인의 모습이 보였던 것일까? 재운이 그 여인과 닮았던가? 모르겠다. 방금 기적처럼 떠올랐던 그 여인의 얼굴이 또다시 깜깜해졌으니 알 수가 없었다.

중연은 재운과 함께 인도*를 따라 월성을 향해 걸었다. 중연은 재운의 빠른 걸음에 맞추고자 하였으나 재운은 평소보다 속도를 늦춰 걸었다. 시간이 넉넉한 모양이었다. 아니면 부러 예부령을 기다리게 하려는 것일지도 모르지.

"예부령이 무슨 일로 자넬 찾는 겐가?"

"글쎄요, 요즘 전사서에서 제가 쓰고 있는 초고가 자꾸 없어지는데 어딜 갔나 했더니 아무래도 그쪽에서 가져간 모양입니다."

"의명 부인을 내세워 자네 시가를 한 부 얻으려다 얻지 못하게 되니 그것으로라도 트집을 잡을 요량이 아닌가?"

"트집이란 잡으려 들면 어디에서든 잡히는 법이지요. 다만

---

* 왕경의 대로는 마도馬道와 인도人道로 구분이 되어 있었다.

용케도 제 초고를 가져가고 있구나 생각하던 참이었습니다."

"예부령이 단단히 벼르고 있는 것은 아닌지 걱정되네."

"저는 잘못한 것이 없습니다."

"잘못이 없어도 물리면 그냥 변을 겪을 수밖에 없네. 대궁의 그 여자도 예부령이 자넬 전사서로 내려보내는 것을 막지 못했네. 그 여자에게 정사를 품하는 신료가 아무도 없다는 것이 말이 되는가? 자네가 사마상여* 짝이 날지, 굴평** 짝이 날지 참으로 걱정이네. 아니 반악***이 될 수도 있겠구먼."

"여러 가지 예를 드시는군요. 어느 쪽입니까?"

"위화부의 아찬 설승이 얼마 전에 첩을 들였는데 그 첩과 부인이 대로에서 크게 싸웠다네."

"그게 제 탓입니까?"

---

* 사마상여는 한 무제 때의 문인이다. 사천 성도 출신으로 준수한 외모에 영특하고 박식한 인물이었다. 한 무제의 정비인 황후 진아교는 부세의 고모인 관보 띵 공주의 딸로 무제와는 고종사촌 간이다. 한 무제는 이들의 도움으로 황제가 되었지만 곧 진아교에게 싫증을 내고 천한 여배우 출신의 후궁인 위자부를 총애한다. 이에 질투를 느낀 진아교가 무고를 하다가 발각이 되어 냉궁으로 쫓겨난다. 진아교는 당대의 시인이었던 사마상여에게 황금 백 근을 보내며 무제의 마음을 돌릴 시를 써 달라고 부탁한다. 그러나 이미 진아교로부터 마음이 떠난 무제는 오히려 화를 내며 사마상여를 벌하려 했다.

** 굴평(굴원)은 전국시대 초나라의 귀족으로 회왕懷王의 신임을 얻어 등용되나 대부 자초와 회왕의 동생 사마자란이 그 재능을 시기하고 모함하여 결국 회왕이 화를 내고 그를 추방했다. 그러자 굴평은 그 분함을 이기지 못하고 멱라수에 투신자살하였다.

*** 반악은 서진의 천재 문장가로 용모가 빼어나게 아름다워 부녀자들 사이에 인기가 많았다. 그러나 주위의 질시로 서른이 될 때까지 벼슬길에 오르지 못했다. 말년에 중국의 악녀로 일컬어지는 혜제의 황후 가남풍을 섬기는데, 후에 역모의 누명을 쓰고 삼족이 멸해졌다.

"나는 아니라고 여기네. 그런데 항간에는 자네 탓이라는 말도 있다네."

"어째서 말입니까?"

"자네가 설승의 첩에게 시가를 한 부 써 주었기 때문이지."

아, 하고 재운이 이마를 두드렸다.

"제가 몇 달 전에 황룡사에서 탑돌이를 하는 어느 처자를 우연히 보았는데 하도 간절하여……."

"자네 마음을 움직였다? 해서 시가 한 수를 써 주며 이것을 지니고 있으면 곧 그리던 사내를 만날 수 있을 거요, 하고 말했는가? 해서 그 처자가 설승의 첩이 된 것이고? 여하간 그 처자가 그리 박색이라면서? 한데 자네의 시가가 효력을 발휘해서 설승이 요즘 밤이고 낮이고 그 박색의 첩만 예뻐하고 있다 하네. 그것이 참말 자네 시가 때문이라면 아찬의 부인은 첩이 아니라 자네 멱살을 잡는 것이 옳지 않겠나."

"예, 듣고 보니 그러합니다."

재운은 순순히 인정했다.

"안가교의 가기들뿐 아니라 왕경의 여인들이 모두 자네 시가를 얻고 싶어 안달인 이유를 이제야 실감하네."

"하오니 제가 당나라 황실에서 태어났다면 얼마나 인기가 좋았겠습니까. 지금도 물론 좋지만요. 그랬다면 시가를 팔아서 재물도 제법 모았을 텐데 말입니다. 당 황제의 부인은 법적으로 백스물두 명까지 둘 수 있다 하니 한 사람당 두어 장씩만 팔아도……."

재운이 손을 꼽으며 계산하자 중연은 어이가 없다는 듯 말했다.

"이보게, 지금 그런 농이 나오는가? 예부에서 자네가 왕경의 풍기를 어지럽혔다고 말하는 것을 들었네."

"들어 보니 제가 중매를 선 것 같은데 어찌 풍기 문란입니까?"

"자네가 설승의 첩에게 시가 값으로 적어도 황금 다섯 근은 받았을 거라더군. 그 소문이 대궁의 그 여자 귀에도 들어갔네. 그리 좋은 표정을 짓지는 않더구먼."

"졸지에 제가 사마상여의 흉내를 내긴 했군요."

"한 무제는 사마상여를 총애했지만 그 일로 사마상여를 벌하려 했다네."

"압니다."

"정말 황금을 다섯 근이나 받았는가?"

"아닙니다. 그 처자의 머리에 꽂혀 있던 나무 비녀가 마음에 들기에 그것을 달라고 하였습니다."

"자네가 나무 비녀는 어디에 쓰려고? 아채에게 주려고? 그것도 다른 여인이 쓰던 것을? 동시東市에 나가면 아채에게 줄 만한 비녀는 얼마든지 판다네."

"그런 것이 아닙니다. 제가 갖고 싶어 달라 한 것입니다."

"나무 비녀를 갖고 싶었다고?"

"예, 북도시北桃枝였습니다."

"북도지?"

"북쪽으로 뻗은 복숭아나무의 가지로 만든 것입니다."

"귀신을 쫓는 데 동도지東桃枝를 쓴다는 말은 들어 보았네만 북도지라니? 그게 뭐가 어떻다는 것인가?"

"지니고 있으면 언제든 유용하게 쓰일 물건이지요."

"도대체 자네가 그 북도지 나무 비녀를 어디에 유용하게 쓸지는 모르겠으나 달라 하지 말 것을 그랬네. 나무 비녀라 해도 대가를 받긴 받았으니 항간의 소문이 전혀 근거가 없는 것은 아니었구먼."

"세상에 공짜는 없으니까요."

"이보게, 세상에 공짜가 왜 없나? 어떤 이들은 대가 없이도 베푼다네."

"눈에 보이는 대가가 없을 뿐이지요. 대가가 없다는 것은 마음을 주었다는 뜻입니다. 마음은 물질보다 구속력이 더 크지요. 그런 마음을 받느니 차라리 나무 비녀 한 개가 낫습니다."

"그 말은 자네 시가에 정말 그런 효력이 있다는 것을 인정한다는 뜻인가?"

"뭐, 그렇게 가져다 붙이면 또 그런 것이 되겠지요."

"그렇게 간단한 문제가 아닐세. 나무 비녀가 금비녀로 바뀌어 자네를 뇌물죄로 엮을 수도 있단 말일세."

"조심하지요. 하오면 저는 그만 가 보겠습니다."

고문을 지나 왕성에 들자 재운은 인사를 하고 예부 관아를 향해 돌아섰다. 그런데 중연이 계속 따라오자 재운이 물었다.

"대감께서는 시위부로 가셔야 하는 것이 아닙니까?"

"그렇지."

"하온데 왜 제 뒤를 졸졸 따라오십니까?"

"갈 걸세. 자네 일이 마무리되는 걸 보고 말일세."

"어차피 받을 문책이니 조금이라도 뒤로 미루시려고요? 매도 먼저 맞는 것이 낫다 하였습니다."

재운이 탓하자 중연은 마지못해 대답했다.

"알았네. 하면 이따가 보세. 먼저 가지 말고 예서 기다리란 말일세."

중연은 시위부로 가는 중에 환수 용을 보았다. 환수의 눈가에 드리워진 그늘은 지난밤의 피곤을 그대로 드러냈다. 중연은 그를 불러 세워 물었다.

"얼굴이 좋지 않구나. 지난밤 어가 행차에서도 빠졌다 들었다. 무슨 일이 있는가?"

"아닙니다. 몸이 좀 좋질 않아서요."

"밤새 다른 짓을 하느라 잠을 못 잔 것은 아니고?"

"예? 그게 무슨 소립니까?"

"혹 어젯밤에 김재운을 만나지 않았는가?"

기왕에 환수 용을 만났으니 묻지 않을 수가 없었다. 재운의 말을 믿지 못해서가 아니라 자신이 본 것을 확인하려는 것이었다. 환수 용은 눈이 동그래져서 물었다.

"어찌 아셨습니까? 아직 아무에게도 말하지 않은 꿈인데?"

"꿈?"

"예, 어젯밤 꿈에서 뵈었습니다. 정말 생시 같은 꿈이었지요. 대감께서도 나마 나리의 몸에서 나는 그 독특한 향내를 아시지요? 깨어 보니 그 향내가 정말 소인의 코끝에서 맴돌았습니다. 소인도 제 이부자리에서 눈을 뜨지 않았다면 꿈이라 믿지 못했을 겁니다. 하온데 대감께서는 어찌 소인이 꾼 꿈에 들어와 본 것처럼 말씀하십니까?"

놀라워하기보다는 두려워하는 환수의 표정으로 보아 거짓을 말하는 것 같지는 않았다. 기이하기는 중연도 마찬가지였다.

"나도 너만큼 사방에 붙여 둔 눈과 귀 들이 있다."

"예?"

갑자기 환수의 안색이 굳어졌다.

"함부로 입을 놀리지 말란 뜻이다. 내가 늘 지켜보고 있다는 것을 명심하라. 물론 네 꿈속까지 말이다."

엄중한 눈으로 일침을 놓은 후, 중연이 돌아서서 가버리자 환수 용은 가슴을 쓸어내렸다. 저자는 시위부에 소속되어 있으나 폐하의 측근에는 가급적 서지 않는다. 고의로 폐하와 거리를 유지하고 있는 것이다. 가끔은 지나치리만큼 제멋대로일 때도 있다.

의지할 곳이 마땅치 않은 폐하께서 그럼에도 저자를 곁에 두려는 이유는 충분히 납득이 가나, 저자가 하는 양상을 보면 권력에 대한 욕심은 전혀 없는 것이 분명했다. 때문에 폐하의 총애를 받고 있는 김재운의 집을 드나들고 있다 해도 크게 신경 쓰지 않았다. 그런데 오늘 그 시선을 정면으로 마주하고 보니 생각보다 무서운 자라는 것을 깨달았다.

환수 용은 지금껏 융통성 없고 반듯한 인물은 두려워할 필요가 없다고 여겼다. 그런 인물들은 협잡과 술수를 쓰지 않기 때문이었다. 김중연이 투명한 심상을 가졌음에도 사람들이 어려워하는 이유가 무엇인지 이제 알 것 같았다. 그의 눈은 진실을 꿰뚫어 보는 힘이 있었다. 결백하지 않은 자는 그 시선이 두려울 수밖에 없는 것이다.

'혹 뭔가 알아챈 것은 아닐까?'

환수 용은 불안해졌다. 어젯밤 일은 암만 생각해도 뭐가 어떻게 된 건지 알 수가 없었다. 폐하와 태자 전하 부부가 남산으로 행차한 사이 그는 동궁으로 향하고 있었다.

그런데 암만 가도 동궁이 나오질 않는 것이다. 그는 같은 자리를 뱅뱅 돌다가 자신이 어딜 가려고 했는지 그만 잊었다. 해서 결국 자신의 처소로 돌아가 잠이 들었다. 술에 취한 것도 아닌데 그 중요한 일을 잊고 처소에서 잠을 자다니…….

게다가 김재운이 나오는 꿈은 또 뭔가? 그는 꿈에서도 동궁을 찾지 못하고 왕성 여기저기를 헤매 다니고 있었다. 그러다 노문에서 김재운을 만났다. 김재운이 그에게 어딜 가냐고 물었다. 그는 동궁으로 가려 한다고 대답했고 김재운은 보름달이 아름답지 않느냐고 물었다.

그는 달을 보았고 김재운의 웃음소리를 들었다. 그 차가운 용모의 사내가 웃는 소리를 환수는 한 번도 들어 본 적이 없었다. 놀란 환수가 고개를 돌려 김재운을 보았다. 그 사람 같지 않은 아름다운 얼굴을 보고 있자니 갑자기 몽롱한 기분이 들었다. 그러곤 더 깊은 잠에 빠져들었다.

그나저나 큰일이었다. 어젯밤처럼 좋은 기회를 놓치는 바람에 예부령의 실망이 이만저만이 아니었다. 어쩔 수 없었다. 기회를 보아 다시 시도해 보는 수밖에. 어쨌거나 월성 내에서 동궁에 보관되어 있는 물건을 훔칠 수 있는 자는 그뿐이었다. 예부령도 이를 알기에 굳이 그에게 일을 맡긴 것이다. 환수 용은 그 사실이 몹시 마음에 들었다.

박후명의 말대로 환수 용은 훔쳐 듣는 것뿐 아니라 훔치는 것에도 일가견이 있었다. 그것이 동궁이 아니라 천존고나 내황전 혹은 서란전에 보관되어 있어도 상관없었다. 그는 마음만 먹으면 어떻게 해서든 훔칠 수 있었다.

환수가 되기 전에 그는 어느 진골 귀족의 가죽신을 훔쳐 신었다가 매를 맞아 음낭을 크게 다치고 고자가 되었다. 천민이 언감생심 가죽신을 신다니. 그러나 그는 가죽신이 신고 싶었다. 가죽신은 그를 땅에서 훌쩍 띄워 올리는 묘한 힘을 갖고 있었다. 다른 사람들을 위에서 내려다봐도 좋다는 어떤 표식처럼 그에게 대담함을 심어 주었다.

그는 가죽신을 신기 위해 월성에 들어왔다. 그는 여전히 이마를 땅에 댄 채 납작 엎드려 월성의 온갖 천한 일, 궂은일을 도맡아 하지만 대신 왕을 측근에서 모셨다. 왕의 곁에 선다는 것은 부복한 신하들의 머리를 왕과 함께 내려다볼 수 있다는 뜻이었다.

　김재운의 시가는 쉽게 얻을 수 없는 것이었다. 김재운은 누군가의 청을 받고 시가를 써 주는 일이 거의 없었다. 그가 내키는 사람에게만 써 주는 것이다. 심지어 김중연에게도 써 준 적이 없다고 들었다.

　그러니 박후명이 김재운의 시가를 얻으려면 훔치는 수밖에 없었다. 박후명은 지금도 은밀히 전사서를 털어 김재운의 초고들을 빼돌리고 있었다. 만약 거기에서 건질 것이 있었다면 굳이 자신에게 이런 도둑질을 시킬 필요가 없다는 것을 환수는 잘 알고 있었다. 관의 격문이나 제문이 아니라 시가가 필요한 것이다. 문구의 의미를 임의로 해석할 수 있는 아직 알려지지 않은 시가.

　환수는 저들의 음모 밖으로 밀려나고 싶지 않았다. 그러자면 저 권력자의 야망에 기대어 중요한 역할을 맡아야 했다. 그리하여 공을 세우고 골품을 받는 것! 그것은 바로 날 때부터 하잘 것없는 인간으로 정해진 자신의 운명을 바꾸는 것이기도 했다.

　재운이 예부 관아를 나서자마자 초조하게 그를 기다리던 중연이 부리나케 달려갔다. 중연은 감정을 드러내는 것이 약점이 된다는 것을 알고 있었다. 다만 재운에게만은 그 감정을 숨기지 않았다.

"예부령은 진작 퇴궐하였는데 자넨 뭘 하느라 이제 나오는 가?"

"혹 예부령과 마주치기라도 하셨습니까?"

"아닐세. 내가 당도하기 전에 나간 모양이네. 예부 관원들이 그리 전해 주더구먼."

"전사서에 들러 남은 일을 좀 처리하였지요. 오래 기다리셨 습니까?"

"됐네. 그보다 어찌 되었는가? 예부령이 뭐라 하던가?"

"대감은 어찌 되셨습니까?"

"내가 뭘?"

"문책이 있었지요?"

"아, 그거! 사흘간 근신이네. 숙제도 받았네."

"숙제요?"

"책상에 조신하게 붙어 앉아 바른 몸가짐으로 뭘 베껴 쓰라 하네. 사흘 밤낮을 들여도 다 못할 분량이네만, 까짓 대수인가."

"무관에게 주는 벌칙은 벌칙이 아니로군요."

"자네 같은 이들이야 그리 생각할 법도 하네만, 무관에게는 꼼짝 못 하고 종일 앉아 있어야만 하는 그 일이 고역스러운 벌칙 중의 하나일세. 하나 나는 괜찮네. 내 입으로 이런 말을 하 긴 좀 뭣하지만 내가 이래 봬도 문무를 겸비하였다네. 그보다 자네 일은 어찌 되었는가?"

"이제 예부령과 길들이기 놀이는 그만해야겠습니다. 저도 슬슬 피곤해지니 말입니다."

"무슨 소린가?"

"제가 예부령의 말씀을 따르지 않으니 그 어른도 피곤하신가 봅니다. 이젠 대놓고 제게 시가를 내놓으라 으름장을 놓으시더군요. 계속 거절하다간 예부령의 손에 쥐도 새도 모르게 죽을 것 같습니다."

"그까짓 시가가 뭐라고 사람을 죽인단 말인가? 자네에 대한 예부령의 집착을 생각해 보면 경외로 쫓아낼지언정 그런 일은 없을 것이네."

"시가 때문에 죽이는 것이겠습니까, 마음대로 되지 않으니 화가 나서 죽이는 것이지요."

"그럴 줄 알았네. 자네가 여태 한 짓을 생각해 보게. 예부령의 명이라면 콧방귀도 뀌지 않았으니 오죽 화가 났겠나. 자네가 아무리 지은 죄가 없어도 예부령이라면 없는 죄도 만들어 붙일 수 있단 말일세."

"폐하께서 빼 주시겠지요."

"그 여자는 자넬 끝까지 지켜 줄 수 없다고 몇 번 말해야 알아듣겠는가?"

"그렇다고 설마 폐하께서 저를 버리시겠습니까?"

재운은 여전히 그리 큰 일이 아니라는 듯 넘기려 했고 중연은 근심으로 뺨이 푹 팼다.

"이러다 자네, 참말 굴평 짝이 나게 생겼네. 이보게, 사람 마음은 바뀌는 거라네. 예부령과 그의 사람들이 그 여자에게 지속적으로 자네에 대해 안 좋은 소리를 하면 그 여자도 별수 없게 되네. 험담을 계속 듣다 보면 마음이 멀어질 수밖에 없단 말일세. 아첨은 설탕과 같아 질려도 버틸 수 있으나 험담은 좀이 스는 것과 같아 부지불식간에 삭아 무너지네."

중연은 심각했지만 재운은 그저 가벼이 고개를 끄덕였다.

"아, 그래서 제가 굴평 신세가 되는 거로군요. 폐하께서 그렇게 저를 버리시면 저는 멱라강 대신 북천에 빠져 죽어야겠습니다. 하오면 반악처럼 될 일은 없을 게 아닙니까? 저는 명리를 좇지도 부귀공명을 바라지도 않으니 말입니다."

재운의 담담한 대꾸에 중연은 점점 더 마음이 불안해졌다. 재운이 명리와 부귀를 탐하지 않는다는 것은 진작 알고 있었다. 하지만 그는 그것들뿐 아니라 다른 것에도 관심이 없었다. 중연은 가끔 재운의 속을 알 수가 없어 답답했다.

"하면 자네가 원하는 것은 뭔가?"

"지금은 그저 제 글을 빼앗기지 않는 것입니다."

"사람들이 자네 글을 탐하는 것은 자네가 쓴 글에 어떤 힘이 담겨 있다고 믿기 때문이네. 그 소문이 우연인지 참말인지 나는 잘 모르겠네. 사람들이 그리 말을 하니 그런가 보다 할 뿐일세. 하나 자네마저 그렇게 생각하는 줄은 몰랐네. 자네에게 참으로 그런 능력이 있는 겐가?"

"대감께만 솔직히 털어놓지요. 예, 있습니다."

중연의 눈이 휘둥그레졌다. 그는 언제나 재운의 말을 철석같이 믿었다.

"어찌 그것이 가능한가? 자네가 술사도 아닌데 말일세."

"술사가 아니라 문인이기 때문에 가능한 것이지요."

재운이 빙긋 웃었다. 중연은 어쩐지 재운이 쓴 글이 아니라 그 미소에서 우주를 왜곡하는 힘이 발산되는 게 아닐까 여겨졌다. 하긴 모든 우주의 원리를 인간에게서 찾아낼 수 있으니 인간은 본시 소우주라 하였다. 그러므로 누군가의 미소가 누군가의 마음을 움직였다면 이 또한 우주를 움직인 것과 같은 것이다. 아니, 아니지. 미소가 아니라 글이라 하였지.

"훌륭한 글이 사람의 마음을 움직여 그 진로에 다소 영향을 미치는 것은 사실이나 사람의 인연이나 운명까지 바꾼다는 것은 있을 수 없네."

"제대로 글을 쓰는 자는 하늘과 문기文氣가 이를 돕는 법입니다."

"하면 하늘과 문기에 제대로 접촉할 수만 있다면 누구의 글도 무기가 되지 않겠는가."

"한데 다들 접촉 방법을 모르지요."

"그리 따지면 자네의 재주는 순수한 자네의 재주가 아니라 하늘의 재주를 빌려다 쓰는 것일세."

"저의 재주가 바로 하늘의 재주를 빌려다 쓰는 것입니다."

재운의 말이 틀리지 않았다. 하늘의 재주를 빌려다 쓰고 싶어도 방법을 모르면 쓰지 못하는 것이다. 그러니 그 방법을 터득한 것이 곧 재주가 아닌가.

재운은 수릿날 북천에서 아채에게 그저 초사 몇 줄을 읊어 준 것만으로 그녀의 마음을 얻었다. 소문에는 헌강왕에게 요 태자의 생모인 김씨 부인을 얻게 해 준 것도 재운의 시가였다고 하니, 나도 재운의 시가를 한 부 얻으면 오기일의 그녀를 다시 만날 수 있지 않을까? 아니지. 중연은 고개를 저었다. 재운은 아채의 마음을 얻기 위해 초사를 사용한 것이 아니었다. 초사를 읊으니 아채의 마음이 따라온 것이다. 하니 내 발로 간절히 찾다 보면 그녀 역시 어디선가 모습을 드러낼 것이다.

중연이 말했다.

"듣고 있자니 자넨 암만해도 굴평이 아니라 반악처럼 될 확률이 높으이."

"어째서 말입니까?"

"월성의 그 여자 때문이지. 자네가 말하지 않았나? 그 여자를 위해 선왕들과 약속했다고. 하니 그 약속을 깨고 자네가 먼저 굴평처럼 물에 빠져 죽을 리가 없네. 게다가 자넨 반악보다 더 미남이고, 아, 물론 내가 반악을 본 적은 없으나 여하간 대궁의 그 여자나 가남풍이나 모두 미남을 좋아하니……."

재운이 소리 내어 웃었다. 중연은 저도 모르게 얼굴이 붉어졌다. 민망해진 중연이 헛기침을 내뱉으며 말했다.

"여하간 월성은 암투에 능한 돼지들로 득시글거리니 그들이 작정하고 자넬 시샘하면 결국은 무슨 빌미로든 참수되고 말 게야. 예부령이 아니더라도 말일세. 제발 조심하게."

"대감께서 그리 저를 걱정하시어 볼 때마다 조심하라 귀에 인이 박이도록 말씀을 주시니, 갑자기 월성이 무서워졌습니다. 아무래도 조만간 왕경을 떠나 어디로든 달아나야겠습니다."

"무슨 소린가? 조심해야 한다는 것이지 달아나라고는 하지 않았네."

"왕경에 있으면 엮이지 않을 수 없습니다."

"그러니 조심하라 말하는 것이 아닌가. 게다가 달아난다고 끝나는 것이 아닐세. 더 위험해질 수도 있네. 대궁의 그 여자도, 예부령도 절대 자넬 그냥 놔주지 않을 것이니 말일세. 대체 예부령이 자넬 어찌 겁박했기에 오늘따라 자네 입에서 달아나겠다느니 무섭다느니 하는 말들이 나오는가?"

"제 글을 둘러싸고 이상한 소문이 도니 앞으로는 먼저 검열을 하시겠다고 하더군요. 쓰는 대로 압수하시겠답니다. 해서 이제 관서에서는 글도 마음대로 쓰지 못하게 되었습니다. 또 뇌물죄도 운운하시더군요."

"설승의 첩에게서 받은 나무 비녀 말고 또 있는가?"

"수릿날 초사 두 구를 읊어 준 대가로 아채에게 술상을 받았지요."

"것도 따지고 보면 뇌물이긴 하지. 아니, 아니지. 그게 무슨 뇌물이라고? 그거라면 나도 뇌물죄일세. 하니 당장 예부령에게 가서 그 자리에 나도 있었다고 말하겠네."

중연이 황급히 걸음을 돌리려 하자 재운이 말렸다.

"굳이 찾자고 들면 그런 일도 있었다는 것이지요. 하오나 예부령께서 말씀하시기를 모든 것은 생각하기 나름이니 여럿이 나서서 힘을 모은다면 잘 무마될 수 있는 것이 또한 사람의 일이라 하시더군요."

중연은 코웃음을 쳤다.

"그러니까 자네가 예부령의 사람이 되어 주면 그의 사람들이 자넬 보호해 주겠다는 뜻이로구먼. 한데 자네는 예부령과 손을 잡고 싶지 않을 터이고. 해서 이제 어찌할 생각인가?"

"궁리를 해 보아야지요. 하오면 이쯤에서 헤어질까요."

"응?"

어느새 고문을 나서고도 중연은 한참이나 재운을 따라가고 있었다.

"오늘은 제가 갈 곳이 있으니 따라오지 마십시오. 대감께서도 숙제를 하시려면 시간이 부족할 터이니 그만 집으로 돌아가시는 것이 좋겠습니다."

"하면 자넨 어디로 갈 셈인가? 바람이 차네."

"암만해도 살 궁리가 나오지 않으면 굴평처럼 물에 빠져 죽으려고요. 반악처럼 다른 사람의 손에 죽고 싶지는 않습니다."

재운은 돌아서서 청의 자락을 날리며 북천을 향해 걸어갔다.

"이보게, 농담이 지나치네."

저만치 걸어가는 재운의 소맷자락이 더는 말을 붙이지 말라는 듯 이쪽저쪽으로 홰홰 흔들렸다.

"설마 이 길로 북천에 빠져 죽으려는 것은 아닐 터이지. 알겠네. 하면 볼일 보시게. 나는 자네가 시키는 대로 숙제나 하러 가겠네."

제4장 적두가 재운을 보다

재운이 목련방 깊숙이 들어앉은 자기 집에 틀어박히면 중연을 제외하고는 누구도 그를 만날 수 없었다. 적두는 재운의 집 찾기를 포기했다. 저竹익 금죽우 저竹가 아니면 풀 수 없었다. 그는 고문 앞에서 관원들의 입궐과 퇴궐을 여러 날 지켜보기도 했으나 재운의 모습은 볼 수 없었다.

예상했던 바였다. 재운이 저竹라면 월성 내에서도 필요에 따라서는 몸을 감출 것이다. 월성 밖에서라면 더더구나 사람들의 눈에 뜨이지 않으려 할 것이다. 중연이 안가교를 드나든다 하여 한동안 안가교 근처를 지킨 적도 있었다. 저竹가 여자를 좋아하니 재운과 함께 움직일 법도 하였기 때문이다. 그러나 이 역시 매번 허탕을 쳤다.

저 사냥꾼이라 해도 저竹를 보는 눈은 다른 사람들과 같았다. 즉 저杵의 얼굴을 보아도 다시 기억할 수 없었고 저杵가 모습을 드러내지 않으면 보지 못했다.

하여 적두는 재운 대신 중연으로 목표를 바꿨다. 그는 인내심을 가지고 중연이 목련방이 아닌 곳에서 재운을 만날 때를 기다렸다.

그런데 지난밤 월성 내에 있어야 할 중연이 왕경 한복판에 나타났다. 적두는 밤새 그의 뒤를 쫓았으나 새벽녘 그가 또다시 목련방으로 들어가는 바람에 손을 놓아야 했다. 그길로 적두는 환수의 일이 어찌 되었는지 알아보기 위해 박후명과 만나기로 약속한 주가酒家로 향했다.

박후명은 입궐하여 재운을 만난 후 주가에서 적두와 함께 환수의 소식을 기다렸으나 일에 실패한 환수가 선뜻 나타나지 않자 할 수 없이 사람을 보냈다. 환수는 박후명의 부름을 받은 후에도 뭉그적거리며 한참이나 시간을 지체하다가 뒤늦게 약속 장소에 당도했다. 환수는 자신의 잘못을 상쇄시킬 만한 다른 거리를 찾아야 했다. 그가 가져온 거리는 중연이 지난밤 대궁 숙위 도중 무단이탈을 하여 문책을 받게 되었다는 소식이었다.

환수로부터 중연의 일을 들은 적두는 한 가지 의심밖에 들지 않았다. 간혹 중연이 왕명을 무시하고 멋대로 행동한 적은 있었지만 군율을 어긴 적은 없었다. 그러니 그가 문책을 감수하고 자리를 이탈한 것이 단지 오기일의 법석을 구경하기 위한 것은 아닌 것이다. 그러나 적두는 지난밤 중연이 뭔가에 홀린 사람처럼 새벽까지 거리를 배회하고 다닌 것을 본 것이 전부였다.

대체 중연에게 무슨 일이 벌어진 것일까? 지난밤 그의 눈빛이 낯설지 않았다. 마치 저杵에게 홀린 것과도 같은 눈빛이었다. 이곳이 아닌 먼 곳을 바라보는 공허한 시선. 혹 군중 속에서 저杵를 보았을까? 아니면 월성에서부터 저杵를 보고 따라 나온 것일까?

저杵들은 만월의 빛과 오기일의 소란에 이끌려 세속으로 나온다. 그러곤 밤새 사람들과 어울려 한바탕 놀다가 새벽녘 홀연히 사라진다. 그리고 보니 새벽녘에 부슬비가 잠깐 내렸다. 비는 저杵가 가는 곳에 반드시 따라붙는 현상이 아닌가.

중연이 월성에서부터 저杵를 보고 따라 나왔다면 그 저杵는 재운이었을까? 하지만 그 시각 재운은 월성에 있지 않았다. 그럼에도 적두는 재운이 의심스러웠다.

지난밤 환수는 동궁을 찾지 못하고 길을 헤매다가 숙소로 돌아가 밤새 재운의 꿈을 꿨다고 했다. 환수가 월성을 헤맨 일이 예사롭지 않았다. 환수는 월성에서 삼십 년이 넘는 세월을 보냈다. 월성의 지리라면 눈 감고도 훤한 환수가 길을 잃다니 있을 수 없는 일이었다. 어쩌면 환수는 꿈을 꾼 것이 아니라 저杵에게 홀린 것일지도 몰랐다.

중연이 분명 지난밤에 환수와 함께 있는 재운을 본 것처럼 말했다고 했다. 환수는 중연이 자신의 꿈을 어떻게 들여다보았는지 의아해하고 있지만 사람은 타인의 꿈을 볼 수 없다. 그러므로 중연 역시 저卜에게 홀렸던 것이 틀림없었다.

환수는 다시 동궁에 잠입하겠노라 자신했으나 위험했다. 이미 재운이 눈치를 챘다. 하여 환수가 그의 술수에 걸려든 것이다. 재운은 대체 환수의 계획을 어찌 알았을까?

박후명이 자신의 글을 마구잡이로 모아들인다는 것을 알아차린 순간부터 동궁에 보관된 자신의 시가를 보호하기 위해 이런저런 방편을 뿌려 둔 것일 확률이 높았다. 그렇다면 동궁의 시가는 그에게 있어 결정적인 약점임을 스스로 드러낸 것과 다름없었다.

앞으로 동궁의 감시는 더욱 엄중해질 것이다. 환수가 분별없이 한 번 더 시도했다가 덜미를 잡히면 그땐 예부령과 자신까지 곤란한 상황에 처하게 될 것이다.

박후명은 환수를 흠씬 두들겨 패 주고 싶은 것을 간신히 참아 낸 눈치였다. 그가 어디까지 환수를 부리고 버릴 것인지 적두는 대강 짐작이 갔지만 환수는 그저 예부령의 관대한 용서에 몸 둘 바를 모르다가 월성으로 돌아갔다.

박후명은 승군이 그 일을 대신 해 주기를 바라고 있었지만 적두는 시기상조임을 말했다. 물론 승군이 그 일을 하게 될 것이다. 그러자고 동궁에 집어넣은 것이었다. 하지만 승군은 박후명이 아니라 자신을 위해서 그 일을 할 것이다. 적두는 저卜를 잡을 저卜의 시가를 박후명의 손에 쥐여 줄 생각이 전혀 없었다.

정오가 한참이나 지난 시각, 적두는 고문 앞에서 중연을 기다렸다. 중연이 근신을 명받고 퇴궐하는 시각이 이쯤 될 것이라 하였다. 재운이 전사서에서 일을 마치고 나서는 시각과 어쩌면 겹칠 수도 있다고 박후명이 미리 알려 주었던 터라 적두는 신경을 바짝 세우고 지켜보던 중이었다.

아니나 다를까 중연이 나타났다. 적두는 중연과 함께 있는 재운을 한눈에 알아보았다. 그의 정수리에 새겨진 일곱 개의 혈종들이 뜨겁게 들끓었다. 소문에 들은 것보다 그 아름다움이 훨씬 더 기이하였다. 게다가 돌아서면 암만 용을 써도 그 얼굴의 생김이 다시 기억나지 않는 것까지 의심의 여지가 없었다. 하지만 전통적인 시험을 통해 마지막 확신을 얻어야 했다.

중연과 헤어진 재운이 홀로 북천으로 향하자 적두는 마침내 기다리던 기회가 왔음을 알았다.

저魅는 물이나 동경에는 모습이 비치지 않는다. 그런데 저魅에게 동경을 보이는 것은 쉬운 일이 아니었다. 저魅는 동경의 빛을 금방 알아채기 때문에 언제나 동경이 보이기 전에 먼저 피했다. 그러므로 적두는 북천의 다리를 지날 때 재운의 모습이 수면에 비치는지를 몰래 엿볼 작정이었다.

재운에게서 수주의 기척이 전혀 느껴지지 않는 것을 보니 늙은 신물은 아직 그와 접촉하지 않았다. 하지만 목련방에는 여전히 늙은 신물의 비릿한 물 냄새가 짙게 깔려 있었다. 늙은 신물이 그늘진 어둠 속에 물처럼 배어든 채 때를 기다리고 있는 것이다. 언제까지 버틸 수 있을까?

적두가 끝내 목련방의 금줄을 깨고 들어가지 못한다 해도 늙은 신물이 강이나 하천이 아닌 그곳에서 계속 버틸 수는 없을 테니 곧 스스로 튀어나오게 될 것이다.

'한데 저자는 지금 어딜 가는 것일까?'

적두는 재운의 뒤를 밟기 시작했다. 재운이 북악의 어두운 숲 그늘로 찾아 들어갈 때마다 적두는 자꾸만 그의 모습을 놓쳐 애를 먹었다. 더구나 재운의 걸음이 어찌나 빠른지 타고난 사냥꾼이었던 적두조차 숨을 몰아쉬며 쫓아가기 바빴다. 그는 이토록 발이 빠른 자를 여태 본 적이 없었다. 도무지 사람의 걸음이라고는 여겨지지 않았다. 하긴 저桙가 아니고서야 이렇게 산을 바람처럼 잘 탈 수가 없지.

북천을 가로지른 돌다리의 중간쯤에 이르렀을 때 재운이 갑자기 걸음을 멈추고 사방을 둘러보았다. 그가 미행의 기척을 느끼고 경계한다는 것을 알아챈 적두가 재빨리 몸을 숨겼다. 그의 시선이 적두가 몸을 숨긴 나무에 잠시 머무르다 지나갔다. 그때 갑자기 어디선가 요란한 바람이 불어 들어 극도로 긴장한 적두는 저도 모르게 숨을 멈췄다.

재운이 다시 다리를 건너가기 시작했다. 그가 아직 자신의 존재를 깨닫지 못했다고 여긴 적두는 그제야 가만히 몸을 움직여 나무를 타고 올라갔다. 살얼음이 낀 북천의 물결이 바람에 떼밀려 흔들리는 가운데 재운의 모습이 수면에 얼핏 비쳤다. 적두는 잠시 뭐가 뭔지 알 수 없어졌다.

'저桙가 아니다? 그럼 늙은 신물은 어째서 여태 황룡사우방에 숨어 있는 것이지? 수주를 숨길 자리는 저桙뿐이다. 그래서

172

황룡사우방에 저杵를 둔 것이 아니었던가.'

적두는 자신의 확신이 무참히 깨지자 당황했다. 그사이 재운의 모습이 온데간데없어졌다. 적두는 허겁지겁 나무에서 내려와 물가로 달려갔다.

'대체 이 다리를 어느새 건넜지?'

적두는 재운의 모습에서 눈을 뗀 적이 없었다. 그런데도 재운은 그의 시선에서 사라졌다. 저杵는 사람의 눈보다 빠르게 움직인다. 그러니 재운은 저杵여야 했다. 저杵가 분명했다. 그러나 저杵라면 물에 그 모습이 비치지 않아야 했다. 대체 저자의 정체는 뭐란 말인가?

재운은 바위 위에 서서 고개를 비스듬히 기울인 채 바람 냄새를 맡았다. 사냥꾼의 냄새가 사라졌다. 그의 입가에 차가운 미소가 떠올랐다. 자신을 좇는 시선을 따돌린 그는 빠른 걸음으로 산을 내려가기 시작했다.

월성으로 돌아와 동궁에 들어선 재운은 걸음을 멈추고 사방을 둘러보았다. 그는 눈을 가늘게 뜨고 동궁의 전각 지붕과 기둥을 세세히 살폈다. 못 보던 사이에 이상한 것이 생겼구나. 재운은 마음에 들지 않는 듯 수려한 눈썹을 찌푸렸다.

"전사서사께서 드셨습니다."

궁인의 전달을 들은 요 태자가 안에서 들썩이는 목소리로

답했다.

"안으로 드시게 하라. 어서!"

재운이 들어서자 요 태자는 반가워하는 표정을 역력히 드러내며 그를 맞았다. 요 태자는 이제 열다섯 살 소년이었으나 헌강왕을 닮아 나이에 비해 체격이 컸다. 또한 만이 한눈에 보고 마음에 쏙 들어 할 만큼 용모도 아름다웠다.

"어쩐 일이오? 일단 앉으시오."

"지나다 안부차 들렀지요. 지난밤 달구경은 잘 하셨습니까?"

"남산에서 바라보니 달이 참으로 크고 환했소."

"그렇지요. 그곳이 그렇습니다."

재운은 간밤에 있었던 환수 용의 일에 대해서는 함묵했다. 환수 용은 대궁이 부리는 사람이라 그의 이름을 언급하는 것은 자칫 대궁에 누가 될 수 있었기 때문이다.

그러나 요 태자에게 동궁에서 보관하고 있는 그의 시가에 대한 주의는 해 둬야 했다. 자칫 시가를 저들에게 빼앗기면 누구보다 그가 곤란하게 될 터였다.

재운이 물었다.

"태자비께서는 요즘 어떠십니까?"

"좋소. 대아찬께서 어린 사미니를 보내 주셨소. 독경하는 목소리가 어찌나 청아한지 동궁의 기운이 나날이 맑아지는 것 같소."

맑아지는 것이 아니라 수상쩍은 빛의 실타래가 거미줄처럼 동궁을 감싸고 있었다. 아직은 느슨하나 진언의 형세를 빌린 그 주문의 실은 곧 단단한 심줄이 되어 동궁의 뿌리까지 파고 들 것이다.

"사미니입니까?"

"문수사의 사미니요. 대아찬께서 말씀은 하지 않으셨으나 나와 비의 후사를 기원하여 보내 주신 듯하오."

아직 어린 티가 가시지 않은 태자의 얼굴이 붉어졌다. 그러나 재운은 미동 없는 시선으로 물었다.

"대아찬께서 본래 문수사와 왕래가 있으셨습니까?"

요는 자신보다 고작해야 대여섯 살 많은 재운이 너무 무겁고 크고 어른스럽게 느껴져 신분의 고하와 상관없이 다소 위압감을 느끼곤 했지만 결코 굴욕적인 기분은 들지 않았다. 오히려 재운이 가지고 있는 알 수 없는 힘과 재주에 의지가 되는 쪽이었다. 그 단정하고 아름다운 얼굴에 대고 물어보면 세상 모든 것의 답이 나올 것 같았다.

소년은 한껏 신중을 기한 어조로 말했다.

"아니오, 문수사는 오래전부터 예부령과 왕래가 있는 것으로 아오. 하니 대아찬과도 이래저래 친분이 생겼겠지요. 왜 그러오?"

"아닙니다. 제가 그 사미니를 지금 한번 볼 수 있겠습니까?"

"물론이오, 당장 불러오라 이르겠소."

요는 궁인을 시켜 사미니를 불러오라 명하였다. 그런데 잠시 후 돌아온 궁인은 사미니가 어디 있는지 찾을 수가 없다고 아뢰었다. 요는 대수롭지 않게 말했다.

"잠시 자리를 비운 모양이오. 다음엔 꼭 나마에게 인사를 시켜 주겠소."

재운은 그럴 줄 알았다는 듯 고개를 끄덕이며 말했다.

"아닙니다, 그럴 필요 없습니다. 아마도 저를 피하고자 숨은 듯하니 다음에도 제가 나타나면 그 사미니는 모습을 감출 것입니다."

"어찌하여?"

요는 이해할 수 없다는 듯 물었다.

"저를 어려워하는 다른 사람들과 비슷한 이유겠지요."

"그게 무슨 말씀이오?"

"그 사미니를 내보내셔야 할 것 같습니다. 독경도 금하셔야 합니다."

"단지 불경을 읽는 것뿐인데 무슨 문제가 있소?"

"어떤 불경인지 보셨습니까?"

"불경은 내게 너무 어렵소. 하나 문수사가 밀교의 본산이니 아마도 밀교의 경전이 아니겠소."

"진언을 잘못 쓰면 사특한 주문이 되지요."

"대아찬을 의심하는 것이오?"

"아닙니다. 혹시나 모를 위험에 대비하고자 하는 것입니다."

"나는 대아찬을 믿소. 나를 태자로 세운 것은 대아찬이었소. 대아찬은 자신의 아들 대신 나를 보위에 올리겠다고 맹세하였단 말이오."

"전하의 말씀대로 대아찬께서는 틀림없이 호의로 보내 주셨습니다. 하오나 이곳은 월성입니다. 알지 못하는 틈새로 누군가의 악의가 끼어들 수 있습니다."

그 누군가는 필시 박후명일 것이다. 그러나 재운은 박후명의 이름을 입에 담지 않았다. 이것이 악의라는 증거는 그의 눈에만 보이니 도리가 없었다.

게다가 박후명이 원하는 것이 무엇인지 아직 알 수가 없었다. 그의 시가만을 원했다면 그 사미니가 진작 훔치려 들었을 것이다. 한데 시간을 두고 동궁 전체에 신주神呪를 걸고 있지 않은가.

저들의 진언에 중독되면 마음이 그 소리에 매여 의지를 조종당하게 된다. 저들에게 시가를 빼내는 것 말고 다른 목적이 있는 것이다. 박후명은 태자와 태자비가 무엇을 어떻게 하기를 바라고 있는 것일까?

그게 무엇이든 그가 상관할 바는 아니었다. 그는 자신의 약속과 관련된 일이 아니면 사람들의 일에 개입하지 않는다. 다만 그의 시가는 약속과 관련된 것이니만큼 지켜야 했다.

"악의라……."

요가 앳된 표정에 어울리지 않는 씁쓸한 웃음을 내보이며 말했다.

"들어 보시오, 나마! 선덕여왕 때에도 진언이 유행하였소. 하니 새삼스러울 것도 없지 않소? 내가 알기로는 진언이 오히려 사특한 것을 걷어 가는 효력이 있다 들었소. 선덕여왕께서도 원인 모를 병환이 있으실 때마다 황룡사의 자장율사가 계셨음에도 문수사의 밀본 법사를 불러 병마를 쫓곤 하셨소."

선덕여왕의 병환 시 문수사의 밀본 법사가 약사경을 읽어 병을 고친 이야기는 유명했다. 법사의 육환철장이 침전으로 날아 들어가 흥륜사의 중과 늙은 여우를 단번에 꿰어 뜰로 내쳤다. 그러고 나자 선덕여왕의 병이 씻은 듯 나았다.

이후로 그 비법을 배우고자 하는 승려와 거사 들이 문수사로 모여들었고 진언비밀법이 유행하였다. 당시는 화엄경이나 법화경보다는 이처럼 진언을 숭상하는 밀교파 승려들인 자장이나 혜통, 명랑 등이 고승으로 불렸던 시기였다.

"게다가 그 사미니의 독경을 들은 이후부터 마음 붙일 곳을 찾지 못하던 태자비가 안정을 찾았소. 나마도 알지 않소, 월성이 사람만 많지 실상 외롭기 짝이 없는 곳이라는 것을. 그 사미니가 몇 살인 줄 아오? 열두 살이라 하오. 그 나이에 무슨 공력이 있어 진언에 사특함을 담을 수 있겠소?"

재운은 대답하지 않았다.

"그것 보시오. 이유가 이리 명확하지 못한 마당에 대아찬의 호의를 내보내면 대아찬의 면이 어찌 되겠소. 또 나도 대아찬께 면이 서지 않고 말이오. 무엇보다 태자비가 그 아이를 귀여워하오. 내가 평소 나마의 말을 허투루 듣지 않는다는 것을 잘 알 것이오. 한데 이번만큼은 내 입장이 난처하니 나마의 말을 들어주기 어렵겠소."

잠자코 듣고만 있던 재운은 더는 요를 설득하지 않고 소매 안에서 적색으로 물들인 종이를 꺼내 펼치며 필묵을 청했다.

178

"무엇을 하려고?"

"전하께서 그리 말씀하시니 혹시 모를 일에 대비하여 제가 방편을 하나 두고 가려 합니다."

재운은 그 자리에서 적색 종이에 깨알 같은 글자를 잔뜩 적어 요에게 올렸다. 재운이 올린 종이를 받아 든 요는 거기 적힌 글을 이리저리 살펴보더니 물었다.

"이것이 대체 뭐요? 첫 글자인 여如를 제외하고는 너무 흘려 써서 당최 알아볼 수가 없소."

"저 말고 다른 이는 알아보지 못하여야 하는 글이기 때문입니다. 제가 정한 의미로만 작용해야 하기 때문이지요. 태자 전하께 폐하께서 먼저 주신 저의 시가가 한 부 더 있는 줄 압니다. 이것을 그 시가 위에 얹어 두십시오."

"도무지 무슨 꿍꿍이인지 모르겠소? 주위에 나마의 글을 얻고지 하는 사람이 많소. 듣자니 의명 부인께서도 나마에게 시가 한 부를 청했다가 거절당했다고 들었소. 한데 어찌 내게는 청하지도 않은 글을 이리 쉽게 써 주는 것이오?"

"저의 도리를 하고 있는 것뿐입니다."

"그게 무슨 뜻이오?"

"그것은 폐하께서 나중에 모두 말씀해 주실 것입니다. 하옵고 한 가지 청이 더 있습니다. 오늘 태자 전하와 태자비 마마를 보호하기 위해 새로이 글을 써 올렸으니, 훗날 전하께서 보위에 오르시고 나면 오늘의 일을 생각하시어 폐하께서 먼저 주신 제 시가는 태워 없애 주십시오."

"하면 이것과 먼저 받은 시가를 바꾸는 것이오?"

"그렇습니다. 먼저 받은 제 시가로 태자 전하께서는 지금 제가 드리는 글에 대한 셈을 치르시는 것입니다."

"셈을 치른다?"

"제가 쓰는 글에 대한 소문을 들으셨을 줄 압니다."

"하면 참말로?"

"예, 그런 면이 없지 않아 있지요. 글이 효력을 발휘하려면 셈을 치러야 합니다. 하여 먼저 받으신 그 시가를 제가 지금 이 자리에서 글값으로 돌려받아야 하오나 이미 폐하께 올린 글이라 제 손으로 다시 가져갈 수는 없습니다. 하오니 훗날 전하께서는 잊지 마시고 오늘의 약속을 꼭 지켜 주십시오."

"알겠소. 오늘 나마에게서 받은 글이 나와 태자비를 보호해 준다니 꼭 그리하겠소. 하면 이제 그 어린 사미니의 진언이 사특한 주문이라 해도 걱정하지 않아도 되겠소. 아니 그렇소?"

재운은 고개를 끄덕였다.

"예. 그리고 오늘 제가 전하께 새로이 글을 올린 일은 반드시 비밀로 해 주십시오. 특히 그 사미니는 몰라야 할 것입니다. 하오면 이만 물러가지요."

중연은 기어이 붓을 놓고 책상에서 일어났다. 도무지 집중이 되지 않았다. 심지가 바위 같은 벗이니 그럴 리가 없다. 아니다. 사람이 궁지에 몰려 생각이 극에 치닫는다면 무슨 짓이든 벌이지 않겠는가. 한데 이 상황이 그 정도로 극단적인가? 아니면 단지 내가 걱정이 지나쳐 이리 극단적인 생각을 하고 있는 것인가? 생각을 하면 할수록 중연의 머릿속은 오락가락했다.

중연은 북천에 빠져 죽겠다고 했던 재운의 말이 영 마음에 걸렸다. 평소 허튼소리를 하지 않는 재운이었다. 게다가 하필 북천 방향으로 갔으니……

머리를 들쑤시던 중연은 결국 참지 못하고 집을 나섰다. 통금 시각이 얼마 남지 않았지만 그는 신경 쓰지 않고 서둘러 말을 몰아 북천으로 달려갔다.

농이라 생각하려 했지만 근심은 어느새 굴려 놓은 눈덩이처럼 불어나 도무지 제어가 되지 않았다. 급기야는 과자를 만들어 재운의 기일마다 북천을 찾아야 하는 게 아닌가 하는 쓸데없는 생각까지 하고 있었다.

'왜 이리 걱정이 되는지 모르겠구먼. 이럴 줄 알았으면 그냥 아까 재운을 따라가 볼 것을 그랬구나.'

중연은 후회했다. 그는 처음 무평문 앞에서 재운을 만났을 때 좋은 벗이 생겨 기뻤다. 해가 지면 목련방에 들러 재운과 술을 나누는 것이 하루의 즐거움이 되었다.

그러나 이제 중연은 재운의 처지를 이해하면서 매사가 걱정이었다. 매번 재운을 두고 나오는 말들에 절로 귀를 세우게 되니 근심이 끊이질 않았다. 하여 목련방으로 달려가지만 정작 당사자는 무관심하니 답답한 노릇이었다.

북천의 물가를 따라 한참이나 재운을 찾아다니던 중연은 문득 기척을 느꼈다. 흐릿하지만 사찰 승려들의 가사에나 배어 있음 직한 향내였다. 거기에 마른 피 냄새가 섞여 있었다. 옷에서는 향내가, 살에서는 피 냄새가 난다. 이상한 조화가 아닌가. 방생과 살생을 동시에 행하는 자라니?

마른 피는 냄새가 거의 없다. 때문에 보통 사람들은 코앞에 들이대도 그 냄새를 맡기가 어렵다. 더구나 살에 묻은 피라면 씻고 또 씻었을 것인데도 중연은 눈에 보이지 않는 그 흔적의 냄새를 본능적으로 맡을 수 있었다. 그러니 어쩌면 코가 맡는 냄새가 아닐 수도 있었다.

시위부에서는 그런 중연의 코를 가리켜 늑대의 코라고 했다. 늑대의 코는 흙이나 눈으로 덮어도 그 흔적의 냄새를 맡을 수 있다. 때문에 늑대 덫을 설치할 때는 신중해야 한다. 조금이라도 사람의 체액과 체취가 남아 있으면 늑대는 절대 다가오지 않는다.

발소리가 들리지 않는 것을 보니 잘 훈련된 사냥꾼이었다. 그들은 나무 위에서, 언덕에서 목표물을 주시하며 눈으로 좇되 소리를 내지 않았다. 숨을 죽이며 기다리다가 목표물이 원하는 지점에 들어오면 포획의 순간을 놓치지 않기 위해 한순간에 도약했다.

중연은 말에서 내렸다. 그가 '목련방으로 가거라!' 하고 속삭이며 말의 엉덩이를 후려치자 말은 곧장 목련방이 있는 남쪽으로 달려갔다. 영리한 말이니 잘 찾아갈 수 있을 것이다. 그 금줄인지 뭔지에만 걸리지 않는다면.

말발굽 소리가 사라지자 사방이 무섭도록 고요해졌다. 중연은 귀를 기울였다. 소리는 없었으나 움직임이 느껴졌다. 기척이 그의 왼쪽 뒤로 슬그머니 물러났다. 중연은 재빨리 시선을 돌렸다. 바람뿐이었다.

평소에도 중연은 자신을 쫓는 미행의 기척을 느끼곤 했다. 하지만 대수롭지 않게 여겼다. 그들의 미행이 예외 없이 중연의 눈에 들켰기 때문이다. 중연은 그들이 목련방 재운의 집에 이르고 싶은 어수룩한 미행자들임을 알고 있었다. 그래 봐야 어차피 목련방까지 따라오지 못할 것이기에 중연은 내버려 뒀다.

그러나 요즘 들어서는 이와 다른 미행이 있었다. 암만 살펴도 그의 눈에 뜨이지 않는 은밀한 기척. 왕경 내에는 사람 사는 냄새가 뒤섞여 있어 미처 깨닫지 못했으나 지금처럼 건조한 겨울 산에서 차가운 머리로 더듬어 생각해 보니 그 기척이 지금이 이 기척이 아닌가 의심스러웠다.

중연은 다시 귀를 기울이며 사방을 꼼꼼하게 살폈다. 그는 눈을 가늘게 뜨고 사냥꾼이 몸을 숨길 만한 나무와 나무, 혹은 바위와 낮은 언덕까지의 거리를 가늠해 보았다.

'활이 있다면 그자의 움직임을 중간에 잡을 수도 있을 것을.'

아쉬웠으나 중연은 일단 환두도를 뽑았다. 스무 보쯤 떨어진 나무 뒤에서 기척이 움직였다. 동시에 중연은 그쪽으로 내달렸다. 드디어 모습을 드러낸 커다란 그림자가 더 뒤쪽의 나무들 사이를 빠져나가며 어둠 속으로 재빠르게 몸을 숨겼다.

'들켰으니 달아나겠다?'

중연은 그림자가 숨어든 어둠 속으로 들어섰다. 그는 그 자리에 멈춰 서서 사냥꾼이 다시 움직이기를 기다렸다. 땅으로 꺼지지 않는 이상 그는 사냥꾼을 놓치지 않을 것이다. 사냥꾼의 기척이 다시 움직이는 순간 그는 환두도를 뻗었다.

칼날이 사냥꾼의 목을 겨눴다. 사냥꾼의 체구가 아주 컸다. 검은 두건을 머리 위에서부터 내려 쓴 탓에 형형하게 빛을 발하는 노르스름한 눈밖에 볼 수 없었다.

"누구냐?"

사냥꾼은 대답하지 않았다. 목소리를 들키고 싶지 않은 것인가? 그러나 보통 사람보다 연한 사냥꾼의 독특한 눈동자 색이 이미 스스로를 드러낸 것과 마찬가지였다. 그래도 얼굴을 확인해야 했다.

중연은 사냥꾼의 두건을 벗기려 했다. 그 순간 사냥꾼의 몸에서 튀어나온 단단한 나무 작대기의 끝이 그의 가슴에 일격을 가했다. 그는 숨이 턱 막혀 일순 환두도를 놓칠 뻔했으나 이내 바로잡았다. 그사이 사냥꾼은 그에게서 이미 다섯 보 이상 벗어났다. 그는 자신의 방심을 탓했다.

사냥꾼은 서쪽으로 달아났다. 중연은 사냥꾼의 뒤를 쫓지 않았다. 그는 사냥꾼에게서 풍기던 마른 피 냄새를 떠올렸다. 위험한 자라는 것을 직감할 수 있었다. 그는 저자가 이곳에서 무슨 짓을 벌였는지 알 수 없어 불안했다. 먼저 재운을 찾아야 했다.

'지금껏 재운을 보기 위해 나를 미행했던 자가 한둘이 아니었다. 하니 필시 표적은 내가 아닐 것이야.'

그때 멀리서 중연을 부르는 소리가 들렸다.

"대감!"

돌아보니 계유가 중연의 말고삐를 잡고 이쪽으로 걸어오고 있었다. 의아해진 중연이 물었다.

"네가 여기 웬일이냐?"

"제 주인께서 가 보라 하셨습니다. 오늘 밤에는 북천에 빠져 죽지 않을 것이니 걱정하지 마시라는 전갈입니다."

그렇게 말해 놓고 계유가 빙긋 웃었다. 그 말의 의미를 알아차린 중연은 바보가 된 기분이었다.

"왜 웃는 게야? 너마저 지금 나를 놀리는 것이냐?"

그러자 계유는 곧 웃음을 거두고 정중하게 말했다.

"그럴 리가요? 밤이 늦었습니다. 제가 댁까지 모셔다드리지요."

"됐다. 한데 내 말이 어찌 너의 손에 있는 것이냐?"

"오다가 만났습니다."

중연이 말에 올라타며 중얼거렸다.

"그러니까 멍청하게도 내가 나마의 농을 진짜로 믿고 한밤 중에 여길 배회하고 있었던 것이로구먼."

"제 주인은 농을 하지 않습니다."

한 손에는 말의 고삐를, 다른 손에는 등롱을 든 계유의 표정이 자못 진지했다.

"안다. 하여 내가 속은 게지. 하면 네 주인은 지금 집에 있느냐? 왕성을 나선 후, 볼일이 있다며 북천 쪽으로 갔는데 돌아왔느냐 말이다."

"볼일이라고 할 것까지야, 생각할 것이 있어 산보를 좀 하셨답니다."

계유는 재운이 중연을 따돌리기 위해 일부러 북천으로 향했다는 것과 그 이후에 동궁으로 갔다는 이야기는 하지 않았다. 그랬다면 중연이 또 줄줄이 질문을 해 댈 것인데 계유는 거기에 관해 일일이 설명하기가 곤란했다.

"뭐어? 산보?"

중연은 어리둥절한 표정으로 계유를 쳐다보았다. 계유는 어깨를 으쓱거리더니 말했다.

"영묘사북리로 모시겠습니다."

"목련방으로 갈 것이다. 지금 나마를 좀 만나야겠다."

"일찍 침수 드셨습니다."

"깨우면 될 게 아니냐?"

"안 됩니다. 제 주인께서는 내일 새벽에 왕경을 떠나셔야 합니다. 그러니 잠을 좀 주무실 수 있도록 내버려 두십시오."

"왕경을 떠나? 하면 참말 달아날 생각인가?"

물에 빠져 죽겠다는 말을 하는 것도 모자라 이제 왕경을 떠나겠다니, 이번엔 재운도 머릿속이 복잡한 모양이었다.

"저는 모릅니다. 행장을 꾸리라 하셔서 꾸렸어요. 저도 벌써 잠자리에 들었어야 했는데 이리 대감의 치다꺼리를 하고 있지요. 대체 대감은 왜 집에 붙어 있질 않고 허구한 날 경 내외를 배회하십니까?"

"시끄럽다. 하면 안가교로 갈 것이다. 나 혼자 갈 터이니 너는 그만 돌아가거라."

"근신 중인 것으로 압니다만, 오기일 밤에 숙위를 놓고 밤새 놀러 다니셨다면서요? 오늘 새벽에 대감을 뵈었을 때 딱 그런 줄 알았습니다. 그래서 숙제를 많이 받으셨다지요."

"뭐어?"

"하여 대감이 딴 데로 새지 못하도록 댁까지 모셔다드리라는 제 주인의 분부가 있었습니다."

중연은 거친 콧바람을 내쉬며 거부했다.

"내가 필요 없다지 않느냐?"

"그야 대감의 사정이지요. 저는 대감의 명이 아니라 제 주인의 명만 듣습니다."

계유가 죽어도 고삐를 놓지 않을 기세라 도무지 말릴 도리가 없어진 중연은 할 수 없이 제 고집을 놓았다.

"알았다. 네가 이겼다. 내 집으로 가자."

계유는 중연의 집 앞에 이르자 그제야 고삐를 놓고 인사했다.

"그만 가 보겠습니다. 나중에 또 뵙지요."

그래, 또 뵙겠단 말이지. 그 말을 들으니 어쩐지 안심이 되었다.

"나마는 어디로 간다고 하더냐?"

"잘 모르겠습니다."

"하면 언제 돌아올 작정이냐?"

"그것도 저는 모르지요. 저야 제 주인께서 가자는 대로 갈 뿐입니다."

계유의 맑은 눈동자가 어둠 속에서 천진하게 반짝였다. 정말 아무것도 모르는 눈치였다. 계유가 길게 하품을 하며 기지개를 크게 켜더니 말했다.

"너무 걱정하지 마세요. 댁에서 조신하게 기다리고 계시면 곧 다시 제 주인을 뵈올 수 있을 것입니다. 그럼, 안녕히 주무십시오."

계유는 돌아서서 등롱을 흔들며 슬렁슬렁 걸어갔다. 중연은 멀어지는 계유의 등짝에 대고 중얼거렸다.

"조신하게라니? 근신 중이라고 지금 네가 나를 놀렸겠다. 괘씸한 놈!"

이튿날 새벽, 중연은 재운이 떠나기 전에 잠깐 얼굴이라도 볼 요량으로 서둘러 목련방을 찾았지만 집은 이미 텅 비어 있었다.

'암만 사람들이 찾지 못하는 집이라 해도 어찌 이리 대문을 활짝 열어 놓고 집을 비웠누?'

그는 안에서 빗장을 걸어 문단속을 하고 담장을 넘는 수고를 마다하지 않았다. 허탈한 마음으로 집에 돌아온 그는 재운의 얼굴을 다시 보지 못한 채 보낸 것이 가슴에 박힌 가시처럼 자꾸 뜨끔뜨끔 걸렸다.

아침나절 내내 중연은 마음이 분란하여 아무것도 손에 잡히지 않았다. 계유가 말하기를 곧 다시 볼 수 있을 거라 했지만, 행선지도 모르고 언제 돌아올지도 모르고 게다가 이리 대책 없이 왕경을 떠나 버리면 그 뒷감당은 어쩔 것인지 걱정이 되어 도무지 가만있을 수가 없었다. 정오의 해가 기울 무렵 결국 그는 붓을 놓고 집을 나섰다.

재운이 그저 번잡한 왕경을 떠나 잠시 머리라도 식히고자 하는 것이면 괜찮다. 그러나 이대로 떠나 다시는 왕경으로 돌아오지 않는다면 어렵게 얻은 벗을 잃게 될 것이다. 그보다 더 나쁜 것은 재운이 쫓기는 신세가 되어 위협을 받게 된다는 것이었다. 하니 여기, 왕경에 있어야 그가 지켜 줄 것이 아닌가.

재운은 명리도 부귀공명도 원하지 않는다고 말하였다. 오직 선왕들과의 약속 때문에 그 여자의 곁에 머무는 것이라 했다. 재운이 선왕들과의 약속에 신의를 다하는 것은 필시 어린 시절부터 그를 가르친 보군공의 강요가 있었으리라. 아니면 재운역시 진작 최치원처럼 가망 없는 왕경을 떠나 어느 깊은 산속으로 들어가 초연한 삶을 누렸겠지.

그러니 재운이 원해서 왕경에 있는 것이 아닌 것이다. 재운의 무심한 눈동자를 보고 있노라면 적어도 그가 있고 싶은 곳이 왕경이 아니라는 것은 알 수 있었다. 중연은 가끔 서재의 창을 통해 남산을 바라보는 재운의 눈동자 속에서 검고 우아한 나비가 제자리에서 끝도 없이 날갯짓하는 것을 보곤 했다.

'이젠 정말 재운도 지친 것이 아닐까? 하면 나는 어찌해야 하는가? 적어도 나한텐 어디로 가는지 말을 해 줬어야지. 어디에 숨어도 박후명이 찾아낼 것인데, 대궁의 그 여자도 손 놓고 있지는 않을 터이고.'

기다리면 다시 볼 수 있다고 했던 계유의 말은 아무래도 그를 안심시키려고 일부러 남긴 말 같았다.

'가만, 그리고 또 무슨 말을 남겼더라? 그래, 어젯밤에는 북천에 빠져 죽지 않을 것이니 걱정하지 말라고 했지. 이런!'

중연의 심장이 툭 내려앉았다.

'하면 다른 날 밤에 북천이 아닌 다른 물에는 빠져 죽을 수도 있다는 소리가 되지 않는가. 이거 큰일이로다. 북천이 아니면 대체 어느 물에 빠져 죽으러 간 게야? 참으로 답답하구나!'

중연은 이리저리 머리를 굴려 보았다. 왕경을 떠난다 했으니 어디로 가든 활리에서 출발했을 것이다. 왕경에서 사방오통의 요지는 모두 활리에 있는 경도 역驛에서 시작된다. 중연은 서둘러 왕경을 빠져나가 활리로 향했다. 아니나 다를까 경도 역에 도착해 관원들에게 물어보니 전사서사 김재운이 개운포*로 갔다는 말을 전해 주었다.

'하면 북천 대신 바다를 택한 것인가? 설마 계유가 제 주인의 마음을 알고 따라간 것은 아니겠지?'

---

* 지금의 울주.

190

중연은 계유의 천진한 눈동자를 떠올렸다. 계유는 재운이 하자면 그게 뭐든 묻지 않고 무조건 따르는 놈이다. 그러니 모르고 따라갔을 것이다. 그러므로 재운이 죽겠다 하면 역시 말리지 못하고 따를 것이다. 중연은 시간을 헤아려 보았다. 거의 세 시진가량 차이가 나기는 하나 마차를 탔다 하니 서두르면 따라잡을 수 있을 것이다.

그런데 해가 넘어갈 때까지 말을 달렸음에도 중연은 재운을 만날 수가 없었다. 개운포가 가까워지자 육지까지 드리워진 바다 안개가 희뿌옇게 사방을 뒤덮었다. 이미 밤이 깊어진 시각이었다. 재운의 마차를 따라잡고도 남았어야 했다.

중연은 말을 멈추고 생각했다. 혹 재운의 마음이 바뀌어 개운포가 아닌 다른 곳으로 간 것은 아닐까. 과장하여 하루에 천리를 달린다는 그의 말이었지만 이대로 계속 몰아대다간 말도 달리다 지쳐 죽을 것이다. 그도 궁둥이가 아팠다. 그리고 무엇보다도 졸음이 쏟아져 견딜 수가 없었다.

오기일 밤엔 그 여인을 쫓느라 한숨도 못 잤다. 지난밤에는 숙제를 하느라 밤을 꼴딱 새웠다. 손목이 시큰거릴 정도로 속력을 내었지만 간신히 삼분지 일을 채웠다. 그러곤 재운을 따라나서느라 나머지 숙제를 팽개치고 집을 나섰다. 이제 어쩐다? 남은 숙제를 생각하니 그는 잠깐 암담해졌다. 하지만 어쩌랴, 이미 왕경을 나섰는데.

사실 중연에게 하루 이틀 밤을 새우는 것은 일도 아니었다. 그런데 오늘따라 묘하게 졸음을 쫓을 수가 없었다. 그는 말을 근처 나무에 묶어 두고 자신도 그 나무에 등을 기대앉았다. 말을 쉬게 하는 참에 그도 잠깐 눈을 붙이기로 했다. 한데서 잠을 청하는 것에는 이미 익숙해져 있었다.

잠결에 중연은 말발굽 소리와 함께 덜그럭거리며 수레바퀴 굴러가는 소리를 들었다. 평소 같았으면 본능적으로 눈을 뜨고 벌떡 일어났겠지만 이상하게도 정신이 혼미하여 몸을 일으킬 수가 없었다. 그때 수레바퀴 소리가 멈추더니 귀에 익은 목소리가 들렸다.

"기왕 여기까지 쫓아왔으니 이제 어쩌겠습니까?"

'나마? 자넨가?'

재운의 목소리를 들은 중연은 그제야 비몽사몽의 상태를 떨치고 자리에서 일어날 수 있었다. 그는 재운의 목소리가 들렸던 방향으로 걸어 나갔다. 안개가 너무 짙어 한 치 앞도 보이지 않았다.

"이보게, 어디 있는 겐가?"

중연은 소리쳐 불러 보았지만 대답이 없었다. 재운이 이제 도착한 것을 보니 아무래도 내가 재운의 마차를 알아보지 못하고 그냥 지나쳐 앞서간 모양이로구나. 한데 재운은 내가 따라온 줄 어찌 알았을까?

안개를 헤치고 바라보니 저만치 앞에 마차 한 대가 멈춰 있었다. 마차 곁에는 재운으로 보이는 사내가 포구가 있는 쪽을 바라보고 서 있었다. 바닷바람이 거세어 재운의 옷자락이 사정없이 휘날렸다. 계유는 어디 있는지 보이지 않았다. 반가운 마음에 중연이 그쪽으로 달려가려고 하자 재운이 돌아보지 않은 채 말했다.

"더 이상 가까이 다가오지 마십시오."

"이보게. 나마? 어찌 그러는가? 나는 그저……."

중연의 말이 끝나기도 전에 재운이 계속 말했다.

"이리 끈질기게 저를 따라다니며 받으라 하니 제가 몹시 곤란합니다."

"이보게, 대체 무슨 소린가? 내가 끈질기게 따라다니며 자네에게 뭘 받으라고 했는데?"

그 순간 재운이 중연을 휙 돌아보았다. 재운과 눈이 마주치는 순간 중연의 가슴으로 한 무더기의 강렬한 감정이 쏟아져들어왔다. 뭐가 뭔지 알 수 없는 와중에 벗의 얼굴을 보자 중연은 반가움이 북받쳐 말문이 막힐 지경이었다. 그러나 재운은 오히려 중연을 나무라듯 말했다.

"대감께서 여긴 또 무슨 일이십니까? 댁에서 기다리고 계시라 계유에게 일러뒀는데."

"이번에도 자넬 보고 기뻐하는 건 나 혼자로구먼."

중연은 민망한 얼굴로 중얼거렸다.

"그것이 아니오라……."

"됐네. 그보다 좀 전에 내게 왜 가까이 오지 말라고 하였는가? 게다가 난 자네에게 뭘 받으라고 한 적이 없는데 어찌?"

"천천히 대답해 드릴 테니 일단 몸부터 좀 녹이십시오."

그렇잖아도 중연은 정월의 뒤바람을 종일 맞으며 달렸기에 몸이 꽁꽁 얼어 있었다.

"계유야!"

재운이 부르자 마차 뒤쪽에서 계유가 몸을 쑥 내밀었다. 계
유는 중연을 발견하고 그럴 줄 알았다는 표정으로 말했다.

"역시 대감이십니다."

"역시라니?"

"제가 어젯밤 대감을 모셔다드리고 돌아서는데 대감께서 절
흠모하시는 것 같더라고요. 그렇게 침을 끈적거리게 탁 뱉어 놓
았으니 이렇게 묻어 올 수밖에요."

"그게 도대체 무슨 소리냐?"

"아닙니다."

계유가 입을 다물었다. 재운이 말했다.

"너는 가서 대감의 말을 끌고 오너라. 대감께서는 어서 안으
로 들어가십시오."

재운이 이끄는 대로 중연은 마차 안으로 들어갔다. 안은 화
로를 피워 둬서 따뜻했다. 중연이 뻣뻣하게 굳은 양손으로 뺨
을 비비며 재운에게 말했다.

"미안하이. 내가 자넬 번거롭게 만든 모양이네. 하나 자네가
걱정이 돼서 쫓아오지 않을 수가 없었네. 대체 어쩔 요량으로
이러는가?"

중연의 물음에 재운은 대꾸가 없었다. 그는 마치 그 자리에
중연이 없는 듯 허공을 주시한 채 생각에 골몰해 있었다.

"이보게?"

"조금만 기다려 주십시오."

재운은 그렇게 말해 놓고서 이번에는 아예 등을 뒤로 기댄 채 눈을 감아 버렸다. 그의 태도가 무례하나 중연은 나무랄 엄두가 나지 않았다. 마차가 움직이기 시작하자 중연은 또 졸음이 쏟아졌다. 대체 뭘 기다리라는 것인지? 중연은 점점 무거워지는 눈꺼풀을 억지로 치뜨며 물었다.

"하면 한 가지만 먼저 답해 주게. 왕경을 떠난 이유가 혹 죽을 자리를 찾기 위함이었는가?"

"아닙니다, 아직은요."

재운이 눈을 감은 채 대답했다.

"아직은 또 뭔가? 하면 여긴 왜 내려온 겐가?"

"조금만 기다려 주시면 모두 설명해 드리겠습니다. 하오니 잠시만 입을 다물고 계십시오."

"거참…… 알겠네, 당장은 죽지 않겠다니 일단 안심이네."

마차 안은 아늑했고 축축하던 옷도 어느새 말라 가고 있었다. 재운은 여전히 눈을 감은 채 말이 없었다. 무슨 생각을 그리 골똘히 하는지 궁금했지만 방해가 될 것 같아 중연은 시키는 대로 입을 다물고 있었다.

그러고 한참을 가자니 더는 쏟아지는 잠을 참아 낼 수가 없었다. 아무리 깨어 있으려 해도 저도 모르는 사이에 눈이 감겼다. 중연이 불편하게 졸고 있는데 갑자기 마차가 멈췄다. 마차 밖에서 계유의 목소리가 들려왔다.

"주인님, 말이 더 이상 가려 하지 않아요."

재운은 그제야 눈을 뜨고 중얼거렸다.

"더 도망갈 곳이 없단 소리로군. 아무래도 나여야만 하는가?"

"이보게, 그건 또 무슨 소린가?"

그때 중연의 귀에 드센 물소리가 들려왔다. 중연은 화들짝 놀라 마차 밖으로 머리를 내밀었다. 마차는 물살이 다급한 계곡을 내려다보고 있었다.

"대체 여기가 어딘가? 자네, 분명 죽을 자리를 찾아온 것이 아니라 하지 않았는가?"

"죽으려는 것이 아닙니다."

"하면 대체 왜 여기서 멈췄는가?"

"말이 더 가지 않으려 한다지 않습니까?"

"내가 나가서 말을 몰겠네."

"소용없습니다."

"자네가 포기한 것이 아니고? 자넨 분명 내게 달아나겠다고 말했네. 왕경을 등지고 달아나다 더는 갈 곳이 없어지면 그때는 죽을 작정이 아니었던가? 이보게, 그러지 말고 귀찮더라도 예부령과 잘 타협해 보게. 별 주변머리는 없으나 나도 나서 보겠네."

"달아나는 것은 맞습니다만 예부령을 피해 달아나는 것은 아닙니다."

"하면?"

"자꾸 제게 받으라며 따라오니 어쩝니까?"

"자꾸 자넬 따라다녀서 미안하구먼. 하나 받아야 할 것이면

196

받아야지."

"받아야 합니까?"

"받을 만하니 받으라 하는 것이 아니겠는가? 한데 나는 자네에게 뭘 주려고 한 적이 없는데 어찌 자꾸 그런 소릴 하는 겐가?"

"대감이 아닙니다."

"하면 누가?"

재운은 대답 대신 중연을 물끄러미 쳐다보았다.

"왜 그러는가? 내게 말하기 곤란한 사람인가?"

"아닙니다. 대감께서 받으라니 그럼 받겠습니다."

순간 마차가 덜컹하더니 다시 움직이기 시작했다. 중연은 뭔가 큰 실수를 한 듯싶었다.

"잠깐만, 나는 주는 사람이 나라고 생각하였기에 그리 말한 것이네. 내가 자네에게 주는 것이라면 뭐든 받아도 좋은 것일 터이니 말일세. 하나 내가 주는 것이 아니고 자네도 그리 받고 싶지 않다면 받지 말게."

"방금 받겠다고 제 입으로 말을 하였으니 이제 물릴 수 없습니다."

"그 말은 나와 나눈 말이 아닌가?"

"제 입에서 그 말이 나오는 순간 그것도 들었습니다. 해서 그것이 잡았던 마차를 놓은 것입니다."

"그것이라니?"

"그것에 대해서는 그것을 받은 후에 다시 말씀드리겠습니다."

"도무지 무슨 소린지 모르겠구면."

재운은 더 설명하지 않고 다시 입을 다물었다.

"알겠네. 자네 좋을 대로 하게. 자네가 어련히 잘 알아서 판단했겠나. 한데 우린 지금 어디로 가는 겐가?"

"영축산 망해사*로 갑니다."

"거긴 왜?"

"제가 그곳에서 열리는 소사小祀**의 무척舞尺***입니다."

"자네가 소사에서 춤을 춘다고?"

"헌강왕 시절부터 제가 하던 일이었습니다."

헌강왕은 왕경 밖에서 일어나는 지속적인 반란을 진정시키기 위해 순행을 자주 나갔다. 또한 왕 자신이 직접 행차하여 제사를 주관하기도 했다. 제사에서 추는 춤은 신라의 호국 신에 대한 춤이 주류였는데 이는 그만큼 신라의 상황이 절실하다는 뜻이었다.

---

* 영축산 망해사는 지금의 울산시 울주군 청량면 율리에 있다. 망해사란 이름과 달리 바다가 보이지 않는 내륙 사찰이다. 헌강왕 오 년 민정 순행 중, 울산 세죽에 나들이 왔다가 물가에서 쉬고 있는데 안개가 끼어 길을 잃었다. 동해 용왕의 짓이라 하자 이를 위로하기 위해 영축산에 망해사라는 절을 지었다. 이에 동해 용왕이 감동하여 일곱 번째 아들인 처용을 내준다. 헌강왕은 처용의 환심을 사고 왕경에 잡아 두기 위해 우해미인을 아내로 주고 9등 관등인 급간을 수여했다.

** 신라는 삼산三山과 오악五嶽 이하 명산대천에 지내는 제사를 대사大祀, 중사中祀, 소사小祀로 나눴다. 대사는 삼산에 지내는데 나력奈歷 습비부習比部, 골화骨火 절야화군切也火郡, 혈례六禮 대성군大城郡이다. 《삼국유사》에 나력, 혈례, 골화의 세 호국 신들이 여인의 몸으로 변한 사례가 기록되어 있다. 중사는 오악(동의 토함산, 남의 지리산, 서의 계룡산, 북의 태백산, 중앙의 팔공산), 사진四鎭, 사해四海, 사독四瀆에 지내고, 소사는 그 이하 산천수목에 행한다.

*** 춤을 추는 자.

198

"어릴 때부터 말인가?"

"예."

"하면 자네가 왕경을 떠난 것을 예부령도 알고 있겠구먼."

"글쎄요."

"이보게, 예부의 허락을 받지 않은 것인가?"

"귀찮아서요."

중연이 당황해서 물었다.

"자네, 어쩌자고?"

"삼기산의 소사나 북형산과 토함산의 중사가 있을 때도 헌강왕께서는 늘 저를 데려가셨습니다. 이 일은 예부가 아니라 왕실의 일입니다. 폐하께는 이미 허락을 받았습니다."

중연은 맥이 풀렸다.

"그 여자가 허락했다니 나중에 문제가 생겨도 헤어날 구멍은 있겠구먼. 그러면 그렇다고 진작 말을 할 것이지, 괜히 나 혼자서……."

"대감 혼자서 뭘 어찌하였습니까?"

"그러니까 내가 지금 동해 용왕에게 올리는 제사 따위나 보려고 숙제의 삼분지 이를 팽개치고 나왔단 말일세."

"하니 조신하게 댁에 계시라 하지 않았습니까?"

재운이 놀리듯 말하였다.

"시끄럽네. 그 조신하게라는 말, 몹시 듣기 싫으니 다시는 하지 말게. 나는 한숨 잘 터이니 사찰이고 객사고 간에 목적지에 도착하면 깨워 주게나."

중연은 머리를 뒤로 기대고 눈을 감았다. 이제 졸지 말고 자야겠다.

문수사로 돌아온 적두는 요사채에 있는 자신의 방문을 열었다. 어두컴컴한 방 안으로 달빛이 스며들자 구석에 웅크리고 있던 파르라니 깎은 어린 머리가 고개를 들었다. 열두 살 여자아이는 크고 초롱초롱한 눈을 반짝이며 적두를 바라보았다.

"네가 왜 여기 있느냐?"

적두가 나무라듯 물었다. 아이는 그제야 정신이 든 듯 얼른 합장하며 인사를 올렸다. 그러곤 작은 목소리로 대답했다.

"무서워서요."

적두가 두 눈썹을 모으자 미간이 일그러졌다.

"전사서사께서 동궁을 찾았어요."

적두는 방 안으로 들어와 등잔에 불을 밝히고 좌정하였다. 아이가 그 앞에 무릎을 꿇고 앉았다.

"언제?"

"어제 오후 나절에요."

적두가 북천에서 재운을 놓친 시각이었다. 그길로 동궁으로 갔단 말이로군. 역시 거기 보관되어 있는 자신의 시가 때문이겠지.

"무슨 일이라더냐?"

"모르겠어요. 가끔 전사서사께서 동궁 전하를 뵈러 들르곤 한대요."

재운이 동궁에 들렀다면 필시 승군이 해 놓은 것을 보았을 것이다. 하면 뭔가 조처를 했을 것인데?

"너의 존재를 그에게 들켰느냐?"

"동궁 전하께서 제 이야기를 하셨어요. 그러자 전사서사께서 저를 한번 보겠다고 청하셨지요. 동궁 전하께서 저를 불러 오라 하셨지만 전 숨었어요. 그자의 얼굴을 정면으로 보는 것이 무서웠어요. 이제 어쩌지요?"

"그가 아직 너를 보지 못했으니 괜찮을 것이다."

보았다면 이 아이가 누군지 한눈에 알아보았을 테지. 그렇다고 해도 동궁에서 쉽게 내보낼 수는 없을 것이다. 박후명의 손을 거치긴 했으나 요 태자의 장인인 대아찬 박예겸의 주선으로 들이긴 아이였다. 그러니 재운이 이 아이에 대해 뭐라 말해도 요 태자가 딱히 의혹을 품기는 어려울 것이다.

요 태자는 아직 어렸고 궁에 들어온 지도 얼마 되지 않아 의명 부인처럼 재운의 재주에 대해 깊이 이해하고 있지 않았다. 물론 요 태자가 재운의 말을 잘 듣는 편이긴 했다. 그러나 그보다는 대아찬의 말을 더 잘 들었다. 요 태자는 대아찬을 전적으로 의지하고 있으니 재운의 충고를 기우로 여길 것이다. 그러니 당분간은 승군이 동궁에 머무는 데 큰 지장은 없을 것이다.

"너는 그자를 보았느냐?"

"멀리서 훔쳐보았지요. 아주 잘생겼어요. 숨이 막힐 정도로

요. 그런데 저는 겁이 났어요. 여기가, 여기가 펄떡였는데 너무 아팠어요."

승군은 자신의 정수리에 있는 작고 붉은 점을 만지며 말했다.

"나도 처음엔 그랬다. 그러나 그 두려움과 아픔은 곧 가신다. 보고 또 보면 익숙해지지. 그땐 지금 네가 느끼는 고통이 무엇과도 비교할 수 없는 환희의 감각으로 바뀔 것이다."

"그자가 저杵인가요? 저는 아직 잘 모르겠어요."

"크고 오래 묵은 저杵일수록 사람을 혼동시킨단다. 그자의 모습이 물에 비치더구나. 하지만 나는 아직 그자가 저杵라고 생각한다. 우리는 저杵의 정체를 확인하는 데 수단이 필요하다. 하나 저杵는 나와 너를 보면 한눈에 저 사냥꾼임을 알아볼 것이다. 그들에겐 우리가 한계를 그을 수 없는 저변의 감각이 있기 때문이다."

"전 이제 스승님 문하에 들었는데 어찌 벌써 저 사냥꾼이라 하겠어요?"

"이미 너의 머리에 사냥꾼의 낙인이 하나 생기지 않았느냐. 그것이 저杵의 존재를 그리 크게 느끼고 있으니 너는 분명 저 사냥꾼이다. 지금은 네가 아직 어려 그자 앞에 서기에는 약하나, 네가 자라 어른이 되면 강한 저 사냥꾼이 될 것이니 걱정할 것 없다. 그때까지 내가 너에게 저杵의 모든 것을 가르칠 것이다."

적두는 스승을 너무 일찍 잃었기에, 또 그가 너무 늦게 입문하였기에 혼자 어렵게 익혀 내야 했던 것들을 승군에게는 제대로 전수할 작정이었다.

저 사냥꾼은 제자를 여럿 들이지 않았다. 저狩 사냥은 종파를 전도하는 것처럼 속세에 널리 퍼져서는 안 되었다. 때문에 문수사 내에서 전해지기는 했으나 사찰 내의 누구도 알지 못하는 가장 은밀한 방식으로 비밀리에 전수되었다. 스승은 사찰 내에서 제자를 고르고 골랐다. 사찰 내에서 제자를 고르는 것은 속가와 인연을 끊어 가족에게 매이지 않는 사람이어야 하기 때문이었다. 제자는 언제나 하나뿐이었다. 스승은 그 하나뿐인 제자에게 저狩에 대해 자신이 아는 모든 것을 가르쳤다.

적두를 받아들이기 전 그의 스승에게도 일생을 오직 저狩의 세계와 함께하겠다고 맹세했던 단 한 명의 제자가 있었다.

스승은 신중한 사람이었기에 제자를 고르는 데 많은 시간이 걸렸다. 그는 거의 예순 살이 넘어서야 마음에 드는 제자를 찾아냈다. 그러나 그렇게 공들인 제자는 이십 년을 배우고 스승을 떠났다.

십수 년 후, 스승은 적두를 제자로 다시 얻었으나 이미 나이가 너무 많았고 치명적인 배신감으로 자주 정신이 온전치 않았나. 스승은 적두에게 그리 많은 것을 전수하지 못하고 이 년 만에 죽었다.

적두는 스승과 스승의 스승들이 남긴 기록들을 통해 거의 독학하다시피 공부하여 저 사냥꾼이 되었다. 그러나 아직도 알아야 할 것이 많았고 모르는 것은 그보다 더 많았다. 스승들의 기록들 중에는 설명이 필요한 부분들이 많았으며 한 줄의 기록이 때론 백 가지 질문을 품게 만들었다. 적두는 오래전에 스승의 곁을 떠났던 진짜 저 사냥꾼, 스승으로부터 저杵에 대해 직접 배워 아는 그 사냥꾼을 찾고 싶었다. 그러나 이 은밀한 전승 방식에서 달아나 속세로 돌아가 버린 그가 누군지 알아낼 방법이 없었다. 적두는 그의 이름도 얼굴 생김도 나이도 알지 못했다.

적두는 아버지를 일찍 여의고 홀어머니와 둘이 살았다. 그래서 그는 어머니가 불공을 드리러 다니던 작은 암자의 노스님을 아버지처럼 여기고 의지했다. 적두는 가난했고 노스님은 그가 승려가 되기를 바랐다. 적두는 승려가 될 생각이 없었다. 그의 소망은 그저 병든 어머니가 하루빨리 자리를 털고 일어나는 것과 굶주리지 않는 일상을 사는 것뿐이었다.

적두가 열일곱 살 되던 해 어느 여름 날, 비가 억수같이 쏟아졌다. 그는 암자에 홀로 계신 노스님을 걱정하여 산에 올랐다. 암자로 올라가는 길에는 반드시 건너야 하는 큰 개울이 있었다. 물이 불면 개울에 놓인 징검다리가 잠기게 되므로 노스님은 당분간 산에 고립된다.

적두가 노스님을 모시고 다시 산을 내려오는 사이 물은 크게 불어났다. 징검다리는 이미 수면 아래 잠겨 보이지 않았다.

물살이 거셌으나 되돌아갈 수는 없었다. 적두가 발을 디뎌 보니 물이 무릎까지 차올랐다. 물이 더 불기 전에 건너가는 편이 낫다 여긴 적두는 무리한 결정을 내렸다.

개울 중간쯤에서 노스님이 휘청거리다가 넘어졌고 순식간에 드센 물살에 휩쓸려 갔다. 적두는 눈물과 콧물과 빗물로 범벅이 된 채 간신히 건너편에 이르렀다.

폭우가 물러간 후, 적두는 노스님을 잃었던 그 자리까지 매일 돌을 날랐다. 새로운 돌다리가 놓였다. 그가 축조한 다리가 입소문을 탔다. 다른 곳에서 그에게 돌다리를 놓아 달라는 청이 들어왔다. 몇 년 안에 그는 근동에서 가장 튼튼한 돌다리를 쌓는 기술자가 되었다. 사람들은 말했다. 너의 돌다리 놓는 솜씨가 저僧보다 낫구나!

월명리 밖에 사는 군족 세력인 김홍천이 그에게 동천의 지류인 여개천에 그와 같은 돌다리를 놓아 달라 요청했다. 집을 한 채 장만할 수 있을 만큼 많은 보수를 약속했고, 그는 그 보수를 받아 아픈 어머니의 약값을 치를 작정이었다.

그는 매일 밤낮으로 돌을 날랐다. 가장 좋은 돌을 골라 한 치의 빈틈도 없는 단단한 구조물을 쌓아 나갔다. 보수를 받으면 품삯을 주기로 약조하고 다른 인부들도 몇 고용했다.

일을 시작하고 닷새째 되던 날, 적두는 주변을 어슬렁거리는 낯선 이를 보았다. 그는 형형색색으로 이어 붙인 고운 종이 옷을 한 벌 들고 밤마다 술과 고기를 물가 풀숲에 뿌렸다. 그러고 다닌 지 사흘째 되던 날 밤, 비가 부슬부슬 내리기 시작했다. 인부들은 모두 돌아갔고 적두 혼자 남아 그날 작업에 혹시라도 하자가 있는지 점검을 하던 중이었다.

적두는 웬 수상쩍은 사내가 물가에 서 있는 것을 발견했다. 가까이 가 보니 차림새가 묘했다. 바지와 저고리도 입지 않은 채 반비半臂*만 걸쳤는데 그 반비가 눈에 익었다. 며칠 전 술과 고기를 뿌리던 이가 들고 있던 바로 그 종이옷이었다.

비가 계속 내리고 있었는데도 사내가 입은 종이옷은 젖지 않았다. 더욱이 희한한 것은 종이 반비의 목깃 위로 솟은 얼굴은 희고 잘생겼으나 반비 자락 밖으로 드러난 팔다리는 깡말라 거의 뼈다귀만 남았고 피부는 숯처럼 까맸다. 거기에 나무옹이 같은 자국이 군데군데 누르스름하게 박혀 있었다.

"누구요? 거기서 뭘 하는 거요?"

적두가 묻자 사내는 대답 대신 그 자리에 큰 돌 하나를 놓았다. 적두는 그가 무슨 짓을 하려는지 깨달았다. 그의 일을 가로채려는 것이었다. 적두는 사내에게 으름장을 났다.

"쓸데없는 짓이야. 이곳에 다리를 놓기로 한 것은 나고 어차피 내 다리가 먼저 완성될 거니까 넌 다른 곳을 알아봐. 이봐, 내 말 안 들려? 꺼지라고!"

사내는 잠깐 고개를 들고 빙그레 웃어 보였을 뿐 대꾸 없이 계속 돌을 날라다 쌓았다. 웃는 사내의 얼굴이 그가 입고 있는 종이옷처럼 고왔다. 선하게 생긴 사내가 정신 놓은 사람 모양

---

* 상의 겉옷으로 소매가 짧거나 없는 옷.

그저 히죽히죽 웃기만 할 뿐 말을 하지 않자 적두는 미친놈이 그의 다리 놓는 것을 흉내 내는가 보다 여기고 더는 신경 쓰지 않았다.

집으로 돌아가는 길 내내 적두는 기분이 이상했다. 그 곱던 사내의 얼굴은 돌아서자마자 기억이 나질 않는 데다 종이로 만든 옷이 젖지 않은 것도, 얼굴과 팔다리의 피부색이 다른 것도 마음에 걸렸다.

밤새 잠을 설친 적두는 새벽녘 여개천으로 달려 나갔다. 비는 그쳐 있었다. 절반쯤 나아가다 뚝 잘린 그의 다리 곁에 이미 건너편에 이른 또 다른 다리가 놓여 있었다. 그가 받아야 할 보수가 날아갔다.

적두는 따졌다.

"다리를 놓아 달라고 소인에게 일을 주시지 않았습니까? 하오니 이는 옳지 않은 거래입니다."

그러나 김홍천은 말했다.

"다리가 두 개씩 있을 필요는 없으니 어쩌겠나. 완성된 다리에 보수를 주어야지."

다리를 하나만 원한다니 그럼 부숴 버리겠어. 적두는 지난밤 종이옷을 입은 사내가 만든 다리를 없애 버리려고 했지만 어찌나 정교하고 단단하게 이를 맞물려 쌓았는지 단 한 개의 돌도 들어낼 수가 없었다. 그런 다리를 하룻밤 만에 놓을 수 있는 것은 오직 저杵뿐이었다. 사람들이 적두에게 말하지 않았던가. 그의 다리 놓는 솜씨가 저杵보다 낫다고. 하지만 저杵가 이겼다.

그럼 닷새 치 노임이라도 주십사 적두는 졸랐다. 그러나 김홍천은 오히려 적두를 탓하였다.

"쌓다 만 네 다리가 흉하니 그거나 치워라."

적두는 물었다.

"하오면 소인의 보수는요?"

김홍천은 호통을 쳤다.

"보수가 어디 있느냐? 네가 싼 똥이니 네가 치우는 것이 당연지사이거늘."

적두는 물러서지 않았다.

"새로 끼어든 다리가 무효입니다. 하오니 소인의 다리는 치울 수 없습니다. 소인은 소인의 다리를 끝까지 쌓을 것이니 나리께서도 소인과의 약조를 지켜 주시지요."

김홍천은 적두를 끌어내려 했고 적두는 난동을 부렸다. 김홍천은 그를 관아에 넘겼고 그는 보름이 넘도록 옥에 갇히는 신세가 되었다.

그제야 적두는 꼬리를 내리고 빌었다.

"소인에게 병든 노모가 있습니다."

그의 애원은 받아들여지지 않았다. 적두가 간신히 풀려나와 집으로 돌아갔을 때 노모는 시신으로 누워 아들을 맞았다.

삼백 보 안에 이웃이 있었다. 오백 보 안에도 이웃이 있었다. 하지만 그들도 먹고살기 바쁜 터라 제대로 들여다볼 겨를이 없었다. 병마와 굶주림은 적두의 노모뿐 아니라 그들의 목숨 줄도 위협했다. 그러나 적두는 그들을 탓했다. 그는 귀족과 이웃과 그들이 사는 세상 전부를 적으로 돌렸다.

적두는 그길로 종이옷을 입은 저杵를 찾아다니기 시작했다. 그 얼굴의 생김은 다시 기억나지 않았으나 그 고운 종이옷만큼은 생생하게 기억했다. 그러나 적두는 저杵를 찾는 방법을 알지 못했다. 그는 수소문하여 종이옷을 만드는 지규라는 자를 잡았다. 지규가 싹싹 빌며 변명했다.

"저杵가 먼저 접근했소. 내가 만든 종이옷이 곱다며 달라 하더이다. 대신 옷값으로 큰돈을 벌게 해 주겠다고 하였소. 내게 김홍천 나리에게 가서 다리 놓은 값을 달라 하면 된다기에 그냥 시키는 대로 하였소. 참말이오. 어딘가 이상한 놈이라고는 생각했지만 저杵인 줄은 몰랐소. 살려 주시오."

"거짓말하지 마라. 네가 사흘간 여개천 근처 풀숲에 술과 고기를 뿌리며 종이옷으로 저杵를 유인하고 있는 것을 내가 보았다."

"알겠소, 내가 잘못했소. 내게 빚이 좀 많소. 하여 재물이 필요했소."

"그 재물의 임자는 본래 나여야 했다."

"미안하게 되었소. 한데 돌려주고 싶어도 이젠 없소. 다 썼소. 하지만 다른 방법이 있소. 내가 그 저杵와의 약조를 아직 매듭짓지 않았소. 하니 그 저杵를 이용하면 재물을 좀 더 뽑아낼 수 있을 것이오. 살려 주시오. 하면 내가……."

"재물 따위 이젠 필요 없어."

"이보시오, 살려 주시오. 내 뭐든 다 할 터이니."

지규는 말을 다 끝내지 못했다. 적두는 그를 무참히 살해한 후 지규의 종이옷을 모조리 가지고 산으로 들어갔다. 그는 술과 고기를 뿌려 놓고 나뭇가지마다 지규의 종이옷을 걸어 둔 채 저炸를 기다렸다.

손톱만 한 달이 뜨고 사방이 캄캄한 가운데 색색의 종이옷들이 바람을 따라 귀신 춤을 추며 부스럭거렸다. 그러나 적두는 무섭지 않았다. 그는 이제 두려운 것이 없었다. 적두는 기름을 부은 모닥불을 지폈다.

종이옷 반비를 곱게 입은 그 사내가 언제 그의 앞에 나타났는지 적두는 알지 못했다. 사내가 말했다.

"다리를 놓아 주었으니 약조대로 남은 종이옷을 모두 주시오. 그 술병에 든 술도 주시면 고맙겠소."

적두는, 술병을 건네는 척하며 사내의 다리를 걸어 모닥불 한가운데로 쓰러뜨렸다. 종이옷에 불이 붙었다. 뿔고둥의 길고 나직한 소리를 닮은 기괴한 울부짖음이 산속을 메아리쳤다.

"나를 꺼내 주시오."

불길 속에서 사내가 몸을 뒤척이며 애원했다.

"너에게 시킬 일이 있다. 해 주겠느냐? 하면 너를 그 불 속에서 꺼내 주고 남은 종이옷도 모두 주마."

"거래는 한 번뿐이오. 종이옷을 주시오."

"나와 다시 거래를 맺는 거야."

"그것은 옳지 않소, 그것은 옳지 않소."

사내의 목소리는 큰 바람이 되어 불길을 춤추게 하였다. 사내는 치솟아 오른 불길을 온몸에 진 채 적두를 향해 기어이 한 걸음 나섰다. 적두의 옷자락에 불똥이 비처럼 튀었다. 적두는 다급히 몸을 굴려 불을 꺼뜨리며 뒤로 물러났다.

그때 어디선가 나타난 늙은 승려가 쥐고 있던 작대기로 불길에 휩싸인 사내의 등을 두드려 치며 불 속으로 무언가를 던져 넣었다. 붉은 불길이 순식간에 흰빛을 품은 파란색으로 바뀌었다.

"기름 부은 불이라, 제법이구면. 거기에 저㭐와 거래까지 터 보려고? 하나 위험했다. 저㭐를 태우려면 그보다 더 특별한 불이 필요하지."

늙은 승려가 작대기를 두드릴 때마다 사내의 몸이 작아졌다. 기어이 팔뚝만 한 나무토막이 되어 버린 사내의 몸은 늙은 승려의 작대기에 짓눌린 채 한참을 시퍼런 불길 속에서 꿈틀거리다가 서서히 재로 화했다. 검은 재가 앞이 보이지 않을 정도로 공중을 메우며 흩날렸다. 나무들이 쒸쒸거리며 바람을 몰고와 재가 된 사내의 부스러기를 어디론가 몰고 가 버렸다. 재의 안개가 걷히자 그제야 적두는 물었다.

"누구요?"

"이런 것들을 쫓는 늙은이지."

"이런 것들이라니?"

"하룻밤 만에 다리를 놓았다거나 종이옷을 입은 사내 같은 것들 말이다."

"저㭐 말이오?"

"오냐. 난 저 사냥꾼이다."

"사냥꾼치곤 늙었소이다. 백 살은 되어 보이오."

"얼추 그리 늙었지. 하나 나는 네가 할 수 없는 일을 할 수 있다."

"어떤 거요?"

"김홍천!"

"하면?"

"그래, 해 주랴?"

늙은 승려는 적두의 대답을 기다리지 않았다. 적두는 늙은 승려가 또 다른 저[杵]를 부르는 것을 보았다. 늙은 승려는 근처 나무들을 휙 둘러보더니 불 속에서도 타지 않는 나무 작대기로 그중 하나를 짚고는 그 몸통을 따악따악 두드렸다.

소리가 산속 깊이 파고들었다. 적두는 심장이 저릿저릿해지는 전율을 느꼈다. 소리를 품은 산이 이내 음산한 바람을 토해냈다. 그 바람을 타고 무엇인가가 달려왔다.

적두는 늙은 승려가 서 있는 뒤쪽 나무들 사이로 어른거리는 커다란 검은 그림자를 보았다.

"저[杵]는 사람의 일에 개입하면 안 되오. 저[杵] 때문에 이 몸은 어머니를 잃었고 모든 것이 엉망이 되어 버렸소."

"하지만 너도 방금 저[杵]를 부리려 하지 않았더냐? 저[杵]의 손을 빌려 복수를 하려 했지."

"그건 꼭 필요한 일이오."

저[杵]를 이용해 그에게서 정당한 노동의 보수를 빼앗아 간 지규가 아니었다면 적두는 평생 다리를 놓으며 평범하게 살았을 지도 모른다. 다리를 놓은 보수를 받아 어머니의 약값을 대었 을 것이고, 그 약으로 어머니가 낫지 않고 돌아가셨다 해도 순 리라 여기고 받아들였을 것이다. 하지만 저杵가 끼어들어 그의 삶이 한순간에 비틀렸다. 적두는 어머니의 죽음이 저杵의 탓이 라고 여겼다.

그러나 정작 저杵는 자신이 적두에게 무슨 짓을 저질렀는지 알지 못했다. 그 상황은 어디까지나 저杵를 끌어들여 남의 공 을 빼앗은 사람의 짓이었다. 사람이 저杵를 찾아 미끼를 던지 고 덫을 파고 옴짝달싹 못하게 만든 후 거래를 청하면 저杵로 서는 도리가 없는 것이다.

그럼에도 적두는 생각했다. 애초에 저杵란 것이 없었다면 사 람이 저杵를 이용하는 일도 없지 않은가. 그러니 원인을 야기 한 저杵가 잘못이다.

"오냐, 바로 그것이다. 꼭 필요한 일이지. 너의 말이 옳다. 저杵는 사람의 일에 개입하면 안 된다. 하지만 너를 위해서라 면 어떠냐?"

"나를 위해서?"

"너를 위해 어떤 저杵는 제거하고 어떤 저杵는 부리는 것이 다. 내, 너에게 저杵를 제거하는 법과 부리는 법을 가르쳐 주 마. 하니 나와 함께 가자."

이튿날 새벽, 김홍천의 시신이 늙은 승려가 두드렸던 나무 꼭대기에 매달렸다. 사람들은 저杵가 한 짓이라고 여겼다. 그리고 그것은 사실이었다. 늙은 승려는 적두를 제자로 삼았지만 끝내 그에게 저杵를 부리는 방법은 일러 주지 않았다.

적두는 승군을 뛰어난 저 사냥꾼으로 만들 작정이었다. 그는 하나뿐인 어린 제자가 마음에 들었다. 고르고 고른 아이였다. 기왕이면 사내가 낫겠지만 기질만 갖추고 있다면 성별은 상관없었다. 어쩌면 계집이라 더 유리할 수도 있었다. 저杵라는 족속이 워낙 여자를 좋아하니 그 자신이 이미 훌륭한 미끼인 것이다.

"그리고 네가 해 줘야 할 일이 하나 더 있다. 동궁에 그자가 쓴 시가가 한 부 있다. 오기일 밤에 환수가 훔치려다 실패한 것이지. 그것을 빼내 올 수 있겠느냐?"

"예, 할 수 있어요. 저는 독경을 아주 잘하지요. 저의 진언이 무르익으면 그들이 스스로 입을 열 터이니 그때 가져올게요."

승군은 자신 있게 대답했다. 적두가 승군을 동궁에 밀어 넣은 것은 단지 태자비의 자리를 비우기 위해서만은 아니었다. 그의 목적은 처음부터 동궁에 있는 김재운의 시가였다.

적두는 환수가 그 일을 한 번에 성공시킬 수 있을 것이라 생각하지 않았다. 환수는 시가가 어디에 있는지 모른 채 동궁으로 갔다. 그가 아무리 훔치는 것에 일가견이 있다고 해도 물건이 있는 위치를 모르고는 쉽지 않은 일이었다.

한데 어이없게도 환수는 저杵에게 홀려 아예 동궁에 들지도 못했다. 이는 재운이 그만큼 동궁에 있는 자신의 시가를 주시하고 있다는 뜻이었다. 그렇다면 그 시가는 왕들에게 아주 중요한 물건인 것이다.

저杵를 부리기 위해서는 대가를 주어야 한다. 작은 저杵들을 속여 거래를 하는 데에는 술과 고기만으로도 충분하지만 크고 오래된 저杵들은 그보다 더 큰 대가를 내주고서도 이를 더욱 단단히 속박시켜 둘 강한 굴레가 필요했다.

《삼대목》 편찬자는 각간 김위홍과 승려 대구화상이었다. 만의 조력자였던 김위홍은 재운의 시가를 《삼대목》에 싣지 않고 누락시켰다. 이유는 무슨 내용인지 알 수 없다는 것이었지만 그것은 재운을 불러다 물어보면 될 일이었다. 그러나 그렇게 하지 않고 빼돌렸다는 것은 필시 고의가 있었던 것이다. 만은 그 시가를 동궁으로 전했다.

그렇다면 그 시가는 태자가 보위에 오를 때 효력을 발생할 재운의 복종 서약서 같은 것일 수도 있었다. 만이 선왕들에게 저杵를 물려받았듯 다시 요 태자에게 저杵를 물려주려고 만든 굴레.

그런 물건을 찾기 쉬운 곳에 놓아뒀을 리가 없었다. 환수가 제대로 동궁에 들었다 해도 어차피 첫 번에 성공할 수 없는 일이었다.

만약 그 시가가 참으로 그런 물건이라면 저杵도 필사적으로 지키고자 할 것이다. 자신이 복종하고 있는 왕실이 아닌 다른 자들의 손에 그 시가가 넘어가는 것을 두려워할 터이니. 재운의 눈에 걸렸으니 환수가 다시 그 일을 해내는 것은 이제 불가능했다.

그 일은 지금 동궁에서 봉사하는 승군만이 아무런 의심과 제재 없이 해낼 수 있을 것이다. 하지만 서둘러야 했다. 조만간 재운이 또다시 승군을 보려고 할 터이니.

제5장 가람의 수주水珠

　재운은 산 아래 객사에 여장을 풀었다. 사찰에 객방이 부족했기 때문에 그가 자청하여 산을 내려간 것이다. 그는 본래 산을 잘 탄다 하여 사찰까지 오르고 내리는 수고를 마다하지 않은 것이다.

　그와 산을 오를 때면 중연은 가끔 누가 무관이고 누가 문관인지 헷갈렸다. 늘 그가 저만치 앞서가고 중연은 헐떡이며 그 뒤를 쫓느라 바빴기 때문이다.

　'기병 통솔 대감이시라 늘 말만 타고 다니시니 그렇지 않습니까?'

　재운이 그리 놀리면 중연은 난처해하며 변명했다

　'나도 다른 사람들에게는 절대 뒤지지 않네. 하니 내가 정상일세. 자네가 이상한 것이지. 내 금방 따라잡을 것이니 굳이 내

게 속도를 맞추진 말게.'

그러나 재운이 멈춰 서서 기다려 주지 않는 이상 중연은 한 번도 그를 따라잡아 본 적이 없었다.

중연은 객방 이부자리에 누워 이리저리 뒤척이다가 결국 벌떡 일어나 앉고 말았다. 암만 잠을 청해도 정신이 점점 더 말똥말똥해지니 어쩌랴. 오는 길에 마차에서 내처 잠만 잤으니 그럴 만도 했다.

바람 울음이 창을 치고 한 번씩 지나갔다. 마치 누군가 간격을 두고 손으로 두드리는 것처럼 들렸다. 아니면 참말 사람이 두드렸을까? 뜬금없이 미심쩍어진 중연은 창에 시선을 둔 채 다음 바람이 오기를 기다렸다. 이번에도 사람이 두드리는 소리처럼 들리면 열어 줄까나 생각하며.

겨울 달빛이 나무 창 틈새로 차갑게 비쳐 드는데 갑자기 희푸른 빛줄기가 휙 지나갔다. 뭐지? 중연은 얼른 달려가 창문을 열고 내다보았다. 빛은 중연의 방을 지나 바로 옆방 창 틈새로 미끄러지듯 스며들었다. 재운과 계유가 묵는 방이었다. 중연은 환두도를 집어 들고 옆방으로 달려갔다.

"이보게, 나마!"

대답이 없었다. 중연이 방문을 벌컥 열고 들어서자 창문이 덜컹 열렸다. 갑자기 쏟아져 들어온 찬 바람이 방 안을 한바탕 휘저었다. 방 안은 텅 비어 있었다.

'다들 어딜 간 게야? 혹……?'

중연의 가슴이 턱 내려앉았다. 북천에서 보았던 사냥꾼이

퍼뜩 떠올랐다. 박후명은 보군공이 죽은 후, 재운을 자기 사람으로 만들기 위해 집요했다. 아마도 모량부 박씨 세력이 재운의 재주를 절실히 필요로 하기 때문일 것이다. 이는 저들이 재운의 재주를 소문이 아니라 사실로 믿는다는 뜻이기도 했다. 따라서 재운이 끝까지 저들의 사람이 되어 주지 않는다면 재운은 저들에게 위험한 인물이 될 것이다.

대아찬 박예겸이 민가에서 요 태자를 찾아냈다고는 하지만 애초에 재운이 아니었다면 요 태자의 출생은 없었다. 그랬다면 대아찬은 끝까지 아들 박경휘를 후계자로 밀 수 있었을 것이다. 모량부의 숙원대로 김씨가 아니라 박씨가 왕이 되는 것이다.

그러나 재운은 헌강왕에게 자신이 쓴 기묘한 시문을 쥐여 줌으로써 요 태자를 얻게 하여 다시 김씨가 제위를 계승하는 것에 일조했다.

중연이 생각하기에 이는 어디까지나 우연일 가능성이 높았지만, 저들은 우연을 만드는 작은 운도 간과할 수 없는 것이다. 그것이 결국은 제위에 오를 후계자를 바꿨기 때문이다.

그러므로 저들은 박씨가 아니라 김씨의 편만 고수하고 있는 재운을 제거하고자 들 수도 있었다. 그러자면 재운이 왕경을 벗어난 지금처럼 좋은 기회는 없었다. 도적을 만났든 사고를 당했든, 얼마든지 있을 수 있는 일이었다. 재운에게 무슨 일이 생긴다면 그것은 단지 그의 운이 나빴던 것이다.

그러나 그 희푸른 빛줄기는 자객으로 보이지 않았다. 그것이 사람의 것이라면 어찌 창 틈새로 스며들 수가 있겠는가. 그 기묘한 빛은 분명 방 안으로 들어왔지만 지금 이 방 안에는 아무것도 없었다.

중연은 자신이 방 안에 들어서자마자 갑자기 창문이 열렸던 것에 의혹을 품었다. 그는 창 쪽으로 걸어가 밖을 내다보았다. 멀지 않은 어둠 속에서 희푸른 빛이 언뜻 보였다. 저기 있구면! 그는 그대로 창에서 뛰어내려 그 수상쩍은 빛을 쫓아갔다.

한적한 들판 앞에 이르렀을 때 빛은 몇 번 아른거리더니 이내 풀숲 사이로 사라져 버렸다.

'대체 무슨 빛이지? 그저 반딧불이라면 내 꼴이 우습게 되는데? 아니지, 한여름도 아닌데 무슨 반딧불인가? 하면 목랑의 불인가? 음, 그것도 아니야. 설마 내가 그따위 허황한 것에 넘어가 이런 바보짓을 할 리가 없지 않은가. 오냐, 내 기필코 그 빛을 찾아내어 정체를 확인하고 말 터이다.'

중연이 풀숲을 헤치고 다니며 놓친 빛을 찾고 있는데 어디선가 귀에 익은 목소리가 들려왔다.

"주인님, 아무래도 제가 더 멀리 떨어져 있어야 할 듯싶습니다."

이 목소리는 계유가 아닌가.

"계유야?"

중연이 계유의 이름을 부르며 목소리가 들리는 쪽으로 달려가는 사이 계유는 벌써 풀숲 저 너머, 달빛이 희게 만들어 놓은 지평선 쪽으로 사라져 버렸다. 별수 없이 중연은 또 다른 한 사람, 주인님이라 불린 사람, 보나 마나 재운이 분명한 그 사람을 찾아 허리께까지 오는 풀숲을 헤집고 다니기 시작했다. 오밤중에 이게 도대체 무슨 법석인지 모르겠구먼!

"이보게, 나마! 내 말이 들리는가?"

조금 후에 풀숲 저편에서 대답이 돌아왔다.

"예, 대감! 저는 여기 있습니다. 오신 김에 잠시 이쪽으로 와서 저를 좀 도와주십시오."

우거진 수풀 사이에서 재운이 허리를 폈다. 중연이 그쪽으로 달려가 보니 재운이 두 손을 위아래로 오므려 붙이고 있었다. 그 사이로 희푸른 빛이 새어 나왔다. 중연은 재운의 손안에 잡힌 그 빛이 아까 재운의 방 창문을 통해 숨어든 그 빛임을 알았다.

"뭔가, 그 빛나는 것은?"

"수주水珠입니다. 어서 이 빛을 감출 수 있도록 대감께서 좀 도와주셔야겠습니다."

"그냥 소매 속에 넣으면 되지 않겠나?"

"그렇게는 빛이 감춰지지 않습니다. 도와주십시오."

"어떻게 말인가?"

"옷을 좀 벗어 주십시오."

"옷감으로는 안 된다면서?"

"제일 안쪽에 입은 속옷을 벗으십시오. 히의 쪽으로 말입니다."

"뭐? 이보게, 자네 지금 뭐하자는 건가?"

"급합니다. 빨리 빛을 감추지 못하면……."

"못하면?"

"빼앗깁니다."

"누구에게 말인가?"

"산과 들에는 임자 없는 수주를 품으려는 것들이 있습니다. 대감, 시간이 없습니다. 비록 잠깐이지만 수주의 빛을 감출 수 있는 것은 그것뿐입니다."

"자네 것으로 하게. 자네가 벗는 동안 내가 잠시 들고 있겠네."

"그들은 수주가 제 몸에서 떨어지는 순간만을 노리고 있습니다. 대감의 손에 들어가기 전에 빼앗깁니다."

"허 참, 꼭 그래야만 하는 겐가?"

중연은 얼굴을 붉히며 어쩔 수 없이 돌아서서 주섬주섬 속옷을 벗어 주었다. 재운은 중연에게서 받은 속옷으로 재빨리 수주를 감쌌다. 그러자 정말 거짓말처럼 빛이 사라져 버렸다. 재운은 그걸 둘둘 말아 소매 속에 넣고 계유를 불렀다. 주인의 부름을 듣고 이내 달려온 계유가 물었다.

"받았습니까, 주인님?"

"오냐. 그만 돌아가자."

중연은 영문을 몰라 물었다.

"방금 있었던 일에 대해 누가 내게 설명 좀 해 주게."

"일단 객사로 돌아간 후 설명해 드리지요."

"하면 하나만 먼저 답해 주게. 왜 꼭 속옷이어야만 하는가?"

"들어 보지 못하셨습니까? 보물은 더러운 것을 제일 싫어합니다."

계유가 알은척 끼어들었다. 그 말을 부정하지 않고 재운이 빙긋 웃자 중연은 민망해하며 말했다.

"더럽지 않다. 저녁에 객사에서 잠자리에 들기 전에 목간을 하고 새로 갈아입은 것이다. 나마를 따라가는 일이 혹 여러 날 걸릴까 하여 미리 필요한 것들을 챙겨 왔다."

"그럼 수주는 왜 빛을 잃고 말았을까요? 도대체 뭣 때문에?"

계유의 어조가 아무래도 놀리는 듯했다. 그런데도 재운은 여전히 나무라지 않았다. 중연은 입을 다물기로 했다. 채신머리없이 종복과 말다툼을 하며 붉으락푸르락 화를 내느니 그냥 참고 말리라.

객사로 돌아온 중연은 재운의 방으로 따라 들어갔다. 재운은 수주가 든 소맷자락을 접으며 자리에 앉아 계유에게 말했다.

"가서 뜨거운 물과 술, 화로를 가져오너라."

"꼭 그리하셔야 됩니까?"

"달리 방법이 없지 않느냐?"

계유가 어두워진 얼굴로 고개를 떨어뜨린 채 밖으로 나가자 중연은 이 일이 심상치 않은 것임을 감지했다.

"도대체 무슨 일인가?"

"이제 말씀드리겠습니다."

중연은 침을 꿀꺽 삼키고 귀를 기울였다.

"제가 왕경을 벗어나려던 이유는 예부령 때문이 아니라 이 수주를 받지 않기 위해서였습니다."

"무슨 문제가 있는 물건인가?"

"약간은 그렇습니다. 아주 오래전, 지금의 황룡사가 들어서기 전에 그곳 젖은 땅에 묻혀 있던 물건입니다. 황룡사가 건립된 후, 이 수주는 다른 자리를 찾아 왕경에서 사라졌지요. 한데 얼마 전 이 수주가 왕경으로 돌아와 쫓기고 있으니 제게 숨겨 달라고 청하였습니다."

"수주가 자네에게 직접 그리 말했다는 것인가?"

중연은 어이가 없다는 듯 물었다.

"이 수주는 신물입니다."

재운은 진지하게 대답했다.

"하긴 제 발로 싸돌아다니더구먼."

"보셨습니까?"

"수상쩍은 빛이 자네 방으로 기어들어 가는 것을 보았네. 어쨌든 내가 수주라도 자네라면 안심이 될 것 같으이."

"하오나 이 수주가 제게 있는 것이 알려지면 이번에는 제가 번거로워질 것입니다."

"잠깐만, 혹 번거로워지는 것이 아니라 위험해지는 것이 아닌가? 좀 전에 수주가 쫓기고 있다 했네. 대체 그 수주가 무엇이기에?"

"이 수주는 가람의 수주입니다."

재운은 수주가 들어 있는 자신의 소맷자락을 응시하며 말했다.

"가람이라면!"

"지금은 그 음을 한자어로 바꿔 사찰을 가리키는 말로도 사용합니다만 본래는 강이나 내를 뜻합니다."

"하여 용이 여의주를 물고 있는 것으로 전해지는구면. 황룡사를 건립할 때 황룡이 나타나 사찰의 이름이 황룡사가 되었다고 들었네. 그 땅이 본래 습지라서 인공으로 메워야 했다니 황룡이 사라질 만도 했지. 용이 마른땅에서 살 수는 없는 노릇이니 말일세."

"용은 실재가 아닙니다. 물이 사라진다는 것은 곧 용이 사라진다는 것과 같은 의미이기 때문에 그리 전해진 것입니다. 황룡사 건립 이전에 그 자리는 북두칠성을 머리에 인 자리로서 천문을 보던 장소였습니다. 세차운동으로 랑성狼星 자리가 칠십이 년 만에 일 도씩 움직이니 황도대 지자기 축이 흔들리게 되지요. 그것이 바로 용이 움직이는 것처럼 보였던 겁니다. 황룡이 떠났다는 시기가 바로 그때였습니다."

"천문에 대해서는 자세히 모르나 나도 자네 말대로 용 같은 것은 없다고 생각하네. 다만 기록이 그러하다는 것이지. 한데 말일세, 용은 없다고 하면서 수주가 스스로 의지를 표현하는 것은 믿으라 하니 이게 말이 되는가?"

"용은 상상이 만들어 낸 허물虛物이지만 수주는 실물實物이니까요. 허虛는 비어 있음이니 용은 빈 물건이지요. 하나 실물에는 정精이 담겨 있습니다. 이는 곧 물건의 의지라고 할 수 있지요."

"아무려면 어떤가. 그 수주를 내게 주게. 그걸 받으면 자네가 위험해진다니 내가 처리하겠네. 어디든 아무도 모르는 곳에 가져가 묻어 버리면 되지 않겠는가. 내가 속옷을 많이 가져가 여러 겹 잘 싸서 숨길 터이니 수주에게도 걱정하지 말라 이르게."

"그렇게는 수주의 빛을 오래 감출 수 없습니다. 이 수주는 음하고 음한 것이라 양이 강성한 사내의 속옷으로 그 빛을 덮을 수 있지만 그것도 잠시뿐입니다."

"단지 사내의 속옷이면 되는 것을 왜 하필 나였는가? 계유도 있지 않았는가?"

"계유에게는 이것의 빛을 가릴 만한 양기가 없습니다."

재운의 소매에서 어느새 수주의 희푸른 빛이 새어 나오고 있었다.

"무슨 소린가? 계유는 사내가 아닌가?"

"사내이긴 하오나……."

그때 계유가 술 단지와 뜨거운 물이 담긴 주전자, 대야와 화로까지 들고 방으로 들어섰다. 계유는 방 안의 불을 더 밝힌 후, 짐 꾸러미에서 날이 잘 선 비수와 깨끗한 무명천을 비롯해 몇 가지 물건들을 꺼냈다. 그러곤 칼날을 화롯불에 달구기 시작했다. 재운이 겉옷을 벗으며 말했다.

"대감께서는 잠시 나가 계십시오."

그러나 중연은 방을 나갈 생각이 없었다.

"이보게, 대체 무슨 짓을 하려는 겐가?"

"수주를 숨기려는 것입니다."

"어디에 말인가?"

"제 몸 안에 숨길 것입니다."

"몸 안이라니? 하면 고의로 상처를 내겠다는 것인가?"

"예."

재운이 이리해야 한다면 필시 그럴 만한 이유가 있는 것이다. 그러므로 중연은 그런 결정을 내린 재운의 입장을 헤아렸다.

"하면 차라리 내가 하겠네. 아무래도 자네보다는 내가 낫지 않겠는가?"

그러자 재운이 고개를 저으며 딱 잘라 말했다.

"안 됩니다. 이 수주는 오직 저만이 숨길 수 있습니다. 때문에 수주가 그리 오랜 시간 공을 들여 저를 조르고 설득한 것이지요."

"하지만……."

중연은 도저히 이 상황이 이해가 되지 않았지만 자신을 밀어내는 재운의 단호함에 더는 고집을 부릴 수가 없었다. 이 일에 그가 모르는 무엇인가가 있다는 것을 깨달았기 때문이다. 중연은 자신의 섣부른 행동이 오히려 재운을 곤란하게 만들 수도 있음을 알아차리고 물러났다. 하지만 여전히 미련이 남았다.

"참으로 내가 대신할 수 없는 일인가? 수주가 자네에게 가면 자네의 신변이 위험해진다면서?"

"어쩔 수 없지요. 그보다 제가 피를 좀 흘리게 될 터이니 대감께서는 보시지 않는 것이 좋겠습니다."

"무슨 소린가? 나는 무관일세."

그렇게 말하긴 했지만 이상하게도 중연은 오금이 저려 왔다. 계유가 말했다.

"제 주인의 말씀대로 나가 계시는 것이 좋겠어요. 낯빛이 창백합니다."

"싫다. 여기 있을 것이다."

계유는 난처한 표정으로 재운을 보았다. 재운은 잠깐 망설이더니 돌아앉아 중연에게 등을 보인 채 옷섶을 열었다. 그러자 목련방 재운의 서재에서 피어오르던 침향의 특이한 향내가 풀어졌다. 이는 늘 재운에게 배어 있는 향내이니 그의 체취와도 같았다.

계유가 벌겋게 달아오른 칼을 들고 재운의 왼쪽으로 다가앉았다. 재운은 왼쪽 팔을 들고 옆구리가 드러나도록 옷자락을 걷어 올렸다. 계유가 칼끝을 재운의 갈비뼈 사이로 정확하게 밀어 넣었다. 살이 베이고 뼈 사이가 열렸다. 상처를 보지 않아도 중연은 계유의 손놀림으로 알 수 있었다. 섬세하고 노련하고 신중했다.

대체 뭘 하던 놈이기에?

계유가 자신의 신분이 종복이 아니라며 정색했던 것이 생각났다. 중연의 얼굴이 절로 찌푸려졌다. 그러나 재운은 눈썹 하나 까닥하지 않았다. 이를 악물고 있는 것 같지도 않았다. 생살을 찢고 뼈를 가르는데 어찌 저리 잘 참아 내는가. 되레 눈을 끔벅이며 주먹을 쥔 쪽은 중연이었다.

어찌나 힘을 주었는지 문득 중연의 눈앞이 아득해졌다. 재운의 왼쪽을 밝히고 있는 등잔 빛이 가물거리며 그의 윤곽을 집어삼켰다. 재운의 몸이 어두운 허공 속으로 깊숙하게 가라앉았다. 중연은 재운이 사라지는 것처럼 보여 저도 모르게 손을 뻗었다.

구름에 갇혔던 달이 모습을 드러내자 나무 창 틈새로 새어 든 흰 달빛이 재운을 비췄다. 재운의 윤곽이 서서히 다시 드러났다. 그런데 재운의 모습이 묘하게 달라 보였다.

뒤에서 보니 사내치곤 목이 가늘고 길었다. 계유를 향해 고개를 돌릴 때 언뜻 보니 목의 울대도 보이지 않았다. 게다가 옷을 두른 채 겨우 한쪽 옆구리만 드러낸 그 몸의 선이 여인처럼 낭창했다.

'이런, 내가 오기일 밤에 우연히 본 그 여인에게 홀려도 단단히 홀린 모양이로구면. 그 여인을 보고 얻은 눈병이 이리 다시 도지다니.'

중연은 계유가 가지고 온 술 단지를 집어 들었다. 따뜻한 술이 배 속으로 들어가자 마음이 진정되었다. 이상해 보이던 것들도 모두 제자리로 돌아왔다. 계유가 재운의 상처에 시선을 둔 채 말했다.

"대감, 제 주인께도 술을 드리세요."

중연은 술 단지를 재운에게 내밀었다. 재운이 오른손으로 술 단지를 받아 들고 입으로 가져갔다. 계유가 재운의 벗어 둔 옷소매 속에서 수주를 꺼냈다. 그는 수주를 싸고 있는 중연의 속옷을 펼쳤든 채 아직도 이 상황을 되돌리고 싶은 듯 잠깐 망설였다. 재운이 술 단지를 내려놓으며 말했다.

"서둘러라. 어서!"

재운의 강하고 짧은 명령에 계유는 어쩔 수 없이 벌어진 상처 속으로 재빨리 수주를 밀어 넣었다. 그때 재운이 낮은 신음을 냈다. 중연은 여태 냉정하던 계유의 손이 일순 떨리는 것을 보았다. 그러나 계유는 곧 정신을 집중하고 상처를 꿰매기 시작했다. 계유가 흰 무명천으로 재운의 상처를 단단히 감아 맨 후 말했다.

"다 되었습니다."

그제야 숨 막힐 것 같은 심정에서 벗어난 중연이 입을 뗐다.

"정녕 그것밖에는 달리 방법이 없었는가?"

계유가 재운의 왼쪽 팔을 부축하여 소매에 꿰는 것을 도왔다. 옷매무새를 바로 한 재운이 중연을 향해 돌아앉으며 말했다.

"예, 대감께서는 신경 쓰지 마십시오."

"참말 괜찮은가?"

"제 몸 안에 들어 있으니 잃어버릴 염려도 없고 누가 훔쳐 갈 수도 없지요. 하오니 이보다 더 안전한 곳이 어디 있겠습니까?"

"아프지 않은가?"

"아픕니다."

"받기 싫은 것이 당연하구먼."

"하오나 훗날 이 수주는 요긴하게 쓰일 것입니다. 아마도 사람의 목숨을 하나, 어쩌면 그 이상을 구하게 될지도 모르지요. 꼭 살려야 할 사람을 살리게 될 터이니 마땅히 참아 내야 하는 고통입니다."

재운이 등을 벽에 기대며 미목수려한 얼굴을 찡그렸다. 백옥 같은 이마에 땀방울이 송골송골 맺혀 있었다. 지나치게 창백한 것이 금방이라도 정신을 잃을 듯 아슬아슬하게 보였다. 재운은 본래 감정이나 자극을 얼굴에 잘 드러내지 않았다. 재운이 지금 이를 감추지 못하는 것은 그만큼 고통이 심하다는 뜻이었다. 덩달아 중연도 옆구리에 칼이 박힌 듯 욱신거렸고 불타는 것처럼 아파 왔다.

계유가 부지런히 뒷정리를 하는 동안 재운은 다시 술 단지를 집어 들었다. 술에 의지해 고통을 누그러뜨리고 싶은 것이다. 대체 얼마나 아프기에? 신물이라 하였다. 하면 살아 있는 수주가 재운의 몸 안에서 자리를 잡고자 요동이라도 치고 있는 것일까?

"마시지 말게. 술이 상처를 악화시킬 것이네."

"괜찮습니다."

중연의 제지에도 재운은 술 단지를 연신 입으로 가져갔다.

"그러다 탈이 나면 어찌하려고?"

재운이 고개를 젓더니 말했다.

"또 걱정이 지나치십니다. 대감께서 그 걱정을 잊도록 제가 이야기 하나 해 드리지요."

재운의 지긋한 눈빛이 중연을 바라보고 있었다.

"무슨 이야기든 해 보게. 대신 남은 술은 모두 내가 마실 터이니 이리 주게."

중연이 손을 내밀자 재운은 순순히 그에게 술 단지를 건넨 후 입을 열었다.

"진평왕 때 율리에 사는 설씨녀는 수자리 당번을 서러 가야하는 아버지가 병으로 쇠약해 차마 보낼 수가 없었지요. 또한 자신은 여인의 몸이라 아버지 대신 갈 수 없어 근심했습니다. 그러자 설씨녀*를 좋아하던 사량부 소년 가실이 대신 군대를 가겠다고 청하지요."

중연은 남은 술을 모두 마셔 버린 후 단지를 내려놓고 말했다.

"그러니까 수주를 맡긴 가람이 설씨녀의 아버지고 자네가 가실이란 말이지. 하면 자네의 설씨녀는 누구인가? 혹 월성의 그 여자인가? 오호라, 그렇구먼! 그 수주가 사람을 살릴 수도 있다 했으니 훗날 그 여자에게 필요할까 여긴 것이 아닌가? 자네가 왕경에서 달아날 정도로 받기 싫은 물건이라 하지 않았나? 한데도 결국 위험을 무릅쓰고 받은 것이 모두 그 여자 때문이라니, 참으로 바보 같은 짓을 하였네."

중연은 재운과 만을 번갈아 원망했다. 그러자 곁에서 듣고 있던 계유가 버럭 화를 내며 말했다.

"아니지요. 가실도 제 주인이시고 설씨녀도 제 주인이십니

---

* 《삼국사기》 열전 제8 〈설씨녀 이야기〉.

다. 그러니까 배로 힘들고 아프고 무거운 것이지요. 이리 보고
도 모르겠습니까?"

"그게 무슨 소리냐?"

"대감은 참으로 눈도 없습니다."

"뭐라고? 내가 눈이 왜 없느냐? 여기 너를 보고 있는 눈이 보
이지 않느냐?"

"있어도 있으나 마나 한 그게 동태 눈깔이지 뭡니까? 봐도
알아보지도 못하는 그런 맹꽁이 같은 눈은 뭣 때문에 달고 다
니는지 모르겠습니다."

"이놈, 대체 왜 내게 화를 내느냐? 너 보기에 내가 그리 만만
하더냐?"

가뜩이나 중연도 이 난감한 상황에 화를 삭이고 있던 터라
정색을 하고 말았다. 그러자 계유는 움찔하더니 한풀 숙이고
말했다.

"대감이 만만한 적은 한 번도 없었습니다. 저는 그저…… 제
주인이 이렇게 피를 흘려야만 하는 것이……."

계유가 말을 잇지 못하자 중연도 그만 마음이 울컥해졌다.
그렇지, 제 주인이 저런 꼴이니 얼마나 상심이 크겠는가. 벗
이라면서 나는 아무것도 하지 못한 채 그저 구경만 하였다. 하
니 내가 어찌 계유를 나무랄 수 있겠나. 중연은 자리에서 일어
났다.

"상처가 덧날지도 모르니 가서 의원을 불러오겠네."

"아닙니다. 계유의 솜씨가 좋으니 그럴 필요 없습니다. 신경

쓰지 마시고 대감께서도 그만 돌아가 주무십시오. 저도 좀 쉬어야겠습니다. 내일 아침에 뵙지요.”

“그럴 순 없네. 밤새 자넬 이리 내버려 둘 수 없단 말일세.”

“대감!”

늘 잔잔하던 재운의 서늘한 눈빛이 흔들리고 있었다. 재운이 간절하게 청하였다.

“제발 저를 그냥 내버려 두십시오. 그것이 저를 위한 것입니다.”

“하나…… 참말? 참말 괜찮겠는가?”

중연은 머뭇거리며 묻고 또 물었다.

“제 몸은 제가 잘 아니 걱정하지 마십시오. 혹여 의원이 상처를 보고 쓸데없는 말이라도 옮기면 그것이 저를 더 곤란하게 만들 것입니다.”

“그런가? 할 수 없구먼. 알겠네.”

중연은 맥없이 숨을 내쉬곤 말했다.

“하면 무슨 일이 있으면 내게 꼭 알려야 하네.”

중연은 마지못해 재운의 방에서 나와 자기 방으로 돌아갔다. 잠자리에 누웠으나 기분이 좋질 않았다. 그는 밤새 어수선한 꿈에 시달리며 자다 깨다를 반복하다가 해가 중천에 뜨고서야 일어났다.

그는 허겁지겁 옷을 주워 입고 밖으로 뛰쳐나갔다. 재운과 계유는 이미 사찰로 올라갔는지 보이지 않았다.

‘무심한 사람들 같으니, 좀 깨워 주지 않고서는.’

중연은 서둘러 망해사로 향했다. 간밤의 꿈은 하나도 기억나지 않았다. 오직 재운이 옆구리를 째고 수주를 상처 속으로 밀어 넣었던 것만 생생하게 떠올랐다. 아니, 그건 꿈이 아니었다. 그리고 재운의 백옥 같은 살결과 여인처럼 낭창해 보이던 몸⋯⋯. 가만, 그것도 꿈은 아니었던 듯싶은데? 이런, 대체 어젯밤 내가 뭘 본 게야? 중연은 황망한 마음에 자신을 탓하였다.

아무래도 재운의 상처가 다 나으면 군무장으로 데려가 검술이라도 시켜야겠구먼. 그리 틀어박혀 밤낮으로 글만 쓰다간 조만간 여인으로 둔갑할 듯하니. 대체 재운이 어딜 봐서 여인으로 보일 수 있단 말인가. 어디 한 군데 의심할 구석 없는 멀쩡한 사내인 것을.

이는 모두 햇빛과 달빛에 눈이 부셔 내 눈이 삔 탓이다. 그저 오기일의 그 여인을 다시 보고 싶은 마음에 내 눈이 자꾸 착각하여 보려 드는 것이지. 하니 하루빨리 정신 나간 내 눈부터 고쳐야겠구먼. 그러려면 그 여인을 향한 내 마음부터 추슬러 둬야 하는 것을. 하지만 중연은 그것이 그리 쉽지 않을 것임을 예감했다.

석 자나 되는 긴 대나무 통을 불자 대롱 속의 공기가 못 견디겠다는 듯 우웅, 하고 길고 구슬픈 바람 소리를 냈다. 중연은 사람들 틈을 비집고 들어가 재운을 찾았다. 상염자霜髯者*의 탈을 쓴 재운이 춤을 추고 있었다.

'그렇지, 무척舞尺의 역할을 받아 왔으니 마땅히 춤을 추어야지. 더욱이 재운의 춤은 생전에 상염자의 춤을 목격했던 헌강왕이 똑같다며 수없이 탄복하지 않았던가. 한데 바다는 보이지도 않는 이곳에서 과연 용왕이 이 춤을 볼 수나 있을까?'

남산의 산신인 상염자가 월성의 왕을 대신해 동해 용왕을 위로하고자 망해사로 왔다. 삼죽삼현과 백판대고의 소리가 어우러지는 가운데 상염자가 소매를 휘적휘적 흔들며 춤을 추었다. 그 춤을 가만히 바라보고 있노라니 중연의 가슴이 시큰시큰 울렸다.

'재운의 춤을 추는 자태가 참으로 사람 같지 않구나. 그의 춤이 이리 사람의 마음을 흔드니 궁중의 무희들을 두고 그가 온갖 무척질을 혼자 다 맡아 하고 있는 것이 아닌가. 헌강왕이 홀딱 반할 만도 하다. 저대로 남산의 산신이 다시 돌아왔다 해도 믿겠구먼.'

상염자는 헌강왕이 재위 사 년에 포석금의 연회에서 홀로 목격한 이후로 두 번 다시 사람들 앞에 그 모습을 드러내지 않았다. 사람들은 산신이 산을 떠났다고 여겼다. 남산의 산신은 신라의 호국 신이었다. 호국 신이 자신의 땅을 버리고 떠났으니 이 얼마나 통탄할 일인가.

---

* 서리처럼 흰 수염을 가진 자.

236

중연은 상염자의 가면 뒤에 가려진 재운의 얼굴을 떠올려 보려 했다. 하지만 얼른 생각이 나지 않았다. 재운의 얼굴이 생각나지 않자 중연은 가슴이 답답해졌다.

그때 등 뒤에서 누군가 안절부절못하며 가쁜 숨을 내몰아 쉬었다. 돌아보니 계유였다.

"왜 그러느냐?"

"제 주인께서 몹시 불편해 보이십니다. 상처가 아물지 않아 그 아픔이 이만저만하지 않을 터인데 걱정입니다."

중연은 춤을 추는 재운을 다시 보았다. 재운의 보폭이 느슨해지며 조금씩 흔들리고 있었다. 거의 눈치채기 어려울 정도의 미묘한 경련이 분명 있었다. 그렇구나! 중연은 재운의 춤에 혹하여 잠시 간밤의 일을 잊고 있었다. 생각해 보니 그 정도 상처라면 며칠간은 부축 없이 한 걸음도 걸을 수 없어야 했다. 그러니까 지금 재운은 어마어마한 고통을 참고 또 참아 내고 있는 것이다. 혹여 저러다 상처가 터지기라도 하면?

"그러게, 의원을 부르자고 내 진작 말하지 않았느냐? 나마와 네가 쓸데없이 고집을 부리는 바람에 나까지 덩달아 마음을 놓고 말았구나. 안되겠다. 지금이라도 가서 의원을 불러와야겠다."

"불러 봐야 도움이 되지 않습니다."

그래 놓고 계유는 혼자 중얼거렸다.

"그 수주를 받지 말았어야 했는데, 흔들리는 천 년의 나무를 누르고 있는 것도 버겁기 짝이 없으실 터인데, 거기에 수주까지 품으셨으니……."

"흔들리는 천 년의 나무를 누르다니 그게 무슨 소리냐?"

"신국의 사직이지요. 폐하가 제 주인께 얼마나 크게 의지하
는지 아시잖습니까?"

그러나 중연은 계유의 말속에 다른 의미가 있음을 느꼈다.
하지만 그것이 무엇인지는 꼭 집어낼 수가 없었다.

"그런데 이제 수주까지 품고 스스로 표적이 되어 버리셨으
니 어쩝니까."

"대체 누구의 표적이 되었다는 것이냐?"

"수주를 노리는 자들이지요. 수주만 아니면, 제 주인은 사람
들의 입에 오르내리기는 하겠으나 그것이 전부였을 것입니다.
하지만 이제 수주가 제 주인의 조용했던 일상을 헤집어 놓을
것입니다. 그것이 제 주인을 끊임없이 위험한 상황으로 몰아넣
을 거란 말입니다."

"그리 위험한 것이면 다시 꺼내자고 나마를 설득해야겠다.
내가 어떻게든 감출 곳을 알아볼 터이니."

"그렇게 할 수 없다는 것을 대감도 보고 들어 아시잖습니까.
수주가 아니라 무엇을 받았어도 약속을 했으니 제 주인은 죽어
라 지킬 것입니다. 제 주인에게서 나온 말과 글에 대한 책임은
모두 제 주인께 있지요. 해서 제 주인께서는 세상에서 자신의
말과 글을 가장 두려워합니다. 하물며 신물을 두고 한 약속입
니다. 전 지금 걱정 때문에 죽을 것 같습니다."

"문관이란 자고로 자신의 말과 글에 책임을 져야 하는 법이

다. 너무 걱정 마라. 내가 있지 않느냐?"

계유가 입을 비죽거리며 말했다.

"대감은 제 주인의 걱정을 덜어 내는 분이 아니라 보태시는 분입니다. 근심을 물고 드는 제비가 따로 없지요. 아이참, 춤이 길기도 하네. 대체 언제 끝나는 거지?"

계유는 조바심을 내며 다시 재운을 바라보았다. 중연이 말했다.

"너무 그러지 마라. 내가 나마에게 들고 가는 걱정은 모두 나마에 대한 걱정이 아니냐? 나야말로 매일 밤 나마 걱정에 외로울 새가 없을 지경이다."

"그래서요?"

계유는 중연을 쳐다보지도 않은 채 코웃음을 쳤다. 중연은 어이가 없었지만 화가 나지는 않았다. 계유는 초조한 얼굴로 재운만 바라보고 있었다. 계유는 신분을 따져 중연을 어려워하는 법이 없었다. 오히려 중연을 견제하였다. 그는 중연 앞에서는 언제나 자신이 재운의 더 오래된 벗처럼 굴었다. 재운을 주인으로 따르면서도 중연에게는 자신의 신분이 종복이 아니라며 맞섰다. 중연은 그런 계유의 태도가 못마땅하면서도 묘한 친근감을 느꼈다.

"그러니까 내 말은……."

"대감의 말씀은 나중에 듣지요. 춤이 끝났습니다."

계유가 중연의 말을 자르고 곧장 재운을 향해 달려갔다. 중연도 질세라 계유의 뒤를 쫓아갔다. 소사의 다음 의식이 행해지는 가운데 재운은 서둘러 그 자리를 벗어났다.

상염자의 탈을 벗은 재운의 얼굴은 온통 땀으로 젖어 있었다. 풀어 헤친 재운의 검은 머리카락이 목덜미와 이마, 뺨 언저리에 들러붙었다. 이 아름다운 얼굴과 시문을 짓는 비범한 솜씨 때문에 관원들에게는 시샘거리이나 왕성과 왕경의 여인들에게는 인기가 좋은 것이다.

예쁜 사내를 좋아하는 대궁의 그 여자도 어쩌면 재운을 사모하고 있을지 모르지. 하지만 그 여자가 언제까지 재운을 보호해 줄 수 있을까? 국정은 이미 그 여자의 손을 떠났다. 아니, 월성에 국정이랄 게 과연 있기는 한 것인가?

왕경의 군족과 지방의 촌주 들이 군소군웅으로 할거하며 멋대로 지방관을 제거하는데도 도당은 새 지방관조차 파견할 수 없는 지경이었다. 왕경 밖에서 저들이 신라를 뿌리째 흔들며 위협해 오고 있었지만 속수무책이었다. 한데 이까짓 행사들이 대체 무슨 소용이란 말인가. 그래도 재운은 그 여자가 하라면 무엇이든 했다.

한 걸음 내디디는 것도 상처를 칼로 후비듯 아플 것인데 재운의 걸음은 여전히 빨랐다. 그는 마치 무엇인가에 쫓기듯 중연도, 계유도 보지 못한 채 정신없이 사찰을 빠져나가고 있었다. 중연은 재운의 이름을 부르며 걸음을 멈추게 하려 했지만 들리지 않는 모양이었다.

그러나 재운은 일주문에 이르자 더는 몸을 가누기 힘든 듯 기둥에 몸을 기대고 섰다. 버선은 언제 벗겨졌는지 맨발이었고 허리띠도 풀려 있었다. 그사이 뒤따라온 중연이 얼른 재운을 부축하려 했지만 순식간에 계유가 그를 밀쳐 내고 재운의 팔을 덥석 잡아 안으며 물었다.

"괜찮으십니까?"

"그럭저럭."

"안되겠습니다. 업히십시오."

재운을 들쳐 업은 계유의 얼굴이 찌푸려졌다.

"주인님, 굉장히 무거워요. 이게 다 수주 때문에 달라붙은 것이지요?"

"걱정마라. 아직 상처가 아물지 않아서 피 냄새를 맡은 것이다. 상처가 아물면 모두 떨어져 나갈 것이다."

중연은 두 사람의 대화가 무슨 소린지도 모르겠고, 자신이 뭘 어찌해야 할지도 알 수 없어 그저 근심 가득한 눈으로 바라볼 뿐이었다. 계유가 말했다.

"좀 비켜 주십시오. 어서 산을 내려가야겠습니다."

중연은 얼른 옆으로 물러나 그 뒤를 바짝 따라가며 물었다.

"내가 도와줄 것은 없는가?"

재운이 말했다.

"대감께서는 먼저 왕경으로 돌아가십시오. 저는 아무래도 며칠 더 이곳에 머물러야 할 것 같습니다."

대답하는 재운의 목소리가 너무 약해 마치 졸음에 겨워하는 것처럼 들렸다. 중연은 고개를 저었다.

"아닐세, 자네가 회복될 때까지 나도 여기 함께 있겠네."

"모레 아침이면 대감께서도 근신이 풀리니 입궐하셔야 합니다. 게다가 근신 기간에 이리 왕경을 벗어난 것이 알려지면 대감께서 곤란해지십니다."

"그건 내가 알아서 할 터이니 신경 쓰지 말게. 자네가 무사한지 걱정하면서 혼자 왕경에서 전전긍긍하느니 차라리 돌아가서 주는 대로 벌을 더 받겠네."

재운이 뭐라 말하려 하자 중연이 얼른 가로막으며 말했다.

"됐네, 또 내 걱정이 지나치다 말할 생각이면 입 다물게. 어쩔 수 없네. 내가 본시 목련방의 근심 제비이니 말일세."

"그게 뭡니까?"

재운의 물음에 중연이 계유를 흘겨보며 말했다.

"계유의 말에 의하면 내가 매일 밤 자네 집으로 근심을 물어나르는 제비라네."

"점잖지 못하게 고자질을 하십니까?"

계유의 타박에 재운이 희미하게 웃었다. 재운이 웃자 중연의 울적한 마음도 한결 나아졌다.

"목련방에 숨어 있던 수주가 사라졌습니다."

적두의 말에 박후명의 낯빛이 검어졌다.

"하면 수주가 어디로 갔단 말이오?"

"김재운을 따라간 것이 아닌가 합니다. 그자가 지금 왕경을 떠나 망해사에 있다지요?"

"하나 김재운은 저魅가 아닐 수도 있소. 북천의 물에 그자의 모습이 비치는 것을 보았다 하지 않았소?"

박후명은 이맛살을 찌푸렸다. 적두는 쥐고 있던 법구를 바로 세우며 말했다.

"아니라는 확신은 아직 이릅니다. 소승이 저 사냥꾼이긴 하오나 저魅에 대한 모든 것을 알지는 못합니다. 사실을 말씀드리자면 수주를 감출 수 있는 큰 저魅를 상대하는 것은 소승도 처음입니다."

"하면 선사는 여전히 김재운이 저魅라고 여기는 것이오?"

"소승의 눈에는 저魅라고 여길 만한 부분이 더 많이 보입니다. 일단 소승이 망해사로 내려가서 직접 확인을 해 보지요. 그보다 동궁의 경계는 어떠합니까? 환수가 다시 시도해 볼 틈이 있겠습니까?"

박후명은 고개를 저었다.

"당분간 그쪽은 어렵겠소. 김재운이 망해사로 가기 전에 동궁에 들렀다 하니 필시 요 태자에게 뭔가 언지言志를 해 두었을 것이오. 아무래도 김재운의 시문을 구할 다른 방도를 찾아야 할 것 같소."

생각에 골몰한 박후명의 이마에 다시 주름이 잡혔다. 박후명이 동궁의 것을 포기했다면 적두로서는 오히려 잘된 일이었다. 그가 동궁에 있는 재운의 시가를 먼저 손에 넣는다면 박후명을 제치고 재운을 선점할 수 있게 될 것이다.

적두는 야심이 가득한 박후명이 수주를 얻은 것에만 만족하고 약속대로 저杵를 자신에게 선뜻 내줄 것 같지 않았다. 박후명은 재운에게 수주가 찾아들어 저杵로 의심받기 전부터 이미 그의 재주를 탐내고 있었다. 하니 재운이 저杵라면 더더욱 욕심이 나지 않겠는가.

"하면 어찌하실 요량이십니까?"

적두는 넌지시 물었다. 박후명이 다른 곳에서 재운의 시가를 얻게 되면 그로서는 불리해진다.

"요즘 개운포의 배들이 풍랑으로 연이어 파손되고 있다 들었소. 해서 선부船部에서도 골머리를 썩고 있다 하오. 폐하는 도당의 일에는 관심을 두지 않으나 그 성품이 여리고 동정심이 많소. 하니 구제 방법이 있는데 모른 척하지는 않을 것이오."

"그 말씀은!"

"천하의 김재운이 유일하게 복종하는 것이 왕명이오. 하니 폐하를 움직이는 수밖에."

음력 정월의 산은 여전히 잿빛으로 황량했고 바람은 차고 매웠다. 계유는 재운이 머물고 있는 객방 문 앞을 이틀째 낮밤으로 지키며 악착같이 중연의 출입을 막았다. 중연은 계유의 완강한 거부에 어쩔 수 없이 문 앞에서 오락가락 서성이는 것이 전부였다. 상태라도 좀 보게 해 달라고 청해도 소용없었다.

하지만 이제 중연의 인내심은 바닥을 쳤다.

"보시면 대감이 뭘 아십니까? 의원도 아니잖아요."

계유의 타박에도 중연은 물러나지 않았다.

"의원은 아니나 의원을 불러올 수는 있다."

"의원을 불러서 되는 일이라면 제가 진작 부르러 갔습니다. 제 주인의 상처는 저절로 아물기를 기다리는 수밖에 없어요."

"혹 아물지 않고 덧난 게 아니냐?"

"아니어요."

"의원도 아닌 네가 어찌 그리 장담하느냐?"

"제가 낸 상처이니 잘 알지요."

"하니 나마에게 무슨 일이 생기면 내가 너를 가만두지 않을 것이다."

"제 주인께 무슨 일이 생기면 제가 먼저 저 자신을 가만두지 않을 것입니다."

계유는 비장한 어조로 중연에게 맞섰다. 중연은 이미 계유의 진심을 읽었다. 계유도 지금 사력을 다해 버티고 있는 것이다. 중연은 태도를 바꿔 계유를 달랬다.

"아무것도 하지 않겠다. 그저 나마의 곁에 가만히 앉아 있기만 할 것이다. 그래도 안 되겠느냐?"

"안 됩니다."

계유는 단호했다.

"대체 왜 안 된다는 것이냐?"

계유의 마음을 모르는 것은 아니나 중연도 슬슬 부아가 나기 시작했다.

"약해지신 모습을 대감께 보이고 싶어 하지 않으십니다."

"그거라면 신경 쓰지 않아도 된다."

중연이 결국 완력으로 계유를 뿌리치고 방으로 들어가려 하자 계유는 필사적으로 문 앞을 가로막으며 말했다.

"어쩔 수 없군요. 자꾸 이러시니 솔직히 말씀드리지요. 사실 제 주인께는 다른 사람들에게 보일 수 없는 부분이 있습니다. 지금은 무방비 상태라 그것을 가리는 것이 쉽지 않아 출입을 경계해야 합니다. 그러니 대감께서 제 주인의 처지를 좀 헤아려 주시지요."

"다른 사람들이라면, 나도 그 다른 사람들 중 하나란 말이냐?"

"아닙니까?"

"하면 너는?"

"저는 제 주인의 것입니다."

"해서 너는 나마가 가리고 있는 부분에 대해 안다는 것이냐?"

"그러니 이리 지켜 드리려고 하는 것이 아닙니까?"

"네가 잘 모르는 모양인데, 나마와 나는 서로 숨기는 것이 없다. 혹 나마의 몸에 가려야 할 큰 흉터라도 있느냐? 그런 것이라면 나는 더 큰 흉터가 많으니……."

"흉터 같은 것은 아무것도 아니라니까요!"

계유가 다급한 마음에 버럭 소리치자 그의 어깨를 잡고 밀어내려던 중연의 손이 멈칫했다.

"대체 가려야 하는 것이 무엇이기에 이리 흥분을 하는 것이냐?"

"송구합니다. 대감은 도리를 아시는 분이니 믿고 드리는 말씀입니다. 언젠가는 제 주인께서 직접 보여 드릴 것입니다. 그러니 그때까지 대감은 모른 척해 주시면 좋겠습니다."

중연의 주장대로 그는 재운과 서로 숨기는 것이 없는 벗이었다. 그러나 그는 여전히 재운에 대해 많은 것을 알지 못했다. 다른 사람들과 마찬가지로 그의 출생에 대해서도 아는 바가 없었고 그의 속내를 읽어 내는 것도 쉽지 않았다. 재운에게 피치 못할 은밀한 사정이 있음은 짐작하고 있었다. 재운이 당장 밝힐 수 없다면 그만한 이유가 있는 것이다.

'한데 그 가려야 하는 부분이 몸이 아프면 드러나는 것인가? 어찌 그런 것이 다 있는가?'

생각해 보니 중연은 여태 재운이 아픈 것을 본 적이 없었다. 중연은 점점 더 궁금해졌다. 그러나 계유의 말대로 그는 도리를 아는 사내였기에 재운이 스스로 말해 줄 때까지 기다리는 수밖에 없었다.

다시 하루가 지나고 오후 늦게 한 무리의 사람들이 찾아들었다. 영축산의 소사 때문이라면 소사를 주관하는 망해사로 가야 할 것이지만 객사로 찾아든 것을 보니 재운을 만나러 온 것이다. 중연은 가병들에게 둘러싸인 박후명이 말에서 내리는 것을 보았다. 그와 함께 온 승려의 노르스름하고 부리부리 눈을 보는 순간 중연은 자신의 처지를 잊고 그대로 튀어 나갈 뻔했다.

중연은 그 승려가 북천에서 상대했던 바로 그 사냥꾼임을 한 눈에 알아보았다. 마른 피 냄새와 사찰의 향이 부적절하게 조화를 이뤘던 이유도 그제야 납득했다. 중연은 승려의 오른손에 들린 나무 지팡이를 보았다. 그에게 일격을 가했던 무기였다.

'역시 예부령의 사람이었구먼. 하면 내 생각대로 그날 저자가 쫓던 것은 재운이 틀림없다.'

계유가 박후명을 재운의 방에 들이는 것을 확인한 후, 중연은 자기 방을 빠져나가 재운의 방 뒤창 아래 몸을 숙이고 귀를 기울였다.

"내가 마음만 먹는다면 너 하나쯤 잡아넣는 것은 일도 아니라는 것을 알아야 할 것이야."

박후명의 목소리가 들렸다. 가지고 싶어 안달 난 대상 앞에서 그는 자못 위협적인 어조로 말했다. 그러나 힘으로 굴복시키고자 하는 자 앞에서 재운은 오히려 당당하게 되물었다.

"해서 제가 왕경을 떠난 것을 문제 삼으시겠습니까?"

"폐하의 허락이 있었다는 것을 알고 있다. 하나 너는 전사서의 관원이야. 전사서는 예부 산하이고 나는 너의 상관이지. 하니 적어도 내게는 보고를 했어야 했다. 이 일은 따로 문책이 있을 것이야."

"좋으실 대로 하십시오."

앞에 앉은 거물이 무슨 말을 하든 파리똥만큼도 신경 쓰지 않겠다는 재운의 어투에 중연은 저도 모르게 실소가 튀어나와 얼른 숨을 들이켰다.

박후명은 재운이 자기 앞에 넙죽 엎드리지 않을 것을 알고 있었기에 그 무례함에 흔들리지 않았다.

"하나 내 너를 아끼는 마음이 크니 그 전에 너에게 기회를 주려 한다. 보군공이 계시지 않는 마당에 폐하의 비호만으로는 월성에서 살아남을 수 없다. 네가 폐하께 충심인 것을 안다. 나 역시 그러하니 너와 내가 척을 질 이유가 없지 않느냐. 혹 보군공이 내 집에서 그리된 것을 원망하는 것이라면 오해하지 마라. 또 누가 알겠느냐? 그것이 바로 하늘의 뜻이었는지. 보군공은 스스로 목숨을 버리기 전에 내게 너를 부탁했다."

재운은 고개를 들고 박후명을 똑바로 쳐다보았다. 그 서늘한 시선에 질세라 박후명은 눈에 힘을 주고 맞섰다.

"보군공은 누구에게도 저를 부탁할 필요가 없다는 것을 아십니다."

"하면 내가 지금 거짓을 말하고 있단 소리냐?"

"그것은 예부령께서 가장 잘 아시겠지요. 보군공께서는 예부령의 눈앞에서 돌아가셨습니다."

재운의 새까만 눈동자가 박후명을 바라보고 있었다. 자신의 눈동자처럼 한 점 티 없이 검고 검은 것이 바로 진실이라는 듯. 그 눈은 평소에 그가 사람과 사물을 대할 때 보이던 그 냉량한 눈이 아니었다. 그것은 마치 흑옥을 문질러 만든 거울 같았다. 어떤 감정도 배어 있지 않은 공허한 어둠. 박후명은 그 끔찍하게 어두운 눈이 이미 모든 진실을 알고 있는 듯 여겨져 갑자기 등골이 땅기며 심장이 뜨끔해졌다.

대궁에서 만과의 은밀한 독대가 끝난 후, 보군공 김호전은 며칠간 왕성에 머물렀다. 환수가 엿들은 말에 의하면 그는 신물을 보러 온 것이었으나 끝내 아무 곳에도 가지 않았다. 한기부의 사저로 돌아가던 길에 보군공은 박후명의 전갈을 받았다. 그는 내키지 않았으나 말 머리를 돌려 모량부로 향했다. 박후명이 재운의 일을 전갈에 담았기 때문이다.

보군공은 박후명의 사람됨을 익히 알고 있던 터라 재운을 위해 직접 가지 않을 수가 없었다. 참으로 영악한 인간이 아닌가. 속셈이 무엇인지는 모르겠으나 재운의 이름이 아니고서는 자신의 걸음을 청해 봐야 소용없음을 알고 있는 것이다.

"공을 제 집에서 뵙게 되니 영광입니다."

박후명은 후원 정자에 술상을 마련해 놓고 그를 맞았다. 해가 뉘엿뉘엿 넘어갈 무렵이라 석양의 붉은 기운이 사방 천지에 처연히 내려앉았다.

"재운의 일이라 하여 왔소."

보군공은 인사치레를 하는 법이 없었다. 그는 이리저리 돌려 말할 줄 모르는 직선적인 인물이었다.

"먼저 제 술 한 잔 받으시지요."

박후명이 보군공의 잔에 술을 따랐다. 보군공은 그가 주는 술을 받아 마신 후 잔을 내려놓고 말했다.

"술잔을 받았으니 이제 용건을 말씀하시오."

"참, 어지간하십니다. 무에 그리 급하십니까?"

"시간을 아끼고자 하는 것이오."

"좋습니다. 공께서 그리 여유가 없으시다니 말씀드리지요. 김재운이 공의 사람이라는 것을 알고 있습니다. 그 영리한 아이가 월성에서 벌어지는 일들을 공께 모두 전하고 있다는 것도요."

"그렇지 않소."

단호히 부정하는 보군공의 눈썹이 꿈틀거렸다. 박후명이 빙그레 웃으며 말했다.

"뭘요, 공께서 왕경을 떠나도 떠난 것이 아닌 것은 김재운 때문이지요. 공께서는 몸만 한기부로 물러났을 뿐 월성에 공의 눈과 귀를 단 씨를 뿌려 두었습니다."

"이제 고작 열두 살인 아이를 두고 그게 무슨 소리요?"

"그렇습니다, 아무리 똑똑해도 열두 살 아이지요. 해서 제가 앞으로 공 대신 그 아이의 뒤를 좀 봐주려고 하는데 괜찮겠습니까?"

"그 아이가 원하지 않을 것이오."

"하면 공께서 좀 설득해 주시면 되겠습니다."

"내 말을 듣는 아이가 아니오."

"어째 공께서 제게 김재운을 주고 싶지 않다는 말씀으로 들립니다. 왜요? 이유가 뭡니까?"

"무슨 말을 하려는 건지 모르겠소."

보군공은 스스로 자신의 잔에 술을 따라 들이켰다. 이를 바라보던 박후명은 보군공의 잔이 비기 무섭게 한 잔을 더 따라 주었다. 보군공은 그 잔도 비웠다.

"무례하게 들리시겠지만 그래도 들어 주십시오. 공께서는 이제 늙었고 황천을 건너야 할 날이 얼마 남지 않았으니 공이 가지신 비밀을 누군가에게는 털어놔야 하지 않겠습니까?"

"비밀이라니?"

"예를 들면 황룡사 오른쪽 자리에 다시 돌려놓으시려는 어떤 신물에 관한 것이라든가……."

보군공의 하얀 눈썹이 일그러졌다.

"누군가? 누가 감히 상전上殿에 쥐구멍을 파서 왕의 말을 엿들었는가? 내 당장 그놈을 찾아내어……."

보군공은 말을 잇지 못하고 가슴을 움켜잡았다. 목구멍에서 비릿한 것이 올라왔다. 피가 왈칵 쏟아졌다. 그의 흰 수염과 앞섶이 붉게 물들고 술상 위에도 피가 후드득 뿌려졌다. 보군공이 술상을 손으로 밀어내며 자리에서 일어나 환두도를 뽑았다.

"내게 독을 먹였소? 대체 왜?"

보군공의 칼이 박후명의 목을 겨누고 있었으나 박후명은 담담했다.

"흥분하지 마십시오. 그리 위험한 상황은 아닙니다. 공께서 그날 밤 헌강왕과 어딜 다녀오셨는지 말해 주신다면 말입니다. 제게 해독제가 있습니다. 하나 한 시진이 지나면 소용없으니 오래 고민하시면 곤란합니다."

"네 이놈!"

서슬 퍼런 보군공의 호통에도 박후명은 눈 하나 깜짝하지 않았다.

"그날 밤 공께서 헌강왕을 모시고 남몰래 월성을 빠져나가 신물을 얻게 해 주신 것으로 압니다. 그 신물이 대체 뭡니까? 그 신물을 얻기 위해 제 누이동생인 여를 어찌한 것입니까?"

보군공의 칼끝이 흔들렸다. 박후명을 노려보는 시선이 점차 흐려지고 있었다. 보군공은 정신을 똑바로 차리려고 애를 쓰며 말했다.

"나는 아무것도 말해 줄 수가 없소."

"하면 공께서는 죽습니다."

"내가 죽으면 그 일에 대해 물을 곳도 없어지지."

"설마요? 김재운이 있지 않습니까?"

박후명의 입가에 심술궂은 미소가 번졌다. 보군공의 눈에 핏발이 섰다.

"그 아이는 아무것도 모르오."

"그거야 그 아이에게 물어보면 알겠지요. 공께서 그 아이를 애지중지 아끼는 데는 다 이유가 있지 않겠습니까?"

"그 아이는 내버려 두시오."

"역시 그 아이가 공의 비밀을 알고 있군요."

박후명은 확신했다. 재운의 섬뜩하리만큼 영리하고 차가운 눈동자를 떠올렸다. 원래 보통 아이가 아니었다. 그러니 보군공도 믿고 그 아이를 월성에 홀로 남겨 둘 수 있었던 것이다. 또한 그 재주가 남달랐기에 선왕들에 이어 지금의 여왕까지 그토록 아끼는 것이 아니겠는가.

재운을 월성에 들인 것은 보군공이었다. 헌강왕은 재운을 매우 총애하였는데 그 이유는 상염무 때문이었다. 포석금에서 연회가 있던 그날 남산의 산신인 상염자가 춤을 추며 나타났다. 그러나 상염자가 추는 상염무를 실제로 본 것은 헌강왕뿐이었다.

헌강왕은 자신이 본 상염무를 직접 추어 보이며 그 춤을 기록으로 남기게 하였다. 그러나 아무도 왕이 본 것과 똑같은 상염무를 추어 내지 못하여 아쉬워했다. 그런데 어린 재운이 추는 상염무를 보고 왕은 감탄하며 말했다. 똑같다. 참으로 똑같다!

보군공이 말했다.

"폐하께 바친 아이오. 하니 폐하 말고는 아무도 그 아이를 다룰 수 없소."

"공께서 너무 늙어 아이 다루는 법을 모르셨던 게지요. 공께서 그 아이를 제게 주시면 제일 먼저 어른의 물음에 대답하는 예절부터 가르칠 것입니다."

"그 아이에게 손대면 용서하지 않을 것이오."

보군공의 칼날이 박후명의 목을 눌렀다. 피가 배어 나오자 박후명이 씁쓸하게 웃으며 말했다.

"해서 지금 저를 죽이시려고요?"

"그럴 힘이 아직은 남아 있소. 하나 그리하지 않을 것이오.

이는 모두 나로 인해 빚어진 일이니 그 대가를 달게 받을 것이오. 속임수를 쓴 입에서 피를 토하니 이제 숨을 놓을 시간이 된 것이오."

피를 꾸역꾸역 토해 내던 보군공은 말을 마치자마자 순식간에 칼을 돌려 자신의 목을 베었다. 선홍색 피가 박후명의 얼굴에 뿌려졌다.

때마침 안주를 내오던 하녀가 이를 보고 비명을 질렀다. 하녀가 본 것은 보군공이 박후명 앞에서 스스로 목을 베어 자진하는 광경이었다. 박후명이 소맷자락으로 피 묻은 얼굴을 닦으며 자리에서 일어섰다. 그는 보군공의 시신을 바라보며 안타까이 고개를 저었다.

"공께서 오랜만에 왕경에 들었기에 돌아가시는 길에 그저 술이나 한잔할까 하여 모셨는데, 쯧쯧, 신국의 안위를 걱정하는 사람이 공 한 사람만은 아닐진대 걱정이 과하셨구나."

박후명은 끝까지 재운의 시선에 맞서 보려 했으나 결국 고개를 돌리고 말았다. 재운이 정말 알고 있는 것일까? 그럴 리가 없지 않은가. 그의 재주가 아무리 비범하다 해도 보군공이 독살된 것은 그 자리에서 내려다보고 올려다본 하늘과 땅이 아니고서야 알 수 없었다.

그러나 만약 재운이 진짜 저姓라면 그의 속을 꿰뚫어 보고 있을지 누가 알겠는가. 그렇다 한들 박후명은 물러설 생각이 없었다. 그가 보군공을 죽였다고 해서 재운을 가질 수 없는 것은 아니었다. 그는 재운을 설득할 수 없다면 힘으로라도 가질 작정이었다. 박후명은 더욱 강경한 어조로 입을 열었다.

"네가 뭐라 말하든 내가 보군공 대신 너의 뒤를 봐주기로 약조한 것은 사실이야."

"보군공이 계셨다면 지금처럼 저를 마음대로 가지겠다고 할 수 없었겠지요. 물론 그런 약조도 필요 없었을 테고요."

박후명의 입술이 일그러졌다.

"네가 언제까지 내게 그리 무례할 수 있을 것 같으냐? 너는 절대 내게서 달아날 수 없다. 너를 내 것으로 만들지 못할 바에야 차라리 죽여 없앨 것이니."

박후명의 어조에 절제된 노기가 배어 있었다. 중연은 불안해졌다. 만약 박후명이 지금 이 자리에서 재운을 다그쳐 확답을 받고자 하면 어쩌나 싶었다. 박후명이 재운에게 승려의 옷을 입은 사냥꾼을 붙여 둔 것은 그의 말대로 차라리 죽이는 한이 있더라도 재운을 놓아줄 생각이 없다는 뜻이었다.

중연은 사냥꾼의 마른 피 냄새가 마음에 걸렸다. 그는 생각했다. 승려의 옷이 사냥꾼의 정체를 감추고 있는 것처럼 승려의 지팡이 역시 살을 베는 날카로운 속을 품고 있을지 모른다고.

그 역시 보군공이 박후명에게 재운을 부탁했을 리 없다고 여겼다. 보군공 생전에 그 두 사람은 전혀 가까운 사이가 아니었다. 때문에 보군공의 죽음은 지금도 석연치 않은 부분이 많았다. 만약 보군공의 죽음이 자진을 가장한 살해였다면 박후명은 재운도 얼마든지 그리 만들 수 있었다.

"하면 죽이십시오."

"뭐라?"

두 사람의 대화는 칼날 위에 서 있는 듯 아슬아슬했다. 여기서 박후명이 더는 재운을 두고 볼 수 없다 여기면? 그때 재운의 목소리가 들렸다.

"노하신 줄 압니다."

죽어도 송구하다는 말은 하지 않는구면. 비록 그런 말은 하지 않았으나 재운이 방금 내놓은 말이 박후명의 노기가 더는 뻗치지 않도록 선을 그었음을 중연은 알아차렸다. 재운이 말했다.

"저는 이미 예부의 관원이니 예부령께서는 더는 욕심을 내지 마십시오."

"너를 내 사람으로 만들기 위해 예부로 데려왔다. 한데 넌 하나부터 열까지 내 명이라곤 듣지 않아. 모든 게 멋대로야."

"예부령의 사적인 명은 받지 않겠습니다."

"좋다."

박후명은 져 주겠다는 듯 관대하게 웃었다.

"하면 공적인 명을 내리지. 폐하께서 너에게 개운포의 풍랑을 잠재울 시가를 한 부 만들어 올리라신다. 사흘 내에 왕경으로 돌아와 내 앞에 시가 한 부를 대령하지 않으면 일을 치르게 될 것이니 그리 알거라."

중연은 심각해졌다. 이런 난감한 지경이 있나. 박후명이 왕

명을 빙자하여 기어코 재운의 시가를 가져가려 하는구먼. 시가
를 손에 넣은 박후명이 이를 재운의 약점으로 쥐게 될 터인데
어쩐다? 재운은 틀림없이 박후명과 타협하지 않을 것이다. 하
면 박후명은 도당을 사주할 것이고 도당이 합심하여 재운의 시
가에 불순한 의도가 있다며 들고일어나면 대궁의 그 여자도 어
쩔 수 없게 되는데…….

박후명은 말을 끝낸 후 자리에서 일어나 방문을 열고 나가
려다 문득 돌아보며 물었다.

"내 누이동생의 이름이 박여다. 혹 그 아이에 대해 아느냐?"

재운은 대답하지 않았다. 하지만 박후명은 그의 미려한 눈
썹 끝이 살짝 찌푸려지는 것을 보았다.

"내가 묻고 있지 않느냐?"

"압니다."

"알아?"

"왕경에서 그 이름을 모르는 이는 없지요."

"그런 의미로 묻고 있는 것이 아니다. 헌강왕이 너에게……."

박후명이 말을 멈추자 재운이 물었다.

"선왕께서 저에게 무엇을 어찌하였다는 것입니까?"

"아니다. 나중에 다시 이야기하도록 하지."

박후명은 입을 다물고 방을 나갔다. 헌강왕이 너에게 신물
을 맡기는 대가로 여를 준 것이 사실이냐? 하면 여를 어찌하였
느냐? 그리 묻고 싶었다. 그러나 박후명은 그 질문이 아직 이
르다는 것을 알고 있었다. 이는 재운에게 수주가 있어 그가 저

枰라는 것이 분명해진 후 다시 물어도 늦지 않을 것이다.

중연은 예부령의 무리가 객사를 떠나자마자 재운의 방문을 두드리고 안으로 들어갔다. 재운은 옷매무새가 흐트러진 채 신고 있던 버선도 벗어 던진 맨발이었다. 벌어진 옷섶 사이로 옆구리의 상처를 싸고 있는 흰 면포가 보였다. 방 한쪽 구석에는 계유가 놓아둔 침향이 타고 있었다. 겨울 햇살이 스며든 빛 속에서 재운의 모습은 갓 봉오리가 진 연꽃처럼 은밀한 아름다움을 드러냈다.

"자네 그 꼴로 예부령을 맞았는가?"

"아닙니다. 그자 앞에서는 빈틈없이 싸매고 있었지요. 그랬더니 좀 갑갑해져서요."

"자네도 참. 그나저나 예부령이 왕명을 들고 올 줄은 몰랐구먼. 더는 거절할 수 없게 되었네."

"그러게요. 이제 그만 왕경으로 돌아가야겠습니다. 아니면 정말 여러모로 곤란해질 것 같습니다."

"하면 이번에는 예부령에게 시가를 써 줄 작정인가?"

"그건 좀 생각해 봐야겠습니다."

"대체 어쩌려는 겐가?"

"글쎄요, 대감께서만 눈감아 주시면 저는 이대로 달아나 영원히 세상을 등진 채 숨어 버리고 싶습니다만."

중연의 눈이 동그래졌다.

"뭐? 그건 안 되네. 하면 나는 어쩌고? 다시는 자넬 볼 수 없지 않은가?"

"대감께서도 저와 함께 떠나시면 되지요. 저와 함께 술을 마시다 취기가 돌면 대감께서는 가끔 말씀하셨습니다. 이제 왕경에 더는 미련이 없다고요."

"그리 말한 기억이 있긴 하네만……."

중연의 시선이 잠시 자신의 환두도에 새겨진 문양을 향했다. 그의 환두도에는 다른 환두도에 대개 사용되는 용과 봉황, 나뭇잎과 물고기 문양 대신 사슴뿔 모양의 녹각문이 새겨져 있었다.

왕경에서 중연의 집안만이 대대로 녹각문을 새긴 칼을 사용했는데, 이는 왕이 거동 할 때 녹각鹿角*을 설치하여 왕을 보호하는 성을 쌓듯 왕의 울타리가 되어 지킬 것을 의미했다. 망설이던 중연은 이내 고개를 저으며 환두도를 꽉 움켜잡았다.

"그래도 그건 안 되네. 자네라서 내 잠시 흔들렸네. 미련이 없다 하여 버릴 수 있는 것이 아니라네. 미련만이 그것을 잡게 하는 것도 아니라네. 우리마저 왕경을 버린다면 왕경이 너무 가엾지 않은가."

재운의 입가에 미소가 어리자 중연은 의아한 얼굴로 물었다.

"내 말이 우스운가?"

"아닙니다. 대감께서 그리 나오실 줄 알았습니다. 하여 대감께서는 왕경의 울타리가 되기 위해 결국 다시 돌아오신 것이지요. 모든 것이 부질없다 여겨졌음에도 왕경이 여전히 눈에 밟

---

* 혹은 녹채鹿砦. 나뭇가지를 사슴뿔처럼 얽기설기 놓아 만든 방어물.

혀서요. 아닙니까?"

"모르겠네."

중연은 입을 다물었다. 재운의 말이 틀리지 않았으나 사실이라 인정하고 싶지도 않았다.

"하여 대감 때문에 저도 왕경을 떠날 수가 없는 것이지요."

"나 때문은 무슨, 대궁의 그 여자 때문이겠지."

"대감 때문입니다. 대감께서 왕경에 계시니 저도 왕경에 있어야 매일 대감의 얼굴을 볼 수 있지 않겠습니까?"

"갑자기 자네에게서 그런 소릴 들으니 기분이 좀 이상해지는구먼. 어쨌든 자네도 나와 같은 마음이라니 참으로 기쁘네. 하면 왕경에 돌아가서는 두 번 다시 물에 빠져 죽겠다는 소리는 하지 않을 것이지?"

"걱정을 많이 하셨군요."

"자네 걱정으로 피가 마르네."

"그냥 흘러가는 대로 두십시오. 저는 그리 쉽게 당하지 않습니다. 저를 믿으시지요?"

재운의 깊고 검은 눈동자가 중연을 빤히 쳐다보았다. 언제나 저 시퍼렇게 차갑고 잔잔한 눈동자가 중연의 마음을 흔들었다. 바람은 늘 그곳에서부터 그의 가슴속으로 불어 들었다. 심장이 고장 난 바퀴처럼 덜커덩거리며 뛰었다.

갑자기 재운이 낯설게 느껴졌다. 중연은 재운을 믿었지만 또한 믿을 수가 없었다. 그는 재운에 대해 모르는 것이 너무 많았다. 그러나 중연은 입을 다문 채 연신 고개만 끄덕였다. 온통 수수께끼투성이인 재운에 대해 더 알고 싶다는 갈망을 억지로 눌렀다. 그는 재운이 늘 자신의 눈앞에 있어 주기만 한다면 그 나머지에 대해서는 얼마든지 믿고 모른 척할 작정이었다.

"어떻소? 좀 살펴보았소? 수주가 정말 그곳에 있었소?"

박후명의 물음에 적두는 고개를 끄덕였다. 날이 추웠다. 박후명은 옷깃을 단단히 여미고 다시 말에 올라탔다. 객사를 나온 박후명은 그길로 다시 왕경을 향해 말 머리를 돌렸다.

"예, 희미하지만 틀림없이 거기에 있었습니다."

"하면 선사의 말씀대로 수주가 김재운을 따라온 것이오?"

"그렇습니다. 혹시 김재운이 어디 아픈 것 같지 않았습니까? 상처나 부상을 입은 기미는요?"

"안색이 창백하긴 했소. 한데 김재운이 아픈 것과 수주가 무슨 상관이오?"

"저杵가 수주를 어찌 숨기는지 아십니까?"

적두는 한 손으로 말고삐를 쥔 채 다른 손으로는 법구를 창처럼 쥐고 있었다. 언제라도 저杵가 앞에 나타나면 그것으로 저杵의 정수리부터 말뚝을 박을 기세였다. 박후명은 적두의 잘 다듬어진 법구를 볼 때마다 그 끝에 자신의 목이 걸려 있는 듯 갈증을 느꼈다.

박후명은 적두의 노르스름한 눈동자가 가끔 저杵라는 말 앞에서 야수처럼 빛을 발하는 것을 보았다. 적두에게 사냥꾼의 본능이 발동하면 그는 사냥에 방해가 되는 것을 제거하는 데 결코 망설이지 않을 것이다. 박후명은 적두를 경계했다. 적두는 그에게 요긴한 협력자이나 어쩌면 그는 적두의 사냥을 방해할 수도 있었다. 박후명 역시 그의 사냥에 방해가 된다면 앞잡이를 하는 사냥꾼을 치워야 했다.

적두가 한쪽 눈썹을 치켜세우며 말했다.

"저杵는 자신의 살을 찢고 뼈를 갈라 수주를 품습니다. 뼈가 붙고 상처가 아물면 수주의 빛도 완전히 숨겨지지요."

박후명은 놀란 기색을 내비치지 않으려고 했다. 치켜 올라간 눈썹을 따라 적두의 입가가 삐뚤어졌다. 네 머리 위에 섰다는 것을 드러내는 잔인한 미소. 박후명이 가장 혐오하는 적두의 표정이었다. 물론 적두의 그 미소는 박후명이 아니라 재운을 향한 것이었다.

적두가 망해사로 움직일 때 박후명이 왕명을 핑계 삼아 따라나서자 적두는 다소 불편한 기색을 드러냈다. 그러나 박후명은 적두가 그의 눈 밖에서 재운을 두고 다른 음모를 꾸밀 가능성을 염두에 뒀다. 그는 저杵에 대해서만큼은 양보도 타협도 없는 적두를 완전히 믿을 수가 없었다.

"그 말은 지금 김재운의 몸 안에 수주가 있단 뜻이오?"

"그렇습니다. 수주의 빛이 점점 사그라지고 있습니다. 상처가 아물어 가고 있다는 뜻이지요. 수주의 빛을 숨길 수 있다면 저杵입니다. 김재운은 저杵가 분명합니다. 그것도 아주 크고 오래 묵은 저杵이지요."

적두는 확신에 차서 말했다. 그는 이제 본격적으로 저杵 사냥을 시작할 생각이었다. 아직 아무것도 모르는 김중연을 흔들어야지. 한번 의심을 품기 시작한 김중연이 곁에 있는 한 저杵의 행동은 이전만큼 자유롭지 못할 것이다. 게다가 김중연은 무엇보다 훌륭한 미끼였다. 오래 묵은 저杵가 벗으로 삼은 자는 저杵의 말이나 글 보다 저杵에게 더한 약점으로 작용할 수 있었다.

"선사? 무슨 생각을 하고 계시는 거요?"

박후명의 눈초리에 의혹이 가득했다.

"아닙니다. 저杵가 신물을 품어 그 둘이 하나가 되었으니 저杵를 잡는 것이 곧 신물을 얻는 것이 되었습니다. 소승이 반드시 저杵를 잡아 예부령의 눈앞에서 그 몸을 열어 신물을 얻게 해 드릴 것입니다. 하오니 소승을 믿으십시오."

제6장 '저杵'의 진짜 이름

효원은 잠시 멈춰 서서 손에 쥔 비녀를 만지작거렸다. 오기일의 그 소란하고 화려했던 밤, 중연의 화가 밟고 지나간 비녀였다. 그녀는 자신의 마음이 밟힌 듯 아팠다. 중연이 이 비녀를 주워 주기를 기대했다. 그가 이 비녀의 주인이 누군지 찾아 주기를 바랐다.

중연은 비녀를 밟은 것조차 알지 못했다. 그러므로 비녀의 주인을 찾아 돌아본 것이 아니었다. 그녀는 중연과 눈이 마주쳤으나 그는 그녀를 바라보고 있지 않았다. 그의 눈동자는 꿈을 꾸고 있는 것처럼 보였고, 그의 시선은 그 꿈속에 있는 누군가를 좇고 있는 듯 먼 곳으로 내달렸다.

효원은 목련방 북쪽 골목길을 향해 다시 걸음을 옮겼다. 지금쯤이면 여복이 그녀의 부재를 알아차렸을까? 낮잠을 잘 것이니 물러가라 일렀다. 하니 아직 모르고 있을 수도 있었다. 알았다 해도 아버지께 고하지는 않을 것이다. 그랬다간 되레 여복이 벌을 받게 될 터이니. 아버지는 사람을 벌주는 데 인정을 두지 않았다.

여복은 아마도 그녀가 돌아올 때까지 어떻게든 버티고 기다릴 것이다. 주인만 무사히 돌아오면 아무 일도 없는 것이다. 하니 굳이 주인의 은밀한 외출을 알려 벌을 자청할 까닭이 없었다.

골목 입구에서 십여 걸음 떨어진 곳에 크고 늙은 버드나무가 서 있었다. 효원은 큰 숨을 들이마신 후, 오늘 자신에게 운이 따르기를 그 버드나무에 빌었다.

그녀는 김재운의 시문을 얻고 싶었다. 왕경의 사람들이 말하기를 그의 시문에는 묘한 힘이 있다고 했다. 모두가 그 시문을 얻고 싶은 마음에 그를 만나고자 하지만 아무도 그의 집을 찾지 못했다. 그의 집 대문은 시위부의 어느 높으신 무관에게만 열려 있다고 했다. 그 무관이 중연이라는 사실에 효원은 운명이 관여했음을 직감했고 오랫동안 망설이다가 마침내 용기를 냈다.

어쩌면 오늘 그곳에서 중연을 만날 수도 있지 않을까. 아냐, 효원은 쓴웃음을 지었다. 왕경의 사람들은 누구도 찾지 못하는 집이었다. 심지어 왕이 보낸 사람들도 예외는 없었다. 한데 내가 뭐라고 덥석 찾아낼까? 효원은 오늘의 실패에 대해 결코 실망하지 않기로 마음먹었다. 그녀는 재운의 집 대문을 넘을 때까지 매일 목련방을 방문할 작정이었다.

고개를 드니 담장과 지붕 너머로 솟아오른 목련 나무 가지들이 보였다. 김재운의 집 목련 나무들일 것이다. 효원은 목련 나무들을 바라보며 걸었다. 그러자 어느새 재운의 집 대문 앞에 이르렀다.

그녀는 잠시 어리둥절했다. 기다렸다는 듯 대문 앞에 나와 서 있던 계유가 효원을 맞아 안내했다. 그녀는 역시 소문이란 믿을 만한 것이 아니라는 생각이 들었다.

'직접 겪어 보지 않는 이상 소문은 그저 소문일 뿐. 그러고 보면 왕경의 사람들이 김재운을 두고 오해가 많구나.'

막상 와 보니 집을 찾는 것도 시문을 얻는 것도 그리 어려운 일은 아닌 듯싶었다. 정작 어려운 것은 집도 시문도 아닌 김재운이라는 사람이었다. 물끄러미 자신을 바라보는 재운의 시선을 오롯이 감당하고 있자니 왜 그를 둘러싸고 그토록 많은 소문들이 난무하는지 납득이 갔다.

어둠에 가려 속을 알 수 없는 서늘한 눈. 그러나 상대를 바라보는 시선은 지나간 시간마저 훤히 들여다보는 듯 깊고 투명했다. 자신은 감추고 상대는 발가벗긴다. 그러니 발가벗겨진 쪽은 부끄러움을 가리기 위한 변명이 필요하다. 변명하는 쪽은 말이 많은 법. 그 말이 소문을 만든 것이다.

효원은 무슨 말을 어떻게 꺼내야 할지 갑자기 혼란스러워졌다. 방 안 가득 피어오른 그윽한 침향의 향내가 그녀의 정신을 더욱 어지럽혔다. 효원의 말을 기다리던 재운이 그 속을 헤아린 듯 먼저 입을 뗐다.

"아가씨 같은 여인이면 좋겠다고 늘 생각했지요."

"무슨 말씀이신지?"

"일길찬 나리지요?"

"네?"

효원은 깜짝 놀랐다.

"김중연 대감 말입니다. 아가씨께서 제게 시문을 부탁하려는 이유가 그분 때문이시지요?"

"아……."

효원은 머뭇거렸다. 그녀의 얼굴이 붉어졌다.

'나는 아직 아무것도 말하지 않았는데 내 속을 모두 읽었어. 대체 어떻게?'

계유가 차를 내오자 재운은 물러가라 손짓했다. 계유가 방을 나가자 재운은 소매 안에 감췄던 손을 꺼내 숯이 빨갛게 익은 철 화로에 직접 차 솥을 올렸다. 물이 끓자 재운은 찻물을 우리고 우려진 찻물을 따르며 말했다.

"걱정 마십시오. 아무에게도 말하지 않겠습니다. 물론 대감께도 입을 다물지요."

"아니, 뭐, 꼭……."

효원은 재운의 희고 긴 손가락들이 우아하게 움직이는 것을 바라보며 말을 더듬었다.

"하오면 제가 대신 아가씨의 마음을 대감께 전해 드릴까요?"

"아, 아뇨, 그건 좀……."

효원은 난처해졌다. 재운을 통해서라도 중연이 자신의 마음을 알게 되기를 소망했다. 한편으로는 중연이 자신의 마음을 알게 되면 부끄러워 어찌 고개를 들고 그를 다시 볼 수 있을까 걱정스러웠다. 재운이 부드럽게 웃으며 말했다.

"역시 제가 뭔가 써 드리는 수밖에 없겠군요. 그 문구만 잘 가지고 계시면 제가 직접 말하지 않아도 말한 것과 같아질 것입니다. 단, 절대 잃어버리시면 안 됩니다. 일편단심은 변치 아니하는 마음이지요. 그 마음이 처음 한 번에 모두 담기니 두 번은 써 드릴 수가 없습니다."

"무슨 말씀이신지 잘 알겠어요. 저는 나마께서 이리 선뜻 써 주시는 것만으로도 고마울 따름이어요."

"아, 그리고 하나 더 약조해 주셔야겠습니다. 제가 아가씨께 문구를 써 드린 것은 반드시 비밀로 해 주십시오. 사람들이 알면 저에 대한 소문이 점점 더 이상해질 것입니다. 물론 아가씨께서도 그 소문을 듣고 저를 찾아오신 줄 압니다만."

"예. 한데 소문과는 달리 그리 이상하지 않네요. 집도 찾기 쉬웠고요."

재운이 고개를 끄덕이며 말했다.

"하오나 저의 글은 다릅니다. 특히 예부령께서 아시면 제 입장이 곤란해지니 꼭 비밀로 해 주십시오."

효원은 재운이 자신의 신분을 알아본 것에 몹시 당황했다.

"어떻게 아셨지요?"

"혈연은 끈과 같은 것입니다."

"닮았다는 뜻인가요?"

"닮은 부분이 있기는 하지요. 하오나 알고 보면 그 끝은 완벽하게 인연에 기대어 있습니다."

효원은 재운의 아름다운 얼굴을 바라보며 생각했다.

'결코 편한 상대는 아니로구나. 이자에게는 폭풍을 가로막은 거대한 나무 앞에 선 듯 뭔가 설명할 수 없는 위압감이 있다. 그럼에도 중연은 퇴궐하면 늘 여기로 가장 먼저 달려와 이자와 함께 시간을 보낸다. 술을 나누고 시선을 나누고 이야기를 나누고 세상 온갖 것들을 나눈다. 틀림없이 중연은 이자가 편한 것이다. 이자가 중연에게만 그리 대하는 것일까? 하지만 이자의 기질은 타고난 듯 보이니 아마도 중연의 기세가 이자와 대등하여 잘 맞는 것이리라.'

효원은 새삼 기분이 묘해졌다. 내가 지금 중연의 벗을 질투하고 있는 것일까? 그녀는 그저 재운이 부러울 따름이었다.

"잠깐 기다리십시오."

재운은 자리에서 일어나 책상 앞으로 가더니 홍색 종이를 한 장 뽑아 펼쳤다. 소매를 걷고 붓을 집어 자신의 눈동자만큼이나 새카만 먹물을 찍었다. 남산을 바라본 창을 통해 바람이 지나갔다. 침향의 오묘한 향내가 효원의 코끝에 아련하게 맴돌았다.

"여기 있습니다."

재운이 홍색 종이를 접어 역시 같은 홍색 봉투에 넣어 효원에게 내밀었다. 효원은 뭐라 쓰여 있는지 꺼내 읽어 보지도 않은 채 봉투를 받아 들고 그저 고마움을 표했다.

"뭐라 감사해야 할지 모르겠어요. 하면 주신 것에 대한 셈은 어떻게 치러야 할까요?"

효원의 물음에 재운은 눈을 한 번 깜빡이더니 답했다.

"그 셈은 나중에 부친께 받겠습니다."

"하지만 제 아버님께는 비밀로 해 달라고?"

"당분간만입니다. 제가 언제까지 그 어른의 눈을 속일 수 있 겠습니까? 제가 몸담고 있는 예부의 수장이십니다. 또한 저에 대한 관심이 각별하시니 때가 되면 제가 먼저 나서서 말씀드릴 것입니다."

중연은 스무하루 동안 월성을 나오지 못했다. 근신 기간이 끝나고도 아무런 기별 없이 무단결근을 한 데다 주어진 숙제도 마치지 못했다. 만은 그에게 스무하루간 월성 밖으로의 출입을 금했다. 중연은 밤마다 대궁의 숙위를 서야 했고 낮에도 시위 부의 일을 보아야 했다.

소식을 들은 관원들은 중연이 스무하루 동안 꼼짝없이 월성 에 갇히는 것을 참지 못할 것이라 여겼다. 궁인들은 내기를 걸 었다. 중연이 앞서 그랬듯 이번에도 왕명을 무시하고 만의 처 지가 웃음거리가 되건 말건 멋대로 월장을 할 것이다. 그럼에 도 만은 중연을 총애하니 관대히 용서할 것이다.

그러나 그런 일은 없었다. 중연은 목련방 대신 전사서로 재운의 얼굴을 보러 갔다. 자주 볼 수는 없었으나 네 번에 한 번은 재운을 만날 수 있었다. 게다가 중연은 만으로부터 경고를 받았다.

'이번에도 왕명을 어기고 대감에게 내려진 문책에 흠을 가하면 짐은 대감의 수족을 앞으로 평생 대궁에 묶어 둘 것이오.'

이는 만이 죽을 때까지 중연을 자기 눈앞에 강제로라도 잡아 두고 보겠다는 뜻이었다. 하여 중연은 이번만큼은 인내심을 가지고 얌전히 주어진 명을 이행하였다. 마침내 모처럼 목련방에서 재운을 만나 밤새 술을 나눌 생각에 들떠 있었다.

중연은 월성을 나서는 순간 기다렸다는 듯 자신의 뒤를 따르는 사냥꾼의 존재를 알았지만 먼저 행동하지 않았다. 사냥꾼이 사냥꾼의 발걸음을 버리고 친근한 척 다가온다는 것은 계략과 함정이 도사린다는 뜻이었다. 중연은 그를 경계했지만 무시했다. 결국 안달이 난 사냥꾼이 중연의 앞을 가로막았다.

"소승은 문수사의 승려 적두라 합니다. 오늘로 소승과 대감의 만남이 세 번째이니 이 또한 인연이 아닙니까?"

사냥꾼의 노르스름한 눈동자가 중연을 향해 자신을 드러냈다. 오전에 봄을 재촉하는 비가 짧게 내렸다가 그치고 곧바로 들이닥친 꽃샘바람에 젖은 대로는 차갑게 얼어붙었다. 중연은 그보다 더 차가운 시선으로 적두를 주시하며 말했다.

"오늘이 세 번째라면 북천에 이어 영축산 아래 객사에서도 이미 나를 보았다는 것이로구먼. 하면 그땐 왜 모른 척했는가?"

"대감께서 먼저 소승을 알아보고도 모른 척하였기 때문이지요. 북천에서는 실례가 많았습니다. 대감께서 하도 집요하게 소승을 쫓으시니 소승도 좀 당황하였습니다. 대감을 해하고자 하는 마음은 없었습니다. 그때 소승의 손에는 이 나무 작대기뿐이었습니다. 대감도 기억하시지요?"

그러나 중연은 여전히 승려의 지팡이가 품은 예리한 살煞을 느꼈다. 그에게 배어 있는 마른 피 냄새 역시 사찰 특유의 향내와 뒤섞였지만 여전히 지워지지 않았다. 중연은 승려의 옷을 입은 이 사냥꾼이 어떤 인물인지 종잡을 수가 없었다.

"하면 영축산 객사에서 내가 나마와 선사의 주인이 하는 말을 엿듣도록 일부러 내버려 두었다는 소린데?"

"어차피 우리 모두 아는 이야기인데 대감이 엿듣는다 하여 새삼 무슨 상관이겠습니까?"

"차긴 선사의 주인이 나마를 탐하는 마음이야 이미 온 세상이 아는 이야기이니."

"아니요, 온 세상이 아니라 우리입니다. 예부령과 소승, 대감과 나마, 이렇게 우리 넷만 아는 이야기지요. 어쩌면 대궁에 계신 한 분이 더 알고 계실 수도 있겠습니다."

"무슨 소린지 모르겠구먼. 그날 내가 들은 이야기 중에 은밀한 내용은 없었다."

예부령이 재운에게 시가를 내놓으라며 왕명을 기져온 것 말고 별다른 이야기는 없었다. 혹 내가 놓친 무슨 다른 이야기가 있었던가? 예부령이 그의 누이동생인 박여에 대해 잠깐 물었지만 그건 지극히 개인적인 이야기였다. 중연은 곰곰 생각해 보았지만 달리 떠오르는 것이 없었다.

적두는 중연의 사람됨을 보았다. 우리를 온 세상으로 여기는 자, 그릇이 큰 자였다. 그러나 이자는 자신의 말대로 아직 아무것도 모르고 있었다. 이자는 거짓을 꾸미는 것이 스스로 불편한 자였다. 궁금한 것을 참지 못하나 동시에 인내심을 가진 자이기도 했다. 기다릴 줄 아는 자, 둔하고 느린 듯 착각을 유도하지만 기다리던 순간이 오면 가장 먼저 움직이는 자. 그러므로 절대 만만히 보아서는 안 되는 인물이었다.

"아는 만큼 들리는 법이지요."

"무슨 뜻인가?"

"곧 아시게 됩니다. 그리고 예부령은 소승의 주인이 아닙니다."

"하나 내 보기에는 선사의 주인이 부처 같지도 않다."

적두는 웃음을 터뜨렸다.

"부처께서는 본디 누구의 주인 노릇도 한 적이 없습니다. 단지 부처께 원하는 것이 있는 자들이 스스로 머리를 조아리는 것이지요."

"선사가 예부령에게 머리를 조아리는 것도 그와 다르지 않아 보인다."

적두의 얼굴에서 웃음이 사라졌다.

"예부령과 소승은 원하는 것이 같아 잠시 서로 돕는 것뿐입니다."

중연도 정색하였다.

"예부령이 원하는 것은 나마다. 하면 선사도 나마를 갖고 싶은 것인가? 문수사의 승려라 했던가? 문수사에서 왜 나마가 필요하지? 아니면 선사가 개인적으로 욕심을 내는 것인가? 나는 선사가 승려의 옷을 입은 사냥꾼이라는 것을 안다."

적두가 히죽거리듯 말했다.

"역시 예리하십니다. 하오면 소승이 지금 무엇을 사냥하고 있는지도 아십니까?"

"아마 특별한 것이겠지."

"예, 맞습니다. 아주 특별한 것이지요."

"해서 그 특별한 사냥감이 나마인가?"

중연의 목소리가 커졌다.

"그건 나마께서 어떻게 나오시느냐에 달렸지요."

"시끄럽다 나는 너희 같은 족속의 그 알쏭달쏭한 말장난이 세상에서 제일 싫다."

"그토록 명쾌하신 대감께서 실은 세상에서 가장 오묘하고 불가사의한 존재를 벗으로 두고 계신 것은 아십니까?"

"대체 무슨 소릴 하고 싶은 겐가?"

"나마께서는 영축산 객사에 머무시는 동안 큰 상처를 입으셨습니다. 그렇지요?"

중연은 속으로 움찔하였다. 사냥꾼이 가람의 수주에 대해 알고 있다? 대체 어찌 알고 있는 것이지? 사냥꾼이 알고 있다면 예부령도 안다는 뜻이 아닌가? 이거 곤란하게 되었구나.

재운은 어떻게든 수주를 받지 않으려고 했다. 수주를 쫓는 자들로 인해 신상이 번거로워질 것을 피하기 위해서였다. 가뜩이나 박후명이 재운을 괴롭혀 신경이 쓰이는 마당에 하필 그 수주를 쫓는 자가 박후명이라니. 이래서야 도무지 박후명의 손에서 벗어날 길이 없지 않은가.

"왜 대답이 없으십니까?"

적두가 다그치자 중연은 분명하게 대답했다.

"무슨 소릴 하는지 모르겠구먼. 나마는 상처를 입은 일이 없다."

중연은 거짓을 말하는 것이 늘 고역스러웠지만 필요한 순간에는 결코 눈빛이 흔들리지 않았다. 적두는 그 순간 중연의 놀라운 평정심을 보았다. 듣자니 중연은 부친의 장례에서도 눈물 한 방울 흘리지 않았다고 했다. 그렇게 인정에 무심한 자가 지금 김재운을 위해 거짓말을 하고 있는 것이다.

"좋습니다. 그거야 나중에 확인해 보면 될 것이고. 오늘은 괜찮으시다면 소승을 나마 나리의 집까지 좀 안내해 주십시오. 소승이 나마 나리를 따로 만나 보고 싶은데 아시다시피 도무지 집을 찾을 수가 없군요. 일전에 북천에서도 나마 나리를 뵐 기회가 있었으나 워낙 걸음이 빠르신지라 도저히 따라잡을 수가 없었습니다. 대신 대감을 만나게 되었지요. 그 또한 소승에게는 나쁘지 않은 인연이었습니다만."

중연은 내키지 않았다. 이자는 박후명의 사람이다. 그것도 재운을 표적으로 삼는 사냥꾼이 아닌가.

"소승을 경계하시는군요. 소승은 그저 나마 나리를 잠깐 뵙기만 하면 됩니다. 대감께서 계시는데 소승이 뭘 어쩌겠습니까? 약속드리지요. 나마께는 아무 짓도 하지 않겠습니다."

"내가 있는 한 선사는 어차피 아무 짓도 할 수 없다."

"하오면 안 될 것도 없겠습니다."

중연은 상대를 쏘아보는 적두의 무정한 시선에서 관대한 승려의 눈빛이 아니라 잔인하고 냉혹한 욕망을 느꼈다. 이런 자가 북천에서처럼 멋대로 재운을 사냥하도록 내버려 두느니 차라리 자신과 재운이 함께 있는 자리에서 결판을 보게 하는 것이 낫다.

물론 중연의 생각대로 되지 않을 수도 있었다. 그는 이미 예부의 관원들을 재운의 집으로 안내했던 적이 있었으나 한 번도 성공하지 못했다. 중연은 돌아서며 말했다.

"도중에 나를 잃어버리지 않을 자신이 있으면 따라오라."

그런데 이번엔 중연도 재운의 집으로 들어가는 골목길을 찾을 수가 없었다. 분명히 늙은 버드나무에서 십여 걸음 떨어진 자리에 골목 입구가 있었다. 그새 골목 입구를 담장으로 막았나? 그러나 골목 입구를 새로이 막은 흔적은 없었다. 중연은 고개를 갸웃거리며 중얼거렸다.

"이런 적이 없었는데?"

적두가 말했다.

"방의 담장 위로 올라가 한번 살펴보시지요."

중연은 적두가 시키는 대로 담장 위로 올라섰다. 그가 늘 다니던 길이 보였다. 중연은 그 길을 눈으로 따라가며 골목 입구로 나가 보려 했다. 그러나 암만 신중을 기해도 부지불식간에 시선이 흩어져 버렸다. 그는 난감해졌다.

'갑자기 이게 어찌 된 게지? 하면 앞으로는 나 역시 재운의 집을 찾지 못하게 되는 것인가?'

적두는 예상했다는 듯 말했다.

"소승 때문입니다. 하여 대감 역시 아예 입구에 발도 들여놓지 못하고 있는 것이지요."

"그게 무슨 소린가?"

"이 금줄은 특히 저 같은 자를 경계하지요."

"금줄이라 했는가? 그걸 어찌 아는가?"

중연은 의아한 얼굴로 적두를 보았다. 그는 금줄을 실제로 본 적이 없었으나 재운이 금줄을 쳐 두었다고 말하는 것을 들은 적이 있었다. 적두는 뻔뻔하게 웃어 보이며 말했다.

"금줄에 대해 알고 계시군요. 실은 그것도 우리 네 사람만이 아는 이야기에 속하는 것이지요."

"하면 선사의 눈에는 그 금줄이 보인단 말인가?"

"금줄은 사람의 눈에는 보이지 않습니다. 소승은 다만 다른 사람들과 달리 금줄을 감각으로 느낄 수 있습니다. 왜냐하면 이 금줄은 저 사냥꾼을 경계하여 두른 것이기 때문입니다. 대감! 소승은 저枡를 사냥합니다."

중연의 머릿속이 복잡해졌다. 저 짐승의 눈을 한 승려가 스스로 저 사냥꾼이라고 말했다. 그는 좀 전에 재운을 두고 특별

278

한 사냥감이라 하였다. 하면 재운이 저杵라는 말이 아닌가? 이런 멍청할 데가? 재운은 저杵가 아니다. 그건 내가 장담할 수 있지.

"하면 저杵나 쫓을 것이지 왜 여기서 얼쩡거리는 겐가?"

"저杵를 쫓다 보니 여기까지 오게 되었지요. 저杵가 여기 숨어 있습니다. 여기 목련들이 열두 달 중 아홉 달이나 피어 있는 이유지요."

"뭔가 오해가 있는 듯하구먼. 나마는 아니다."

"아니요, 나마입니다."

적두는 누런 이를 드러내며 말했다.

"대감은 사람들이 나마의 집을 찾지 못하는 것에 의혹을 품어 본 적이 없습니까?"

"그거야 그자들의 눈이 어두운 탓이지. 어쩌면 집이 문제일지도 모르고."

"집이 아니라 금줄 때문입니다."

"나마가 저杵라면 그 모습이 동경이나 물에 비치지 않아야 한다. 한데 나는 나마가 동경에 비친 것도 보았고 연못에 비친 것도 보았다."

"소승도 보았습니다."

"한데도 의심인가?"

"해서 나마를 직접 뵙고 확인하려 했지요."

적두는 법구로 그들 앞을 가로막고 있는 담장을 툭툭 치며 말했다.

"원래 골목 입구가 여기쯤에 있어야 하는 것이지요?"

법구에 얻어맞은 담장이 징징 울었다.

"나무로 만든 것인 줄 알았는데 쇳소리가 나는구먼."

"이것은 남도지南桃枝로 만든 것입니다."

"남도지라면 남쪽으로 뻗은 복숭아나무의 가지를 말함인가?"

"그렇습니다. 저杵는 움직임이 아주 빨라 거의 모든 사물의 공격을 피할 수 있지요. 하지만 남도지는 저杵의 눈에 지나치게 환하게 보이기 때문에 빛과 혼동이 되어 잘 보이지 않을뿐더러 저杵의 눈을 부시게 합니다. 하여 저杵를 제압할 수 있는 법구가 되지요."

재운은 설승의 첩이 머리에 꽂고 있던 나무 비녀를 갖고 싶어 했다. 그가 그 나무 비녀를 갖고 싶어 했던 이유는 북도지北桃枝로 만든 것이기 때문이었다. 가지고 있으면 유용하게 쓰일 것이라 했지. 중연이 의혹을 품은 채 물었다.

"하면 북도지로 만든 물건이 그 법구를 대적할 수 있겠군."

"그렇지요. 하오나 북도지로 만든 것은 구하기가 매우 어렵습니다. 무엇을 만들든 대개 그 전에 부러지니까요."

해서 재운이 그 나무 비녀를 손에 넣었다? 하면 재운은 이자에 대해 이미 알고 있었다는 뜻인데? 그건 곧 저 사냥꾼의 존재를 경계하고 있었다는 뜻이기도 하고. 가만, 내가 지금 무슨 생각을 하고 있는 게야? 재운은 저杵가 아니다.

그러나 중연의 생각은 곧 뒤집혔다. 그래도 이상하지 않은가? 저杵가 아닌데 왜 그 나무 비녀가 필요했을까?

영축산 객사에서 재운이 수주를 받아들인 상처로 인해 며칠간 운신하지 못하고 있을 때, 계유는 그를 재운의 방에 들이지 않기 위해 필사적으로 막아섰다. 계유는 말했다. 재운에게 가려야 하는 부분이 있다고.

그 상황에서라면 몸이 무방비 상태가 되었을 때 저절로 드러나는 부분이라는 것인데, 지금 적두의 말이 사실이라면 그때 재운이 감추고 있었던 것은 어쩌면 저䖵의 정체였을지도 모른다.

"암만해도 오늘은 대감의 덕을 볼 수 없을 듯하니 소승은 이만 물러가지요. 다음에 기회가 되면 다시 뵙겠습니다."

적두는 중연의 머릿속을 한껏 들쑤셔 놓은 후 태연한 얼굴로 가 버렸다. 혼자 남은 중연은 한참이나 북쪽 골목길 입구가 있던 담장 앞에 서 있었다. 머릿속이 쿡쿡 쑤셨다. 어디선가 바람이 불어 들어 버드나무 가지를 한바탕 흔들고 지나갔다. 그때 흙먼지가 들어갔는지 눈이 따끔거려 중연은 두 눈을 질끈 감았다.

다시 눈을 떴을 때 중연의 눈앞에는 목련방 골목길 입구가 열려 있었다. 꼭 뭐에 홀린 것 같았다. 참말 저 사냥꾼이 가 버렸기 때문일까? 그는 두 눈을 끔벅이며 재운의 집을 향해 바삐 걸음을 옮겼다.

중연은 사람들이 재운에 대해 무슨 말을 해도 흘려들었다. 지금껏 그는 재운을 둘러싼 어떤 해괴한 소문도 믿지 않았다. 재운이 화마와 이야기를 하고 비를 내렸다는 말도 믿지 않았는데 어찌 저䖵라는 말을 믿을 수 있겠는가? 그것도 예부령의 사람에게서 들은 말이 아닌가. 그런데도 그 말이 진실처럼 들렸다.

'아무래도 문수사의 승려가 내게 무슨 술수를 쓴 모양이구먼.'

문수사는 진언밀교의 본산이었다. 승려들은 진언 수행을 통해 병을 고치고 귀신과 요사한 것을 내쫓는 재주를 익힌다. 하니 아마 그에 말려든 것이 분명했다. 그는 어이가 없었다.

'예부령이 나와 재운의 사이를 갈라놓기 위해 별 요상한 짓을 다 하는구먼.'

그러나 중연은 내내 자신의 정신과 마음이 한 치의 흐트러짐도 없이 명확했다는 사실을 깨달았다. 혹 적두의 말이 진실이어서 내 귀에 진실로 들린 것은 아닐까? 그의 마음이 서서히 요동을 치기 시작했다. 중연은 결심했다. 내 생각은 의혹을 부풀릴 뿐이다. 이 문제의 답은 재운에게 있으니 그에게 직접 물어보는 것이 옳다.

"참말 집에 없는가?"

중연은 재차 물었다.

"예, 계시지 않습니다."

계유는 노골적으로 중연을 경계하고 귀찮아하지만 거짓으로 그를 돌려보낸 적은 없었다. 그러니 계유가 없다고 말하면 없는 것이다.

"어딜 갔느냐? 또 왕경을 떠난 것은 아니겠지?"

"그럼 제가 여기 있겠습니까? 벌써 따라나섰지요. 대체 왜 그러십니까?"

"물어볼 것이 있어서 그런다. 어디로 갔느냐?"

"남산으로 가셨습니다."

"날도 추운데 거긴 왜?"

"가끔 올라가십니다."

중연은 목련방을 나와 남산으로 향했다. 비를 맞아 눅눅한 겨울 산의 공기는 냉랭했고 산바람은 그지없이 매서웠다. 어스름하게 그늘이 내려앉은 소나무 숲을 지나자 몸을 비스듬하게 기울인 너럭바위 앞에 재운이 서 있는 것이 보였다.

그 너럭바위는 남산의 산신으로 불리던 상염자의 바위였다. 이제 상염자는 이 바위에 오르지 않았다. 지난 이십여 년간 아무도 상염자를 보지 못했다.

너럭바위는 땅으로부터 한쪽이 들려 있어 그 틈새로 두세 명의 장정은 너끈히 들어가 누울 공간이 있었다. 그러나 그 틈새 그늘에 들어서면 지독하게 몸이 축축해지고 어깨가 오싹해져 누구도 발을 들여놓지 않으려 했다.

재운을 발견한 중연이 앞으로 나가려는데 갑자기 돌풍이 불어 들었다. 중연은 팔을 들어 얼굴을 해하려는 삭풍을 가렸다. 중연이 눈을 똑바로 뜨기 어려운 가운데에서도 재운을 찾으니 그는 바람에 굴하기는커녕 꼿꼿하게 선 채 너럭바위 아래 그늘에 시선을 두고 복두를 벗는 중이었다.

바람을 따라 재운의 머리가 풀려 사방으로 흩날렸다. 재운은 반비를 벗고 화를 벗고 버선을 벗더니 맨발이 되었다. 뭘 하려는 거지? 저러다 병이라도 나면 어쩌려고? 아직 옆구리의 상처도 완전히 아물지 않았을 터인데. 중연은 재운을 말리려 했으나 입도 걸음도 떨어지질 않았다.

재운이 팔을 들어 올렸다. 그의 손짓을 따라 바람이 잦아들기 시작했다. 재운이 맨발로 차가운 땅을 밟으며 춤을 추기 시작했다. 그러자 온 산이 흔들리며 울렁였다. 주변 공기가 그의 몸짓에 반응이라도 하듯 이리저리 묵직하게 휘돌았다.

나무들이 재운을 향해 가지를 기울였다. 중연의 심장이 두근거렸다. 그의 귀가 울렸다. 멀리서 나무 두드리는 소리가 들리는 듯했다. 재운의 춤사위가 벌어질 때마다 그에게 배어 있는 침향의 오묘한 향내가 점점 더 짙어졌다. 중연은 눈앞이 아득해지고 숨이 가빠졌다. 자신의 숨소리가 이렇게 크게 들린적이 없었다.

그때 너럭바위 그늘 아래에서 서리 같은 흰 수염을 가진 사내가 모습을 드러냈다. 상염자의 탈을 쓴 사내가 재운과 어우러져 춤을 추기 시작했다.

방금까지만 해도 너럭바위 그늘 아래에 사람이라곤 없었다. 그런데 재운이 춤을 추기 시작하자 그늘에 녹아 있던 어둠이 상염자가 되어 일어났다. 재운의 춤은 상염자의 춤이었다. 재운이 그 춤으로 오래전에 떠나 버린 산신을 다시 불러낸 것이다.

중연이 홀린 듯 그들의 춤을 바라보는데 갑자기 상염자가 춤을 멈췄다. 재운도 동작을 멈췄다. 사방이 그림처럼 고요해졌다. 둘은 마주 선 채 한참이나 서로를 바라보았다. 이윽고 상염자가 재운의 어깨에 손을 얹으며 말했다.

"누야!"

그 이름이 불리는 순간, 재운은 중연이 있는 쪽으로 고개를 돌렸다. 재운과 중연의 시선이 마주쳤다. 동시에 상염자는 사라졌다. 상염자가 걸어 나왔던 너럭바위 아래 그늘은 텅 비어 있었다. 어디로 갔지? 중연은 의아해졌다.

그 순간 중연의 뒤쪽에서 법구를 창처럼 움켜잡은 승려가 재운을 향해 달려들었다. 중연은 그를 한눈에 알아보았다.

'저자가 지금 무슨 짓을 하려는 게야? 설마 여태 내 뒤를 밟은 것인가?'

중연이 환두도를 뽑았다. 그는 재운을 향해 날아드는 적두의 법구를 단번에 쳐 냈다. 남도지고 북도지고 간에 나무로 만든 작대기는 그의 환두도에 부러졌어야 했다. 그런데 법구에 부딪친 중연의 환두도가 되레 팅겨 나왔다. 기묘한 울림이 중연의 팔을 타고 전해졌다.

"이게 무슨 짓인가?"

중연이 외쳤다. 적두는 법구를 거두며 말했다.

"대감께서는 소승의 말씀을 전혀 귀담아듣지 않으셨군요. 보고도 모르시겠습니까?"

"뭘 말인가?"

"이 너럭바위는 상염자의 바위입니다. 오래전에 이 산을 떠났지만 상염자는 본디 저杵입니다. 나마께서는 상염무를 잘 추시지요. 상염무를 잘 추어 내면 저杵인 상염자를 불러낼 수 있습니다. 저杵의 춤은 또 다른 저杵를 불러내지요."

적두가 재운을 향해 돌아보며 물었다.

"나마께서는 지금 상염자를 불러내려 하셨습니다. 그렇지요?"

재운은 입을 다문 채 흐트러진 머리카락을 정리하고 복두를 썼다. 버선과 화를 신고 반비를 입었다. 적두는 재촉했다.

"저杵는 거짓을 말하지 못하지요. 해서 지금 입을 다무시는 겁니까? 말해 보십시오. 왜 상염자를 불러내려 했습니까?"

중연이 재운의 앞으로 나서며 말했다.

"저杵라서가 아니라 대꾸할 가치가 없기에 상대하지 않는 것이다. 나마가 상염무를 춘 것이 어떻다는 것인가? 지난날 헌강왕께서도 상염무를 추셨다. 헌강왕께서 저杵가 아니었듯 나마도 저杵가 아니다. 선사의 말대로 상염자가 저杵라면 여기 이 너럭바위나 지고 가면 될 것을 무슨 말이 그리 많은가."

적두가 재운에게 상염자를 불러내려 했느냐고 물었다. 이는 적두가 방금 재운과 함께 춤을 추던 상염자를 보지 못했다는 뜻이었다. 중연은 생각했다. 저杵는 본래 두 사람이 보아도 한 사람의 눈에만 보인다고 했다. 해서 자신의 눈에만 보였을지도 모른다.

"소승이 잡고 싶은 저杵는 나마입니다."

"나마는 저杵가 아니다."

중연이 다시 한 번 단호히 잘라 말했다. 적두는 한심하다는 표정으로 일그러진 웃음을 내보였다.

"대감께서는 지금 믿었던 벗에게 속고 계십니다. 아직도 소승의 말을 믿지 못하시겠다면 지금 당장 나마의 손을 한번 잡아 보십시오."

"무슨 소린가?"

"저쳐는 사람의 손에 잡히지 않습니다. 말해 보십시오. 지금껏 나마의 손은커녕 옷자락도 잡아 보신 적이 없으시지요?"

"뭐?"

적두의 말이 틀리지 않았다. 늘 재운의 바로 곁에 있어도 옷자락 한번 스쳐 본 적이 없었고 어깨나 손이 닿아 본 적도 없었다. 그가 재운을 잡을라치면 발 빠른 재운은 어느새 저만치 앞서가 있곤 했다. 하지만 계유가 재운을 부축하거나 업는 것은 보았다.

"나는 잡아 보지 못했으나 다른 이가 잡는 것은 보았다."

"누가요? 끽해 봐야 저神가 부리는 식신式神 나부랭이겠지요."

적두는 중연의 말을 비웃으며 법구를 고쳐 잡았다. 중연은 적두의 말을 이해하지 못한 채 그가 재운을 향해 다시 공격해 올 것을 경계하였다.

그러나 적두는 몸을 날려 너럭바위 위로 올라섰다. 그의 손에 쥐어진 단단한 법구의 끝이 너럭바위의 표면을 깊게 그었다. 바위와 마찰을 일으킨 법구의 끄트머리에서 흰 연기와 함께 순식간에 불이 붙었다. 적두가 불붙은 법구를 허공으로 휘두르자 바람을 타고 불똥이 사방으로 튀었다. 비가 그친 뒤였음에도 불은 젖은 나무와 수풀로 금세 옮겨붙었다. 암만해도 남도지로 만든 법구의 조화인 듯싶었다. 그제야 적두와 상대하기 싫은 듯 물러나 있던 재운이 중연을 제치고 앞으로 나서며 말했다.

"네가 나 하나 잡겠다고 이 산을 태우려 하느냐?"

적두는 냉소 가득한 표정으로 말했다.

"나마를 잡을 수만 있다면 이까짓 산이 대수입니까. 소승이 하는 짓이 마음에 들지 않으면 나마께서 직접 막으시면 되겠습니다. 선도산성에서 불이 났을 때도 나마께서 비를 가져오신 줄 압니다. 자, 다시 한 번 그때의 재주를 여기 벗이 보고 계신 앞에서 해 보십시오. 지금 이 자리에서 정체를 내보이셔야 이 산을 살릴 수 있을 것입니다."

중연은 다소 놀란 얼굴로 재운을 돌아보았다. 재운은 중연을 바라보고 있지 않았다. 중연은 재운의 눈동자가 아주 깊고 어두워 이미 저 불길에 다 타 버린 듯 허망한 재처럼 느껴졌다. 재운이 적두를 향해 한 걸음 걸어 나갈 때마다 먼 곳에서부터 다가오는 커다란 숲의 소리가 들리는 것 같았다. 그 소리는 마치 북소리 같기도 했고 빗소리 같기도 했다.

그러나 하늘을 올려다봐도 다가오는 먹구름은 없었다. 단지 어느 순간부터 날리기 시작한 부슬비가 사방으로 축축하게 내려앉으며 불길을 조금씩 누그러뜨리고 있었다. 부슬비는 재운이 걸어가는 방향을 따라가며 점점 더 빗줄기를 키워 갔다. 하여 마치 재운이 비를 몰고 가는 듯 보였다.

재운은 적두를 신경 쓰지 않았다. 그는 마치 자신이 남산의 산신이라도 되는 듯 불러온 비로 산의 불길을 잠재우는 것에만 몰두했다. 그때 중연은 적두가 너럭바위 위에서 곧장 재운을 향해 달려드는 것을 보았다.

재운은 눈이 부신 듯 법구가 날아오는 방향을 피해 고개를 돌리며 눈썹을 찡그렸고 그 순간 좀 전의 불길로 검게 그을린 법구의 끝이 재운의 왼쪽 옆구리를 강하게 찔러 들어갔다. 순식간에 재운의 옷자락이 피로 물들었다. 수주가 들어 있는 자리였다. 거의 다 아문 상처가 터진 것이다.

재운이 상처를 부여잡으며 비틀거렸다. 법구의 끝이 왼쪽 옆구리 상처를 그대로 밀고 들어가자 그의 몸이 잠깐 왼쪽으로 기울더니 이내 뒤로 쓰러졌다. 법구가 쓰러진 그의 왼쪽 옆구리 상처를 말뚝처럼 박아 눌렀다. 그는 땅에 누워 옴짝달싹하지 못한 채 가쁜 숨을 내쉬었다.

"너의 나무 작대기를 당장 내 벗의 몸에서 떼고 물러서라."

중연이 적두를 향해 환두도를 겨누며 다가섰다. 그는 재운을 탓했다.

'남산이 홀랑 다 타 버리든지 말든지 제 한 몸이나 잘 건사할 것이지.'

그는 재운이 법구를 피할 수 있었음에도 그대로 받은 것을 보았다. 법구가 날아올 때 재운이 고개를 돌린 것은 분명 그 빛이 눈부셨기 때문일 것이다. 그러나 동시에 재운이 고개를 돌려 향한 곳은 그가 재워 가고 있던 불길의 남은 불씨들이 다시 퍼져 나가려던 자리였다.

적두는 재운이 어느 방향으로 움직일지 예상했고 재운은 이를 속이지 않았다. 재운은 적두의 법구를 받으며 소매를 펼쳤고 그 손짓을 따라 비는 그에게서 떨어져 나가며 다시금 치솟아 오르려던 불길을 순식간에 덮어 버렸다. 산의 불은 꺼졌고 비는 거짓말처럼 사라졌다.

적두가 배시시 웃으며 말했다.

"대감이 소승을 베시는 것보다 소승이 나마의 뼈를 부숴 버리는 것이 더 빠를 것입니다."

적두는 재운의 상처를 누른 법구의 끝을 살짝 들어 보였다가 다시 힘을 가해 내리눌렀다. 아픔을 참는 재운의 고개가 뒤로 꺾였다.

"소승의 법구가 여기 이 가슴의 뼈들을 산산조각 낼 수 있습니다. 깨어진 뼛조각들이 심장을 손상시키면 나마는 스스로의 피에 질식하여 죽을 것입니다. 아, 저枠이니 그렇게는 죽지 않겠군요."

적두는 고의로 중연의 약을 바싹 올려 가며 말했다.

"저枠를 완전히 없애려면 태워야 합니다. 물론 수주를 감출 만큼 큰 저枠이니 쉽게 타지는 않겠습니다. 대감께서도 보셨다시피 큰 저枠는 오래 묵어 단단할 뿐 아니라 습기와 비를 몰고 다니기 때문에 웬만해서는 불이 잘 붙지 않습니다. 하나 저 사냥꾼들은 저枠를 태울 특별한 불을 만들 수 있지요. 이 고운 얼

상상의 경계를 허문다
이야기의 힘을 믿는다

파란미디어
도서목록

파란 **cafe** cafe.naver.com/paranmedia **e-mail** paranbook@gmail.com
twitter @paranmedia **tel** 02. 3141. 5589 **fax** 02. 3141. 5590

비연 작가시리즈

『기란』이후
4년 만에 선보이는
비연 작가의 새로운 소설!

암향暗香
각 권 11,000원(전 2권)

영원한 숙적 조적와 순順
화친이라는 미명하에
친왕과 황녀가 맺은 위험한 정략혼!

아수청라사륜   조의 예친왕, 출정하는 전투마다 대승을 거두는 피에 굶주린 야차
어쩌신가, 고귀하신 황녀의 몸으로 나같이 천하고 비열한 야만족과 혼인하게 된 심정이?

하문예아   순을 위해 기꺼이 야만족의 나라로 떠나는 고귀한 황녀
나는 이 혼인에 목숨을 걸었습니다. 당신을 알기 위해 노력할 겁니다.
비록 당신이 날 필요로 하지 않더라도.

사랑하지 마라,
네 것이 될 수 없다!

기란奇蘭(개정판)
각 권 11,000원(전 3권)

권력 다툼이 극에 달한 진眞의 황궁에
서촉의 기란이
황제의 후궁으로 입궁한다.

평범한 남자로는 살 수도,
살아서도 안 되는 황제를
한 사람의 남자로 만들어 버린 기란.
황제가 아닌 윤을 사랑한 것이
모든 비극의 시작이었다!

파란 로맨스

인형의 집으로 오세요
이서정 지음 | 값 13,000원

**스릴러 로맨스의 새로운 장이 열린다.
지금까지 볼 수 없었던,
등골에 소름이 돋는 로맨스!**

흉흉한 동네의 무당집을 물려받은 어린 유부녀 은아와
그 집 2층에 빨간 가마를 놓고서 인형을 만드는
친절한 미남 세입자 준환의 기묘한 동거 생활.
그리고 서서히 드러나는 충격적 비밀들!

라떼와 첫 키스
석우주 지음 | 값 13,000원

지독한 첫사랑을 앓는 남자 최율

"저런 눈으로 날 쳐다보면
내 심장이 어떻게 뛰는지 알기나 할까?"

부서지는 햇살 같은 미소를 가진 여자 이보은

"사랑이란 내 모든 것을 주어 당신을 행복하게 해 주는 것
이라 믿어요. 그런데 난 가진 것이 없어요."

성공 지향적인 성격에
오만함과 결벽증으로 똘똘 뭉친 최율.
그런 그가 서른세 살 인생 처음으로
왼쪽 가슴을 뻐근하게 하는,
심장을 불규칙하게 뛰게 하는 여자를 만났다.

낭만의 경계선
조부경 지음 | 값 13,000원

**청춘 드라마보다 발칙하고
순정만화보다 달달한 로맨스!
오늘도 낭만을 꿈꾸며
현실의 경계에 선 솔로부대를 위하여!**

4학년 개강 첫날부터 예상치 못한 사건에
휘말리게 된 모쏠녀 고민아,
낭만과 현실의 경계에서 사는
평범한 그녀의 사랑 성공기! 인생 성장기!

두근두근 당신의 가슴을 뛰게 할 로맨스!

류다현 작가시리즈

두 개의 심장
값 13,000원

서로의 세렌디피티, 너무나 멋진 우연!
그러나……그는 결혼을 앞두고 있고,
그녀의 시간은 정해져 있다.

다시 시작된 100일의 계약연애
사랑을 정리하고, 이 삶을 정리하기 위한.

프렌치 러브 박스
값 13,000원

사랑을 담은 채 잠겨 버린 프렌치 러브 박스
잊지 못하는 여자와 기억하지 못하는 남자는
기억과 망각, 운명과 우연 사이에서 길을 잃는다

딸깍, 프렌치 러브 박스가 열리면
잊었던 기억 속 진실이 드러날까

역사판타지 로맨스 신부시리즈

첫 번째 이야기 **그림자 신부**
각 권 13,000원(전2권)

사랑해선 안 될 상대를 깊이 사랑하게 되었다
독이 될지도 몰랐다.
모든 것의 주인인 황제일지라도 절대 가질 수
없는 가져선 안 되는 유일한 한 가지
그것은 바로 그림자 신부였다!

두 번째 이야기 **맹월 : 눈먼 달**
각 권 13,000원(전2권)

이토록 아름다운 빛을 내지만
정작 자신은 그 빛을 보지 못하는
죽음보다 더 가혹한 삶을 사는 그녀
손을 잡아도, 품에 안아도, 입을 맞춰도
하늘에 뜬 달처럼 아득한 신부
그녀는 슬프면서도 기이한 나의 달,
나의 눈먼 달

세 번째 이야기 **칸이 가장 사랑한 딸**(출간 준비 중)

패배한 나라의 태자 진, 적국의 공주를 여왕으로 받들어야 하는 남편이 된다.
이오르의 속국으로 전락한 나라 란.
그러나 여왕 이아사와 진 사이에는 사랑이 싹터 오르고……
나라를 위해서 이아사를 버릴 것인가, 사랑을 위해서 백성들을 외면할 것인가.

굴이 불길 속에서 어떻게 변하는지 구경하는 것도 꽤 재미있을 것입니다."

중연의 안색이 변했다.

"그 광경이 그다지 보고 싶지 않다면 환두도를 내려놓으시지요."

중연은 환두도를 적두의 앞으로 내던졌고 적두는 법구로 재운을 단단히 누른 채 다른 손으로 중연의 환두도를 집어 들었다. 적두는 자신이 삼도 시위부의 가장 뛰어난 무관인 중연을 이길 수 없음을 잘 알고 있었다. 하니 일단 중연의 환두도를 빼앗은 후 어떻게든 잡고 있는 재운을 이용해 그를 쓰러뜨릴 기회를 찾아야 했다.

중연은 마음만 먹으면 자신의 환두도를 얼마든지 다시 가져올 수 있었다. 다만 사냥꾼의 법구 아래 놓인 재운의 안위 때문에 신중함이 필요했다. 그가 적두를 향해 천천히 걸음을 옮기려는 순간, 적두가 갑자기 법구에서 손을 떼고 외쳤다.

"거기서 한 발자국도 움직이지 마십시오."

법구는 재운의 상처에 단단히 박힌 채 하늘을 향해 솟아 있었다. 좀 전에 적두가 중연에게 위협을 가하며 법구를 슬쩍 떼었다가 다시 내리누를 때 아예 상처의 벌어진 뼈 사이로 그 끝을 밀어 넣은 것이다.

새운은 너듬거리며 법구를 손으로 삽았다. 그의 손이 검푸르게 변했다. 그는 그것을 스스로 잡아 뺄 수 없었다. 왜냐하면 그것은 남도지로 만든 것이기 때문이었다. 그가 싫어하는 물건이었다. 사실은 만지는 것도 불편했다.

재운은 자신의 소매 속을 뒤적였다. 그에게는 북도지로 만든 비녀가 있었다. 이렇게 커다란 법구를 상대하기에는 턱없이 작은 물건이나 순간의 위기를 넘기는 데는 요긴하게 사용할 수 있었다.

적두가 환두도를 내지르는 순간 중연은 뒤로 물러서며 몸을 피했다. 기세를 몰아 적두가 한발 앞으로 나섰다. 중연은 그를 좀 더 앞으로 유인해 낸 후, 재운에게로 갈 작정이었다. 서둘러 재운의 옆구리에 박힌 법구를 뽑아내야 했다. 아니면 더 나쁜 상황이 벌어질 것이다.

그러나 중연의 속셈을 알아차린 적두가 공격을 멈추고 획 돌아서더니 냉큼 법구를 잡아 뽑아 재운의 가슴을 그대로 내리쳤다.

"안 돼!"

중연은 팔을 뻗어 재운의 심장을 막으며 몸을 날렸다. 끔찍한 고통이 벼락처럼 꽂혔다. 절로 신음이 흘러나왔다. 적두의 법구가 재운의 심장을 뚫는 대신 중연의 오른팔을 부러뜨렸다.

그는 다급히 왼손을 뻗어 공격할 것을 찾았다. 커다란 돌이 잡혔다. 그는 돌을 들어 다시 일격을 가하는 법구를 막았다. 법구의 끝이 돌을 꿰뚫고 박혔다. 그는 당황했다.

'무슨 이런 경우가 다 있는가? 아무리 법구라 해도 나무가 어찌 돌을 뚫는가.'

적두는 돌에 박힌 법구가 얼른 뽑히지 않자 돌을 다른 바위에 부딪쳐 깨뜨렸다. 그 틈에 중연은 적두가 쥐고 있는 자신의 환두도를 향해 왼손을 뻗었다. 환두도가 중연의 손으로 돌아오는 순간 눈앞으로 뭔가 뜨거운 것이 지나갔다.

법구의 그을린 끝이 중연의 미간에 닿기 직전 멈췄다. 법구를 쥔 적두의 손이 흔들리고 있었다. 중연은 그의 발밑에 떨어진 나무 비녀를 보았다. 재운이 던진 나무 비녀가 적두의 법구를 막은 것이다. 적두가 이맛살을 찌푸렸다. 그 나무 비녀가 북도지로 만든 물건임을 알아보았기 때문이다.

중연은 그 순간 적두를 베었어야 했다. 그러나 그는 적두를 벨 수 없었다. 이제 살생은 진저리가 났다. 비록 사냥꾼의 냄새를 풍긴다 해도 더구나 승려가 아닌가. 이자를 꼭 죽여야 하는지 그는 망설였다.

그는 적두를, 아니, 사람을 더는 어떤 식으로든 죽이고 싶지 않았다. 잘 알지 못하는 사람들을 죽이지 않기 위해 왕경으로 돌아온 것이 아니었던가. 죽이는 것보다는 지키는 것을 하기 위해서.

중연이 머뭇거리는 순간 적두는 자신의 법구를 내질렀다. 잘 다듬어진 법구의 예리한 끝이 중연의 허벅지를 깊게 그었다. 살이 찢어지고 금세 피가 흥건하게 배어 나왔다. 상처 입은 다리의 무릎이 절로 구부러졌다.

적두가 왼손으로 법구를 쥔 채 오른손으로 법구의 머리 쪽을 잡아 뽑았다. 단단한 나무 속에 숨겨진 칼날이 흰빛을 드러냈다. 역시, 그럴 줄 알았구먼. 중연은 자신의 직감이 맞았음을 보았다.

적두가 말했다.

"소승은 대감을 죽일 생각이 없습니다만, 지금은 대감의 피가 많이 필요하니 좀 도와주시지요."

중연은 자신의 환두도를 들어 적두의 칼을 막았다. 열 합을 넘기는 동안 중연이 전혀 빈틈을 내보이지 않자 적두는 조급해졌다. 이대로라면 중연의 몸에 더는 상처를 낼 수 없었다. 아니, 적두가 중연에게 먼저 당할 것이다. 적두가 속삭였다.

"대감의 오른쪽 팔이 부러졌지요. 한쪽 다리도 온전치 않습니다. 그럼에도 소승은 검으로는 절대 대감을 이길 수 없을 것입니다. 하오니 제 칼을 한 번만 받아 주십시오. 그리만 해 주시면 나마를 살려 드리지요. 물론 대감도 죽지 않을 것입니다. 소승은 단지 대감께 보여 드리고자 하는 것이 있을 뿐입니다."

"아니, 나는 너를 믿지 못하겠다."

"예부령께서는 나마가 죽는 것을 원하지 않습니다. 물론 대감도요. 대감이 알아야 할 것이 있습니다."

적두의 말소리가 마치 불경을 외는 것처럼 기분 좋은 가락으로 들렸다. 그의 말이 아주 그럴듯했다.

'그렇지, 예부령은 나와 나마를 죽일 까닭이 없다. 예부령은 나마를 몹시 아낀다. 게다가 예부령과 나는 크게 척을 진 적이 없으니…… 이런, 이자가 내게 신주神呪를 걸고 있구나!'

중연이 이를 경계하고 정신을 깨려는 순간, 적두의 칼끝이 그의 복부를 찔렀다. 그는 환두도를 쥔 채 그대로 쓰러졌다.

적두는 칼날을 다시 나무 법구 속으로 숨기고 재운을 향해 돌아섰다. 법구로부터 벗어난 재운은 상처를 누른 채 간신히 일어선 참이었다. 수주는 상처가 터지자 그의 몸속 더 깊은 곳으로 파고들었다. 일단 몸 안으로 들어간 수주는 그리 쉽게 밖으로 빠져나오지 않는다. 하지만 그 상처에 손을 밀어 넣어 수주를 잡고자 한다면 아직은 잡힐 것이다.

중연은 억지로 몸을 일으키려다 쓰러졌다. 그는 재운을 향해 말했다.

"이보게, 나마! 거기 그러고 서 있지 말고 달아나게. 어서!"

중연의 머리 위로 먹구름이 달려들고 있었다. 재운은 자신을 향해 다가오는 적두가 아니라 중연을 보고 있었다. 아니, 중연의 주변에 흥건하게 고이는 붉은 피를 보고 있었다. 재운의 얼굴에 두려운 기색이 배었다. 중연은 재운이 그런 곤란한 표정을 짓는 것을 한 번도 본 적이 없었다.

'미안하구먼. 내가 자네에게 큰 걱정을 끼쳤네. 하나 이 정도 피를 흘렸다고 잘못되진 않는다네. 그러니 걱정 말게. 나는 죽지 않을 것이네. 나는 자네를, 자네를……'

중연의 정신은 점점 가물거렸고 몸은 땅속으로 꺼지듯 주변의 소리들이 아득해졌다. 적두의 목소리가 중연을 둘러싼 두터운 공기를 뚫느라 사방으로 흩어졌다. 중연은 흐트러지는 정신을 놓치지 않기 위해 필사적으로 버텼다. 그의 귀에 적두의 말이 들렸다.

"대감의 피를 보니 한 발자국도 움직이지 못하겠지요?"

'무어라? 하면 나마의 발이 땅에 붙은 것이 참말 나 때문인가? 내 걱정은 하지 말라는데 어찌…….'

중연은 흐릿해져 가는 정신을 억지로 부여잡으며 몸을 일으키려고 버둥거렸다. 환두도가 아직 그의 손에 단단히 쥐어져 있었다. 정신만 잃지 않으면 어찌하든 일어날 수도 있을 듯했다. 그에게 육체의 아픔은 얼마든지 참아 낼 수 있는 것이었다. 그러나 이 이상 피를 흘리면 정신을 수습할 수 없게 될 것이다.

"북천의 물에 나마의 모습이 비치는 것을 보았지요. 해서 잠시 혼란이 왔습니다. 한데 돌이켜 생각해 보니 물에 비친 나마의 모습은 오른쪽뿐이더군요. 해서 이번에는 나마의 왼쪽 모습도 보아야겠다고 결심했지요. 저杵는 본디 사람의 피를 기피하지요. 하지만 나마처럼 큰 저杵는 정해진 방식으로 뿌려진 피와 정을 준 사람의 피에만 반응한다는 것을 압니다. 나마께서는 대감께만 금줄을 허락했습니다. 하니 대감의 피가 나마의 발을 잡을 줄 알았지요."

중연은 생각했다.

'젠장, 저 땡중이 무슨 소리를 하는 게야? 저杵가 아니라 보통 사람들도 피를 보면 다리가 후들거려 걸음이 잘 떨어지지 않는 법, 나마 같은 문적들이야 말할 것도 없지.'

적두가 품에서 동경을 꺼냈다. 거울의 희미한 빛을 본 재운이 눈을 가늘게 뜨며 말했다.

"그 물건을 치워라."

"왜요? 벗이 나마의 정체를 보게 될까 두렵습니까? 하면 달아

나셔야지요. 한데 벗의 피에 발이 붙들렸으니 이를 어쩝니까?"

적두가 동경을 재운에게 정면으로 비추려는 순간, 어디선가 화살이 날아들어 동경의 한가운데를 명중시켰다. 적두는 동경을 놓쳤고 화살에 꿰인 동경은 그대로 멀리 날아가 버렸다.

아연실색한 적두가 사방을 살폈지만 아무것도 보이지 않았다. 그저 메마른 겨울나무들만이 사나운 바람에 버티고 있을 뿐이었다.

'사람의 짓이 아니로구나!'

그 짧은 순간에 적두는 분명히 보았다. 동경을 뚫은 것은 화살이 아니라 나뭇가지였다.

'대체 누가? 어디서?'

중연은 나뭇가지가 날아온 방향을 가늠해 보았다. 너럭바위 쪽이었다.

'상염자인가? 그렇다면 너무 비겁하지 않은가? 그리 바위 밑에 숨어 있지만 말고 당당히 모습을 드러내어 저 땡중 놈을 내동댕이쳐 달란 말이다.'

정체불명의 존재로부터 위협을 느낀 적두가 서둘렀다.

"동경이 없다고 나마의 정체를 확인할 수 없는 것은 아니지요. 수주의 빛을 숨길 수 있는 것은 오직 저뿐이니까요. 대감께서는 그런 일이 없다 하셨지만 소승의 법구가 이미 나마의 상처를 찾아내었지요. 소승은 뭐든 직접 확인해야 직성이 풀리니 무례를 무릅쓰고 그 상처 속에 수주가 있는지 좀 찾아봐야겠습니다."

중연의 머릿속이 복잡해졌다.

'수주의 빛을 숨길 수 있는 것은 오직 저珠뿐이라니? 하면 저 사냥꾼이 수주를 쫓다 재운을 찾아냈다는 말이 아닌가. 역시 그 수주를 받지 말았어야 했구먼. 수주만 아니었다면 애초에 저들이 재운의 정체를 의심하는 일은 없었을 터인데.'

수주가 재운의 조용했던 일상을 헤집어 놓을 것이라 했다. 그것이 그를 끊임없이 위험한 상황으로 몰아넣을 거라던 계유의 말이 무슨 뜻인지 중연은 이제 알 것 같았다. 또 재운이 왜 그토록 수주를 받지 않고자 했었는지도. 그것을 받으면 누가 자신을 노릴 것인지 그는 알고 있었던 것이다.

재운은 자신의 상처를 향해 찔러 드는 적두의 법구를 두 손으로 막으며 잡았다. 법구에 닿은 그의 흰 손이 다시 검푸르게 변했다. 그는 법구를 밀어내려 했으나 오히려 뒤로 몇 걸음 밀리며 쓰러졌다.

적두의 노르스름한 눈동자가 번뜩였다. 적두가 재운의 상의를 벗기고 법구가 파고들어 벌어진 상처에 손을 집어넣으려는데, 갑자기 재운이 고개를 비스듬히 들어 올리고 적두를 똑바로 바라보며 물었다.

"수주를 원하는가?"

적두의 손이 멈칫했다.

"저 사냥꾼에게 수주는 그저 미끼일 뿐일 텐데."

"맞습니다. 소승은 수주에는 별 관심이 없습니다. 하지만 예부령께서 수주를 원하십니다."

"하면 네가 원하는 것은 무엇이냐?"

"소승은 나마가 가진 저杵의 이름을 원합니다. 그 이름만 말씀해 주시면 수주는 건드리지 않고 조용히 물러나 드리지요."

적두는 실은 진작 그리하기로 마음먹었다는 듯 손을 거두었다. 재운이 빙그레 웃었다. 중연은 저 미소를 알고 있었다. 말하지 않겠다는 뜻이었다. 중연은 재운이 입을 다물고 저런 미소를 지을 때면 어쩔 수 없이 물러나야 했다. 재운의 미소를 이길 도리가 없었기 때문이다. 그러나 저 사냥꾼에게는 그런 온정이 있을 리 없었다.

나마가 가진 저杵의 이름이라니? 그런 게 있을 리 없지 않은가, 하고 생각하던 중연은 문득 좀 전에 너럭바위 아래에서 나온 상염자가 재운을 '누'라고 불렀던 것이 떠올랐다. 설마? 그 이름인가?

재운이 말했다.

"그 이름으로 나를 부리려고? 봐주는 척하지 마라. 저杵의 이름을 알면 저杵를 부릴 수 있지. 저杵를 부릴 수 있게 되면 수주는 자연 너의 것이 된다. 하니 굳이 지금 안전하게 내 몸 안에 보관되어 있는 수주를 꺼내 갈 이유가 없지. 안 그런가?"

"닥치고 나마의 진짜 이름을 말하십시오. 나마의 명줄은 소승의 손에 달렸습니다. 그 이름이 소승의 마음에 들면 부려 드릴 테지만, 그렇지 않으면 태워 죽일 것입니다."

"너는 나를 부릴 수도 죽일 수도 없다."

재운은 입가에 드리웠던 미소를 거두고 적두를 가만히 응시했다. 재운의 시선이 머릿속으로 죄어들어 오자 적두는 법구의 끝으로 다시 그의 상처를 내리쳤다. 재운의 비명이 산을 울리자 바람이 미친 듯이 고함을 치고 몰려든 나뭇가지들이 세차게 퍼덕였다.

중연은 숨이 막혀 왔다. 재운이 고통으로 내지른 소리가 중연 자신의 고통을 잊게 만들었다. 그는 이를 악물고 재운을 향해 기어가기 시작했다. 수풀과 땅이 온통 중연의 피로 흠뻑 물들었다.

적두는 재운에게 정신이 팔려 있어 중연이 뒤에서 다가오는 것을 깨닫지 못하고 있었다. 그는 중연의 출혈이 과하다는 것을 알기에 이미 안중에 없었다.

"그 시선으로 한 번만 더 소승을 우롱하면 지금 이 자리에서 나마의 상처를 헤집어 수주를 꺼낸 후 두고두고 괴롭혀 줄 것입니다. 소승은 저杵를 다루는 방법을 아주 많이 알고 있지요. 시간이 좀 걸릴 수는 있겠으나 결국 나마께서는 소승에게 굴복하고 그 이름을 말하게 될 것입니다."

적두의 법구가 여전히 재운의 상처를 짓누르고 있었다. 재운은 눈썹을 찌푸리며 체념한 듯 가까이 다가오라고 손짓을 했다.

"이제 소승의 말을 알아들으셨군요."

적두가 몸을 기울이자 재운은 속삭이듯 말했다.

"저 사냥꾼이면서 몰랐는가? 저杵는 제 입에 제 이름을 담을 수 없다. 그동안 네가 잡은 저杵들이 이를 알려 주지 않던가? 하면 너는 지금껏 한번도 저杵를 부려 본 적이 없겠구나. 모두 죽였느냐?"

적두는 말문이 막혔다. 어떤 저杵도 그것에 관해 말해 준 적이 없었다. 그가 이름을 물었을 때 저杵들은 모두 입을 다물었다. 적두는 저杵의 이름을 알면 부릴 수 있다는 것을 스승으로부터 배웠다.

하지만 저杵가 그 이름을 스스로 말할 수 없다는 것도, 그 이름을 어떻게 알아낼 수 있는지도 알지 못했다. 그는 그것에 관한 것들을 스승의 기록 어디에서도 본 적이 없었다. 저杵에 대한 어떤 정보들은 스승이 기록으로 남기지 않고 반드시 구전으로 알려 준다고 했다.

재운이 말했다.

"저杵가 자신의 이름을 스스로 말할 수 없는 것은 참으로 다행한 일이지. 사람의 속임수에 넘어가 어리석고 비참한 약속을 하기는 하나 자신을 통째로 사람에게 넘겨 이용당하는 일은 없으니 말이다."

상처를 누르고 있는 적두의 법구에 힘이 들어갔다. 재운의 왼손이 법구를 잡고 있었지만 밀어낼 수는 없었다. 고통을 참아 내는 재운의 얼굴은 창백했으나 눈빛과 표정은 일말의 동요도 없었다.

"자, 사냥꾼! 이제 어쩔 텐가?"

재운의 차가운 미소가 적두의 등골을 오싹하게 만들었다. 적두는 생각했다. 그는 방금 모르고 있던 것을 새로이 알았지만 어쨌든 저杵의 이름을 알면 저杵를 부린다는 사실은 변하지 않았다.

박후명이 보군공에게 김재운을 달라고 했을 때 보군공이 말했다. 재운은 왕에게 바쳐진 자이며 왕의 부림만 받는다고. 확실히 그의 말대로 재운은 왕명에는 무조건 복종했다. 하면 이 자를 부리는 것은 역시 폐하인 것이다.

헌강왕이 이자를 정강왕에게 물려주었다. 정강왕은 지금의 여왕에게 다시 이자를 물려주었다. 여왕은 훗날 이자를 요 태자에게 물려줄 것이다. 왕들은 이자의 이름을 알고 있는 것이다. 대체 왕들은 이자의 이름을 어찌 알아내고 부리게 되었을까?

"좋습니다. 저杵로부터 저杵에 대한 것을 습득해 나가는 것도 나쁘지 않군요. 하면 하나 묻지요. 나마는 왕경에서 사람처럼 성장하는 모습을 보였지만 그건 속임수입니다. 나마의 정체는 뭡니까? 누가 왕들에게 나마의 이름을 알려 주었지요? 대체 누가 나마의 이름과 함께 나마를 왕들에게 팔았습니까?"

적두는 재운의 눈빛이 일순 흔들린 것을 알아챘다. 상처를 짓누른 고통 때문인지 그의 질문 때문인지는 알 수 없었지만, 틀림없이 동요를 일으켰다.

그때서야 적두는 뒤의 기척을 느꼈다. 돌아보려는 순간 간신히 몸을 일으켜 세운 중연이 마지막 힘을 다해 환두도를 휘둘렀다. 몸을 반쯤 뒤튼 적두가 옆으로 쓰러지는 것과 동시에 중연의 몸도 재운을 향해 넘어갔다. 중연은 재운의 팔을 더듬어 잡으며 물었다.

"이보게, 나마, 괜찮은가? 상처가 완전히 아물 때까지 집에 있을 것이지, 날도 추운데 어찌 산은 올라서……. 이런, 온통 피범벅이로구먼. 자네 아무래도 피를 너무 많이 흘렸네."

"저보다 대감께서 더 많은 피를 흘리셨습니다."

"자네 피와 내 피가 이리 섞였으니 이제 우린 형제나 다름없네. 한 몸이 된 거란 말일세."

그때 중연은 문득 깨달았다. 가만, 내가 지금 재운의 팔을 잡고 있지 않은가? 저桝는 사람에게 잡히지 않는다 하였는데?

"한 몸은 무슨, 이 상황에서 참으로 철딱서니 없는 소리만 하십니다. 비키십시오. 제 주인의 상처를 좀 봐야겠습니다."

숨을 헐떡이며 달려온 계유가 재운의 몸 위로 쓰러진 중연을 한쪽으로 잡아당기며 말했다. 중연은 계유에게 질질 끌려 옆으로 밀려나면서도 반가움을 감추지 않았다.

"계유야, 네가 오니 참으로 좋구나. 어찌 알고 왔느냐?"

"시간이 한참 지났는데도 두 분 모두 내려오시지 않기에 걱정이 되어 모시러 왔지요. 대체 어찌 된 일입니까?"

계유는 흥분했지만 허둥거리지 않고 차분하게 재운을 부축하여 차가운 너럭바위에 기대앉도록 했다. 그 와중에 중연이 혼자서 자꾸 일어나려 하자 계유가 말했다.

"대감은 가만 엎어져 계십시오. 대감의 부상이 제 주인보다 더 심하니까요."

"한데 왜 나보다 나마를 먼저 챙기느냐?"

"그야 제 주인이시니까요. 제 주인이 잘못되면 저는 못 삽니다. 하지만 대감이야 죽건 말건 저랑 무슨 상관이랍니까."

"내가 죽으면 네 주인이 슬퍼할 게야. 네 주인이 슬퍼하는데 상관이 없느냐?"

"모든 슬픔은 지나가기 마련입니다."

"나는 네 주인에게 영원한 슬픔이 될 터이니 그리 알아라."

"심보가 못됐군요. 그러니까 대감은 제 주인을 일생 슬프게 살게 할 작정인 거지요?"

"아니, 그게 아니라……. 됐다, 내가 너에게 또 말려들었다."

계유는 재운의 상처를 살핀 후 말했다.

"수주를 가져갔습니까?"

"아니다."

"하지만 수주 때문에 이리된 것이지요?"

"그런 셈이지."

"이럴 줄 알고 제가 그리 말린 것입니다. 하지만 이제 어쩌겠습니까? 돌아가서 상처를 다시 꿰매야겠습니다."

계유는 자신의 옷을 찢어 재운의 상처를 단단히 감으며 말했다. 그는 기왕에 상처가 벌어졌으니 차라리 수주를 꺼내 버리자고 말하지 않았다. 수주로 인해 사냥꾼이 정체를 알아 버렸다. 그러니 이제 수주가 있건 없건 사냥꾼은 그의 주인을 포기하지 않을 것이다. 게다가 수주가 마음을 바꾸지 않는 한 어차피 그의 주인은 자신이 내뱉은 약속을 깨지 못한다.

재운이 말했다.

"나는 그만 되었으니 대감의 상처를 살펴 드려라."

"잠깐만요."

계유는 재운의 이마에 맺힌 땀방울과 뺨에 튄 핏방울을 자신의 소맷자락으로 조심스레 닦아 준 후, 돌아서며 말했다.

"이제 대감의 상처를 좀 보겠습니다."

계유는 중연의 허리띠를 풀고 옷섶을 차례로 풀어 벌렸다. 중연이 몸을 떨며 투덜거렸다.

"추우니 필요한 만큼만 헤쳐라."

"무관씩이나 되는 분이 옷을 왜 이리 여러 겹 입으셨습니까?"

"남들 입는 만큼 입었다. 내가 지금 추운 것은 날씨 탓이 아니라 피를 많이 흘려서이다."

"어디서 들은 건 있나 봅니다."

"이놈, 계속 그리 나를 무례하게 대할 것이냐?"

"그래야 약이 오른 대감이 제 말꼬리를 잡느라 정신을 놓지 않을 테니까요."

계유는 중연의 상처를 지혈한 후 오른팔을 살피며 말했다.

"팔이 부러졌네요."

"애들 장난감 같은 작대기에 얻어맞았다."

"저기 자빠져 있는 사냥꾼에게요?"

"승복을 입었는데 어찌 사냥꾼이라 하느냐?"

"승려에게 얻어맞은 것보다는 사냥꾼이 낫잖아요. 그래도 다행이네요. 대감이 검을 쥐는 왼손이 아니라서요. 작대기니 부러졌지 진검이었으면 잘렸을 겁니다."

"안다. 한데 내가 사냥꾼을 죽였느냐?"

"죽이실 생각은 아예 없으셨나 봅니다. 나중에 정신이 들면 저 혼자 내려갈 수 있을 만큼만 베셨습니다. 그보단 두 분을 모시고 제가 어찌 산을 내려갈지 그게 더 걱정입니다."

계유는 난감한 표정이었다. 중연이 말했다.

"나는 그냥 두고 나마부터 데리고 먼저 내려가거라."

"대감도 더 지체하면 안 됩니다."

"나마의 상처를 다루는 네 솜씨를 보았다. 이리 단단히 지혈을 해 두었는데 설마 잘못되겠느냐? 잘 버티고 있을 터이니……."

계유가 중연의 말을 싹둑 자르며 말했다.

"잘난 척 마십시오. 체온을 유지할 수 없을 겁니다. 달이 뜨기도 전에 죽을 수도 있어요. 어쩔까요, 주인님?"

계유가 재운을 쳐다보았다. 재운이 너럭바위에서 등을 떼며 천천히 일어섰다. 좀 전보다 재운의 상태가 눈에 뜨이게 좋아진 것에 중연은 일단 안도했다. 계유의 솜씨가 출중하긴 하구나. 확실히 중연의 상처도 고통이 줄었다.

재운이 말했다.

"아무래도 계유, 네가 수고해야겠다."

"제가요?"

"하면 내가 해야겠느냐?"

"당연히 안 되지요. 그럼 주인님은요?"

"이제 혼자 걸을 정도는 되었다."

재운이 한 걸음 내딛는 것을 본 후에야 계유는 조심스레 중연을 일으켜 능숙한 자세로 업었다. 계유에게서 풀 냄새가 났다. 그 냄새는 중연에게 아버지를 기억나게 했다.

'왜 갑자기 아버지가 떠오르는 것일까?'

계유가 걸을 때마다 중연의 몸이 울렸다. 어디선가 아버지가 그를 부르던 호드기 소리가 어렴풋이 들려왔다. 아버지? 중연은 호드기 소리에 귀를 기울였다. 아버지가 나를 부른다. 아버지는 대체 어디 계시는 것일까? 아니다. 아버지는 오래전에 돌아가셨다. 하면 이 소리는 대체 어디서 들려오는 것이지? 그렇구나. 계유의 휘파람 소리로구나.

재운이 왼쪽 손을 상처 부위에 댄 채 몇 걸음 앞에서 천천히 걸어가고 있었다. 중연은 어쩐지 웃음이 나왔다. 그리 발이 빠른 재운이 오늘은 달팽이가 되었구먼.

그런데 상염자가 재운을 '누야!' 하고 불렀다. 그것이 재운의 진짜 이름일까? 하면 재운이 참말 저姊란 말인가? 하지만 나는 그의 팔을 잡았는데? 중연의 눈꺼풀이 자꾸 감겼다. 중연은 이제 더는 흐트러지는 정신을 붙잡을 여력이 없었다. 그는 이내 수렁 같은 잠에 빠져들었다.

일의 진척이 있으면 알리겠다던 적두가 한동안 소식이 없자 안달이 난 박후명은 또다시 심부름꾼을 문수사로 보냈다. 그는 심부름꾼을 보내 적두를 찾을 때마다 자신이 이 일의 우위를 차지하지 못하고 있음에 불쾌해졌다.

박후명의 심부름꾼은 혼자 돌아왔다. 적두가 부상을 입어 당분간 운신하기가 어렵다는 것이었다. 어디서 어떻게 다쳤느냐는 박후명의 물음에 심부름꾼의 대답은 도적을 만났다는 것이었다. 도적이라니? 박후명은 그 부분이 마음에 걸렸다. 하지만 심부름꾼은 그 이상 아는 것이 없었다.

적두는 저杵를 잡는 법구만으로도 웬만한 장정 서넛 정도는 제압했다. 하지만 대개는 사람들이 먼저 적두를 피했다. 적두는 거구였고 눈이 보통 사람들과 달리 노르스름한 빛을 띠고 있어 그것만으로도 두려움을 자아내기에 충분했다. 더구나 승려의 행색을 하고 있었기 때문에 굳이 시비를 거는 이도 없었다.

박후명은 적두가 뭔가 자신을 속이고 다른 행동을 하려 했던 것으로 의심했다. 저杵에 대한 욕심이 큰 자였다. 혹 재운을 선점하려다 화를 입은 것은 아닐까. 그래 놓고 재운을 도적으로 둔갑시켰다면?

그러나 재운은 태연하게 전사서에 나와 자신의 일을 보고 있었다. 영축산에서 돌아오는 대로 사흘 안에 시가를 올리지 않으면 큰일을 치르게 하겠노라 엄포했지만 재운은 태평했다. 박후명은 왕명을 받들지 않는 재운을 문책하려 하였으나 왕명을 내렸던 만이 이제 와서 반대를 하니 그의 위신이 우습게 되었다.

'사흘은 촉박하니 기다려 주시구려. 아무려면 예부에서 문서를 작성하여 올리는 시간보다 오래 걸리겠소? 더구나 망해사에서 나마가 소사를 올린 이후로는 개운포의 풍랑도 잠잠해졌다 들었소. 하니 급할 것도 없지 않소? 아니, 이젠 필요 없게 되었

으니 굳이 시가를 올리라 할 것도 없소.'

박후명은 재운과 만의 수작에 놀아난 기분이 들었다. 도당이 주청을 올리자 만은 겉으로는 그의 편을 들어 재운에게 시가를 올리도록 명을 내렸지만 한편으로는 그보다 먼저 재운을 망해사로 내려보냈다. 그런데 공교롭게도 소사가 끝나자 개운포의 문제가 깨끗이 해결되어 버린 것이다. 풍랑은 자연의 일이다. 그러니 저抃가 아니고서야 어찌 그런 신통한 일을 벌일 수 있단 말인가.

적두와 대적한 것이 재운이 아니라면 중연일 수도 있었다. 그는 풍한*으로 며칠째 시위부에 출근을 하지 못하고 있었다. 경외를 돌며 도적을 소탕하러 다니던 지난 수년간 그는 한 번도 아픈 적이 없었다고 들었다. 엄동설한에 한뎃잠이 부지기수였음에도 멀쩡했던 자였다. 아무리 젊은 장정이라 하나 그도 사람인데 어찌 그것이 가능했겠는가. 이는 아팠다 해도 자리보전하고 누운 적이 없었다는 뜻이다.

그런데 고작 스무하루 동안 비번 없이 대궁 숙위를 선 것이 무슨 대수라고 갑자기 풍한에 걸렸다는 것이다. 얼마나 심한지 꽤 여러 날이 지났는데도 중연은 아직 월성에 들지 못하고 있었다. 더더구나 이상한 것은 와병 중인 그가 영묘사북리에 있는 자신의 저택이 아니라 목련방 재운의 집에 있다는 것이었다.

박후명은 아무래도 자신이 직접 문수사로 가서 적두를 만나

---

* 감기.

자초지종을 알아보아야겠다고 생각했다. 이러다 재운을, 아니, 저杵를 사냥꾼에게 빼앗길 수도 있었다. 손을 잡고자 들인 사냥꾼이 딴마음을 품었을지도 모른다는 의심이 들기 시작하면서부터 그는 골치가 아팠다.

하지만 저杵를 잡기 위해서는 저 사냥꾼인 적두가 반드시 필요했다. 저杵를 잡아야 신물 또한 얻을 수 있을 게 아닌가. 그는 적두를 어찌 다뤄야 할지 고민에 빠졌다. 그 와중에 그가 목련방과 재운을 감시하라 풀어놓은 가병들이 뜻밖에 그곳에서 효원의 출현을 목격하고 이를 보고했다.

효원은 그곳에 간 일이 없다고 딱 잡아떼고 있었다. 그는 딸의 말보다는 가병들의 말을 믿었다. 그들이 목련방 북쪽 골목길로 들어간 효원을 놓쳤다면 효원이 간 곳은 재운의 집이 분명했다.

'대체 그곳엔 왜 간 게야? 혹 왕경의 다른 여인들처럼 재운에게 마음을 빼앗긴 것인가. 어리석은 것! 동궁의 일이 곧 마무리될 것인데, 네 자리는 바로 거기란 말이다. 대체 무슨 생각을 하고 있는 것인지…….'

박후명은 혀를 찼다. 효원에게 어머니나 할머니가 있었다면 이렇듯 입을 다물고 버티지 않았을 것이다. 누이동생 여가 궁으로 들어간 후 실종되자 슬픔을 이기지 못한 그의 어머니는 울다가 심장이 멈췄다. 그의 부인은 효원을 낳고 산욕기 내내 앓다가 죽었다. 이후 그는 부인을 얻지 않았다.

그에게 자식이라곤 효원뿐이었다. 그는 아들이 필요했다.

그러나 새로 부인을 맞아 아들을 얻는다 해도 그 아들들의 자질이 어떨지 알 수 없는 노릇이었다. 그는 도박을 할 생각이 없었다. 그는 문중에서 가장 영리하고 수완이 좋은 사내아이를 물색하여 양자로 들일 작정이었다.

그는 그렇게 얻은 후계자가 훨씬 더 안전하고 확실하게 자신의 뒤를 이을 것이라 여겼다. 아직 마음에 드는 아이를 고르지 못했으나 눈여겨보고 있는 아이는 몇 있었다. 그는 양자와 후처를 통해 얻은 아들 사이에서 분란이 생기는 것을 아예 막고자 하였다. 효원은 그렇게 철저한 계산에 따라 앞날을 계획하는 아버지를 두려워했다.

박후명은 딸을 다그쳐 봐야 더욱 입을 다물 것을 알고 있었다. 그래도 어떻게든 그 입을 열어야 했다. 그는 효원의 처소로 향했다. 효원의 방은 아직 불이 켜져 있었다. 그는 문밖에서 기척을 냈다. 대답이 없었다. 그는 효원의 방문을 슬며시 열고 안을 들여다보았다. 딸은 이미 잠자리에 들었다. 방 밖으로 새어 나온 불빛은 등잔불이 아니라 딸이 베고 있는 베개 밑에서 흘러나오는 빛이었다.

'뭐지?'

박후명은 방으로 들어가 딸이 잠에서 깨지 않도록 조심하며 베개 밑을 더듬었다. 종이의 감촉이 느껴졌다. 그는 그것을 가만히 끄집어냈다. 어둠 속에서 불그스레한 빛을 발하는 홍색 종이봉투. 그는 이 종이를 알고 있었다.

재운은 개인적인 용도로 글을 쓸 때 여러 가지 색으로 물들인 종이를 사용했다. 물을 들이는 과정에서 어떤 비법을 사용하는지 그 종이들은 어둠 속에서도 색에 따른 빛을 발했다. 재운이 여덟 살 때 헌강왕에게 준 글은 감색 종이봉투에 담겨 있었다. 헌강왕이 그 밤에 그것을 들고 나갈 때 박후명은 그 종이가 헌강왕의 품에서 희미한 감색 빛을 발하는 것을 보았다.

박후명은 봉투를 열어 안에 든 종이를 꺼내 펼쳤다. 재운의 필체가 틀림없었다.

선인정결 選因定結.

연유를 가려 결과를 정한다는 뜻이다. 이런 운이 다 있나. 박후명의 입꼬리가 절로 올라갔다. 바로 이것이야! 그의 마음에 딱 드는 문구였다.

결과를 정하는 것은 사람이 아니라 원인이다. 그런데 그 원인은 결국 사람이 택하는 것이다. 이는 사람은 결과를 바꿀 수 없으나, 원하는 결과를 얻기 위해 원인을 일으킬 수 있다는 의미였다.

박후명이 이 문구를 재운에게 뒤집어씌운다면 그가 고른 덫에 재운을 묶어 둘 수 있을 것이다. 그는 딸이 재운을 찾아갈 만큼 간절히 원했던 것이 무엇인지 안중에 없었다. 그게 무엇이든 상관없었다. 중요한 것은 효원이 재운에게서 이 문구를 받아 아직 어디에도 사용한 적이 없다는 것이었다. 그는 딸이 이 문구를 통해 누구와의 인연을 선택하려 했는지, 또 그 인연과 맺어지기를 얼마나 소망하는지 알고자 하지 않았다.

그는 종이를 접어 다시 봉투 속에 넣은 후 자신의 소매 속으로 밀어 넣고 자리에서 일어났다. 그러곤 창문을 활짝 열어 놓은 채 소리 없이 방을 나갔다.

박후명은 문병을 핑계 대고 문수사로 찾아가 적두를 만났다. 적두는 멀쩡하게 앉아서 그를 맞았고 그는 의혹의 시선을 거두지 않은 채 물었다.

"부상이 크다 들었는데?"

"등의 상처는 아물어 가고 있습니다. 하지만 당장은 누울 수가 없어 이리 앉아 지냅니다. 엎드리는 자세가 소승에겐 불편하여 잠도 앉아서 잡니다."

"선사의 등에 칼을 꽂은 것이 아무래도 김중연이지 싶은데? 그렇지 않소?"

박후명은 허를 찔린 적두의 당황한 표정을 보고 싶었지만 적두는 담담하게 웃으며 부정하지 않았다.

"맞습니다. 하면 소승이 심부름꾼에게 뭐라고 말할 수 있었겠습니까?"

적두의 말도 일리가 있었다. 박후명은 더는 적두를 어찌 다룰지를 두고 골머리를 썩지 않기로 했다. '선인정결'의 문구를 손에 넣은 그의 마음은 이미 재운을 가진 것과 같았다. 이제 그가 할 일은 재운을 잡을 덫을 짜는 것뿐이었다. 하면 그 문구 덕에 절로 일이 성사될 터였다. 그러나 그는 그 문구를 적두와 나눌 생각이 추호도 없었다.

"역시 풍한이 아니었군. 하면 김중연은 얼마나 다쳤소?"

"피를 많이 흘렸습니다. 게다가 팔도 부러졌지요."

"팔이 부러져? 그자의 무예가 만만치 않을 터인데?"

"그렇지요. 사실 무예로 치자면 소승은 그자의 적수가 되지 못합니다. 하오나 밀교승들은 신주를 쓸 수 있기에 상대의 정신을 잠깐 뽑아 놓고 그 틈을 노릴 수 있지요."

"진언 말이로군."

적두가 고개를 끄덕이며 말했다.

"예. 그럼에도 소승이 그자에게 당했지요. 그자는 진작 정신을 잃었어야 했는데 기어이 벌떡 일어나더군요. 소승도 놀랐습니다. 하오나 지금쯤이면 그자는 거의 멀쩡해져 있을 것입니다. 김재운이 그냥 보고만 있진 않았을 테니까요."

"그런 재주도 있소?"

"저炑는 무궁무진한 변화와 수수께끼의 이름입니다."

박후명은 저炑에 대한 적두의 말을 들으면 들을수록 재운에 대한 욕심이 점점 더 커졌다.

"그보다 김재운의 몸에 수주가 있는 것을 확인했습니다. 김중연만 아니었으면 소승은 수주를 얻었을 것입니다."

박후명의 눈매가 가늘어졌다. 그는 전적으로 적두의 말을 믿지 않았다. 재운이 저炑라는 것을 확인했다면 적두는 필시 수주가 아니라 저杵를 먼저 가지려 시도했을 것이다. 그러다 일이 생각대로 되지 않았던 게 아닐까. 적두가 수주에는 별 관심이 없다는 것을 그는 알고 있었다. 애초에 적두는 저杵를 잡기 위해 수주를 쫓은 것이었다.

"하면 그의 진짜 이름은 알아냈소?"

"저杵는 스스로 자신의 이름을 말하지 못한다는 것만 알아냈지요."

그는 여전히 적두가 사실을 말하는지 미심쩍었다.

"그게 말이 되오? 저 사냥꾼이 어찌 그리 중요한 사실을 몰랐단 말이오? 혹 나를 속이는 것은 아니오?"

"저 사냥꾼이라고 저杵의 모든 것을 아는 것은 아닙니다. 하오나 모르는 것보다는 아는 것이 더 많습니다. 적어도 보통 사람들에 비할 바는 아니니 소승의 말을 믿으십시오."

"해서 이제 어쩔 작정이오?"

"폐하의 입을 열어야지요."

"역시 폐하인가?"

"지금으로써는 그 방법뿐입니다. 하오니 소승이 폐하 곁으로 갈 수 있도록 예부령께서 손을 좀 써 주셔야겠습니다."

박후명은 잠깐 생각해 보더니 말했다.

"그건 어렵지 않소. 대신 김재운의 진짜 이름을 알아내면 내게도 알려 주시오."

그러자 적두는 정색을 했다.

"예부령께서는 수주를 갖고 소승은 저杵를 갖습니다. 그리 약속했음을 잊지 마십시오. 어차피 소승은 저姝를 잡으면 죽일 것입니다."

"선사의 마음이 바뀔 수도 있소."

"그럴 수도 있겠지요. 그렇다 해도 저姝는 소승의 몫입니다."

"이보시오, 나는 그가 저姝인 줄 모르고 있던 때부터 그의 재주를 원했소."

"하오면 이리 생각해 보십시오. 만약 신물과 저姝 둘 중 하나만 얻을 수 있다면 어찌하시겠습니까?"

"그건……."

박후명은 얼른 대답하지 못했다.

"소승이 이 사냥을 그만두면 예부령은 신물을 얻을 수 없습니다."

"하면 나는 선사를 대궁에 들여보내 주지 않을 것이오."

"할 수 없지요. 소승이 물러나는 수밖에요. 소승은 여태 저姝들의 이름 따위 모른 채 없애 왔습니다. 하온데 이번엔 왜 저姝의 이름을 얻으려 하는지 아십니까? 예부령뿐 아니라 소승 역시 그자로부터 알고자 하는 것이 많기 때문입니다. 하오나 소승의 궁금함은 다른 저姝를 잡으면 풀릴 수도 있는 것이지만 예부령께서 갖고자 하는 것은 오직 그자만이 품고 있다는 것을 아서야 할 것입니다."

박후명은 또다시 자신이 한발 물러서야 함을 깨달았다.

"선사의 고집이 내겐 참으로 아쉬울 뿐이오."

"예부령께서 워낙 그자에 대한 집착이 크시니 소승으로서는

316

도리가 없습니다."

"알겠소. 이 문제는 나중에 다시 이야기하기로 하고, 하면 대궁으로 들어가서는 어찌 폐하의 입을 열 것이오?"

"동궁에서 승군이 쓰는 것과 같은 방법이지요."

"동궁의 일은 겉으로 봐서는 전혀 문제가 없어 보이던데, 어찌 되어 가고 있소."

"걱정하지 마십시오. 태자비께서는 진언에 중독되어 계십니다. 적당한 때를 봐서 승군을 동궁에서 나오게 할 것입니다. 독경 소리를 더 들을 수 없게 된 태자비는 결국 스스로 목숨을 놓게 될 것입니다."

"혹 폐하도 그리 돌아가시게 만들 것이오? 하면 선사뿐 아니라 선사를 대궁에 추천한 나까지 의심을 받게 될 것이오."

"소승은 일을 거기까지 진행시키지 않을 것입니다. 진언이 목숨을 앗으려면 먼저 개인의 의지를 무너뜨려야 하지요, 독경자의 목소리가 그 의지를 대신하는 겁니다. 하여 독경자의 목소리로 묻는 질문에는 일단 무엇이든 대답을 하게 되지요. 그 시점에서 소승은 폐하로부터 그자의 이름만 듣고 대궁을 나올 것입니다."

"신주가 그야말로 사술이 되는 것이로군."

"모든 말들은 특정한 목적을 가진 자의 입을 통해 반복되면 그런 힘을 갖게 되지요."

중연은 상처가 깊어 당분간 집으로 돌아갈 수 없었기에 계유가 그의 서찰을 시위부에 전해 병가를 얻었다. 중연은 예부령이 뒤를 봐주는 문수사의 승려와 칼부림을 했다고 곧이곧대로 적고 싶은 것을 간신히 참고 풍한이 심하게 들었다고 적었다. 계유는 중연의 집 종복들에게도 그의 처지를 알렸다. 늙은 근구가 울며불며 주인을 곁에서 모시겠다고 청하였으나 재운의 집을 찾을 수 없었기에 결국 포기해야 했다.

"이보게, 나마!"

"예, 말씀하십시오."

창가에 앉아 서책을 읽고 있던 재운이 고개를 돌려 아직 침상에 누워 있는 중연을 쳐다보았다.

"아닐세."

기껏 불러 놓고 중연은 다시 재운에게 등을 보이고 돌아누웠다. 그는 재운의 집에서 머무는 지난 며칠간, 밤마다 열에 들뜬 채 저卅의 꿈을 꾸었다. 나무 두드리는 소리가 요란하게 울리면 어둠 속에서 나무붙이들이 어른어른 그 모습을 드러낸다. 그는 그 나무붙이들 속에 있을 재운을 찾지만 이내 나무와 나무붙이 들을 구분하지 못한 채 나락으로 떨어졌다.

중연은 그 아프고 뜨거운 꿈에서 깨어나면 재운에게 물을 것이 많았다. 그런데 이제 멀쩡한 정신으로 재운의 얼굴을 보니 어느 것 하나 물어볼 용기가 나지 않았다.

"저를 부르신 것이 벌써 몇 번째인지 아십니까?"

"모르겠네."

중연은 여전히 등을 돌린 채 벽만 뚫어져라 쳐다보며 대답했다.

"불러 놓고 계속 아니라고만 하시지요."

"참말 아무것도 아닐세."

"실은 저杵에 대해 물어보시려 했지요?"

"음……."

중연은 기어이 신음 비슷한 소리를 내고 말았다.

"아닐세."

또 아니라 대답해 놓고 중연은 이제 재운을 향해 다시 돌아누울 용기마저 잃었다. 그의 얼굴을 어찌 봐야 할지 난감해졌다. 재운에게 저杵냐고 묻고 싶었다. 물으면 재운은 솔직하게 대답해 줄 것이다, 바로 그 때문이었다, 만약 재운이 그렇다고 대답하면 그다음에 나는 어찌해야 한단 말인가?

"좀 일어나 앉아 보십시오."

중연은 재운이 서책을 놓고 완전히 돌아앉아 자신을 바라보는 시선을 느꼈다.

"싫네."

중연은 이불을 머리끝까지 둘러썼다.

"지금 물어보십시오. 실은 대감께서 알고자 하는 것에 저의 목숨이 달려 있습니다."

"목숨이라니, 그건 또 무슨 소린가?"

목숨이 달렸다는 소리에 중연은 마지못해 일어나 앉았다. 재운이 자리에서 일어나 중연의 침상 쪽으로 몇 걸음 다가와 섰다. 햇빛을 등진 재운의 모습에 그늘이 졌다.

"대감께서는 궁금한 것이 있으면 담아 두지 못하십니다."

"하면 지금은 별로 궁금하지 않나 보네."

"정말입니까?"

중연은 낮은 한숨을 내쉬고는 천천히 침상에서 일어나 창 쪽으로 다가섰다.

'이제 봄이로구나. 곧 목련이 필 테지. 올해도 꽃은 첫눈을 맞을 때까지 지지 않을 것이다.'

그는 목련 나무에 시선을 둔 채 말했다.

"예부령이 그 수주를 쫓는 모양일세."

"그런가 봅니다. 저도 그날 처음 알았습니다."

"한데 나는 아직도 잘 모르겠네. 예부령이 원하는 것이 자네인지 수주인지 말일세. 어쨌거나 적두 선사가 자네를 저卉라 여기니 쉽게 물러서지 않을 걸세. 앞으로 자네의 안위가 걱정이네."

"조심하지요."

"자네가 암만 그리 말해도 이젠 마음이 놓이질 않네. 차라리 이 일을 전부 내게 맡기는 것이 어떤가?"

중연이 재운을 돌아보며 말했다. 그를 바라보는 재운의 표정이 일순 달라졌다.

"대감께서도 저卉를 갖고 싶습니까?"

"그게 무슨 말인가?"

재운은 적두에게 자신을 부리고 싶으냐고 물었을 때와 똑같은 눈빛으로 중연을 쏘아보고 있었다. 가슴이 서늘해진 중연이 한 걸음 다가가 재운의 팔을 잡았다. 평소라면 절대 하지 않을 행동이었다. 그러나 갑자기 재운과 거리가 느껴져 부지불식간에 손을 뻗고 말았다.

"이보게, 오해하지 말게. 그런 뜻이 아니네. 나는 단지 자네의 안전을 지킬 방법을 강구하겠다는 것이네."

재운은 중연의 손에 잡힌 자신의 팔을 내려다보며 말했다.

"좋습니다. 하오면 대감의 손에 맡기지요."

"참말인가?"

"예, 대감께 저를 드리겠습니다. 하오니 이제 그만 제 팔을 놓아주십시오."

"미안하네."

중연은 재운의 팔을 놓으며 말했다.

"한데 좀 이상하구먼. 예부령과 적두 선사에게는 죽을 각오로 맞서더니 내게는 어찌 이리 쉽게 자신을 내놓는 것인가?"

"쉽게 결정한 것은 아닙니다. 방금 만 가지 감정이 교차하는 제 표정을 보셨잖습니까?"

"아니, 못 보았네. 만 가지는커녕 자네 표정은 다 꼽아 봐야 열 손가락도 채우지 못하네. 게다가 자네에게 만 가지 감정이 있을 것 같지도 않고."

"제가 그리 목석입니까?"

"그런 편이지."

"태생이 그런 것을 어쩝니까. 하지만 훗날⋯⋯."

재운이 여운을 남기며 문득 말을 멈추자 중연의 가슴이 철렁 내려앉았다.

"제발, 그런 의미심장함이 느껴지는 말은 좀 꺼내지 말게. 곧 죽을 것 같은 기분이 든단 말일세. 자네가 쓴 글뿐 아니라 자네가 하는 말까지 하나도 허투루 쓰이지 않는다는 것을 아네. 하니 부디 아무 말도 하지 말아 주게. 훗날의 이야기는 훗날 함세. 나는 오래도록 자넬 보며 살고 싶단 말일세."

"그러지요. 굳이 지금 말씀드리지 않아도 훗날이 되면 오늘 제가 하려던 말이 무엇인지 대감께서는 절로 아시게 될 것입니다."

"그것도 나쁘지 않구먼. 그보다 자네를 내게 주겠다는 그 말이 어째 예사롭지 않게 들리네. 나는 적두처럼 자넬 부리고자 하는 마음이 없네."

"대감께서는 이미 저林의 진짜 이름을 들으셨습니다."

"미안하네. 고의가 아니었네."

"이제 그 이름은 절대 입 밖으로 내시면 안 됩니다."

"알고 있네. 또한 내가 그 이름을 가지고 자넬 괴롭히는 일도 없을 걸세. 나는 이미 자네를 벗으로 가지고 있으니."

"아닙니다. 그것과는 다릅니다. 그 이름으로 저林를 갖는다는 것은 대감께서 저林를 죽일 수도 살릴 수도 있다는 의미입니다. 하여 제 목숨이 달려 있다고 말씀드린 것입니다."

"난 도무지 무슨 소린지?"

"저杵의 일을 대감께 맡기라 하지 않으셨습니까? 저杵의 안전을 지킬 수 있는 방법을 강구하시겠다면서요?"

"그랬지."

"하오니 대감께 저를 드리는 것입니다. 대감이 손을 내밀면 저는 죽어야 하는 상황에서도 살 수 있습니다."

"그 말은 내가 자네를 구하고자 한다면 무조건 살 수 있단 뜻인가?"

"예. 이는 반대로 오직 대감만이 저를 죽일 수 있다는 뜻도 됩니다. 그것이 바로 저를 온전히 갖는 것입니다."

"자네에 대한 생사여탈권이 내게 있다?"

"그렇습니다."

"그것이 어찌 내게 있을 수 있겠는가? 하지만 어떤 일이 있어도 내가 자넬 죽일 일은 없네. 나는 무조건 자네를 살릴 걸세. 약속하네."

중연은 자신만만했지만 재운은 고개를 저으며 차분히 말했다.

"신중하셔야 합니다. 제 목숨보다 더 중요한 것이 대감께 있습니다."

"아니, 그런 것은 없네."

"폐하와 월성이 있습니다."

"그것은 왕경에서 태어나 자란 내게 의무일 뿐이라네. 나는 이미 오래전에 너무 많은 피를 보았기에 옳고 그름을 분간하지 못하게 되었네."

"대감께서는 그 의무 때문에 왕경을 버리지 못한다 하셨습니다. 저와 함께 왕경을 떠나 도망가자 말씀드렸을 때도 대감은 그리할 수 없다 하였지요. 대감께 왕경은 버리고자 해도 버릴 수 없는 소중한 것입니다."

"나는 자네도 버릴 수 없다고 말했네."

"그러나 결국 왕경을 택하셨지요. 그때 제가 기어이 떠나겠다고 우겼다면 대감께서는 왕경을 버리셨겠습니까?"

중연은 잠깐 생각해 본 후 말했다.

"역시 버리지 못했을 것이네. 대신 자네가 떠나지 못하도록 물고 늘어졌겠지. 자네가 없는 왕경은 나도 견디기 힘들 터이니. 다행히도 자네는 두말 않고 왕경을 택했네. 그 이유가 나 때문이라고 말해 주어 그날 나는 참으로 기뻤네. 하나 자네가 왕경을 떠나지 못하는 이유도 사실은 내가 전부는 아니지 않은가. 내게 왕경에 대한 의무가 있는 것처럼 자네에게는 지켜야 할 선왕들과의 약속이 있다 했지. 나는 그 두 가지가 크게 다르지 않다고 보네."

"글쎄요."

재운은 완전히 수긍하지 않은 채 자기 자리로 돌아가 좀 전에 보던 서책을 다시 집어 들며 말했다.

"말이 많아지신 것을 보니 다 나으신 모양입니다. 그만 북리의 본가로 돌아가셔도 되겠습니다."

"아니네, 그만 말하겠네. 나는 아직 아프네."

중연은 허겁지겁 다시 침상으로 기어 들어갔다.

"그럴 리가요? 뼈도 붙었고 살도 붙었습니다."

"그렇게 빨리 아물었을 리가 없네."

말은 그렇게 했지만 중연은 어깨에 매단 오른팔뿐 아니라 배와 다리의 상처 역시 다 나았음을 알고 있었다.

"대감의 피와 저의 피가 섞인 덕이지요. 저는 본디 치유 속도가 빠릅니다."

재운이 말하는 저가 재운 자신을 말하는 것인지 저杵를 말하는 것인지 중연은 알 수 없었다. 중연은 저杵에 대해서는 한마디도 묻지 않았지만 재운은 진실을 말했다. 재운이 말하는 저는 어쨌든 저杵였다. 그는 중연에게 자신의 혹은 저杵의 진짜 이름이 따로 있음을 인정하였고 자신의 혹은 저杵의 피가 사람의 상처를 치유하는 불가사의한 효력이 있는 것도 숨기지 않았다.

"하오니 이제 그만 본가로 돌아가십시오."

"이리 쫓아내려 안달인 것을 보니 계유가 또 나를 귀찮다 불평했구먼."

"예, 저도 계유의 불평을 듣는 것이 귀찮습니다."

"하면 그놈 때문에라도 더더욱 못 가겠네. 난 좀 자야겠으니 자넨 그만 나가 보게."

"근구가 몇 번이나 목련방 근처를 헤매다 갔습니다. 계유가 매번 달래서 돌려보냈지요. 대감 걱정에 요 며칠 사이 폭삭 늙어 버렸습니다."

"하면 근구를 이곳으로 들여보내 주게. 그럼 계유의 일손이 덜어질 터이니 나 때문에 귀찮을 일도 없을 것이네."

중연은 다소 기대하듯 재운을 쳐다보았으나 그는 매몰차게 거절했다.

"근구까지 끼고 아예 제 집에 눌러앉으시려고요? 계속 이리 풍한 핑계를 대시면 의심을 품는 사람이 생깁니다. 대감께서는 절대 자리보전을 하고 앓아누우실 분이 아니지요. 이는 알 만한 사람들은 모두 아는 사실입니다. 하니 제 집 주변으로 더 많은 의심꾼들이 몰려들기 전에 알아서 나가 주시지요."

"거참, 야박하구먼."

"약속하셨습니다. 대감께서 저의 안위를 지켜 주시겠다고요. 사람들의 이목이 집중되는 것도 저에겐 위험이 될 수 있습니다."

"알겠네. 한숨 자고 난 후 생각해 보겠네."

재운이 방을 나가자 중연은 눈을 감고 자리에 누웠다. 공기 중에 재운의 향이 떠돌고 있었다. 방 안으로 성큼 들어선 따뜻한 햇살이 그의 뺨을 물들였다. 중연은 생각했다.

'봄볕이 참 좋구나. 아무려면 어떤가. 저杵이건 뭐건 재운은 재운일 뿐이다.'

제7장 청각淸角

박후명은 내전에서 흘러나오는 약사경 외는 소리를 듣고 있었다. 거구의 사냥꾼이 독경하는 목소리 하나만큼은 기가 막히게 청아했다. 그의 어린 제자인 승군도 사람을 매료시키는 목소리를 지니고 있었다. 그들이 자아내는 밀언密言을 듣고 있노라면 부지불식간에 마음이 공중으로 흩어져 시름이 사라지는 듯했다. 그러나 박후명은 이 사술의 위험성을 충분히 알고 있었다. 그는 곧 독경 소리가 들리지 않는 곳으로 멀찍이 물러났다.

만의 병이 도졌으나 의원들은 아직 병의 원인을 밝히지 못하고 있었다. 그녀의 병이 마음의 번뇌에서 오는 것이라 여긴 대궁에서 왕의 번뇌를 태우기 위한 호마護摩 의식이 거론되었다.

박후명은 문수사의 적두를 의식의 주관자로 천거하였다. 그것으로 동궁에 승군을 두었던 것처럼 이번에는 대궁에 적두를 들일 수 있었다. 문수사의 어린 사미니가 읊는 독경 소리에 매료된 태자비 박씨도 적극 권했다.

그러나 만은 적두가 모량부를 드나드는 자라는 것이 마음에 걸렸다. 박후명은 끈질기게 만을 설득했다.

'그자의 재주가 밀본 법사에 버금갑니다. 하오니 한번 맡겨 보십시오.'

그러자 만은 이마를 잔뜩 찌푸린 채 탐탁지 않은 얼굴로 물었다.

'밀본 법사라니? 하면 지금 짐의 병이 요물이나 귀신 때문이란 것이오?'

'꼭 그런 것은 아닙니다만, 지난 십수 년간 조원전을 두고 떠도는 불온한 소문에 폐하의 마음이 무거우신 줄 압니다.'

'소문이라면 조원전 보좌 위에 앉았다는 여귀女鬼를 말함이오? 그건 사람들이 짐을 허깨비에 빗대어 만들어 낸 소문일 뿐이오.'

만은 모른 척했지만 박후명은 물러나지 않았다.

'하오나 궁인들 중에 조원전의 여귀를 목격했던 자들이 꽤 있습니다. 폐하, 그것은 대궁에서 반드시 제거해야 할 액입니다. 폐하께서 아무런 이유 없이 지속적으로 편찮으신 이유가 그 때문일 수도 있지요.'

만은 머리가 아픈지 눈썹을 찡그렸다. 조원전의 그 여인이 마음에 걸리는 것은 사실이었다. 그 여인만 생각하면 자다가도 불쑥 깨어났다. 만은 속내를 드러내지 않았으나 박후명은 이미 그녀의 복잡한 심정을 읽었다. 그저 뱉어 본 말이었는데 어쩌면 만의 병이 정말 조원전의 그 여귀 때문일지도 모른다는 생각이 들었다.

귀신을 쫓는 데에는 저₩만 한 것이 없다고 했다. 만이 제석에 벌어지는 구나 의례의 중심에 반드시 김재운을 두는 것은 필시 그 같은 이유일 것이다.

'나라의 고승들이 폐하의 청을 마다하며 월성을 업신여기니 이 기회에 학식과 재주를 겸비한 승려를 곁에 두시는 것도 나쁘지 않을 것입니다. 또한 그의 진언이 남다르니 틀림없이 폐하의 병세에도 도움이 될 것입니다.'

대아찬까지 입궐하여 박후명을 거드니 만은 결국 그들의 의견을 마다하지 못하고 허락하였다.

왕명을 받은 적두는 아직 완전히 몸이 회복되지 않았음에도 서둘러 월성으로 들어왔다. 적두는 왕실 사찰인 천주사에 거하며 주기적으로 만에게 호마 의식을 수행하였고 만은 눈에 띄게 건강을 되찾기 시작했다.

적두의 진언은 만의 불면증을 치유하는 동시에 그 마음까지 장악해 나갔다. 진언을 외는 적두의 목소리를 듣고 있노라면 만은 구름을 탄 듯 세상 모든 일에서 아득하게 멀어졌고 머리와 어깨를 짓누르던 바윗덩이도 어느새 모래처럼 부스러지는 듯했다. 그리하여 만은 그 목소리에 조금씩 중독되어 갔다. 그녀는 적두의 질문에 거의 모든 대답을 해 주었지만 재운에 대해서만큼은 입을 열지 않았다.

시간이 지나자 안달이 난 쪽은 적두였다. 그는 재운에 대한 만의 의지가 그처럼 단단할 것이라고는 예상하지 못했다. 아마도 재운의 존재가 너무 가까이 있기 때문일 것이다. 재운을 멀리 떼어 놓지 않으면 만의 입을 여는 것이 만만치 않을 듯했다.

적두는 이 기회에 차라리 재운을 월성 밖으로 내쳐야겠다고 생각했다. 어차피 월성 내에서는 보는 눈이 많아 손을 쓰기 어려웠고, 목련방으로 들어가면 찾을 길이 없으니 여간해서는 재운을 잡을 기회가 생기지 않았다.

그러니 재운의 정체를 만천하에 드러내 아예 월성에 발을 붙이지 못하도록 하는 것이다. 저狉가 사람인 척 월성에 들어 관직을 얻고 왕의 곁에서 요사한 술수를 쓰니 이는 왕실을 기만한 것이다. 도당이 나서서 그 죄를 묻고자 한다면 재운은 월성 내에서 버티지 못할 것이다.

왕의 보호를 받지 못한 채 수주를 품은 저狉가 달아난다. 하면 적두는 마침내 자유로이 저狉 사냥을 시작할 수 있게 될 것이다. 적두는 그 같은 쫓고 쫓기는 상황을 원했다.

의식이 끝난 후 적두는 만에게 말했다.

"폐하 가까이에 좋지 않은 것이 있습니다. 그것이 폐하의 심신을 어지럽히고 있습니다."

"또 조원전의 여귀를 말함이오?"

"아닙니다. 그보다 더 큰 것이 있습니다. 그것이 무엇인지는 알 수 없으나 청각*이라면 내쫓을 수 있습니다."

"청각?"

"예. 청각을 듣고 달라붙지 않는 액은 없습니다. 청각으로 액을 불러들인 후 이를 제거하는 것이지요. 하오면 폐하의 심신뿐 아니라 왕경도 안정을 되찾게 될 것입니다."

"불교의 여러 제액 행사를 보았소만 그 같은 것이 있는 줄은 오늘 처음 알았소. 진언밀교만의 방식이오?"

"아닙니다. 하오나 진언의 소리로 액을 쫓을 수 있는 것처럼 청각도 음악의 소리를 빌리는 것이니 비슷하다 할 수 있겠습니다. 다만, 이 일은 다소 위험한 것이 될 수도 있기에 제액 의식이 있는 동안 대궁 내 인원은 최소한으로 줄이고 폐하께서도 잠시 대궁을 나가 계셔야 합니다."

"모두가 피신해야 할 정도면 다소 위험한 정도가 아니지 않소?"

"예부와 잘 상의하여 방편을 마련할 것이니 크게 염려하지 않으셔도 됩니다."

"그렇소?"

만은 호기심을 내보였다. 적두는 자신이 무엇을 제안하든 만이 모두 받아들일 것을 알고 있었다. 거부를 하고자 하는 마

---

* 춘추시대 음악을 좋아한 진晉나라 평공平公이 자신을 방문한 위魏나라 영공靈公을 위해 시이施夷란 누각樓閣에서 잔치를 베풀었다. 그 자리에서 평공의 악사였던 사광師曠이 말하기를, 염제炎帝, 신농神農과의 전쟁에서 승리한 황제黃帝가 천하의 귀신들을 서태산西泰山에 모이게 하였는데 이때 그들을 모이게 하려고 청각清角이란 음악을 지었다고 알려 주었다. 《한비자韓非子》 권3 제10 십과十過.

음이 있어도 진언에 붙들린 만은 자신의 의지와는 상관없이 적
두가 말하는 대로 끌려오게 되어 있었다.

"한데 청각의 음보와 음률은 이제 전해지지 않습니다. 하여
새로이 청각을 만들어야 하는데 소승은 할 수 없는 일입니다.
청각은 바람이나 비와 같은 자연의 의지를 읽어 내어 이를 제
어할 수 있는 자, 즉 눈과 귀가 열려 있는 자만이 만들 수 있다
하였습니다. 혹, 이를 맡길 만한 자가 있을까요? 있다면 소승
에게 그 이름을 말해 주시지요."

만은 적두가 누구를 지칭하는지 알아들었다. 적두의 노르스
름한 눈동자가 만을 지그시 바라보고 있었다. 만은 분별력을
잃었다. 적두가 재운을 표적으로 삼았다는 것을 알았지만 그다
음을 생각할 수가 없었다. 생각이 나질 않았다. 뭘 생각해야 할
지 잊었다. 그녀는 입을 다물었다. 대답을 해서는 안 된다는 무
언의 압박이 만의 머릿속을 짓눌렀다.

"그 이름이 뭡니까?"

적두의 물음에 만의 입이 우물거렸다.

"이름을 말해 주십시오."

적두의 시선이 만의 눈동자 깊숙이 스며들었다. 적두의 목
소리가 만의 머릿속을 뱅뱅 돌았다.

"전사서의 김재운이오. 그러면 할 수 있을 것이오."

여태 버텨 왔던 만의 혀가 기어이 자신의 의지와 상관없이
풀려났다. 드디어 만이 입을 열었다. 적두가 그토록 원하던 것
을 손에 넣기 일보 직전이었다.

바람과 비를 제어할 수 있는 사람은 없다. 만이 김재운을 입에 올린 것만으로도 이미 그가 사람이 아닌 것을 밝힌 것이나 마찬가지였다. 하지만 적두가 원하는 이름은 김재운이 아니었다.

"그의 이름이 김재운입니까?"

적두는 만의 눈을 물끄러미 들여다보았다. 만은 자신의 머릿속에서 울리는 평화로운 진언의 소용돌이에 정신을 내맡긴 채 중얼거리듯 대답했다.

"다른 이름이 하나 더 있소. 하나 짐은 그 이름을 부르지 않소. 짐이 그 이름을 말하면 다른 자에게 그를 빼앗길 것을 알기 때문이오."

"폐하의 말씀이 옳습니다. 다른 자에게는 그 이름을 절대 말씀하시면 안 됩니다. 하오나 소승에게만은 괜찮습니다."

만의 숨이 가빠졌다. 조금만 더 밀어붙이면 입을 열 듯도 하였다.

"소승은 폐하의 것을 빼앗지 않습니다. 소승은 그것을 지켜 드리고자 여쭙는 것입니다."

"안 되오, 안 되오."

온 힘을 다해 버텨 내던 만은 숨을 헐떡이며 기어이 고개를 돌렸다. 적두는 비밀을 묶은 끈의 매듭을 방금 놓쳤다. 그러나 그는 낙심하지 않았다. 어차피 만의 곁에서 재운을 떼어 내면 곧 다시 잡게 될 터였다.

"곧 봄입니다."

노래를 불러주던 승군이 태자비 박씨에게 말했다.

"오냐, 곧 봄이로구나."

태자비 박씨는 어린 사미니가 귀여웠다. 그 파르라니 깎은 작은 머리통과 정수리 위에 팥알처럼 앉힌 점까지 모두 사랑스러웠다.

"개구리랑 뱀이랑 곧 겨울잠에서 깨어날 거예요. 껍질을 벗겨 굽는 것도 좋겠지만 날로 먹어도 맛있지요."

승군이 종알거리는 목소리를 듣고 있자니 태자비 박씨는 갑자기 식욕이 당겼다. 그녀는 개구리도 뱀도 싫어했다. 만지는 것은커녕 보는 것도 끔찍했다. 하지만 승군이 말하면 싫던 것도 좋아지고 슬픈 일도 이내 덤덤해지니 마음이 솜털처럼 가벼워졌다.

"마마께서는 어느 쪽으로 드시고 싶은가요?"

승군이 웃으며 묻자 태자비 박씨도 덩달아 웃으며 대답했다.

"네가 날로 먹는 것이 맛있다 하니 날로 먹자꾸나. 뭐든 너 좋을 대로 하여라. 네가 좋다면 나는 다 좋으니라."

승군의 눈매가 가늘어졌다. 승군이 태자비 박씨의 무릎 앞으로 다가와 앉았다. 승군은 이제 막 사냥을 배우기 시작한 어린 짐승의 시선으로 태자비 박씨를 쏘아보며 물었다.

"그런데 전사서사의 시가는 어디 있나요?"

"글쎄?"

태자비 박씨는 고개를 갸웃거리며 중얼거렸다.

"잘 생각해 보세요."

승군은 커다랗고 예쁜 눈망울을 굴리며 방글방글 웃었다. 하지만 그 눈은 얼음처럼 차가웠다. 태자비 박씨는 아이의 또랑또랑한 눈이 그저 예쁘게만 보였다. 얼른 대답해 줘야 저 아이가 기뻐할 텐데. 태자비 박씨는 열심히 기억을 더듬었다. 태자가 보관하고 있는 전사서사의 시가를 어디선가 보긴 했다. 그게 어디 있더라?

"그래, 생각났다. 전하의 서안 안쪽에 은밀한 서랍이 달려 있는데, 거기 있다."

"자물쇠도 있나요?"

"자물쇠 같은 건 없다. 아무도 거기에 서랍이 있는지 모르거든. 전하께서 내게만 맘쓸해 주셨다."

태자비 박씨는 요즘 들어 자주 정신을 놓았다. 그럴수록 승군의 독경은 더욱 길어졌다. 태자비는 승군의 독경 소리가 들리지 않으면 몹시 불안해하였다.

요 태자는 일전에 재운이 승군을 내보내라 말했던 것이 마음에 걸렸다. 그러나 독경 소리가 문제라면 폐하께서 진작 문수사의 승려를 내쳤을 것이다. 폐하는 적두 선사를 대궁에 들인 이후 오히려 미약했던 심신이 건강해지고 있었다. 그러니 태자비의 문제를 딱히 독경 소리 때문이라고 말할 수는 없었다. 그리고 그도 승군의 독경 소리가 듣기 좋았다.

중연이 재운의 서재로 들어선 지 일각도 되지 않았는데, 안 마당을 지날 때는 내다보지도 않던 계유가 어찌 알았는지 뜨끈 한 술상을 내왔다. 중연은 이게 웬일인가 싶었다. 중연을 꿔다 놓은 보릿자루 모양 한편에 앉혀 놓고 책상에 달라붙어 뭔가를 부지런히 쓰고 있던 재운이 붓을 내던지고 술상 앞으로 다가가 앉았다.

그제야 중연은 계유가 자신을 대접하기 위해 술을 내온 것이 아니라 재운이 마시고자 미리 일러둔 것임을 깨달았다. 그러면 그렇지. 어쨌든 내가 때를 잘 맞춰 왔구먼. 그래도 잔이 두 개 인 것을 보니 계유가 자신을 전혀 없는 셈 친 것은 아니었다.

"어쩐 일로 일을 하던 중에 술인가?"

"일이 잘 안 풀려서요."

재운의 책상 위에는 아무렇게나 먹물이 찍힌 종이들이 어 지러이 흩어져 있었다. 중연은 재운이 따른 술잔을 받으며 말 했다.

"개운포의 풍랑에 필요하다고 했던 그 시가 때문인가? 그건 이미 필요 없게 된 줄 아는데, 덕분에 예부령이 한 방 먹었지."

중연이 통쾌하다는 듯 웃었다. 하지만 그의 눈에는 여전히 근심이 담겨 있었다.

"적두 선사가 자네 몸 안에 수주가 들어 있다는 말을 예부령에게 했을까?"

"그보다 더한 말도 했을 것입니다."

평소와 다름없는 재운의 담백한 표정, 고아한 이마, 매혹적인 콧날을 보고 있자니 어쩐지 그 얼굴에서 빛이 나는 것 같았다. 수주가 그의 몸 안에서 빛을 발하고 있는 것일까.

"하면 약이 바짝 오른 예부령이 뭔가 다른 골치 아픈 일을 명했구먼."

"음성서의 일을 새로 맡았습니다."

"자네가 왜 음성서의 일을?"

"음성서의 일도 따지고 보면 예부의 일이니까요. 동례전에서 제액 법회*가 있습니다."

"들었네. 아니, 잠깐! 적두 선사가 지금 천주사에 거하고 있네. 그자가 대궁의 그 여자 곁에서 진언을 읊으며 호마를 수행하고 있지. 그자가 대궁의 그 여자에게 말하기를 주변에 좋지 않은 것이 있어 그 여자의 심신을 어지럽히고 있다 말했다더군. 그것을 쫓기 위해 요상한 제액 법회를 청했다던데 혹 그것인가?"

"예, 그렇습니다."

중연이 고개를 갸웃거리며 말했다.

"뭔가 냄새가 나는구먼. 내 생각에는 암만해도 적두가 쫓아내야 한다고 말하는 그 좋지 않은 것이 자네를 가리키는 것이

---

* 통일신라 시대 불교는 일월성신 산천제와 같은 토속신앙과 어우러져 기우, 지우, 제액과 같은 주술적 기원도 하였다.

아닌가 싶네."

"그럴지도 모르지요."

"그자와 예부령이 손을 잡고 대궁까지 들어와 판을 벌였네. 거기에 자네를 끌어들이고자 한다면, 이는 필시 자네를 잡을 궁리를 하고 있는 것이네. 대체 그 행사에서 자네가 해야 할 일이 무엇인가?"

"청각입니다."

"청각이라면…… 혹!"

중연은 눈을 끔벅였다.

"예, 맞습니다. 청각의 음률을 만드는 일입니다."

중연은 어이가 없다는 듯 고개를 저었다.

"맙소사, 내가 알기로 청각은 세상에서 가장 슬픈 소리이면서 또한 가장 무서운 소리라고 했네. 그것은 사람이 들어서는 안 되고 귀신에게만 들려줘야 하는 소리라 하였지. 어찌 그런 음악을 대궁에서 연주한단 말인가?"

중연의 마음이 복잡해졌다. 대체 예부령과 적두가 무슨 짓을 꾸미고 있는 것인가? 청각이 저柱와 무슨 상관이기에? 하지만 만약 이 일이 저柱와 관련된 것이라면 대궁의 그 여자가 허락했을 리가 없지 않은가. 그런데도 그는 불길한 예감이 들었다.

"암만해도 그 일이 자넬 잡을 함정인 듯싶으이."

"저를 잡을 함정이든 아니든 폐하를 위해서 꼭 해야 하는 일입니다."

"그냥 못한다 하게."

"폐하의 귀가 막혔습니다."

"뭐?"

"적두의 진언에 중독되었지요. 청각만이 폐하의 귀를 다시 열게 할 수 있습니다. 한데 저 말고는 청각을 만들 자가 없습니다. 청각을 들어 본 이가 없으니까요."

재운의 안색이 평소보다 다소 무거워진 것을 알아챈 중연이 한숨을 푹 내쉬며 말했다.

"자네 얼굴을 보니 생각보다 심각한 일이로구먼. 그럴 줄 알았네. 한 나라의 군주씩이나 되어 가지고 그런 사언에 혹하다니……."

중연은 못마땅하다는 듯 혀를 차다가 이내 낭패라는 표정으로 물었다.

"이런, 혹 그 여자가 적두의 진언에 홀려 자네의 진짜 이름을 발설하는 건 아닌가?"

"제가 폐하 곁에 있는 동안은 그리 쉽게 풀리지 않을 것입니다. 제 이름은 폐하의 마음속에서 가장 단단히 묶여 있는 비밀이지요. 그것은 저와 보이지 않는 끈으로 연결되어 있습니다. 해서 적두가 청각을 통해 저를 폐하에게서 떼어 놓으려 하는 것 같습니다."

"떼어 놓다니? 어떻게 말인가?"

"말씀하신 함정이 있을지도 모르지요."

"하면 그 여자는 진언에 중독되어 이 일이 자네에게 해가 될 것을 알면서도 거부하지 못하고 허락했다는 게 아닌가?"

재운은 고개를 끄덕였다.

"하오니 더 깊이 빠져들기 전에 폐하를 꺼내 와야 합니다. 청각 때문에 제가 곤란한 상황에 처할 수도 있겠으나 대신 대궁에 걸어 둔 적두의 진언은 깨질 것입니다. 다시는 그자의 진언이 폐하의 마음을 흔들 수 없게 되지요."

중연은 망연자실한 표정으로 재운을 바라보았다.

"이보게, 적두가 자넬 어찌 대했는지 잊었는가? 하니 자넨 이 일에서 무조건 빠지게."

"저에겐 폐하가 먼저입니다."

"내겐 자네가 먼저일세. 나는 목련이 피는 자네의 집이 좋다네. 자네가 없으면 내가 이 집을 무슨 낙으로 방문하겠는가."

중연은 입춘이 지나면 흐드러지게 피는 재운의 집 목련 나무들이 좋았다. 날씨가 더 따뜻해지면 유채꽃, 살구꽃, 자두꽃, 복사꽃, 앵두꽃, 장미꽃 들이 다투어 피는 것을 보는 것도 좋았다. 봄비 내리는 오후에는 꽃이 가득 핀 담장 밑에서 땅 지렁이가 몽글몽글 솟아 나오는 것을 보는 것도 좋았고, 재운과 함께 술을 나누는 이런 밤들도 좋았다. 그리고 가끔은 계유의 버릇없음도 좋았다.

중연은 괜히 울컥해져 목이 멨다. 그러나 그는 언제나 그랬듯 재운을 말릴 수 없었다. 재운이 청각을 만들어 주지 않으면 그 여자는 계속 귀가 막힌 채로 살겠지. 그러다 기어이 적두에게 재운의 진짜 이름을 말하게 될 것이고, 그 여자가 계속 재운의 발목을 잡는구먼.

"이미 맡은 일입니다."

술 단지가 바닥나자 재운은 자리에서 일어나며 말했다.

"이제 다시 일을 해야겠습니다. 하오니 대감께서도 오늘은 그만 가 보십시오."

중연은 앉은 자리에서 궁둥이를 떼지 않은 채 재운을 올려다보며 말했다.

"자넨 일을 하게. 술은 나 혼자 계속 마실 터이니."

"방해가 됩니다."

"아무 짓도 하지 않겠네. 말도 걸지 않고 숨소리도 내지 않겠네."

"그래도 없는 편이 낫습니다. 나머지 술은 다른 곳에 가서 마시십시오."

재운이 완강하게 나오자 중연은 마음이 상해 결국 대문을 나설 수밖에 없었다. 계유가 중연의 말을 끌고 따라 나오며 물었다.

"또 오실 거지요?"

"이거 내일 아침에는 해가 서쪽에서 뜨겠구먼. 네가 웬일로 나를 청하느냐? 나만 보면 쫓아낼 궁리만 하던 놈이?"

"어디 대감이 좋아서 청합니까? 대감이 오셔야 잠깐이나마 제 주인께서 일을 놓기 때문이지요. 대감이 오시지 않으면 제 주인께서는……. 그러니까 제 주인께 대감은…… 에이, 아닙니다. 그만 가십시오."

"이놈아, 왜 말을 하다 말다 하는 게야?"

"그러니까 앞으로도 계속 여기 들르시란 말이지요."

"놀리는 게냐? 거짓말하지 마라. 이젠 오지 않을 것이다. 네 주인이 나에게 방해가 되니 없어지라 했다."

"그렇게까지 말씀하시진 않았어요."

"그 말이 그 말이니라. 하니 가서 네 주인에게 그 망할 음악이나 실컷 만들라고 전하여라. 위험해져도 난 모르겠으니. 내가 이리 걱정하는 줄도 모르고. 그리고 너도 막상 내가 다시 찾아오면 또 오셨냐며 귀찮은 얼굴로 내 면상에 대고 하품을 할 터이지. 에에라, 다 필요 없다! 내 말이나 다오."

계유가 말고삐를 중연에게 건네며 말했다.

"제 주인께 내쳐져 화가 단단히 나셨군요."

"시끄럽다."

돌아서서 씩씩거리며 말과 나란히 걸어가던 중연이 갑자기 뭔가 생각이 난 듯 멈춰 서서 품속을 뒤적였다.

'하마터면 잊을 뻔했구먼.'

중연은 목련방 쪽으로 되돌아가며 계유를 불렀다. 그러자 골목길 안쪽에서 계유가 다시 모습을 드러내며 물었다.

"뭘 두고 가셨습니까?"

"아니다. 나마에게 이걸 주려 했는데 그만 깜빡했다. 아까 내가 전하란 말과 함께 이것도 전하여라."

"뭡니까, 이게?"

"보면 모르느냐? 젓가락이다."

"한 짝뿐인데요."

"나머지 한 짝은 아직 마련하지 못하였다. 한 짝뿐이라 해도 없는 것보다는 나을 것이니 일단 받아 두라 하여라. 실은 단검 같은 좀 더 실용적인 것을 만들고 싶었는데 내겐 역부족이었다. 그래도 네 주인이 지니기엔 비녀보다 젓가락이 나을 터이니."

"예?"

계유는 의아한 얼굴로 나무젓가락 한 짝을 받아 들었다. 그는 이내 그것이 무엇으로 만든 것인지 알아보았다.

그 젓가락은 중연이 자신의 수하들을 동원해 북쪽으로 뻗은 복숭아나무의 가지를 죄다 꺾어 오게 하여 수도 없이 부러뜨린 후 간신히 만든 것이었다.

"고맙습니다. 이리 단단하게 여문 것을 구하기가 쉽지 않았을 터인데."

"네가 고마울 것이 무엇이냐, 하면 줄 것도 주었겠다, 이제 다시는 여기 오지 않을 것이다."

"예, 그럼 살펴 가십시오."

계유가 먼저 돌아서서 골목 안쪽으로 걸어 들어갔다. 중연은 계유의 어깨가 들썩이는 것을 보았다.

'놈이, 나를 비웃고 있는 게로구먼. 젓가락이 아니라 다른 것이었으면 덜 우스꽝스러워 보였을 것을. 그래도 어쩌겠나. 당장은 나마가 그거라도 지니고 있어야 내가 마음이 놓이는 것을.'

중연은 고개를 저으며 말에 올라탔다.

술잔이 어느 정도 돌자 박후명은 가기들을 물렸다. 겹겹의 문들이 닫히자 박후명과 적두가 있는 곳은 웃음소리와 등롱의 불빛들이 숲을 이룬 가운데 숨겨진 금단의 섬이 되었다.

"이제야 재잘거리던 제비들이 모두 가 버렸군. 어떻소? 난 말이오, 가끔 이 시끄러운 곳이 내 집보다 훨씬 더 비밀스럽게 느껴지오."

"비밀은 늘 밖에 있는 법입니다. 자신 안의 비밀은 자신이 알고 있으니 이미 비밀이 아니지요."

"평강방 안가교는 왕경에서 제일가는 미인들만 모여 있소. 그저 용모만 아름다운 여인들이 아니오. 정을 주면 때론 그들에게서 신의도 얻을 수 있소. 물론 재물도 쥐여 줘야 하오. 하나 월성의 요직과 지방의 토호 세력들에게 뿌려야 하는 재물에 비하면 거저나 마찬가지라오."

그렇게 말했지만 정작 박후명 자신은 안가교의 어떤 여인도 믿지 않는다는 차가운 눈이었다. 적두는 연신 술잔을 기울이며 말했다.

"불승은 여인이 눈에 들어오지 않습니다."

"글쎄, 여인이라기보다는 사람이 눈에 들어오지 않는 것이 겠지. 솔직히 나는 선사를 불승이라 여긴 적이 한 번도 없었소. 선사는 사냥꾼이오. 사냥을 하기 위해 가사 장삼으로 위장을 하였을 뿐이지. 그렇지 않소? 선사가 입은 옷이 사람들의 경계심을 허물게 하오."

"소승은 사람을 사냥하지 않습니다."

박후명의 입가에 조소가 어렸다.

"사람이 눈에 들어오지 않는데 당연히 그렇겠지. 하나 사냥을 위해 사람을 미끼로 쓰기는 할 거요. 함정을 파고 덫을 놓아 사냥물을 잡고 나면 미끼로 썼던 사람은 버릴 테고. 안 그렇소? 말해 보시오. 언젠가 나도 그리 버릴 것이오?"

"취하셨군요."

적두의 노르스름한 눈동자가 박후명의 속을 읽느라 분주해졌다. 평소의 박후명답지 않았다. 적두는 술잔을 놓았다. 그러자 박후명이 손사래를 치며 말했다.

"아, 미안하오. 흥을 깨려던 것은 아니었소. 나는 그저 내가 선사에게 얼마나 솔직한 사람인지 보여 주려 했을 뿐이오. 왕겸에서 나의 평판이 어떤지는 들어 알 것이오. 하나 선사에게는 다르오. 적어도 선사에게는 내 속을 감추지 않았단 말이오. 나는 오늘 이 자리에서 선사에게 내가 가진 패를 보여 줄 것이오. 김재운을 잡기 위해서 나는 내 패를 선사와 나눠 쓰는 데 한 치의 주저함도 없소. 하니 선사께서도 나를 제치고 혼자 일을 도모하는 일은 없었으면 하오."

"무슨 말씀을 하고 계신지 모르겠군요. 저는 예부령께 숨기고 있는 것이 없습니다."

적어도 그것만은 사실이었다. 효원으로부터 훔쳐 낸 재운의 문구를 숨기고 있는 쪽은 오히려 박후명이었다. 적두는 아직 그 사실을 모르고 있었다.

박후명은 청각이 벌어진 후 월성에서 내쳐질 재운을 사로잡을 다음 계획을 세웠지만 저枡를 잡을 함정을 만들기 위해서는 전적으로 적두의 재주가 필요했다. 물론 거기까지만 적두를 이용할 작정이었다.

일단 문구에 적힌 앞의 두 글자대로 원인이 되는 함정을 골라 재운을 잡아 가두면 남은 뒤의 두 글자가 결과를 정할 것이다. 하면 적두가 재운의 진짜 이름을 알고 난 후라 해도 저枡의 일부는 박후명에게 묶이게 된다. 적두가 독단으로 재운을 처리할 수 없게 되는 것이다.

"알고 있소. 해서 내가 선사를 믿고 새로운 미끼를 하나 준비했소."

"하오면!"

"저枡는 여인을 좋아한다지. 김재운의 여인이오. 들여보내라!"

박후명의 명이 떨어지자 꼭 닫혀 있던 겹겹의 문이 다시 하나씩 열렸다. 적두는 방문 저편에 서 있는 눈부시게 아름다운 가기를 보았다. 박후명이 낮게 속삭였다.

"어떻소? 저 미끼를 가지고 선사와 내가 힘을 합쳐 근사한 덫을 하나 놓아 봅시다."

이튿날 저녁 중연이 시위부를 나와 집으로 돌아가고 있었다. 중연은 어제 일도 있고 해서 오늘만큼은 목련방으로 가지 않을 작정이었다. 그런데 가다 보니 어느새 목련방으로 향하고 있었다.

그는 못 이기는 척 말이 가는 대로 길을 맡기고 싶었다. 그러나 어젯밤에 그리 큰소리를 쳐 놓고 하루도 버티지 못하면 계유로부터 비웃음을 당할 것이다. 하여 그는 단호히 말 머리를 돌렸다. 그런데 어찌 된 일인지 한참을 가다 보니 또다시 목련방으로 향하고 있지 뭔가.

말은 그저 늘 가던 길을 갔을 뿐이었다. 중연은 말이 자신의 마음을 몰라주어서가 아니라 너무 잘 헤아려 주어서 미워졌다. 그렇다고 그 옛날의 김유신처럼 자신의 말을 벨 수는 없었다.

'내 결심을 위해 어찌 너를 죽이겠느냐. 아무래도 오늘 밤은 내가 집에 가고 싶지 않은 모양이로다.'

그는 말 머리를 아가교로 돌렸다. 그런데 한참을 가다 보니 그새 말이 목련방 북쪽 골목길로 들어서고 있지 뭔가. 말이 여기까지 오는 동안 그는 뭐에 홀렸는지 이를 전혀 깨닫지 못하고 있었다.

'이거, 도무지 어찌 된 일인지 모르겠군. 역시 하늘의 뜻인가? 하면 내가 져 주어야지 어쩌겠나.'

그는 계유의 타박을 각오하고 하늘의 뜻인지, 말의 뜻인지 알 수 없는 인도에 자신을 내맡겼다. 대신 오늘은 어떤 질문도 하지 않고 어떤 근심도 내비치지 않은 채 그저 벙어리가 되어 재운의 곁을 지키겠노라 마음먹었다.

재운의 집 대문은 평소와 다름없이 열려 있었다. 오는 동안 해가 져서 사위는 어스름했다. 이른 꽃봉오리를 맺은 백목련과 자목련 나무들이 한데 어우러져 고아한 자태로 그를 맞았다. 그는 마구간에 말을 매어 놓고 나왔다.

집 전체가 이상하리만치 정적에 휩싸여 있었다. 중연은 문 득 그림 속으로 한발 들어선 듯 묘한 기분에 빠져들었다. 그는 목련 나무 가지가 몸에 닿을까 두려워졌다. 건드리면 목련 나 무가 한 줌 종이 부스러기가 될 듯, 재운과 함께 이 집까지 모 두 그렇게 환영이 되어 사라질까 불안해졌다.

이는 마치 이 집 주인이 내보이는 알쏭달쏭한 분위기와도 비슷했다. 모습을 숨긴 채 아련한 향내만으로 존재를 깨닫게 하는. 그러나 그 향내의 근원지를 찾아내면 이미 다 타 버린 사 물은 재만 남아 그 형태를 알아볼 수가 없다. 그저 죽어 가는 연기만이 이 세상에 잠깐 존재했음을 말해 줄 뿐.

언젠가 그가 재운에게 물었던 적이 있다.

'왜 목련인가?'

'북향화라서요.'

목련은 꽃봉오리가 북쪽을 향해 피기 때문에 그리 불렸다. 그땐 무슨 소린가 싶었는데, 이제 생각해 보니 북도지와 일맥 상통하는 부분이 있었다. 필시 저杵를 보호하고 가리는 꽃인 것이다.

'백목련은 어딘가 자네와 비슷한 구석이 있네. 희고 담백하 고 차지.'

'저는 향나무 쪽입니다.'

'그것도 어울리는구먼. 자네에게는 늘 특별한 침향의 향내가 배어 있으니. 하면 나는 우는살이네. 눈물 대신 소리나 지르는 화살 말일세.'

'우는살이 심장에 박히면 눈물 대신 뜨거운 피가 흘러나오지요. 눈으로 우는 것보다 더 아픈 것이 심장으로 우는 것입니다.'

재운의 그 말은 그때 중연에게 예기치 못한 위로가 되었다. 눈물을 흘리지 못하는 그의 고통이 어떤 것인지 재운이 보아 주었기 때문이다.

그는 아직 자신의 심장에 박힌 살을 뽑아내지 못했다. 살이 심장에서 흘러나와야 할 피를 단단히 막고 있었다. 그가 참고 있는 아픔은 거기서 기인했다. 그러나 그 살이 꽂혀 있어 여태 살 수 있었던 것인지도 모른다. 살을 뽑으면 뜨거운 피를 쏟을 것이고 심장이 식어 텅 비면 그는 죽을 것이다.

중연은 일부러 크게 기침을 해 보았지만 오늘도 계유는 코빼기도 내보이지 않았다. 어젯밤 헤어질 때 계유가 또 오라는 말을 하였기에 혹시나 맞으러 나올까 기대했지만 역시나 평소와 다름이 없었다.

'마음에도 없는 소릴 곧이곧대로 믿고자 했던 내가 바보로구먼. 그런다고 내가 물러설까. 그나저나 그 슬프고 무서운 음악은 얼마나 완성이 되었을까? 그것이 암만해도 재운을 위험하게 할 것 같으면 내가 오늘 그 음보를 확 태워 버릴 것이야.'

그는 혼자 골을 부리며 재운을 불렀다.

"이보게, 나마! 내가 왔네."

평소처럼 안마당에서 안채로 향하려던 중연은 걸음을 멈췄다. 백목련 나무 아래 좀 전까지 분명 사람이 없었는데, 지금보니 재운이 서 있었다. 그는 부러진 가지를 손에 쥔 채 백목련나무를 바라보고 있었다.

"이보게, 거기서 뭘 하는가?"

그러나 재운은 중연의 부름을 듣지 못한 듯 홀로 중얼거렸다.

"본디 한번 떨어져 나간 것은 다시 붙을 수 없으나 가끔은 절실함이 그것을 다시 이어 붙이기도 하지."

그 말을 들은 중연은 재운이 들고 있는 가지가 어디서 떨어져 나온 것인지 얼른 눈으로 찾았다. 그는 재운이 바라보고 있는 백목련 나무에서 이내 가지가 부러져 나간 자리를 발견했다.

그는 혹 예전에 무평문 앞에서 재운이 찢어진 옷 조각을 붙인 것처럼 조화를 부리려는가 싶어 눈을 크게 뜨고 숨을 죽였다. 재운이 손에 쥔 가지를 치켜들며 말했다.

"나는 아직 몸이 성치 않다. 하나 꼭 나여야만 하니 어쩔 수 없구나. 내가 오늘 밤 이 가지가 되어 너의 일부가 될 것이다."

뭘 어찌하겠다는 소리지? 중연은 기묘한 압박감에 사로잡힌 채 재운과 백목련 나무 사이에 끼어들 엄두를 내지 못하고 있다가 문득 백목련 나무의 부러진 가지가 제자리에 붙어 있는 것을 보았다. 설마? 얼른 재운의 손으로 시선을 돌리니 역시 부러진 가지를 쥐고 있던 그의 손이 비어 있었다.

'어느새 저렇게 되었단 말인가? 나는 내내 저 가지가 부러진

자리에서 눈을 떼지 않았는데 대체 어떻게?'

그때 어디선가 왁자한 웃음과 말소리가 들렸다. 그제야 재운이 중연을 돌아보며 말했다.

"오셨습니까?"

중연을 가로막았던 주위의 의지가 사라졌다. 보이지 않던 경계로 구분되어 있던 세계가 다시 하나의 세계로 이어져 붙었다. 중연은 백목련 나무 쪽으로 걸음을 옮겼다. 그는 재운과 멀쩍해진 백목련 나뭇가지를 번갈아 쳐다보곤 물었다.

"이보게, 저 목련 가지는?"

"부러져서 방금 제가 돌봐 주고 있었습니다. 그보다 제가 지금 손님을 맞이하러 후원으로 가 봐야 합니다. 기왕 예까지 걸음을 하셨으니 대감께서도 함께 가시겠습니까?"

"그럼세. 한데 자네가 저 부러진 목련 가지를 붙였는가?"

그러나 재우우 중연의 말을 듣는 둥 마는 둥 하며 후원 쪽으로 걸음을 옮겼다. 그는 재운의 뒤를 쫓아가며 다시 물었다.

"이보게, 어찌 내 물음에 대답을 하지 않는가?"

"나중에 이야기하면 안 되겠습니까? 제가 지금 귀한 손님들을 맞으러 가야 해서요."

귀한 손님들이 왔다니 별수 없었다. 중연은 일단 부러진 목련 가지에 대한 궁금증을 뒤로 미뤘다. 그러자 이번엔 귀한 손님들에 대해 궁금해졌다.

"이 집에 나 말고 다른 사람은 들이지 않는 줄 알았는데?"

"필요할 때는 들입니다."

재운이 앞서 나갔다. 평소 사람을 가까이하지 않는 재운이 손님을 들였다. 대체 어떤 사람들이기에? 중연은 몹시 기대가 되었다. 재운의 마음에 든 사람들이라면 필시 좋은 사람들일 것이다.

재운의 뒤를 따라가며 중연은 이상한 생각이 들었다. 그는 재운의 집을 속속들이 잘 알고 있었다. 그런데 오늘 밤은 안마당과 후원으로 이어지는 길이 눈에 익은 듯도 했고 낯선 듯도 했다.

후원 입구에 들어서면 새까만 전돌 열네 개가 박혀 있어야 하는데 보이지 않았다. 게다가 평소 뜰을 가꾸지 않기는 해도 이렇게 발밑이 온통 우거진 수풀 잡목으로 뒤덮여 있진 않았다. 중연은 어쩐지 첩첩산중으로 찾아드는 기분이었다.

그러나 다시 보니 후원 한쪽에 돌로 가장자리를 쌓은 작은 샘이 보였다. 계유가 늘 먹이를 챙겨 주는 산토끼 두 마리가 물을 마시다 재빨리 그늘 속으로 몸을 감췄다. 샘과 산토끼들 덕분에 중연은 낯선 곳에서 다시 익숙한 곳으로 돌아왔다.

길의 모양이 달라졌다고 여긴 것은 착각이었을까? 재운의 집 안채와 바깥채를 잇는 건물의 구조와 풍경도 평소와 다르지 않았다. 그런데 후원에 이른 재운이 반대편으로 돌아 다시 안마당 쪽으로 걸음을 옮기자 중연은 더 참지 못하고 물었다.

"잠깐, 이리하면 집을 한 바퀴 돌아 다시 제자리일세."

"그럴 리가요? 그렇지 않습니다."

재운이 빙그레 웃으며 몸을 살짝 틀어 보였다. 분명 안마당에서 바깥채를 가로질러 중문을 지나 안채의 뒤편을 빙 돌아 후원으로 들어갔다가 다시 바깥채와 담장 사이를 지나 안마당으로 돌아 나왔다. 그런데 그곳에 바로 후원에 있어야 할 연못과 정자가 있지 뭔가.

가만, 거기 정자가 저렇게 생겼던가? 연못이 이렇게 컸던가? 그런 것 같기도 하고 아닌 것 같기도 했다. 어쨌든 정자와 연못은 재운의 집 후원에 있지 안마당에 있지 않았다. 하면 여긴 후원인 것이다. 아니다. 이상하지 않은가? 분명 후원에서 안마당으로 돌아 나왔는데 어찌 또다시 후원인 게야? 중연은 암만 헤아려 보아도 알쏭달쏭하기만 했다.

"여기가 어딘가?"

"어디긴요, 제 집이지요. 대감, 오늘따라 왜 그러십니까? 또 그 눈병이 도지셨습니까?"

"눈병?"

"오기일의 그 여인을 보았던 때처럼 말입니다."

그런가? 중연이 고개를 갸웃거리고 있는 사이 재운이 먼저 정자를 향해 성큼성큼 걸어가 인사를 올렸다.

"먼 길 오셨습니다."

그러자 정자 위에 서 있던 두 사내가 그늘을 벗어나 앞으로 나왔다. 두 사내 모두 나이가 지긋했는데 한 사내는 영민해 보이는 것이 우아한 봉황을 연상시켰고, 다른 한 사내는 손에 거문고를 들고 있었다.

"아닐세, 자네 덕에 쉬이 왔네."

봉황을 연상시키는 사내가 입에 함박웃음을 가득 담으며 말했다.

"맞네. 자네의 목련 나무가 없었다면 우리가 오늘 이 땅에 어찌 발을 붙일 수 있었겠는가?"

거문고를 든 사내도 점잖은 웃음으로 말했다. 재운이 미소로 답하며 깍듯하게 청하였다.

"목련 나무의 부러진 가지를 빌려 어렵게 모신 자리이니 오늘 밤 제 술잔을 받으시고 부디 한 수 가르쳐 주십시오."

목련 나무의 부러진 가지라면 좀 전에 재운이 조화를 부렸던 그것인가? 뭐가 뭔지 알 수 없어 중연의 궁금증은 한층 더 깊어졌다. 대체 이 사람들은 누구지? 누구이기에 재운이 이토록 예를 다하여 모시는 것일까?

"하면 술이나 잔뜩 주시게. 한데 자네 옆에 그 잘생긴 젊은 이는 누구인가?"

거문고를 든 사내가 중연에게 시선을 주며 물었다.

중연이 얼른 인사를 했다.

"시위부의 김중연이라 합니다."

그러자 봉황을 연상시키는 사내가 말했다.

"나도 김씨일세. 옛 가야 출신이지. 김암*이라 하네."

"예?"

---

* 김유신의 적손인 김윤중의 서손. 대력 연간에(766~799) 당에서 귀국하여 사천대 박사가 되었다. 비범하고 천재적인 술사로 천문, 지리, 점술, 병술, 역술에 능통했고 백성을 돌보는 데 힘썼기에 그 명성이 일본에까지 전해졌다.

중연이 어리둥절해 있는데 거문고를 든 사내가 말했다.

"나는 운상원에서 온 옥보고*일세."

아, 중연은 저도 모르게 딸꾹질이 나왔다. 농담이겠지? 김암이라면 백여 년 전의 사람이 아닌가? 옥보고도 경덕왕 때 사람이다. 중연의 멍한 표정을 보고 세 사람이 큰 소리로 웃었다. 그제야 중연도 덩달아 웃음을 터뜨렸다. 이들이 재운과 투합하여 자신을 놀리고 있음을 깨달은 것이다. 계유가 술상을 들고 정자로 올라섰다.

김암이 말했다.

"자네들도 어서 올라오게. 와서 내 술 한 잔 받게나."

그들이 주는 술을 받아 마시며 다소 취한 중연이 문득 주위를 살펴보니 아무래도 여긴 재운의 집이 아닌 듯했다. 멀리 눈썹처럼 보이는 산등성이는 깊고 깊은 산속 같기도 했고, 다시 돌아보니 먹묵처럼 그어진 지평선이 넓고 넓은 들판 같기도 했다. 재운의 집 어디에서도 본 적이 없는 풍광이었다.

중연은 고개를 저었다. 그럴 리가 없지. 내 분명 재운의 집 대문을 열고 들어섰는데.

"이보게, 나마. 대체 여기가 어디인가? 내 눈에는 암만 봐도 자네 집의 후원 같지가 않네."

"제 집이 맞습니다."

---

* 8세기 중엽 경덕왕 때의 귀족 출신으로 거문고의 대가이며 신라의 악성으로 불린다. 지리산 운상원에 들어가 오십 년 동안 거문고를 익혀 삼십여 곡의 거문고 곡을 지었다.

"아닐세, 아니야."

그는 계속 고개를 저었다. 그러자 김암이 말했다.

"자네 벗의 집이 맞네. 다만 하늘 사다리인 신목神木이 잠시 옮겨 와 뿌리를 내렸기에 주변 풍광이 달라 보이는 것뿐이라네."

중연은 어이가 없어 예의가 아닌 줄 알았지만 그만 큰 소리로 웃고 말았다.

"지금 절 놀리시는 게지요. 신목이라니요? 신목은 이 세상에 더는 존재하지 않습니다. 땅의 일은 하늘에 들리지 않고 하늘의 일은 땅에 들리지 않는 세상이 되었으니 이미 오래전에 그 관계가 끊어졌습니다."

"신목을 본 적이 있는가?"

취기가 있긴 했으나 아직 정신이 말짱한 중연이 웃음을 거두고 성심껏 대답했다.

"없습니다. 하오나 신단수神檀樹와 건목建木의 이야기를 책에서 읽었습니다. 특히 건목의 생김은 아주 상세하게 기억하고 있지요. 그것은 세상의 중심에 있어 정오의 태양이 꼭대기에 걸린다 하였습니다. 가늘고 길게 뻗은 나뭇가지가 하늘을 찌를 듯 곧고 높이 솟았는데 그 끝의 가지들만이 우산처럼 이리저리 굽어 있으며……."

중연의 이야기를 듣던 네 사람이 웃음을 터뜨렸다. 계유까지 가세하여 웃어 대자 중연은 말을 멈추고 물었다.

"왜 웃으십니까?"

김암이 말했다.

"또한 그 나무는 이파리가 한 장도 달려 있지 않고?"

"예."

중연이 눈을 끔벅이며 대답하자 다들 또 웃어 댔다.

"대체 왜들 그리 웃는지 모르겠습니다. 제가 틀리게 기억하고 있는 것입니까?"

옥보고가 말했다.

"아닐세. 자네 말대로 도광의 들판에 그런 나무가 있긴 했네. 한데 이젠 하늘이 눈을 가려 보지 못하게 하였기에 사람들이 더는 신목을 알아보지 못하게 되었지. 물론 하늘 사다리도 끊어진 지 오래일세. 해서 오늘은 여기 자네의 벗이 잠시 그 나무가 되어 주기로 한 것일세."

"예? 그게 무슨 뜻인지?"

중연이 다시 질문을 하려 하자 김암이 말했다.

"그 대답은 나중에 자네 벗에게서 듣게. 바람이 있어 오늘은 평소보다 시간이 빠르게 타고 있으니 이제 그만 연주를 시작해야 하네."

김암의 말에 옥보고가 재운을 향해 말했다.

"자, 그럼 월성의 호부護符께서는 우리가 주는 소리를 받아 적을 준비가 되었는가?"

"예."

재운이 대답했다. 월성의 호부? 중연은 그들이 재운을 월성의 호부라 부르는 것을 들었다. 계유가 물들인 녹색 종이를 펴고 붓과 먹물을 대령했다. 재운이 그 앞에 앉자 계유가 잔에 술을 따랐다. 술잔을 비운 재운이 소매를 걷고 붓을 들었다.

옥보고가 거문고를 타기 시작했다. 첫 음이 울렸을 때 중연은 분명히 거문고 가락이 시작되는 것을 들었다. 하지만 그다음부터는 어떤 음률도 들리지 않았다. 옥보고의 손가락이 거문고 줄을 퉁기고 미끄러지며 신묘한 놀림으로 날고 있었으나 중연의 귀에는 그저 바람이 지나가는 소리와 나무 이파리가 비벼대는 소리뿐이었다.

어찌하여 내 귀에는 음악이 들리지 않는가? 하다못해 계유까지 집중하고 있는 것을 보니 중연은 혼자 바보가 된 기분이었다. 그러나 다들 연주에 심취해 있어 뭐라 말을 걸 수가 없었다.

달빛 때문인지 네 사람의 몸에서 빛이 감돌았다. 그 광경이 하도 기이하여 중연은 은연중 자신의 몸에서도 빛이 나는지 보았다. 그러나 그의 몸은 어둠 속에 묻혀 있었다.

'거, 불공평하구먼.'

중연은 모든 것이 그저 몽롱할 따름이었다. 귀가 간지럽고 머리가 어지러웠다.

재운은 연거푸 술잔을 비워 가며 부지런히 음보를 받아 적었다. 붓을 든 재운이 새벽이슬을 머금은 청량한 푸른 잎처럼 활짝 웃고 있었다. 중연은 재운이 저리 웃는 것을 본 적이 없었다. 비와 바람에 단련된 나무처럼 단단하고 냉량한 얼굴에 기껏해야 스쳐 가듯 어리는 미소를 본 것이 전부였다.

아무래도 재운이 취한 모양이다. 아니다. 재운은 주당이었다. 중연은 재운이 술을 마시고 취한 것을 한 번도 본 적이 없었다. 중연도 술이라면 지지 않았으나 재운만은 이겨 본 적이 없었다. 재운과 밤새 마시고 먼저 뻗는 쪽은 언제나 중연이었다.

'하면 재운의 저 웃음은 자칭 옥보고 선생이라는 자의 거문고 가락이 마음에 들어 절로 나온 흥일까? 대체 얼마나 좋기에? 나도 한번 들어 보고 싶구나. 하나 암만 귓구멍을 벌려도 내 귀에는 들리지 않으니 답답하구먼. 까짓 안 들리면 어떤가? 대신 재운이 세상 모든 시름을 잊고 저리 즐거워하지 않는가. 하니 나는 음악 대신 벗의 웃음을 보면 되는 것을.'

중연이 아침에 깨어 보니 자신의 집이었다. 중연은 어젯밤 술자리가 파한 후 어떻게 돌아왔는지 전혀 기억이 나질 않았다, 내가 그리 많이 취했던가? 중연은 근구를 불러 지난밤 일에 대해 물었다.

"내가 집에 들어온 시각이 언제였더냐?"

"땅거미가 지기 전이었지요. 웬일로 평소보다 일찍 돌아오셨나 했더니 세상에, 저녁 식사를 올리러 들어가 보니 환두도를 쥐신 채 그대로 잠이 드셨더라고요. 얼마나 피곤하셨으면……."

근구의 눈시울이 붉어졌다. 늙은 가복은 진심으로 주인을 가여워하고 있었다.

"해서 제가 이부자리도 봐 드리고 관복도 벗겨 드렸지요. 어찌나 깊이 잠이 드셨는지 제가 그리 법석을 떨었는데 한 번도 깨지 않으셨습니다. 요 근래에 그렇게 곤하게 주무시는 건 처음 보았습니다."

"그럴 리가 없다. 내가 어제 나마와 술을 했단 말이다."

"나마 나리 댁에는 들르지 않으셨어요. 퇴궐하고 바로 집으로 오셨지요. 물론 전혀 취하지도 않으셨고요. 이러다 몸 버리겠어요. 얼마 전 풍한으로 한동안 자리보전하신 일도 있고 하니 제발 쉬엄쉬엄 하세요."

근구까지 재운과 합세하여 자신을 놀리는가 싶어 중연은 잠깐 헷갈렸다. 그러나 늙은 가복의 주름진 눈가에 어린 근심은 거짓이 아니었다. 중연은 뭐가 어떻게 된 것인지 알 수가 없었다.

"하면 내 말은 어디 있느냐?"

"그야 마구간에 있지요. 왜 그러십니까?"

"아, 아니다."

말은 틀림없이 어젯밤 일을 기억하고 있을 것이다. 하나 말에게 물어본다 한들 답이 나올 리 없었다. 대체 어찌 된 일인지 궁금해진 중연은 시위부로 들어가기 전에 목련방에 먼저 들렀다.

재운은 평소와 다름없이 책상에 붙어 앉아 뭔가를 한창 쓰던 중이었다. 중연은 늘 재운의 일을 방해하지 않고 기다려 주었지만 이번만큼은 그럴 수가 없었다. 그는 안으로 들어가 다짜고짜 말했다.

"이보게, 내가 어젯밤 분명 자네 집에서 술을 했네."

재운은 붓을 놓지 않은 채 대답했다.

"무슨 말씀이신지 모르겠군요. 대감께서는 어젯밤 제 집에 들르지 않으셨습니다. 꿈이라도 꾸셨습니까?"

"무슨 소린가? 어젯밤 자네 집 후원 정자에서 옥보고 선생이 거문고를 타고……."

"옥보고 선생이라면 백여 년 전의 사람이 아닙니까?"

"그렇지. 그러니까 진짜 옥보고 선생이 아니라 옥보고 선생을 칭한 예인藝人이 있었고, 그래, 김암 선생도 있었네."

재운이 붓을 놓고 돌아보았다. 그의 표정을 보니 아무래도 자신이 식전 댓바람부터 헛소리를 하고 있는 듯했다. 중연은 후원으로 나가 정자와 연못을 살폈다. 확실히 이 정자와 연못이 아니었다. 멀리 보이는 풍광도 이렇지 않았다. 하지만 신목이 잠시 뿌리를 내려 풍광이 달라 보이는 것이라 말하지 않았던가. 아니지, 내가 지금 무슨 얼토당토않은 생각을 하고 있는 게야? 재운의 말마따나 꿈에서나 있을 법한 일이었다.

그러나 꿈이라고 하기엔 지나치게 생생했다. 중연은 암만해도 이상하여 안마당으로 달려가 어제의 그 백목련 나무를 살폈다. 아니나 다를까 가지가 부러져 있었다. 뒤따라 나온 재운을 향해 중연이 말했다.

"보게, 어젯밤 자네 집에 왔을 때 이 백목련의 나뭇가지가 상해 있는 것을 보았네."

"그리된 지 여러 날 되었습니다."

"그래?"

고개를 갸웃거리던 중연은 곧 부정했다.

"아니지, 부러진 지 여러 날이 지났는데 나는 내내 몰랐다가 어젯밤에서야 보았단 말일세. 그러니 어젯밤 내가 자네 집에 온 것이 맞네. 한데 왜 여태 부러진 채인가?"

"부러진 나뭇가지는 어쩔 수 없는 것입니다."

"자네가 어젯밤 살려 놓는 것을 보았네."

"꿈에서요?"

"시치미 떼지 말게. 자네가 무평문 앞에서 찢어진 옷 조각을 붙인 것이 꿈이 아니었듯, 저 나뭇가지가 멀쩡하게 붙은 것도 꿈이 아니었네."

"백여 년 전의 사람들이 나타났다면서요?"

"그자들이 옛사람들의 이름을 빌려 나를 놀린 게지. 자네와 계유까지 모두 한통속이 되어서 말이네. 그렇지, 어젯밤의 일이 꿈이 아님을 증명할 것이 하나 더 생각났네. 따라오게."

중연은 재운의 서재로 들어가 책상 위에 놓여 있는 음보를 집어 들었다.

"자꾸 나를 헛갈리게 하지 말게. 바로 이것일세. 어젯밤 자네가 이 녹색으로 물들인 종이에 음보를 받아 적는 것을 보았네."

"용하십니다. 꿈에서 제가 무엇을 하는지 볼 수 있다니요."

재운이 환하게 웃었다.

"그래, 그 웃음도 보았지."

"역시 꿈에서 말입니까?"

"이보게, 여기 이렇게 증거가 있는데 어찌 꿈이라 하는가?

꿈이 아니네. 내가 분명 보았네."

"당연히 보셨겠지요. 좀 전에 대감께서 들어오실 때 제가 그 음보를 쓰고 있었으니 말입니다. 또한 제가 방금 그리 웃었으니 그 또한 보신 것이고요."

중연은 할 말을 잃었다. 재운의 말이 옳았다. 좀 전에 그가 서재로 들어왔을 때 재운이 소매를 걷고 이 음보를 쓰고 있는 것을 보았다. 이 음보는 어젯밤에 쓰인 것이 아니라 좀 전에 쓰인 것이었다. 중연은 몹시 혼란스러웠다. 더 따지고 싶었으나 어쩐지 우스워 보였다. 그럼에도 여전히 의혹을 떨칠 수가 없었다.

생각해 보니 환수 용도 지난 오기일에 재운의 꿈을 꿨다고 했다. 그러나 그날 중연은 환수 용의 꿈속 장소였던 바로 그 대궁의 외조에서 틀림없이 재운을 보았다. 그렇다면 그 일은 자신이 환수 용의 꿈으로 들어간 것이 아닌 이상 있을 수 없는 일이었다. 도무지 뭐가 뭔지 알 수가 없어진 중연은 불가사의함을 느끼며 목련방을 나왔다.

음성서의 율모기는 대고大鼓를 연주했다. 대고는 당악唐樂과 향악鄕樂에서 모두 필요한 악기였다. 율모기는 처음 음보를 쥐었을 때 저도 모르게 손이 덜덜 떨렸다. 여태 한 번도 들어 본 적이 없는 음률이었다. 눈으로 읽으며 머릿속으로 울려 낸 소리가 율모기의 심장을 조였다. 몸이 서늘해지며 등에 식은땀이 배었다. 흥겨우나 처연하고 아름다웠으나 슬펐다. 율모기는 갑자기 만감이 교차하여 백 년은 늙어 버린 기분이었다. 아니, 만감은 지나가고 회한만 남은 채 이미 무덤 속에 누워 있는 듯 삶과의 단절을 느꼈다. 그러므로 이것은 사람을 위한 음악이 아니었다.

그 음보는 왕명을 받은 김재운이 직접 만든 것으로 청각이라 했다. 이번 동례전 제액 의식에서 사용될 무서운 음악, 그 소리를 직접 귀로 들어서는 안 되는 음악, 사람은 오직 음보를 통해 눈으로만 보아야 하는 음악이었다.

악공들은 각자의 부분만 뚝 떼어 따로 연습하고 암보한 후 매번 음성서를 나서기 전에 음보를 반납해야 했다. 필사는 금지였고 다른 악기와의 합슴도 허락되지 않았다.

청각의 오묘한 음률을 귀로 듣고자 하는 호기심과 열망이 율모기에게도 있었다. 그러나 그는 부모와 아내와 어린 두 아들을 생각했다. 한편으로는 청각을 두고 전해지는 경고가 사실인지에 의문을 품었다. 청각이라 하지만 이 음보가 진짜 청각의 소리를 내는지 누가 장담할 수 있단 말인가. 누군가 이 소리를 듣고 죽어 나가기 전에는 이것이 진짜 청각인지 아무도 알 수 없는 것이다.

그러나 이 청각을 만든 김재운은 기이한 재주로 소문이 무성한 자였다. 그는 이제 겨우 이십 대 초반이었으나 이미 구나의 우두머리였고 산천의 대중소사가 원하는 최고의 무척이었다. 더구나 그의 시문은 쓰인 대로 이루어진다는 말이 있었다. 그러니 음악도 들리는 대로 이루어질지 누가 알겠는가.

게다가 이 제액 의식의 주관자가 지금 폐하께 진언 의식을 행하는 문수사의 승려라는 것도 예사롭지 않았다. 문수사의 승려들 중 몇몇은 술사와 다르지 않았다. 더더구나 그 옛날의 밀본 법사와 비견되는 적두 선사의 눈동자는 이방인들처럼 노란 빛을 띠었다.

율모기는 서역에서 온 사람들 중, 눈동자가 노란 이들을 본 적이 있었다. 하지만 적두 선사의 고향은 서역이 아니라 왕경에서 멀지 않은 곳이라 들었다. 때문에 율모기는 적두 선사의 그 예사롭지 않은 눈빛이 범상치 않은 재주의 증거라 생각지 않을 수 없었다.

제액의 재주가 뛰어난 승려와 구나의 우두머리가 만나 이루는 의식이었다, 그렇다면 이 음보는 결코 허투루 만든 것이 아닌 것이다. 만약 이 음보가 진짜 청각의 소리를 내는 것이라면?

율모기는 이 기이한 음악을 실제로 들어 보고 싶다는 강렬한 열망에 사로잡혔으나 이내 고개를 저었다. 안 될 말이었다. 그는 결심이 흔들리지 않을 것을 다짐하듯 예부에서 지급한 귀마개를 꺼내 양쪽 귀에 꽂았다. 갑자기 모든 소리가 뚝 끊겼다. 율모기는 뚜껑이 꽉 닫힌 호리병 속에 들어앉은 기분이었다.

귀마개는 대추나무의 안쪽을 독특한 모양으로 파내어 밀랍과 백랍, 쇠기름과 그 밖에 알 수 없는 물질들을 함께 녹여 채운 것이었는데, 일단 귀에 꽂으면 완벽하게 바깥 소리를 차단

했다. 이 귀마개 역시 김재운이 직접 고안한 것으로 대궁에 남아 있어야 하는 모든 사람들에게 지급되었다.

'전사서사 김재운이 여러모로 재주가 많구나.'

율모기는 귀마개를 뽑았다. 멈춰 있던 온갖 소리들이 순식간에 메아리처럼 돌아왔다.

"어떤가?"

율모기는 뒤에서 묻는 소리에 고개를 돌렸다. 예부령이 그의 대답을 기다리고 있었다. 예부령의 뒤에서는 문수사의 승려가 상대를 빨아들일 것 같은 강렬하고 무거운 시선으로 자신을 주시하고 있었다.

"예?"

율모기는 얼른 대답하지 못했다. 무엇을 묻는 것인지 알 수 없었기 때문이다.

"귀마개의 성능이 어떤가 말일세."

"아, 예. 완벽합니다."

"하면 음보는?"

"청각을 알지 못하오니 음보의 완벽함에 대해서는 말씀드리기가 어렵습니다. 하오나 확실히 두려운 소리를 담고 있습니다."

"그리 두려워 말게. 그저 의례적인 것이니. 안 그런가, 선사?"

예부령의 물음에 적두는 고개를 끄덕이며 말했다.

"전사서사의 재주를 믿고 맡기긴 했으나 청각이란 것이 워낙 오래전의 것이라 사실의 여부를 말하기가 어렵긴 하지요."

"하오면 제액 의식에 차질이 생기는 것이 아닙니까?"

율모기가 묻자 적두가 말했다.

"다소간의 부족함이 있다 해도 구나의 우두머리가 만든 것이니 전혀 효력이 없진 않을 것이오. 백분지 일만 통하여도 성공한 것으로 보고 있소. 그렇다고 연주 중에 귀마개를 뽑을 생각은 마시오. 그래도 음……."

적두는 율모기 쪽으로 한 걸음 다가서더니 고개를 기울였다. 그의 목구멍 안쪽에서는 계속 '음' 하는 소리가 울려나왔다. 율모기의 귀에는 그 소리가 '음'이었다가 다시 '옴'이나 '훔'으로 들렸다. 그러다가 그 듣기 좋은 낮은 울림은 갑자기 새벽에 잠에서 깬 소의 울음소리처럼 불거지며 곧장 그의 귀를 뚫고 들어와 정신에 콕 박혔다. 율모기는 머릿속에서 번개가 치는 것처럼 일순 빛이 번쩍한 것을 느꼈다. 그는 소스라치며 눈을 끔벅였다.

"왜 그러는가?"

적두가 물었다.

"아, 아닙니다."

율모기는 고개를 저었다. 적두의 말이 이어졌다.

"어떻소? 아주 잠깐이라면 괜찮지 않을까 싶은데? 대고나 박은 다른 악기와 달리 손이 쉴 짬이 있으니 말이오. 하면 내가 특별히 행운을 빌어 줄 터이니 잘 들어 두시오."

적두는 율모기의 어깨를 가볍게 두드리며 알아들을 수 없는 진언을 몇 마디 남겼다. 두렵기 짝이 없는 예부령이 고개를 반쯤 돌리고 자신을 향해 웃어 주었다. 율모기는 황송해서 어쩔

줄을 몰랐다. 적두와 예부령이 가고 나서도 율모기의 귓가에는 한참이나 적두가 남기고 간 진언의 목소리가 맴돌았다.

율모기는 생각했다. 적두 선사가 잘 들어 두라고 한 것이 그의 진언일까 아니면 청각일까? 그래, 적두 선사가 특별히 행운을 빌어 주겠다고 말했으니 양쪽 모두일 거야. 그럼 가시기 전에 내게 남긴 진언은 청각을 막는 주문이었을까? 맞아! 그래서 아주 잠깐은 괜찮을 거라 말씀하신 거로구나. 백분지 일만 통하여도 성공이라는 건 완벽한 청각이 아니라는 소리니까.

재운은 동례전 마당에 서서 하늘을 올려다보았다. 봄 햇살은 화사했고 공기는 청량했다. 그는 손을 펼쳐 바람을 갈랐다. 남산에서 불어 든 바람이 재운의 청사를 잡고 반가이 흔들었다.

그는 동례전에서 청각의 소리가 대궁의 각 전각 어느 지점에 부딪친 후 되돌아오게 할지 그 위치를 정하기 위해 각도를 계산하는 중이었다. 청각은 대궁 내의 액을 불러들이는 소리였다. 그러므로 사람이 청각을 듣게 되면 견딜 수 없는 지경에 이르고 만다. 때문에 청각의 소리가 대궁 밖으로 새어 나가는 것을 미리 방지하려는 것이었다.

"대비는 잘해 두었겠지?"

예부령이 다가와 물었다.

"제가 할 수 있는 것은 모두 해 둘 것입니다. 다만 사람이 지키지 아니하여 벌어지는 것에 대해서는 제가 책임지지 않을 것입니다. 그들이 귓구멍을 막고 절대 듣지 말아야 할 것은 청각이지 제 경고가 아니라고 분명히 일러두었으니까요."

곁에서 듣고 있던 적두가 말했다.

"나마께서는 사람을 믿지 않는 모양이로군요."

재운은 서늘한 눈으로 사냥꾼을 바라보며 말했다.

"선사도 모든 사람을 믿지는 않을 터이지."

"자기 목숨이 걸린 일이니 스스로 챙기겠지요."

"사람의 의지는 그러고자 하나 호기심 때문에 가끔 선을 넘기도 하지."

"그러자면 대단한 각오가 필요하지요."

"혹은 제정신이 아니거나."

"제정신이 아닌 사람들은 항상 있어 왔습니다. 하니 어찌 그들을 일일이 단속할 수 있겠습니까? 자업자득이지요."

적두는 손에 쥔 법구의 끝으로 수주가 들어 있는 재운의 옆구리 근처를 약 올리듯 오락가락 겨누며 말했다. 박후명도 그의 법구가 무엇을 가리키는지 눈치를 챘다. 재운은 법구가 다가올 때마다 왼쪽 눈이 부신 듯 살짝 미간을 찌푸렸으나 고개를 돌리지는 않았다. 재운이 예부령을 향해 말했다.

"다들 귀마개를 단단히 하라 한 번 더 일러두십시오. 하오면 저는 이만 물러가 남은 일을 마저 처리하지요."

재운이 돌아서려는데 적두의 법구가 막았다. 재운이 법구를 피해 옆으로 한 걸음 움직이려는 순간, 법구가 먼저 재운의 화가 딛고자 하는 바닥을 내리찍었다. 재운은 걸음을 허공에 둔 채 말했다.

"법구를 거두어라."

한 발로 서 있는 재운의 자세는 전혀 흐트러짐이 없었다. 동례전에 나와 있는 예부 관원들의 시선이 일시에 집중되었다. 모두가 지켜보는 가운데 무례를 범한 적두는 오히려 천연덕스럽게 말했다.

"이놈이 제 손에 너무 오래 길이 들었는지라 그만 버릇이 없어졌군요. 하오니 나마께서 이놈을 직접 쳐 내어 벌을 주시지요."

재운이 지금 저 사냥꾼의 법구에 손을 대어 치우려 들면 피부색이 변하게 된다. 사람들의 눈에 이상한 점이 목격되면 두고두고 말이 많아질 것이다. 가뜩이나 재운을 둘러싸고 이런저런 수상쩍은 소문이 많은 터였다. 이를 감수하고 법구에 손을 댄다 하여도 재운은 법구를 쉽게 밀어낼 수 없었다. 재운은 눈앞에 있는 법구의 빛 때문에 눈을 가늘게 뜬 채 말했다.

"꼭 그리해야 한다면 내가 이놈을 벌주지."

재운은 소매를 들어 자신을 가로막은 법구를 쳐 냈다. 일순 적두는 법구를 놓치고 뒤로 주저앉았다. 적두는 어안이 벙벙해졌다. 재운이 소매 안에서 가늘고 긴 나무의 끝을 내보이며 빙그레 웃었다. 적두는 그것이 무엇인지 이내 알아보았다. 하지만 그 물건은 그날 재운이 산을 내려간 후, 나중에 정신이 든 적두가 기어이 찾아내어 태워 없애지 않았던가.

재운이 말했다.

"한번 태워 없앤 비녀가 어찌 다시 돌아왔겠는가? 이건 젓가락이다. 아직 한 짝밖에 구하지 못했지만 나머지 한 짝이 구해지면 꽤 요긴한 물건이 되겠지."

예부령이 못마땅한 얼굴로 적두에게 말했다.

"언제까지 그러고 앉아 있을 셈이오? 관원들이 모두 지켜보고 있소."

예부령이 먼저 자리를 뜨자 그제야 적두도 앉은 자리에서 일어서며 법구를 집어 들었다. 그는 아무렇지도 않은 듯 가사 장삼에 묻은 흙을 털어 내며 말했다.

"보는 눈도 많은데 나마께서 오늘 소승을 부끄럽게 만드셨습니다. 그저 사소한 장난이었을 뿐인데 이리 거친 반응을 보이시다니요. 역시 젊은 혈기를 당해 낼 수는 없군요. 하오나 소승이 연장자임을 감안하시어 다음번엔 부디 관대히 받아 주시기를 청합니다. 하면 소승은 그만 물러가지요."

동례전에는 허락받은 관원들만이 입시해 있었다. 청각을 직접 듣는 것에 대한 위험은 예부에서 이미 수차례 반복하여 공지하였다.

중연도 귀마개를 받았다. 그 역시 이 귀마개를 할까 말까 잠깐 고민했다. 여전히 꿈인지 생시인지 알 길이 없었지만 백여 년 전에 죽은 옥보고 선생의 거문고 소리를 들으며 재운이 받아 적던 그 음보는 바로 청각의 음률이었다.

그가 그날 밤, 거문고 소리를 들을 수 없었던 까닭은 그 때문이었다. 꿈에서도 청각은 인간의 귀가 들어서는 안 되는 소리였던 것이다. 한데 꿈이라 해도 어째서 거기 모인 자들 중에 자신의 귀만 막혀 있었던 것일까.

옥보고 선생과 김암 선생은 이미 죽은 귀신들이고 재운은 저杵라니 그렇다 치고, 하면 계유는 또 뭐란 말인가? 적두가 식신에 관해 언급했던 기억이 떠올랐다. 식신 나부랭이라면 저杵에게 손을 댈 수 있다고 했던가. 저杵의 식신이라.

이는 재운이 사물에 의지를 불어넣어 사람의 모습으로 발현시킨 것이 계유라는 뜻이었다. 어찌 생각해 보니 그럴 듯도 했다. 사람의 눈과 귀를 피해야 하는 재운이 사람을 들여 시중을 들게 할 수는 없을 터였다. 하면 계유의 말대로 그는 종복이 아닌 것이다.

'내가 지금 별 고민을 다 하고 있구면. 그냥 당사자에게 가서 직접 물어보면 될 것을.'

그러나 막상 계유에게 네가 사람이냐, 식신이냐, 묻는다 한들 똑바로 대답해 줄 것 같지 않았다. 계유는 보나 마나 그를 또 멍청이 취급 할 것이 뻔하였다. 하면 재운에게 물어볼까나. 됐다. 재운이 저杵이든 아니든 그에게 중요하지 않듯 계유 역시 뭐가 됐든 상관없었다.

하지만 계유는 청각을 들었다. 중연도 들어 보고 싶었다. 들으면 안 되는 음악이라 하니 더더욱 호기심이 일었다. 일생에 단 한 번밖에 만날 수 없는 아름다움이라면 죽음도 불사할 수 있지 않을까.

'아니지, 죽어 버리면 아름다움이 다 무슨 소용인가. 내 눈이 감기고 내 귀가 먼 채 땅속에 누워 버리면 홍진이 그리워 결국 후회하게 될 것을. 무엇보다 다시는 재운을 보지 못하게 되지 않는가. 그의 이야기도 듣지 못하게 되고 그와 함께 술도 마시지 못하게 될 터이니.'

귀마개를 만지작거리고 있는 중연의 곁으로 재운이 다가왔다.

"얌전히 귀마개를 하고 있을 자신이 없으시면 대궁 밖으로 나가 계십시오."

"무슨 소린가, 자네가 여기 있는데."

"이번만큼은 제가 아니라 청각의 소리가 더 궁금해 보이십니다."

"물론 궁금하네만, 나는 규칙을 잘 지키는 사람일세."

중연은 보란 듯 양쪽 귀에 귀마개를 척 꽂았다. 재운이 싱긋 웃으며 말했다.

"대감께서는 알아야 하는 것이 있으면 반드시 알아내지요. 하오나 알면 안 되는 것에 대해서는 궁금해도 기다릴 줄 아십니다. 해서 저는 대감이 좋습니다."

재운이 뭐라고 하는데 그 말이 전혀 들리지 않았다. 중연은 한쪽 귀마개를 뽑으며 물었다.

"방금 뭐라고 했는가? 자네 입 모양이 뭐가 좋다고 했던 것 같은데?"

"귀마개의 성능이 좋지요, 하고 물었습니다."

"좋네. 이걸 귀에 꽂으니 참말 아무것도 안 들리네. 그나저나 직접 들을 수 없다 하니 아쉽구면. 얼마나 슬프고 아름다운 소리이기에 귀신들조차 매혹되어 이끌려 오는가 말일세."

"지독하게 슬프고 아름다워서 끔찍하게 무서운 소리이지요. 하오니 연주가 끝나기까지는 무슨 일이 있어도 그 귀마개를 하고 계셔야 합니다."

재운은 그리 당부하고 이제 곧 연주를 시작하기 위해 준비 중인 음성서의 악공들을 향해 걸어갔다.

그 시각 승군은 태자비 박씨의 방에 있는 병풍 뒤에 숨어 있었다. 요 태자와 태자비 박씨는 청각이 진행되는 동안 잠시 북궁으로 피신한 만의 곁을 지키기 위해 아침 일찍 동궁을 나갔다.

그 전에 태자비 박씨는 승군도 데려가려고 찾았으나 승군의 모습이 어디에도 보이지 않자 한참을 안절부절못하며 시간을 지체하다가 결국 포기하고 태자를 따라나섰다. 요 태자와 태자비 박씨를 위시해 궁인들의 일부가 동궁을 나가고 주위가 한산해지자 그제야 승군은 병풍 뒤에서 나와 태자의 침전으로 건너갔다.

승군은 체구가 작고 가냘픈 데다 손발이 빨랐다. 승군이 여자아이임에도 저 사냥꾼 감으로 적두의 눈에 든 것은 좋은 목소리와 함께 타고난 민첩함 때문이었다. 또한 여인을 좋아하는 저枾들에게 스스로를 미끼로 사용할 수 있다는 장점도 있었다.

하지만 대개의 저 사냥꾼들은 여인을 제자로 두는 것을 기피했다. 여인이 가진 저 사냥꾼으로서의 유리한 몇 가지 조건에도 불구하고 전통적으로 그들은 눈으로 보기에 저枾를 제압할 수 있을 만큼 크고 힘이 세어 보이는 사내를 선호했다.

승군은 태자의 서안 아랫면 가장자리를 손으로 더듬었다. 뒤쪽으로 가니 얇게 튀어나온 테두리가 만져졌다. 테두리와 서안 안쪽 면과의 틈새로 손가락을 밀어 넣어 당겼다. 그러자 앞쪽으로 틈이 조금씩 벌어지며 숨겨졌던 공간이 모습을 드러냈다.

봉투 없이 접혀 있는 적색 종이가 보였다. 전사서사는 개인적인 용도로 글을 쓸 때는 일반 종이 대신 직접 물들인 적, 홍, 항, 녹, 감색의 종이를 사용한다고 했다. 어차피 그것 말고 다른 종이나 봉투는 없었으므로 승군은 확신을 갖고 집어 들었다.

'이걸 스승님께 가져다 드리고 나면 다시 문수사로 돌아갈 수 있다. 동궁에서 태자비를 위해 입이 아프도록 독경하는 대신 스승님 곁에서 저枾 사냥에 대해 계속 배울 수 있게 되지.'

승군은 접힌 종이를 펼쳤다. 첫 글자인 여如밖에 알아볼 수 없었다. 한데 그 글자를 읽는 순간 나머지 글자들이 꿈틀대며 어지러이 풀어지는 것이 아닌가.

'글자가 움직여? 아님 내 눈이 이상해진 건가?'

승군은 눈을 비볐다. 조각조각 끊어지고 분리된 글자들이 벌레처럼 고물고물 움직이며 종이 밖으로 기어 나오기 시작했다. 승군은 놀라서 종이를 놓아 버렸다. 종이 밖으로 기어 나온 글자들이 실처럼 엮이며 벽과 기둥을 타고 기어올랐다. 그러자 축축한 그늘이 사방으로 내려앉으며 동궁을 두르고 있던 빛이 사그라지기 시작했다.

'이게 대체 뭐야? 동궁에 감아 둔 내 진언이 풀리고 있잖아?'

승군은 뭔가 잘못됐다는 것을 깨달았다.

'도망가야 해!'

승군은 자리에서 벌떡 일어섰지만 발을 뗄 수가 없었다. 바닥에 떨어져 있는 적색 종이에는 아직 한 움큼의 글자들이 남아 있었다. 실타래처럼 엉겨 있는 그 글자들이 승군의 발을 붙들고 있었다.

'이건 착각이야!'

승군은 비명을 내질렀다. 그런데 목소리가 나오지 않았다. 승군은 품고 있던 도자刀子를 꺼내 자신의 발을 묶고 있는 실을 끊어 내려 했다. 실은 끊어지는가 싶으면 다시 이어져 붙었고 승군은 자신의 발에 상처를 입히는 줄도 모르고 마구 찌르고 베었다. 기어이 승군은 밖으로 뛰쳐나가는 데 성공했으나 멀리 가지는 못하였다. 그는 동궁 안뜰에서 정신을 잃고 쓰러졌다.

음성서의 악공들은 모두 귀마개를 했다. 연주가 시작되자 이내 서북쪽에서 구름이 몰려들어 하늘을 뒤덮었다. 이어 세찬 바람이 일더니 깃발과 휘장이 찢어졌다. 사람들이 당황하며 웅성거렸다. 그러나 악공들은 무슨 일이 있어도 연주를 중단하면 안 된다는 엄명을 받았기에 악기에서 손을 놓을 수 없었다.

청각의 소리는 액을 부르는 동시에 그 액으로부터 악공들을 보호하는 장치였다. 때문에 연주를 멈추면 달려온 액은 소리가 사라진 허점을 차지하려 든다. 즉 액을 받아 삼켜야 할 청각의 소리가 없으니 대신 그 소리를 맡았던 악공을 그릇으로 삼는 것이다.

악공들의 머리 위로 돌풍이 휘몰아쳤다. 그러나 희한하게도 바람은 그들의 머리 아래로는 내려오지 못했다. 음률이 파도처럼 솟구쳐 올라 바람을 밀어냈다. 악공들은 각자의 악기에만 몰두했다. 그들 역시 귀마개를 했기에 자신의 연주는 물론이고 다른 이의 연주 소리도 들리지 않았다. 그러므로 제대로 합이 이루어지고 있는지 확신할 수 없는 상태에서 다만 음보에 충실할 뿐이었다

첫 시작만 맞추었을 뿐, 이제 악공들은 연주가 어떻게 진행되고 있는지 전혀 가늠할 수 없었다. 만약 어디가 어떻게 틀렸다 해도 어쩔 수 없는 노릇이었다. 가슴을 선뜩선뜩하게 만드는 기운이 매 순간 악기의 울림을 통해 느껴졌다.

그때 대고를 치던 악공 하나가 앞으로 푹 꼬꾸라졌다. 악공은 다시 벌떡 일어났으나 눈은 이미 반쯤 튀어나와 있었다. 오른쪽 귀마개가 그의 손에서 바닥으로 떨어졌다. 백분지 일의 허점이 자신의 행운이기를 바랐던 율모기였다.

율모기는 기괴한 표정으로 춤을 추듯 몸을 흔들어 댔다. 오

른쪽 귀에서 피가 왈칵왈칵 쏟아지고 있었다. 눈에서는 붉은 핏방울이 눈물처럼 고였다가 뺨을 타고 흘러내렸다.

중연은 수하들에게 서둘러 율모기를 동례전 밖으로 데리고 나갈 것을 명했다. 눈으로 참사를 보았으니 이제 누구도 청각에 대해 의심을 품을 수 없었다. 중연은 재운을 보았다. 재운은 눈 하나 깜짝이지 않고 그 모든 것을 지켜보고 있었다. 아니, 듣고 있는 것 같았다.

동례전의 하늘 위로 드리워진 어두운 그림자가 서서히 아래로 내려오기 시작했다. 바람이 악공들 사이를 비집고 들어섰다. 악공들은 눈도 제대로 뜨지 못한 채 연주를 하고 있었다.

대고의 자리가 비었다. 청각의 소리에 허점이 생겼다. 액이 춤을 추며 빈 대고의 자리로 몰려들었다. 이제 곧 걷잡을 수 없는 사태가 벌어질 것을 중연은 예감했다. 밀려든 액이 되레 청각의 소리를 집어삼키고 악공들을 다치게 할 것이다.

악공들은 겁에 질렸다. 누군가 대고를 울려야 했다. 하지만 대체 누가? 대고의 음보를 암보해 둔 이가 없었다. 설사 있다 하여도 들을 수 없는 음악이었다. 어느 부분을 연주하는 줄 알고 맞춰 들어갈 수 있단 말인가.

중연은 누가 대고의 자리에 들어갈 수 있는지 알고 있었다. 문제는 박후명과 적두도 알고 있다는 것이었다. 해서 하필 대고의 자리를 비운 것이겠지. 저抒는 나무를 두드리는 것에 특별한 재주가 있다고 전해졌다. 서라벌 민간에서 저抒를 가리켜 두두리라고 부르는 것은 그러한 이유였다.

사람들의 시선이 있어 재운 역시 귀마개를 하고는 있었으나 그는 지금 틀림없이 청각의 소리를 듣고 있을 것이다. 그 귀마개가 아무리 용하다 해도 사람과 달리 극도로 예민한 저犴의 귀까지는 막지 못할 터였다. 아니나 다를까, 재운이 선뜻 빈자리에 들어가 대고를 울리기 시작했다. 기어이 그리하고 마는가. 중연은 난감했다. 하지만 재운에게도 다른 방법은 없었던 것이다.

그러자 기다렸다는 듯 적두가 재운에게로 천천히 다가섰다. 그의 법구가 재운의 왼쪽 옆구리에 닿았다. 재운의 안색이 일순 창백해졌다. 그러나 대고를 울리는 손은 멈추지 않았다. 재운의 소매 안에는 사냥꾼의 법구를 막을 유일한 무기가 있었으나 당장은 꺼낼 손이 없었다. 대고는 지금 울려야 했다. 적두가 재운의 귀를 향해 손을 뻗었다.

적두가 지금 재운의 귀마개를 뽑으려는 것이다. 좀 전에 청각을 들은 대고 연주자가 눈과 귀에서 피를 쏟으며 시위군에게 들려 나가는 것을 모두가 보았다. 그자의 피부가 목내이木乃伊처럼 바싹 마르며 금세 잿빛으로 변해 버린 것도 똑똑히 보았다.

대고의 자리는 가장 뒤에 있었기 때문에 다른 악공들은 무슨 일이 벌어지는지 알지 못했다. 하지만 동례전에 둘러선 관원들이 지켜보고 있었다. 그들은 적두가 연주 도중에 갑자기 무엇을 하려는지 아직 알지 못했지만 나름 이유를 헤아려 보고자 했다.

율모기가 죽어 나가면서 의식에 차질이 생긴 것이다. 하여 의식의 주관자인 적두 선사가 전사서사 김재운과 함께 뭔가 적절한 조치를 취하려는 것이다. 혹은 죽은 자의 자리에 대신 들어간 전사서사 김재운을 보호하기 위해 적두 선사가 법술을 행하려는 것이거나.

중연은 크게 분노했다. 그는 적두의 속내를 정확하게 알아차렸다. 적두는 지금 모두가 지켜보는 앞에서 재운을 죽이려는 것이 아니라 죽지 않는다는 것을 보여 주려 하고 있었다.

오래전에 왕경의 사람들은 저杵를 숭상했다. 하지만 지금은 사람이 아닌 저杵가 그들 사이에서 사람처럼 행세하고 있는 것을 어찌 받아들일지 알 수 없었다. 재운이 저杵라는 것이 알려지면 어쨌거나 사람들은 그를 가만두지 않을 터이니 더는 월성과 왕경에 머물 수 없게 될 것이다.

환두도를 잡은 중연의 손에 힘이 들어갔다. 중연은 황급히 앞으로 달려 나갔다. 음악이 고조로 접어들었다. 청각을 귀로 들을 수는 없어도 금속을 통해 전해지는 미세한 울림이 있었다.

재운이 고개를 기울였다. 그의 시선이 적두의 손에 닿았다. 적두는 망설이지 않고 재운의 오른쪽 귀에서 귀마개를 뽑아냈다. 그것을 목격한 사람들은 긴가민가했다. 적두 선사가 정말 전사서사의 귀마개를 뽑은 것일까? 대체 왜?

적두가 손에 쥔 귀마개를 관원들을 향해 던졌다. 그 순간 중연의 환두도가 공중에서 빛을 뿌렸고 사람들의 시선이 움직였다. 중연은 귀마개를 낚아채려 했지만 적두의 법구가 가로막았다. 적두의 법구에 부딪치며 더 멀리 튕겨 나간 귀마개가 사범

서 관원인 길사의 곁에 툭 떨어졌다. 그가 어리둥절한 얼굴로 귀마개를 집어 들었다. 분명히 귀마개임을 확인한 그의 눈이 동그래졌고 시선은 곧장 재운을 향했다.

율모기와 달리 재운은 멀쩡하게 대고를 울리고 있었다. 길사는 옆 사람에게도 그 귀마개를 보여 주었다. 다들 뭔가 이상하다는 것을 알아챘다. 이것이 정말 전사서사의 귀마개인가?

길사는 눈을 가늘게 뜨고 재운의 귀에 정말 귀마개가 없는지 확인하려 했지만 거리가 있어 잘 보이지 않았다. 호기심을 느낀 그와 몇몇 사람들이 자리에서 벗어나 대고가 있는 쪽으로 다가왔다.

적두가 그들에게 보란 듯 옆으로 조금 물러섰다. 재운의 두 손은 여전히 대고를 두드리고 있었고 중연은 마음이 다급해졌다. 그는 망설이지 않고 자신의 귀마개를 뽑아 다른 사람들이 눈치채지 못하도록 재빨리 재운의 귀에 꽂았다. 자신이 죽을지도 모른다는 생각은 할 겨를이 없었다. 거의 반사적인 행농이었다. 귀마개를 뽑고 나서야 '아, 이제 나는 죽겠구나!' 생각했을 뿐.

길사는 재운의 귀에 귀마개가 꽂혀 있는 것을 보았다. 하면 이건 뭐지? 그는 자신이 쥐고 있던 귀마개와 재운을 번갈아 본 후, 영 알쏭달쏭한 얼굴로 걸음을 물렸다. 적두는 목숨을 건 중연의 행동을 보고 놀랐다.

'설마하니 이렇게까지 할 줄이야. 제 목숨이 걸린 일인데.'

중연은 적두가 다시 재운에게 접근하는 것을 막고자 환두도를 뽑아 든 채 지켜 섰다. 관원들은 시위부의 대감이 연주 도중에 칼을 뽑아 들고 끼어든 것도 액을 막는 의식의 일환이라고 여겼다.

적두는 서두르지 않았다. 귀마개가 없으니 어차피 중연은 곧 죽는다. 하면 결국 오늘 이 자리에서 둘 다 끝장을 보는 것이다. 그러나 시간이 지나도 중연에게는 아무 일도 일어나지 않았다. 적두의 얼굴이 벌게졌다. 지켜보던 박후명의 안색이 굳어졌다.

누구보다 이 상황이 기이한 것은 중연 자신이었다. 귀마개를 뽑았음에도 그의 귀에는 여전히 청각의 소리가 들리지 않았다. 그저 재운이 음보를 받아 적던 그날 밤 그가 청각 대신 들었던 바람 소리와 나무 이파리 비비는 소리만이 가득했다.

아무래도 그날 밤 재운이 뭔가 술수를 쓴 것이 분명했다. 그의 말이 정신을 못 차리고 계속 목련방으로 향했던 것도 어쩌면 재운의 부름을 받기 때문은 아니었을까? 하면 그날 밤의 일은 역시 꿈이 아니었을지도 모른다.

재운의 손이 중연의 팔을 잡았다. 대고의 소리가 쉴 마디였다. 재운에게서 전해지는 서늘한 감촉이 중연의 정신을 일깨웠다. 목덜미로 한기가 솟아올랐다. 심장이 뜨겁게 뛰기 시작했다.

다시 대고의 소리가 들어가고 마침내 청각이 끝났다. 악공들은 연주가 끝나자마자 귀마개를 뽑을 새도 없이 허겁지겁 그 자리를 빠져나갔다. 자리가 파하자 중연은 기다렸다는 듯 적두에게 달려들어 그를 전각의 뒤쪽으로 밀어붙인 후 목소리를 낮춰 말했다.

"다시 한 번 나마의 몸에 손을 대면 선사를 죽여 버릴 것이다."

적두는 중연의 위협에 눈도 깜짝하지 않고 말했다.

"소승이야말로 후회가 됩니다. 대감이 이렇게까지 걸림돌이 될 줄 알았더라면 그때 남산에서 대감을 죽일 것을 그랬습니다."

"아니, 나야말로 그때 남산에서 망설이지 말고 선사를 죽였어야 했다."

"그만 정신을 차리시지요. 죽여야 하는 것은 소승이 아니라 저杵입니다. 대감도 보셨지요? 청각을 들어도 멀쩡한 것은 저杵의 귀뿐입니다. 나마의 모습이 동경에 비치든 비치지 않든 그는 틀림없는 저杵입니다."

"해서 모두가 보는 앞에서 저杵임을 드러내어 월성에서 쫓아낼 작정이었나?"

"달리 방법이 없으니까요. 나마의 진짜 이름은 폐하만이 아십니다. 한데 나마께서 월성의 다리 하나를 지고 계시니 어쩝니까? 폐하께서 그 다리에 의지하시는 마음이 너무 커서 소승의 진언이 더디 먹힙니다."

"대궁은 이미 재운이 저杵임을 알고 있으니 선사가 무슨 짓을 해도 나마를 월성에서 내치지 않을 것이다."

"폐하께서는 그리하고 싶지 않아도 도당이 원하면 그리할 수밖에 없습니다. 우리 폐하께 무슨 힘이 있어야 말이지요. 한데 매번 대감의 방해로 소승은 아무것도 할 수가 없군요. 벗이 저杵이어도 상관없는 것입니까? 아니면 저杵라서 유난히 아끼시는 것입니까? 자신의 귀마개까지 뽑아 주신 것을 보니 벗을 위해서라면 이미 죽을 각오가 되어 있나 봅니다. 하면 죽었어야지요. 대체 어찌 된 겁니까?"

"나도 모르는 일이다. 하나 선사를 죽이기 전에 내가 먼저 죽는 일은 절대 없을 것이다."

"글쎄요. 그거야 두고 볼 일이지요. 오늘 대감이 목숨을 건진 것은 아마도 저杵가 대감께 미리 술수를 썼기 때문일 겁니다. 상관없습니다. 덕분에 소승은 두 분이 서로에게 아주 크나큰 약점임을 알게 되었으니까요. 바짝 긴장하셔야겠습니다. 소승이 두 분의 약점을 쥐고 있으니 다음번엔 무조건 소승이 이기겠습니다."

적두는 키득거리며 그 자리를 벗어났다. 그의 조소는 가면이었다. 중연은 그의 면상을 후려치고 싶은 것을 간신히 참았다. 적두도 자신만큼 화가 났지만 참고 있다는 것을 알았기 때문이다.

실패가 거듭되면서 적두는 점점 더 냉정해지고 있었다. 이는 그만큼 다음에 내놓을 저들의 덫이 한층 정교하고 치밀해질 것을 의미했다.

대고의 자리에서 내려온 재운이 중연을 향해 말했다.

"따라오십시오."

중연은 얼른 재운의 뒤를 쫓아갔다. 동례전을 나가 연못의 왼편을 돌아 지날 때 수면이 흔들렸다. 중연은 무심결에 수면을 바라보았다. 자신의 모습이 보였다. 그러나 재운의 모습은 보이지 않았다.

"이보게!"

중연의 부름에 재운이 돌아섰다. 그러자 신기하게도 재운의 오른쪽 모습이 연못 수면에 비쳤다. 그렇구나! 생각해 보니 언제나 오른쪽이었다. 그는 한 번도 재운의 왼쪽 모습이 동경이나 수면에 비친 것을 본 적이 없다는 것을 깨달았다.

재운이 지금 그에게 일부러 비치는 모습과 비치지 않는 모습을 번갈아 보여 주고 있는 것이다. 이는 스스로 저杵임을 드러내니 똑똑히 봐 두란 뜻이 아니고 무엇이겠는가.

"내가 자네 대신 귀마개를 뽑을 줄 미리 알았던가?"

"아닙니다. 제가 앞날의 일을 어찌 알겠습니까? 그저 혹시나 해서 대감의 귓속에 귀마개를 하나 더 해 두었지요."

"혹시나 해서라니?"

"대감께 가끔 충동적인 구석이 있지 않습니까?"

"그야⋯⋯."

중연은 멋쩍은 얼굴로 말했다.

"그러니까 그게 자네 일이 아니었다면 그리 나서지 않았을 것이네. 하면 그날 밤의 일은 역시 꿈이 아니었던 게지?"

"무슨 말씀이신지?"

"옥보고 선생과 김암 선생을 만났던 그날 밤 말일세. 자네가 그날 밤 나를 불러 미리 귀마개를 해 둔 것이 아닌가?"

재운은 가타부타 대답 없이 웃었다.

"이보게!"

"꿈입니다."

"계속 그리 우기게나. 난 믿지 않을 터이니. 여하간 그 덕분에 나는 기어이 그 아름다운 음악을 전혀 들을 수 없게 되었단 말일세."

중연은 재운에게 불평하였으나 사실 청각에 대한 미련은 전혀 없었다. 그는 재운의 선견에 목숨을 구했고 이를 고마워했다. 또한 재운이 모른 척하고 있을 뿐 실은 자신에 대한 그의 마음도 진작 헤아리고 있음을 알았다.

"그것만은 제가 어찌해 드릴 수가 없습니다."

"그냥 해 본 말이네. 하니 마음에 담지 말게. 나 같아도 어찌해 줄 수 없을 것 같으니."

목련방으로 돌아온 중연은 아무 일도 없었다는 듯 담담한 표정으로 서책을 뒤적이는 재운에게서 바람을 느꼈다. 왜 자네의 왼쪽 모습은 물이나 동경에 비치지 않는가? 왜 상염자가 자네를 '누'라고 불렀는가? 중연은 그리 묻고 싶은 마음을 꾹 눌렀다.

매일 재운의 얼굴을 보면서도 그 얼굴이 얼른 다시 생각나지 않아 다음 날이면 홀린 듯 목련방을 찾아야 했다. 재운이 곁에 있는데도 내내 그립고 공허했다. 이는 모두 그가 저杵이기 때문이었다.

중연은 무평문 누각 용두의 아가리에 물려 있던 재운의 찢어진 푸른 옷 조각을 떠올렸다. 돌이켜 생각해 보니 그때 그 시각 재운은 무평문 앞에서 그를 기다리고 있었던 것이 틀림없었다. 재운이 굳이 그에게 찢어진 옷 조각을 가져오게 한 것도 우연은 아닌 듯했다. 그 옷 조각을 손에 쥔 덕에 지금 재운의 옷자락을 잡을 수 있게 된 듯 여겨졌기 때문이다.

중연은 동례전에서 자신의 팔을 잡았던 재운의 서늘한 체온을 다시 느껴 보고 싶었다. 뒷목을 쭈뼛 일으켜 세웠던 그 기묘한 한기. 이젠 내 쪽에서도 먼저 재운을 잡을 수 있지 않을까? 중연이 손을 뻗는 순간 재운이 고개를 돌려 그를 쳐다보았다. 시선이 마주치자 중연은 손을 거두며 어색하게 물었다.

"왜?"

"이제 그만 돌아가십시오."

"싫네."

"대감께 이미 저를 드렸습니다. 하오니 새삼 잡으려 하지 마십시오."

"내가 언제?"

중연은 시선을 돌렸다. 재운의 왼쪽 벽에 걸려 있는 동경에는 아무것도 비치지 않았다. 원래 동경이 있던 자리가 아니었다. 일부러 가져다 놓은 것이 분명했다.

"자네, 부러 그러는 게지?"

재운은 대답 대신 미소를 드러냈다. 그 웃음이 중연의 가슴을 처연하게 만들었다.

"뭘 믿고 그러는가? 대체 나를 어디까지 곤란하게 만들 작정인가 말일세."

"저는 아무 짓도 하지 않았습니다."

"저것을 가져다 둔 것이 고의가 아니란 말인가?"

중연은 동경을 가리키며 말했다.

"자네가 사람이 아니라고 이제 와서 내게 굳이 상기시키려는 이유가 뭐냔 말일세."

"저는 사람입니다. 비록 절반뿐이지만요."

재운이 동경을 오른쪽에 두고 자리를 옮겼다. 그러자 동경에 재운의 모습이 비쳤다.

"절반이라니? 하면?"

그제야 중연은 재운이 동례전을 나와서 연못에 자신의 모습을 비춰 보인 것이 스스로 저𡜏임을 드러내고자 한 것이 아님을 깨달았다. 재운은 중연에게 보이지 않는 쪽이 아니라 보이는 쪽을 보여 주고 싶었던 것이다. 그 기이한 청각의 일을 끝냈으나 저에게도 사람인 구석이 있습니다, 하고 말하고 있었던 것이다.

"피와 살을 받으려면 어미는 사람이어야 하지요. 또한 저는……."

"됐네."

중연이 재운의 말을 가로막았다.

"자네가 무엇이면 어떤가? 그렇다고 내 벗이 아닌 것은 아니지. 나는 돌덩이와도 벗이 될 수 있네."

"저는 돌덩이가 아닙니다."

"이보게, 내 말뜻은 이를테면 사군자를 곁에 두고 벗으로 삼는 것과 무에 다르냐는 말일세."

"저는 사군자보다 복잡한 존재입니다. 실은 제게 대감께서 아시면 신경 쓰이실 것이 하나 더 있습니다."

"말하지 말게. 그냥 그대로 꽁꽁 싸 두란 말일세. 자네의 이름도 내가 원해서 알게 된 것이 아니었네. 어쩌다 우연히 보게 되는 것이 아니면 그냥 모르고 있는 편이 좋겠네."

"하오면 직접 보시겠다는 말씀입니까? 제가 드리는 말씀으로는 아니 됩니까?"

재운이 갑자기 난처한 표정을 지었다. 옆에 있던 계유가 눈치를 보더니 슬쩍 웃으며 말했다.

"주인님께서 그런 표정을 짓는 것은 처음 봅니다."

"그러게. 나마, 자네 표정이 어찌 그런가?"

중연이 덩달아 거들자 재운의 얼굴에 엷은 홍조가 떴다.

"이보게, 자네 얼굴이 그리 붉어지니 갑자기 궁금해지는구면. 마음이 바뀌었네. 뭔가, 내가 알면 신경 쓰일 것? 말해주게."

"아닙니다. 저도 마음이 바뀌었습니다. 하오니 우연히 기회가 되시면 그냥 보십시오."

"아닐세. 자네 말인데 내 뭐든 다 믿어야지."

"됐습니다. 말하기 싫어졌습니다."

"이보게, 그러지 말고……."

중연은 재운을 조르다 말고 계유를 힐끔 보더니 물었다.

"하면 계유 너도 알겠구나."

"저야 제 주인에 대해서는 모르는 것이 없지요. 하지만 주인께서 입을 다무셨으니 저도 말씀드릴 수 없습니다. 그러니 묻지 마십시오."

"둘이서 아주 작당을 하였구면. 오냐, 말하지 말거라. 나마, 자네도 자신을 위험하게 만들 것이라면 어떤 것도 내놓지 말게. 그래도 나는 자네를 믿을 터이니. 하면 나는 그만 가 보겠네."

물어볼 것이 많았다. 하고 싶은 말도 많았다. 그러나 중연은 자리에서 일어났다. 그는 집으로 돌아가는 길이 오늘따라 왜 이리 어두운지 모르겠다고 생각했다. 상염자가 재운을 '누'라고 불렀다. 淚淚, 눈물이다. 나마, 어찌하여 자네는 그리 슬픈 이름을 지녔는가? 중연은 '누야!' 하고 그 이름을 남몰래 불러 보았다. 중연의 눈에 눈물방울이 슬그머니 고였다가 흘러내렸다. 그는 자신의 젖은 뺨을 훔치며 당황했다.

아버지가 돌아가신 이후 죽어도 흘릴 수 없었던 눈물이었다. 한데 어찌하여 그 이름이 말라 버린 내 눈물을 다시 흐르게 만드는가? 중연은 문득 불길한 예감에 사로잡혔다. 그는 이것이 재운 때문에 흘리게 된 눈물이라면 두 번 다시 그 이름을 입 밖으로 내어 부르지 않으리라 결심했다.

"괜찮을까요?"

계유가 다소 걱정스러운 눈빛으로 물었다.

"어차피 그의 손에 내 운명이 쥐어져 있지 않느냐. 언젠가는 알아야 할 것들이었다."

"하지만 너무 일러요."

"네 말이 맞다. 해서 앞으로 박후명과 사냥꾼이 그를 가만두지 않을 것이니 걱정이로구나."

"무관청의 대감씩이나 되어서 설마 제 한 몸 건사 못하겠어요? 그건 너무 걱정하지 마세요."

"내가 대감의 약점이 되어 버렸으니 앞일을 장담할 수 없게 되었다."

"그건 주인님도 마찬가지잖아요. 어쨌든 주인님에 대한 대감의 정이 끊어 내기 어려운 지경에 이른 것은 확실해요. 주인님께서 미리 손을 쓰지 않았더라면 대감께서는 이번에 죽을 수도 있었어요. 그러니 어쩌면……."

재운이 계유의 말을 잘랐다.

"부질없는 생각은 버려라. 무엇이 우선인지는 대감께서 가장 잘 아신다."

"그래서 저는 대감이 마음에 들지 않는다니까요."

계유가 비죽거리자 재운이 물었다.

"너의 그 마음이 혹 나 때문이냐?"

"당연하지요."

"하면 너는 대감을 정말 싫어하는 것이 아니다."

계유는 부정하지 못한 채 시무룩한 얼굴로 말했다.

"솔직히 가끔은 대감이 안됐다는 생각도 듭니다. 그래도 대감이 있어 다행이지요. 대감도 저처럼 주인님께 목을 매고 있으니 저로선 의지가 됩니다."

"그래, 둘 다 근심에다가 목을 매고 있지."

재운이 웃었다.

"그러니까요. 걱정이 돼서 죽겠어요. 특히 그 사냥꾼이 걱정입니다. 그자는 지금 주인님 말고는 눈에 뵈는 게 없어요."

"저 사냥꾼이기 때문이다. 내가 세 명의 왕들을 연달아 보필한 것이 충심이라 생각하느냐? 나에게 그런 것은 없다. 나에게는 지켜야 할 약속만 있을 뿐이다. 그것이 나의 소명이듯 그 역시 저抵를 잡는 것이 자신의 소명이라 생각하지. 하여 소명을 위해 사람을 희생시키는 것을 망설이지 않는 것이다."

"하지만 저는 압니다. 주인님께는 사람의 마음이 있어요. 주인님의 절반은 사람이니까요. 그래서 마음이 흔들립니다. 충심이 없는 것은 아니지요. 그렇지 않습니까?"

"아니, 없다."

재운이 차가운 얼굴로 대답했다.

"그럼 역시 대감 때문이로군요."

"그래, 그쪽이 더 가깝겠구나."

"너무 솔직하신 거 아닙니까?"

계유가 못마땅하다는 듯 따지자 재운이 말했다.

"솔직한 것이 아니라 거짓을 말하지 못하는 것이다."

계유는 여전히 근심을 떨쳐 내지 못한 얼굴로 말했다.

"대감은 본디 진중한 성품이라 그 이름을 절대 입 밖으로 내지 않을 것을 저도 믿어요. 하지만 그분도 사람입니다. 어떤 지경에 처해도 그 이름을 끝까지 말하지 않을 거라 누가 장담할 수 있겠습니까?"

"정말 그리 생각하느냐?"

재운이 되묻자 계유는 단박에 고개를 저으며 말을 뒤집었다.

"아니요, 그리 생각하지 않습니다. 대감은 절대 그러지 않으리라 믿습니다."

그러나 계유는 이내 또다시 말을 바꾸었다.

"하지만 사람이니까요."

"너야말로 사람도 아닌 것이 어찌 그리 마음이 오락가락하느냐?"

"그러게요."

"하면 나는 믿느냐?"

"그럼요."

계유는 확신에 차서 대답했다.

"대감은 사람이라 믿지 못하겠다면서 나는 어찌 믿을 수 있다 하느냐? 나도 절반은 사람이다. 다행히도 내가 절반은 사람이라 사람을 알겠구나. 사람이라서 말할 수도 있고 사람이라서 말하지 않을 수도 있다. 그렇지 않으냐?”

계유는 마지못해 고개를 끄덕이며 대답했다.

“예, 주인님의 말씀이 맞네요. 그러니까 결국은 이 모든 일이 사람 마음에 달렸네요. 아직 결정된 것은 아무것도 없다, 기다려라. 그런 말씀이시지요?”

바람이 다가오자 꽃가지가 몸을 떨었다. 희고 붉은 목련 꽃잎들이 사방으로 흩뿌려졌다. 눈앞의 모든 정경이 잠깐 꽃잎에 가려졌다.

벙어리가 된 승군은 문수사로 돌려보내졌다. 무슨 일이 일어났는지 승군은 적두에게 한마디도 할 수 없었다. 하여 지필묵이 주어졌지만 역시 한 글자도 쓸 수 없었다.

그러나 요 태자는 무슨 일이 벌어졌는지 짐작했다. 재운이 우려했던 일이 일어난 것이다. 만이 하사한 재운의 시가는 감색 봉투에 담아 밀봉해 둔 그대로 손대지 않은 채 남아 있었다. 그 감색 봉투는 재운이 나중에 동궁에 찾아와 써 준 글이 적힌 적색 종이 아래에 놓여 있었다.

둘 다 재운이 사용하는 물들인 종이였고 재운에게서 나는 침향의 향내도 배어 있었다. 그런데 승군은 적색 종이만 펼쳐 보았고 정작 훔치려 했던 감색 봉투에는 손도 대지 않았다.

재운이 자신의 시가를 지킬 방편으로 적색 종이에 써 준 글자들은 거짓말처럼 사라졌다. 궁인들이 나중에 들어와 발견한 것은 아무것도 쓰여 있지 않은 적색 종이 한 장뿐이었다. 침전의 문은 활짝 열려 있었고, 동궁 안뜰에서는 자신의 발을 자해하여 피투성이로 만든 어린 승군이 반쯤 죽어 가고 있었다.

　진언에서 풀려난 태자비 박씨는 정신을 차린 후에도 승군을 가엾게 여기는 마음을 버리지 못했다. 그러나 승군이 그녀에게 전사서사의 시가가 어디 있느냐고 물었던 것을 여전히 기억하고 있었으므로 더는 승군을 비호할 수 없었다.

　승군을 동궁에 들인 것은 대아찬 박예겸이었으나 그는 예부령 박후명의 추천을 받은 것이었다. 박후명 역시 승군이 동궁에 있던 재운의 시가를 훔치려 들었다는 사실에 적잖이 배신감을 느꼈다. 그는 자신의 책임을 인정했지만 몰랐던 일임을 강조했다. 그는 적두 선사와 친분이 있는 것은 사실이나 단지 그 재주를 높이 샀을 뿐이라고 주장했다.

　만은 승군이 아직 어린 나이임을 감안해 문수사로 돌려보내라 명하였다. 아이는 이미 벙어리가 된 것으로 대가를 치렀다. 또한 훔치고자 했던 시가 역시 손대지 않았다. 다만 누가 그 어린 사미니에게 그와 같은 심부름을 시켰는지 알아내야 했다.

　승군은 고개를 저으며 부정했지만 아이를 사주한 자는 적두가 분명했다. 승군이 문수사에서 적두를 모시는 제자였기 때문이다. 더구나 적두 역시 박후명의 천거로 대궁에 들어 승군이 동궁에서 했던 것과 똑같은 방식으로 만에게 신주를 걸었다.

그러나 만은 적두를 처벌하지 않았다. 대외적으로 만은 적두가 제액 법회를 성공시키고 자신의 건강을 호전시킨 것에 대한 공을 인정하여 제자가 저지른 잘못에 대한 그의 책임을 묻지 않겠다고 하였지만, 사실은 이 일이 확대되면 재운이 곤란한 상황에 놓이게 될 것을 우려했다. 저들을 몰아붙이면 필시 빠져나갈 구멍을 만들기 위해 재운이 저枾임을 물고 늘어질 것이다. 하여 만은 적두를 월성에서 내치는 것으로 이 일을 매듭지었다.

진언에 중독되었을 때, 만은 적두의 반복되는 질문을 통해 그가 저 사냥꾼임을 알았다. 승군은 아마도 적두가 키우는 저 사냥꾼 새끼일 것이다. 사냥꾼이 당장 재운을 건드리지 않는다면 굳이 제거할 필요는 없었다. 지금은 사냥꾼을 경계해야 하지만 훗날 재운이 약속을 어기거나 왕명에 불복하는 일이 생긴다면 언제든 다시 불러들여 요긴하게 쓸 수 있을 터였다.

"대아찬이 나를 나무라더군. 내게 마치 무슨 꿍꿍이가 있는 것처럼 말이오. 물론 있었지. 하나 이제 다 끝났소. 태자비 자리는 이미 물 건너간 것 같으니. 말해 보시오! 나 모르게 일을 도모하지 말라 그리 일렀건만, 대체 무슨 속셈으로 승군에게 그런 짓을 시킨 것이오? 계속 이런 식이라면 나는 선사를 믿을 수 없게 되오."

박후명은 불같이 화를 냈다. 그러나 적두는 침착하게 대답했다.

"무슨 그런 말씀을 하십니까? 동궁에서 그것이 없어지면 어차피 알려질 것인데 소승이 어찌 예부령을 속일 수 있습니까? 단지 성공하면 말씀드리려 했던 것뿐입니다. 기왕에 동궁까지 들어갔으니 환수가 이루지 못한 그 일을 승군이 한번 시도해 보는 것도 나쁘지 않다 여겼습니다. 환수가 실패한 후 그자가 어느 정도 손을 써 두었으리라 예상했지만 이런 식으로 나올 줄은 생각지 못했습니다. 하여 소승도 지금 난감합니다."

"이런 식이 아니면 대체 어떤 식이란 말이오? 생각해 보시오. 선사의 말씀대로라면 이것이 가장 저*다운 방식이 아니오? 저*가 잘하는 것 말이오. 말과 글로 매듭을 지어 주문을 만드는 것. 목련방에 쳐 둔 금줄도 이와 같은 것이 아니오?"

박후명이 말이 옳았다. 말과 글은 저*의 가장 뛰어난 재주였다. 하지만 적두라고 해도 저*가 그것을 어떤 장소에 어씨 놓고 어찌 운용할지는 알 수 없는 노릇이었다.

재운이 또 다른 글로 자신의 시가에 손대지 못하도록 금줄을 둘렀을 수도 있었다. 하지만 그것이 승군을 상하게 할 것이라고는 생각지 못했다. 금줄은 자고로 저 사냥꾼을 피하기 위한 것이었다. 그런데 재운은 오히려 저 사냥꾼의 손이 닿도록 수를 써 둔 것이다. 그자가 머리를 반대로 굴렸어! 적두는 속으로 땅을 쳤다.

"예부령께서 노하신 것은 알겠으나 소승은 하나밖에 없는 어린 제자를 잃게 생겼습니다."

적두는 상당히 곤란한 얼굴을 하고 있었다. 그는 월성 밖으로 내쳐진 자신의 처지보다는 어린 제자가 말을 잃고 글을 쓰지 못하게 된 것에 더 마음을 두고 있었다.

딱히 적두의 말이 틀린 것은 아니었다. 더구나 적두는 한 번도 박후명의 의혹에 대해 머뭇거리거나 숨긴 적이 없었다. 그는 언제나 있는 그대로를 말하였다.

"저枓를 월성에서 내치려다 되레 소승이 당했습니다. 그래도 월성이니 망정이지 왕경에서 쫓겨났으면 소승은 이곳 문수사에도 더는 머물 수 없게 되었을 겁니다."

"그편이 나았을지도 모르겠소. 하면 내가 선사를 찾기가 훨씬 용이할 터이니. 앞으로는 선사를 만나는 것이 꽤나 불편할 것 같소."

박후명의 표정은 조금 누그러졌으나 어조는 여전히 꼬여 있었다. 적두는 누를 끼쳐 죄송하다는 말 따위 하지 않았다.

어둠 때문인지 유난히 사위가 고요했다. 박후명은 요사채의 방문과 창문이 모두 꼭꼭 닫혀 있음에도 신경이 쓰이는지 목소리를 최대한 낮추고 주위에 귀를 기울였다. 그러고 있자니 마치 역모라도 꾸미고 있는 듯한 기분이 들었다. 그의 마음 한편에서 그러지 못하란 법도 없지 싶은 마음이 새록새록 차올랐다.

효원이 태자비가 되면 그가 대아찬의 자리를 차지할 수 있게 될 것이다. 한데 이제 그 야망은 물거품이 되었다. 그러나 수주가 있으니 포기하기엔 아직 일렀다. 수주를 가진 자에게 국운이 쥐어진다고 하였다. 그것을 가진 자의 손에 나라의 운명이 걸려 있다면 자신이 그것으로 왕이 되지 못할 이유도 없었다. 운이란 가진 자를 중심으로 판이 형성되는 것이다.

게다가 자신에게는 북원이나 완산의 도적들과는 달리 왕경의 혈통이라는 정통성이 있지 않은가. 애초에 신라는 정족의 세 성씨들이 돌아가며 왕이 되기로 했었다. 나라 꼴을 이 모양으로 만든 김씨들은 이제 물러날 때가 되지 않았는가. 만이 조카사위들을 마다하고 굳이 요를 고집한 것은 필시 박씨들에게 보위를 넘기기 싫었던 것이리라.

호국의 신물이 있는데도 국운이 살아나기는커녕 점점 죽어가고 있었다. 이는 만의 손에 신물이 쥐어져 있기 때문이다. 만은 자신의 보위처럼 신물 역시 저杵의 몸에 감춰 둔 채 그저 지키고만 있었다. 하여 신물이 아무런 작용을 하지 못하고 있는 것이다.

왕은 신물의 주인이 될 수는 없어도 부릴 수는 있나 하였다. 부리는 자가 누구냐에 따라 국운이 달라지는 것이다. 농부의 손에서는 농구가 될 것이나 도적의 손에서는 무기가 될 것이다. 그러니 무기력한 만의 손에서 신물이 무용지물인 것은 당연한 이치였다.

'어찌하여 신물이 그런 나약한 자의 손에 들어간 게야. 그들이 왕이라서? 하면 내가 왕이 되면 될 게 아닌가. 저杵는 왕도 바꿀 수 있다고 하였다. 내가 재운을 얻어 왕이 된다면? 하면 신물이 내게 속하는 것도 정당해지지 않겠는가.'

박후명이 말했다.

"재운이 월성에서 내쳐지지 못한 것은 아쉬운 일이나 그렇다고 우리가 놓은 덫을 놀릴 수는 없지 않소?"

두 사람은 어둠 속에서 오랫동안 밀담을 나눴다.

박후명이 가고 난 후 적두는 옆방으로 건너갔다. 승군은 어두운 구석에 웅크려 앉은 채 여태 소리 죽여 울고 있었다. 적두가 말했다.

"내가 총명한 너를 망쳤구나. 내가 스승이 남긴 기록으로만 공부를 하여 저杵에 대해 아는 것이 부족했던 탓이다. 네가 벙어리가 되었다 해도 저 사냥꾼이 될 수 없는 것은 아니다. 물론 네 목소리가 아주 좋은 조건이긴 했다만. 명심해라. 저 사냥꾼에게는 목소리보다 저杵를 느끼고 알아보는 감각이 더 중요하다. 무슨 말인지 알겠느냐?"

승군이 고개를 끄덕였다. 적두는 승군의 젖은 뺨을 닦아 주며 말했다.

"걱정 마라. 나는 너를 버리지 않을 것이다. 내가 반드시 그자의 진짜 이름을 알아내어 너의 목과 손에 걸린 저杵의 신주를 벗겨 줄 것이다."

《루월재운 이야기》1권 마침, 2권에서 계속